Sabrina Heilmann
Autumn Leaves

Sabrina Heilmann

Autumn Leaves

Roman

PIPER

Mehr über unsere Autoren und Bücher:
www.piper.de

Wenn Ihnen dieser Roman gefallen hat, schreiben Sie uns
unter Nennung des Titels »Autumn Leaves«
an empfehlungen@piper.de, und wir empfehlen Ihnen
gerne vergleichbare Bücher.

ISBN 978-3-492-50332-7

Redaktion: Cornelia Franke
Covergestaltung: Traumstoff Buchdesign traumstoff.at
Covermotiv: Bilder unter Lizenzierung von Shutterstock.com genutzt
Printed in Germany

Playlist

Autumn leaves – Ed Sheeran
No light, no light – Florence + The Machine
Power over me – Dermot Kennedy
What the water gave me – Florence + The Machine
Hollow Crown – Ellie Goulding
Rival – Ruelle
Walk on Water (Acoustic) – Thirty Seconds to Mars
Six Feet Under – Billie Eilish
Hero – ADONA
Wolf at your door – Chloe x Halle
Arcade – Duncan Laurence
Dark Things – ADONA
Can you hear me – UNSECRET feat. Young Summer

Für alle Herbstmädchen!

Kapitel 1

Ich atmete gleichmäßig, beugte mich nach vorn und senkte den Kopf, während meine Fingerspitzen vorsichtig die raue Beschichtung des Startblocks berührten. Konzentriert fixierte ich die kristallblaue Wasseroberfläche vor mir, bevor ich ein letztes Mal Luft in die Lungen sog und mich kraftvoll abstieß. Ich tauchte in das ruhige Wasser ein, glitt unter der Oberfläche entlang und bewegte die Arme mit kräftigen Schlägen, sobald ich auftauchte.

Das Wasser umhüllte meinen Körper, während meine Gedanken zu den Dingen abdrifteten, die in den letzten Monaten und Wochen schiefgelaufen waren. Ich dachte an das Verhalten meiner Mutter, an die verpassten Chancen und den Job in Camilas Café, den ich annehmen musste, weil Mom mich nicht unterstützte. Wut, Scham und Enttäuschung breiteten sich in meinen Gliedern aus und ich zog das Tempo an. Meine Arme und Beine bewegten sich schneller durch das Wasser, und ich wendete nach den ersten fünfzig Metern.

Hätte ich dich doch nur nicht auf die Welt gebracht.

Ich hörte Moms Worte, die sie mir ein paar Stunden zuvor an den Kopf geworfen hatte, und kämpfte gegen den Schmerz an. Tränen sammelten sich in meinen Augen und ich kniff sie fest zusammen. All die Emotionen wandelte ich in Kraft.

Ich schlug am Beckenrand an, riss mir Taucherbrille und Badekappe vom Kopf und schleuderte sie gemeinsam mit der Faust auf die Wasseroberfläche.

»Warum bist du diese Zeit nicht in der Wettkampfauswahl geschwommen?«

Hastig blinzelte ich die Tränen weg und sah nach oben. Meine

Schwimmtrainerin Angela Cormack war zu mir an den Pool gekommen und musterte mich mit besorgtem Blick. Ihre eiskalten, blauen Augen ließen ihr Gesicht oft hart wirken, was die schulterlangen, schwarz gefärbten Haare noch einmal unterstrichen. Das jagte dem ein oder anderen neuen Teammitglied oft Angst ein. Aber ich kannte Angela lange genug, um zu wissen, dass sie trotz ihrer Strenge auch eine weiche Seite hatte.

»Ich weiß nicht … war nicht bei der Sache«, murmelte ich, legte Taucherbrille und Badekappe auf dem Beckenrand ab und drückte mich aus dem Wasser, um auf einem der Startblöcke Platz zu nehmen.

Angela setzte sich neben mich. »Ich hätte dich gern beim Wettkampf gesehen, Autumn. Die anderen vielversprechenden Talente im Team überholen dich langsam.«

Nachdenklich betrachtete ich den Außenpool des Phoenix Swim Clubs. Es war früh, erst neun Uhr morgens. Ende Juli waren die Temperaturen in der Hauptstadt des US-Bundesstaats Arizona bereits jetzt kaum zu ertragen. Das Thermometer zeigte über neunzig Grad Fahrenheit und würde die Hundert-Grad-Marke im Laufe des Tages mit Sicherheit erreichen.

»Das weiß ich«, flüsterte ich und kämpfte gegen die Enttäuschung, die in mir aufstieg.

Angela schwamm seit über dreißig Jahren aktiv, sie wurde Landes- und Weltmeisterin und nahm sogar an den Olympischen Spielen teil. Obwohl sie bei diesen ohne Medaille ausgegangen war, hatte sie zu den besten Schwimmerinnen Amerikas gehört.

»Wenn du mehr erreichen willst, Autumn, musst du noch härter an dir arbeiten«, sagte sie bestimmt. »Lass uns gemeinsam einen neuen Ernährungs- und Trainingsplan für dich erstellen. Und trenne deine privaten Probleme vom Schwimmen. Dann kannst du es bis ganz nach oben schaffen.« Sie meinte es nur gut. Trotzdem fühlte ich mich angegriffen. Angela kannte nur Bruchstücke von dem, womit ich neben dem Training zu kämpfen hatte. Immer wieder versuchte sie, mit mir darüber zu sprechen, aber ich blockte sie ab.

»Autumn, du kannst mir alles erzählen. Was hat deine Mutter schon wieder getan?« Angelas Blick brannte auf meiner Haut. »Autumn, bitte.«

»Es ist nichts passiert«, rückte ich mit der Sprache heraus. Ich knetete nervös meine Finger. Die Enttäuschung nach gestern saß tief. Nie zuvor hatte ich mich so maßlos über mich selbst geärgert. Die Chance, bei einem wichtigen Landeswettkampf starten zu können, war zum Greifen nah gewesen. Und ich hatte es verbockt, war lediglich Vorletzte geworden. »Es fühlt sich an, als würde ich mich blockieren und ich weiß nicht, was ich dagegen tun soll.«

Seufzend stand ich auf, wickelte mich in das Handtuch ein und hob meine Taucherbrille und die Badekappe auf. »Ich muss zur Arbeit«, murmelte ich mutlos und tauschte einen Blick mit Angela.

»Hast du schon einmal darüber nachgedacht, Phoenix zu verlassen? Der Stress mit deiner Mutter tut dir nicht gut. Du blockierst dich nicht selbst, Autumn, es ist dein Umfeld. Ein Neuanfang ist schwer, aber manchmal ist es der richtige Weg. Ich kann dir Empfehlungen für andere Schwimmclubs geben, wenn du mö…«

»Angela«, schnitt ich ihr das Wort ab und schüttelte den Kopf. »Wo soll ich denn hin?«

Die Frage stand mahnend im Raum. Als meine Trainerin mir keine Antwort geben konnte, verschwand ich missmutig in der Umkleidekabine und stellte mich vor den großen Spiegel, der an der Wand angebracht war. Stumm starrte ich mich an, blieb an den blassen Wangen hängen, den zusammengekniffenen Lippen. Ich ließ meinen Blick sinken und über meine Hüften gleiten.

Ich hatte nicht die typische Figur einer Schwimmerin. Mit einem Meter achtundsiebzig war ich zwar groß genug und meine Arme erreichten eine ausreichende Spannweite, doch mein Oberkörper war nicht muskulös und die Hüften waren weiblich. Ich trainierte so hart wie die anderen Mädchen, ging neben dem Schwimmtraining ständig ins Fitnessstudio. Aber all das reichte nicht aus, solange ich in meinem Kopf nicht endlich einen Schalter umlegen konnte.

Nach einer ausgiebigen Dusche schlüpfte ich in ein kurzes, blaues Sommerkleid und föhnte meine langen, dunkelblonden Haare in schwungvolle Locken. Diese würden zwar wegen meines feinen Haares höchstens eine Stunde halten, aber ich mochte diese Frisur an mir. Anschließend stellte ich mich vor den Spiegel, um mich für meine Schicht im Café zu schminken.

Für meine neunzehn Jahre hatte ich ein mädchenhaftes Gesicht mit großen, meerblauen Augen und vollen Lippen. Fernab des Schwimmens versuchte ich, meine kindlichen Gesichtszüge mit Make-up und auffälligen Lippenstiften zu kaschieren.

Die meisten meiner Schwimmkolleginnen kümmerten sich nicht um Äußerlichkeiten. Ihre Haare trugen sie oft zu einem unordentlichen Dutt nach oben gebunden. Sich vor dem Schwimmen abzuschminken und danach wieder anzumalen, war ihnen zu lästig.

Für mich war es keine Sache von Eitelkeit, sondern eine Maske, die mich schützen sollte. Ich versteckte, wie es tief in mir aussah und welche Lasten ich auf der Seele trug.

Ein letztes Mal betrachtete ich mein Spiegelbild, zupfte eine Haarsträhne zurecht und atmete tief durch, bevor ich den Umkleideraum verließ und zu dem einzigen Ort in Phoenix fuhr, an dem ich mich zuhause fühlte.

Das *Café Cam* war eine Kaffeelounge im Norden des Stadtbezirks South Mountain Village, nahe der University of Phoenix. Mit einem Lächeln auf den Lippen stieß ich die schwarze Flügeltür auf, die einen Kontrast zur weißen Außenfassade des Gebäudes bildete, und flötete ein fröhliches »Guten Morgen« durch die Lounge. Der herrliche Duft von frisch gemahlenem Kaffee und süßem Gebäck empfing mich, genauso wie die kühle Luft der Klimaanlage.

»Guten Morgen, Autumn«, grüßte meine Chefin Camila und reichte einem Gast seinen Coffee-to-go-Becher. Er bedankte sich und schlüpfte durch die Tür, die ich ihm freundlich aufhielt.

Ich sah mich in der Lounge um. Drei Studenten saßen in einer gemütlichen Couchecke und arbeiteten sich durch einen Berg

Bücher und Unterlagen. Ein Mann schrieb an seinem Laptop und zwei ältere Damen tranken einen Tee.

Camila hatte sich bei der Gestaltung der Lounge viel Mühe gegeben. Die Wände waren in einem zarten Cremeweiß gestrichen und die schokobraunen, modernen Möbel rundeten gemeinsam mit liebevoll ausgewählter Deko das Bild ab. Seit fünf Jahren führte Camila das Café, zwei davon arbeitete ich für sie.

Nach dem Highschool-Abschluss war es mein Wunsch gewesen, Psychologie zu studieren. Ich hatte mich an unzähligen Universitäten beworben, die mindestens zweihundert Meilen von Phoenix entfernt lagen. Jedoch hatte ich weder Zu- noch Absagen erhalten, eine Sache, für die ich Mom die Schuld gab. Mittlerweile war ich mir sicher, sie hatte die Briefe heimlich verschwinden lassen, um mich in Phoenix zu halten. Mir war nichts anderes übrig geblieben, als mir einen Job zu suchen. Entmutigt hatte ich Angela bei einem Training davon erzählt und sie stellte den Kontakt zu Camila her. Es war nie mein Wunsch gewesen zu kellnern, aber das war immer noch besser als gar nichts. Das Thema Studium hatte ich daraufhin enttäuscht abgehakt.

»Hey, du siehst niedergeschlagen aus«, bemerkte Camila und legte mir eine Hand auf die Schulter. Meine Chefin war siebenunddreißig Jahre alt, trug ihr aschblondes Haar in Form eines frechen Pixiecuts und besaß ein aufgewecktes Strahlen in ihren grünen Augen. Sie war mehr wie eine Mutter für mich als die Frau, die es vorgab zu sein.

»Angela hat mich auf das verpatzte Auswahlschwimmen angesprochen. Ich bin einfach enttäuscht, dass ich meine Leistungen nicht abrufen konnte.«

»Jeder hat mal einen schlechten Tag, Kleines.«

Ich schüttelte den Kopf und seufzte. »Können wir bitte nicht darüber reden?« Mit gesenktem Blick marschierte ich in den Hinterraum und band meine Schürze um. Ich hatte schon als Kind Schwierigkeiten damit gehabt, mit Enttäuschungen umzugehen. Dafür war ich zu ehrgeizig, wollte immer mein Bestes geben und den anderen beweisen, was in mir steckte.

»Ist wieder etwas zwischen deiner Mutter und dir vorgefallen?«, fragte mich auch Camila.

»Nein«, erwiderte ich ehrlich und sie nickte.

Dankbar darüber, dass die beiden älteren Damen bezahlen wollten, machte ich mich an die Arbeit.

Die Zeit verging wie im Flug, meine trüben Gedanken aber blieben. Weil wenig Betrieb herrschte, hatte Camila sich in das Büro zurückgezogen, um sich um die Buchhaltung zu kümmern. Das Café hatte ohnehin nur noch zwei Stunden geöffnet.

»Autumn, Liebes, hast du kurz Zeit?«, rief Camila und ich stellte mich in den Türrahmen ihres Büros. Wie schaffte sie es, in diesem kleinen Schuhkarton so ordentlich und strukturiert zu arbeiten? Der Raum wurde von überladenen Regalen dominiert, Camilas Schreibtisch stand mittig und nahm den Rest des freien Platzes ein.

»Was gibt es denn?«, fragte ich und warf einen prüfenden Blick durch den Gastraum. Niemand der anwesenden Gäste schien einen Wunsch zu haben, neue hatten die Lounge nicht betreten.

»Holst du mir bitte die Post? Ich warte auf einen wichtigen Brief.«

Camila reichte mir den Schlüsselbund und ich verließ das Café durch die Hintertür. Der Briefkasten war auf der Rückseite des Gebäudes angebracht. Ich öffnete ihn und zog einen Stapel Briefe und Kataloge heraus. Wann hatte Camila den Briefkasten zuletzt geleert? Die Post konnte auf keinen Fall von nur einem Tag sein.

Ich kehrte ins Innere zurück und fand meine Chefin am Tresen. Sie nahm die Bestellung einer jungen Frau entgegen, die einen fettarmen Soja Latte bestellte, auf ihre Portion Sahne aber nicht verzichtete.

»Soll ich die Post auf den Schreibtisch legen?«, fragte ich. Camila schüttelte den Kopf.

»Nein, bring sie her.« Eine Sekunde lang betrachtete Camila den Stapel in meiner Hand und ein sanftes Lächeln erhellte ihre

Gesichtszüge. Was das wieder zu bedeuten hatte, wollte ich lieber nicht wissen.

Cam schob den Soja Latte über den Tresen, verabschiedete die Kundin und nahm mir die Post ab. Sie blätterte alles durch und grinste plötzlich.

»Ich wusste es.« Sie hielt mir einen weißen Umschlag entgegen.

»Was ist das?«

Irritiert griff ich zu und betrachtete ihn. Als ich den Stempel in der oberen, rechten Ecke sah, setzte mein Herz einen Schlag aus.

University of Bridgeport.

»Das … aber …«, stammelte ich. »Wie ist …«

»Öffne ihn.«

Ich riss den Umschlag auf, der an das Café adressiert war, jedoch den Vermerk »zu Händen Autumn McAdams« enthielt. Stumm überflog ich das Schreiben.

Tränen verschleierten meinen Blick, während meine Chefin mich gespannt ansah. »Cam, was hat das zu bedeuten? Ich … ich habe mich nicht am College beworben. Wie ist das möglich?«

»Ich habe dich online registriert. Die Informationen konnte ich deinen Bewerbungsunterlagen entnehmen. Alles, was ich nicht wusste, habe ich von Angela erfahren. Sie hat außerdem ein Empfehlungsschreiben des Vereins für dich beigelegt. Denkst du, wir haben nicht gemerkt, wie unglücklich du hier in Phoenix bist?«

Blinzelnd sah ich Camila an und erinnerte mich an Angelas Worte.

Hast du schon einmal darüber nachgedacht, Phoenix zu verlassen? Ein Neuanfang ist schwer, aber manchmal ist es der richtige Weg.

In den vergangenen Jahren hatte ich mich oft gefragt, wann der Punkt in meinem Leben gekommen war, an dem ich mich mit der Tatsache abfand, Phoenix niemals zu verlassen. Es war ein schleichender Prozess gewesen, ein parasitärer Gedanke, der sich langsam eingenistet und meine Hoffnungen und Träume zerstört hatte.

Ich hatte das nicht bemerkt, im Gegensatz zu Angela und Camila. Was die beiden für mich getan hatten, würde ich ihnen nie nicht vergessen. Sie gaben mir damit nicht nur eine Chance, sie zeigten mir zudem, dass sie an mich glaubten. Etwas, das lange niemand mehr getan hatte.

»Du hast bei deinem Bewerbungsgespräch erwähnt, dass du Psychologie studieren wolltest. Ich habe alles organisiert und mich darüber hinaus um einen Platz im Studentenwohnheim gekümmert.« Camila zeigte mir die Zusage und die dazugehörige Infobroschüre. »Bridgeport hat ein ausgezeichnetes Programm für Schwimmer, dort wird man dich fördern, wie du es verdienst. Aber dazu kann Angela dir mehr erzählen. Außerdem liegt die Stadt knapp zweitausendfünfhundert Meilen von Phoenix entfernt. Das genügt, oder?«

Ich wusste nicht, was ich sagen sollte, und schaffte es nicht, die Freudentränen zurückzuhalten. Dennoch sah ich ein Problem. »Das ist unglaublich, Camila, aber wie soll ich das finanzieren? Ich bekomme kein Stipendium, Mom unterstützt mich nicht und ich habe nichts gespart. Es wird dauern, bis ich in Bridgeport einen Job finde …«

»Mach dir darüber bitte keine Gedanken«, unterbrach mich meine Chefin. »Angela und ich werden die Studienkosten ein halbes Jahr übernehmen, einschließlich des Zimmers und Verpflegungsgeldes, bis du dich in Bridgeport zurechtgefunden und eingelebt hast.«

»Das … das kann ich unmöglich annehmen. Ich …«

»Du kannst und du wirst, Autumn. Du arbeitest seit zwei Jahren für mich, ohne jemals einen Tag gefehlt zu haben. Du hast das Café selbstständig am Laufen gehalten und viel für mich getan. Du bist wie eine Tochter für mich, obwohl ich natürlich zu jung bin, um deine Mutter zu sein.«

Cam zwinkerte mir zu. Ich lachte auf, was seltsam klang, weil sich das Lachen mit einem Schluchzen vermischte.

»Autumn, du bist ein tolles Mädchen und du wirst mir schrecklich fehlen, aber du hast dein ganzes Leben noch vor dir. Die Studienzeit sind die schönsten Jahre und du solltest dir diese Erinnerungen nicht entgehen lassen, nur weil dich deine Mutter mit ihrem Selbstzerstörungstrip in den Abgrund reißen will.

Es ist an der Zeit, dass du an dich denkst. In Phoenix hält dich nichts.«

»Du hältst mich«, schluchzte ich und fiel meiner Chefin dankbar in die Arme. »Und Angela und das Team.«

»Angela ist meiner Meinung. Bevor wir die Bewerbung für dich fertig gemacht haben, haben wir lange gesprochen. Du musst hier weg, Autumn, um deinetwillen.«

Mit dem Handrücken wischte ich mir dir Tränen von den Wangen und atmete tief durch, während meine Augen das Logo der *University of Bridgeport* fixierten.

Das war ein Traum, zu schön, um wahr zu sein. Es musste einfach einer sein.

»Danke für alles. Ich … ich muss Angela anrufen.«

»Nimm dir einen Moment Zeit«, lächelte meine Chefin mir zu, während ich in den Aufenthaltsraum ging und zu begreifen versuchte, was gerade geschehen war.

Kapitel 2

Knapp vier Wochen waren vergangen, seit Camila mich mit den Unterlagen überrascht hatte und in wenigen Stunden würde das Abenteuer Bridgeport beginnen.

Obwohl ich Zeit hatte, darüber nachzudenken, fühlte ich mich nicht bereit für diesen Schritt. Auf der einen Seite war ich gespannt und freute mich auf den Neuanfang, auf der anderen Seite griffen Selbstzweifel und Unsicherheit nach mir.

Wer garantierte mir, dass mein Leben in Connecticut besser wurde? Oder dass ich meine Vergangenheit verarbeitete, nur weil ich zweitausendfünfhundert Meilen weit wegzog? Gab es eine Garantie, dass Mom mich in Frieden ließ?

Sicher nicht, das wäre zu schön, um wahr zu sein.

»Wo bist du mit deinen Gedanken?« Die Stimme meiner Chefin drang zu mir durch und ich sah sie irritiert an.

»Was?«

»Ich habe dich gefragt, ob du alles vorbereitet hast?«

»Außer einem Koffer mit den wichtigsten Sachen kann ich nicht viel vorbereiten und nicht einmal das habe ich bisher. Mom würde es sofort bemerken.«

Nachdenklich starrte ich in die Auslage der Kuchentheke. Alle Unterlagen, die das Studium betrafen, hatte ich im Café gelassen. Auch wenn ich es nicht beweisen konnte, war ich sicher, dass meine Mutter mein Zimmer manchmal durchsuchte. In den letzten Wochen hatte ich akribisch darauf geachtet, sie nicht zu provozieren. In meiner Wut auf sie hätte ich ihr die Wahrheit an den Kopf geworfen und es bitter bereut.

»Ein paar Stunden noch, Autumn.« Camila legte eine Hand auf meine Schulter.

»Es kann noch alles schiefgehen. Wenn Mom heute einen schlechten Tag hat …« Ich schüttelte den Kopf, verdrängte den Gedanken jedoch nicht. »Cam, ich habe ein furchtbar schlechtes Gefühl.«

»Du wirst in Bridgeport studieren und wenn ich dich persönlich hinfahre. Ich werde wach bleiben, bis du mir geschrieben hast, dass du am Flughafen angekommen bist. Du kannst mich jederzeit anrufen.«

Camila wirkte entschlossen und ich wünschte, ich wäre in dieser Hinsicht von ebenso positiven Gedanken gesegnet. Erst wenn ich um zwei Uhr nachts im Flugzeug säße, das mich nach Connecticut bringen sollte, würde sich das Gefühl von Neuanfang bei mir einstellen.

»Autumn, hey, was soll der deprimierte Blick?«

Ich sog die Luft tief in die Lungen. Meine Augen wurden feucht und ich schluckte schwer. »Ich habe Angst.«

Ich war mit meinem Leben nicht glücklich, hatte mich damit aber arrangiert. Dass sich nun alles ändern sollte, bereitete mir Bauchschmerzen. Bei dem Gedanken, dass mein Leben ab morgen kopfstand, wurde mir speiübel. Ich würde in einer neuen Stadt leben, neue Menschen kennenlernen, studieren …

Wenn ich Filme sah oder Bücher las, die am College spielten, fiel es den handelnden Personen immer leicht, diesen Lebensabschnitt zu beginnen. Niemand schien sich zu fürchten. Niemand außer mir …

»Es gibt nichts, wovor du Angst haben müsstest. Sicher, am Anfang wird es ungewohnt und überwältigend sein. Aber du wirst dich zurechtfinden und spüren, wie die Last von deinen Schultern fällt. Ich hätte dich viel eher zu diesem Schritt drängen sollen.«

Camila schaute gedankenverloren aus dem Schaufenster. In ihren Augen glitzerten Tränen. Das war unser Abschiedsmoment. Jeden Augenblick würde sie mich gehen lassen, damit ich nach Hause fahren und die letzten Sachen vorbereiten konnte.

»Du wirst mir fehlen.« Mit dem Handrücken wischte Camila sich die Tränen aus den Augen und schloss mich fest in die Arme.

»Du hast versprochen, mich zu besuchen.«

»Und das werde ich.«

Sie löste sich leicht von mir und strich mir die blonden Haare über die Schultern, anschließend nahm sie mein Gesicht in die Hände. »Ich wollte dir so viel sagen, doch mir fällt nichts mehr ein.« Ihre Lippen verzogen sich zu einem Lächeln.

»Dann machen wir es kurz und schmerzlos. Ich … ich hasse Abschiede«, stammelte ich und kämpfte gegen das Brennen in den Augen an.

Ein letztes Mal fiel ich Camila in die Arme, bevor ich die Schürze von den Hüften zog und sie an ihren Platz hing. Ich nahm meine Tasche, blieb im Gastraum stehen und ließ die Atmosphäre des Cafés auf mich wirken. Unglücklich senkte ich den Kopf. Das war der einzige Ort in Phoenix, an dem ich mich gewollt und akzeptiert gefühlt hatte, und jetzt musste ich ihn verlassen, um in eine ungewisse Zukunft zu starten.

»Danke, Cam.« Wir lächelten einander traurig an.

»Du wirst deinen Weg gehen, Kleines. Alles wird gut, vertrau mir.«

Ich nickte dankbar und zog die Tür hinter mir zu. Auf der Straße drehte ich mich erneut um und blickte durch die Glasfront ins Innere. Camila hob die Hand zum Abschied und ihre Mundwinkel zuckten. Dennoch fühlte ich, dass sie genauso traurig war wie ich.

Bevor ich nach Hause ging, fuhr ich in den Phoenix Swim Club. Heute wäre mein letztes offizielles Schwimmtraining gewesen, aber ich wollte mich nur schnell von allen verabschieden und mich noch einmal bei Angela bedanken.

Als ich das Freibad erreichte, hörte ich meine Trainerin strenge Anweisungen rufen. Ein Lächeln breitete sich auf meinen Lippen aus und ich beschleunigte meinen Schritt.

Es dauerte nicht lange, bis Angela mich entdeckte. Sie kam auf mich zu und schloss mich in die Arme. »Ich dachte schon, du machst dich aus dem Staub, ohne Tschüss zu sagen.«

»Wie könnte ich.« Sie legte einen Arm um meine Schultern und wir beobachteten einen Moment das Team, das die ersten Aufwärmübungen machte.

»Ich kann nicht glauben, dass ich dich nach neun Jahren einfach ziehen lassen soll. Du warst quasi noch ein Baby, als du zu deinem ersten Training gekommen bist.«

»Du wolltest mich loswerden«, scherzte ich und Angela lachte leise.

»Weil Bridgeport dir etwas bieten kann, was ich nicht habe. Freiheit. Das Schwimmprogramm ist ausgezeichnet und Jane Hamsworth ist eine Spitzentrainerin. Wir waren gemeinsam im Olympia-Kader. Versprich mir, dass du dich ihr vorstellst.«

»Versprochen.«

Nachdem das Team die Aufwärmübungen beendet hatte, rief Angela sie alle zusammen. Einigen meiner Teamkolleginnen hatte ich erzählt, dass ich wegziehen würde, andere waren völlig ahnungslos.

»Ihr Lieben, Autumn ist gekommen, um sich von uns zu verabschieden. Sie wird bald in Bridgeport studieren und dort hoffentlich weiterschwimmen.«

Ich schluckte schwer und kämpfte gegen die Tränen an. Auch wenn ich keines der Mädchen so nah an mich herangelassen hatte, dass eine Freundschaft entstehen konnte, waren wir doch so etwas wie eine kleine Familie.

»Ich möchte mich bei euch allen für die schönen Jahre bedanken. Die Zeit hier wird immer in meinem Herzen bleiben und ich hoffe, dass ihr weiterhin einen Sieg nach dem nächsten einfahrt. Vielleicht begegnen wir uns irgendwann wieder.«

Die Mädchen klatschen, kamen schließlich gesammelt auf mich zu und schlossen mich, nass wie sie waren, in die Arme. Wir lösten uns voneinander und ich wischte mir hastig die Tränen aus den Augen.

»Mach etwas draus, Autumn.« Lächelnd strich Angela mir eine blonde Haarsträhne hinter die Ohren und drückte mich wieder fest an sich. »Wir sehen uns beim Auswahlschwimmen für Olympia und dann will ich, dass du es jedem zeigst, verstanden? Du schaffst das, weil du den Willen hast.«

Ich nickte und löste mich. »Ich gebe mein Bestes. Danke.«

Langsam ging ich einige Schritte rückwärts, winkte den Mädchen und Angela noch einmal zu, bevor ich mich endgültig abwandte.

Ich schloss die Tür unseres Hauses auf, das seine besten Jahre hinter sich hatte. Die weiße Farbe bröckelte von der Holzverkleidung, auf dem Dach fehlten infolge des letzten Herbststurmes mehrere Ziegel. Die Grünanlagen vor dem Haus waren ungepflegt, die Pflanzen allesamt von der Sonne verbrannt.

Vor seinem Tod hatte Dad sich vorgenommen, unser Häuschen wieder auf Vordermann zu bringen, aber dazu war er nie gekommen.

Abgestandene, muffige Luft wehte mir entgegen und ich rümpfte die Nase. Aus dem Wohnzimmer drangen die Geräusche des Fernsehers in den Flur. Mom saß wahrscheinlich mit einer Flasche Wein auf der Couch und ließ sich vom Vorabendprogramm berieseln.

So leise wie möglich schloss ich die Tür und schlich in Richtung meines Zimmers, vorbei am Wohnzimmer.

Das gesamte Haus sah aus wie ein Schweinestall. Obwohl ich Mom oft hinterherputzte und die herumliegenden Sachen aufräumte, schaffte sie es, alles zunichtezumachen, während ich bei der Arbeit oder beim Training war.

Im Flur stolperte ich über ihre Klamotten, Schuhe, leeren Kartons und Tüten mit Essensresten. Es widerte mich an, aber meine Mutter störte sich daran nicht. Sie lag den ganzen Tag auf der Couch, starrte in den Fernseher und bewegte sich nur, wenn ihre Flasche leer war oder sie zur Toilette musste. Sie arbeitete seit dem Unfall meines Vaters nicht mehr. Die Witwenrente, die sie erhielt, reichte ihr zum Leben. Davon kaufte sie sich Billigwein, Schnaps und Fertigessen aus dem Supermarkt.

»Autumn, komm her!«, rief Mom, als ich glaubte, mich unbemerkt an ihr vorbeigeschlichen zu haben. Ich ließ die Tasche auf den Boden fallen, trat in das vermüllte Wohnzimmer und stellte mich mit verschränkten Armen neben die Couch.

Mom bot einen erbärmlichen Anblick. Ihr blondes Haar war fettig und ungekämmt, sie hatte dunkle Ringe unter den Augen und ihr Gesicht war wie der Rest ihres Körpers von Alkohol und ungesundem Essen aufgedunsen. Sie trug eine ausgeblichene, blaue Jogginghose und ein fleckiges, graues Shirt. Sachen, die verbargen, dass sie seit Dads Tod fast zwanzig Kilo zugenommen hatte.

Manchmal, wenn ich alte Bilder von ihr sah, erschrak ich. Es gab eine Zeit, in der Mom sich gepflegt und um ihr Aussehen gekümmert hatte. Wir waren uns ähnlich gewesen. Groß, schlank und trotzdem mit wunderbar weiblichen Kurven gesegnet.

Doch von Mom war lediglich eine zerstörte Version ihres früheren Ich übrig geblieben.

»Was willst du?«, fragte ich und sie erhob sich von der Couch. Schwankend kam sie einen Schritt auf mich zu.

»Räum deinen Scheiß auf«, lallte sie und deutete in Richtung Flur. »Überall liegt dein Mist herum.«

Ich blieb ruhig, denn sie versuchte nur, mich zu provozieren. Im Normalfall wäre ich darauf angesprungen und hätte ihr die Meinung gegeigt. Seit meine Zeit in diesem Haus ein Ende hatte, hielt ich mich zurück.

Forschend betrachtete sie mich. »Warum sagst du nichts? Seit Wochen schweigst du!«, fauchte sie und ihre ekelhafte Alkoholfahne wehte mir entgegen. »Irgendetwas stimmt nicht.«

»Es ist alles in bester Ordnung, Mom«, erwiderte ich ruhig und wandte mich zum Gehen. Aber ich machte die Rechnung ohne meine Mutter. Ihre Hand schnellte nach vorn und umschloss mein Handgelenk wie eine eiskalte Klaue. Ich stoppte in der Bewegung.

»Du bleibst hier! Ich rede mit dir, verdammt!«, keifte sie und ich drehte mich langsam um.

»Wir haben nichts mehr zu reden«, antwortete ich mit eiskalter

Stimme, schüttelte mein Handgelenk aus ihrem Griff und ließ sie stehen.

Ich setzte einen Fuß aus dem Raum, als etwas wenige Zentimeter an meinem Kopf vorbei flog. Ich spürte den Windhauch, hörte den ohrenbetäubenden Knall und sank erschrocken zu Boden. Zitternd kauerte ich im Türrahmen und Tränen stahlen sich aus meinen Augen.

Ängstlich drehte ich den Kopf zur Seite und betrachtete den blutroten Weinfleck an der Wand, den die Flasche hinterlassen hatte. Ich fand Moms Blick, der so kalt und unberechenbar war wie nie. Mein Herz schlug mir bis zum Hals.

»Du Miststück«, schrie sie und stürzte auf mich zu. Ich verlor das Gleichgewicht, rutschte rückwärts über den Boden, um von ihr wegzukommen. Kleine Glassplitter bohrten sich in meine Handflächen, doch ich ignorierte den Schmerz. Mit den Beinen trat ich in die Luft, um mich zu schützen.

»Lass mich in Ruhe«, schluchzte ich und presste meinen Körper an die Flurwand. Langsam zog ich mich am Schuhregal nach oben und tastete nach einem Gegenstand, mit dem ich sie auf Abstand halten konnte. Wo war der verdammte Schuhanzieher? Plötzlich entdeckte ich den kaputten Glasflaschenhals, der neben das Regal gerollt war, ergriff ihn und hielt ihn in Richtung meiner Mutter. Mit bedachten Schritten schob ich mich an der Wand entlang zu meiner Zimmertür, nahm meine Tasche vom Boden und sah Mom durch meinen tränenverschleierten Blick an. Wie eine angriffslustige Löwin stand sie vor mir, das Gesicht voller Abscheu, bereit, mich erneut anzugreifen, wenn ich einen Fehler beging.

»Das wirst du bereuen«, knurrte sie, während ich die Hand hinter dem Rücken ausstreckte und die Türklinke nach unten drückte. Meine Finger zitterten so sehr, dass ich sie im ersten Moment verfehlte. Als es mir gelang, verschwand ich in dem Raum und schlug die Tür zu.

Panisch schob ich eine Kommode vor die Tür, welche die Klinke notdürftig verkeilte. Meinen Schlüssel hatte sie mir schon vor Jahren weggenommen, aber üblicherweise brauchte ich ihn nicht.

Weinend rutschte ich auf den Boden, legte den Flaschenhals neben mich und stützte die Hände auf dem sauberen Teppich ab. Schwach sank mein Kopf nach vorn und die Angst und die Anspannung der letzten Minuten fielen von mir ab.

Mom hatte eine Weinflasche nach mir geworfen. Mir war nicht klar, ob sie mich absichtlich verfehlt oder ob sie wegen ihres Alkoholpegels nicht getroffen hatte.

Übelkeit breitete sich in mir aus und brennende Magensäure stieg meine Kehle nach oben. Ich rutschte über den Boden, zog den Mülleimer zu mir, weil ich es nicht ins Bad schaffte, und übergab mich. Tränen rannen meine Wangen hinab, während ich würgte und mich anschließend erschöpft auf den Teppich legte.

Nachdem mein Körper sich beruhigt hatte, stand ich auf und lauschte. Im Haus war es still. Ich ging zum Fenster, öffnete es und stellte den Mülleimer nach draußen. Im Kleiderschrank suchte ich frische Unterwäsche, ein Shirt und Shorts und legte die Sachen auf das Fensterbrett. Ich kletterte hinaus und dankte dem Schicksal im Stillen, dass wir in einem ebenerdigen Haus wohnten. Dieses Fenster hatte mich oft gerettet.

Ich schlich zur Mülltonne und warf den Eimer hinein, anschließend nahm ich die saubere Kleidung und steuerte das Badezimmerfenster an, welches sich von außen mit Leichtigkeit nach oben schieben ließ. Der Traum eines jeden Einbrechers – zumindest, wenn es bei uns mehr zu holen gäbe als leere Weinflaschen und Müll.

Vorsichtig spähte ich hindurch und entdeckte meine Mutter am Waschbecken. Sie starrte ihr Spiegelbild an und ließ sich kaltes Wasser über die Handgelenke laufen.

Ich presste mich dicht an die Hausfassade, während ich lauschte, wann sie den Raum verließ. Das Rauschen des Wassers verstummte, zwei Sekunden später fiel die Tür ins Schloss. Die Luft war rein, dennoch wartete ich eine weitere Minute, bis ich das Fenster nach oben schob und hineinkletterte. Blitzschnell verriegelte ich die Tür – das Badezimmer besaß als einziger Raum im

Haus einen Schlüssel – und betrachtete mich im Spiegel. Meine Haare waren vom Wein verklebt und mein gelbes Kleid von roten Sprenkeln überzogen. Vom Weinen waren meine Augen gerötet und geschwollen.

Ich putzte die Zähne, weil ich einen furchtbaren Geschmack im Mund hatte, seit ich mich übergeben hatte, und kontrollierte ein weiteres Mal, ob die Tür verriegelt war. Wenn Mom mitbekam, dass ich mich im Badezimmer aufhielt, konnte alles passieren. Bevor ich mich meiner schmutzigen Kleidung entledigte, atmete ich tief durch und stieg unter die Dusche. Ich wusch mir die letzten eineinhalb Stunden akribisch vom Körper, schrubbte meine Haut mit einem Badeschwamm und schamponierte die Haare ein.

Immer wieder lauschte ich, ob Mom sich vor der Tür positionierte, aber es blieb still. Entweder ertränkte sie ihren Frust in einer neuen Flasche Wein, oder sie hatte sich schlafen gelegt. Was es auch war, ich traute dem Frieden nicht.

Ich stellte das Wasser ab und stieg aus der Dusche. Nachdem ich mich abgetrocknet hatte, zog ich mich an und wickelte meine nassen Haare in das Handtuch. Ich schloss die Tür leise auf und kletterte aus dem Fenster, um in meinem verbarrikadierten Zimmer zu verschwinden.

Plötzlich hörte ich, wie die Badezimmertür nebenan aufgeschlagen wurde und meine Mutter einen ohrenbetäubenden Fluch ausstieß.

»Du kleines Miststück!«

Sie kam zu meiner Tür und hämmerte gegen das Holz. Eilig ließ ich mich auf den Boden vor die Kommode sinken und wirkte als zusätzlicher Widerstand dagegen. Aggressiv drückte sie die Türklinke nach unten.

»Mach die verdammte Tür auf!«

Ich spürte, wie die Kommode zu rutschen begann. Der kleine Knauf der Schublade drängte sich schmerzhaft in meinen Rücken. Ich durfte jetzt nicht aufgeben. Sobald meine Mutter bemerkte, dass sie eine winzige Chance hatte, in dieses Zimmer zu kommen, hatte ich verloren.

Eines musste man Mom lassen, wenn es darum ging, mir zu schaden, hatte sie Kampfgeist.

Tränen rannen über meine Wangen und ich presste mich fester gegen die Kommode.

»Autumn, ich schwöre dir, ich bringe dich um, wenn du die verdammte Tür nicht öffnest!«

Ich schluchzte leise auf, während der Knauf wieder und wieder in meinen Rücken schlug.

»Versuch es!«, schrie ich herausfordernd.

Ich würde nicht aufhören zu kämpfen. Nicht jetzt, wo ich dieser Hölle bald entfliehen konnte.

Kapitel 3

Es fühlte sich unendlich lange an, bis meine Mutter sich beruhigt und von der Tür abgelassen hatte.

Nur noch ein paar Stunden!

Wie ein Mantra flüsterte ich diesen Satz, seit ich vom Boden aufgestanden war und die Türklinke zusätzlich mit Büchern verkeilt hatte.

Unter dem Bett zog ich meinen Koffer hervor und öffnete ihn. Im Vorfeld hatte ich die Kleidung sortiert, die ich mitnehmen wollte. Viele der ausrangierten Sachen waren mir zu klein oder dünn und löchrig, weil ich sie zu lange getragen hatte. Ich packte meine Trainingsbadeanzüge in die Tasche und wählte drei Paar Schuhe aus.

Prüfend blickte ich mich in dem acht Quadratmeter großen Zimmer um. Dieser Raum passte nicht zum Rest des Hauses, darauf achtete ich penibel. Während das Haus dreckig und dunkel war, strahlte mein Zimmer. Die Schränke, der Schreibtisch und mein Bett waren weiß. Überall hatte ich bunte, fröhliche Dekorationen verteilt. Kunstblumen, Laternen, Kerzen, bunte Lichterketten. Die meisten Dinge musste ich schweren Herzens zurücklassen. Ich legte fünf ungelesene Romane in den Koffer, Fotos vom Schwimmteam, mein Bullet Journal und leere Notizhefte, die ich zukünftig für Mitschriften nutzen würde. Aus dem Bücherregal nahm ich eine Delfinfigur, die Dad mir geschenkt hatte, kurz nachdem ich aktiv in den Schwimmverein eingetreten war. Ich hütete sie wie einen Schatz. Der Rest blieb zurück.

Innerhalb einer Stunde verpackte ich neunzehn Jahre meines

Lebens in einem Koffer. Ich verschloss ihn, stellte ihn neben das Bett und setzte mich an den Schreibtisch. Der Blick auf die Uhr ließ mich lächeln.

Nur noch zwei Stunden.

Ich zog ein weißes Blatt aus einem Schreibtischfach und griff zu einem Kugelschreiber. Auch wenn meine Mutter nach ihrem Verhalten keinen Abschiedsbrief verdient hatte, würde ich nicht sang- und klanglos verschwinden. Sie sollte wenigstens wissen, dass mir nichts zugestoßen war und ich freiwillig aus Phoenix verschwand.

Hallo Mom,
wenn du diesen Brief findest, sitze ich hoffentlich im Flugzeug und begreife endlich, dass du nicht mehr über mein Leben bestimmst und mich kaputtmachst.
Ich habe dich nie wegen deiner Trauer um Dad verurteilt, anfangs wollte ich dich sogar verstehen. Aber was du mir in den letzten fünf Jahren angetan, wie du mich behandelt und was du mir an den Kopf geworfen hast … das war zu viel.
Ich schreibe dir diesen Brief nicht, um dir zu vergeben. Ich schreibe dir, damit du dir keine Sorgen machst, sollte in deinem eiskalten Herzen noch ein kleiner Funken Liebe für mich sein.
Ich verlasse Phoenix, um von dir loszukommen und um von vorn anzufangen. Ich wünschte, ich könnte dir für irgendetwas danken, aber das kann ich nicht.
Such nicht nach mir!
Autumn

Ich ließ den Brief liegen und setzte mich aufs Bett. Während ich meine Finger nervös knetete, lauschte ich, was im Haus passierte. Im Wohnzimmer lief der Fernseher, aber es war möglich, dass Mom davor eingeschlafen war.

Wenn dem so war, hatte ich leichtes Spiel. Ihr Schlaf war so fest, dass neben ihr eine Bombe hätte einschlagen können, ohne dass sie hochschrecken würde.

Trotzdem war mir flau im Magen. Schon den gesamten Tag über begleitete mich eine furchtbare Ahnung. Was, wenn alles schief gehen und Mom mich aufhalten würde? Die Angst, nicht vorsichtig genug gewesen zu sein, hing beharrlich über mir.

Ich zog mein Handy aus der Tasche und warf einen Blick darauf, um mich von dem nervösen Gefühl in meinem Inneren abzulenken.

Eine Nachricht von Camila und eine weitere von meiner zukünftigen Mitbewohnerin Lindy, die mich vor etwa einer Woche über mein Social Media-Profil kontaktiert hatte.

Camila: *Ist alles in Ordnung? Macht deine Mutter Probleme?*
Autumn: *Wir hatten Streit, aber jetzt ist alles ruhig. Sobald sie schläft, verschwinde ich von hier.*
Camila: *Ich stehe dreiundzwanzig Uhr vor eurem Haus und hole dich ab. Keine Widerrede!*
Autumn: *Das ist nicht nötig. Wenn Mom schläft, bekommt sie nichts mit.*
Camila: *Keine Widerrede!*

Ich dankte ihr in einer weiteren Nachricht und öffnete danach den Chat mit Lindy.

Lindy: *Ich wünsche dir einen guten Flug. Ich freue mich auf morgen. xoxo*

Lächelnd legte ich das Handy beiseite. Seit Lindy sich bei mir gemeldet hatte, schrieben wir regelmäßig. Wir hatten uns auf Anhieb verstanden und bereits die ersten Gemeinsamkeiten ausfindig gemacht. Da war nicht nur die Liebe für Nussschokolade, sondern auch die für Netflixserien und kitschige Deko.

In den letzten Jahren hatte ich meinem Umfeld nicht gezeigt, dass ich eigentlich ein offener Mensch war. Die Angst, die anderen könnten herausfinden, was bei mir zu Hause vor sich ging, hatte mich einsam gemacht. Ich wollte nicht, dass man im Team über mich redete, obwohl ich mich mit vielen Mädchen gut verstanden hatte.

In Bridgeport würde ich mich zum ersten Mal nicht gegen eine Freundschaft wehren müssen.

Vor ein paar Tagen hatte Lindy mir die ersten Bilder unseres Zimmers geschickt. Ein romantischer Mädchentraum mit Lichterketten, unzähligen Zierkissen, Kuscheldecken und Kerzen. Zugegeben, meine Zimmerseite war trostlos und leer, aber das würde ich bald ändern.

Und ich freute mich darauf.

Kurz vor dreiundzwanzig Uhr stand ich von meinem Bett auf und blickte aus dem Fenster. Ich sah die Scheinwerfer eines Autos, das langsamer wurde und einige Meter vor unserem Haus zum Stehen kam. Das musste Camila sein.

Ich atmete tief durch und hob meinen Koffer nach draußen. Dann lauschte ich. Der Fernseher lief nicht mehr, ein Zeichen dafür, dass Mom eingeschlafen war und das Gerät sich eigenständig ausgeschaltet hatte. Zumindest hoffte ich das.

Ich zog die Bücher unter der Türklinke weg. So hatte meine Mutter die Chance, die Kommode mit ein bisschen Kraft von der Tür wegzuschieben.

Ein letztes Mal betrachtete ich mein kleines Reich, atmete tief durch und stützte mich auf dem Fensterbrett ab, um hinauszuklettern.

Plötzlich gab es einen Knall im Wohnzimmer und ich zuckte erschrocken zusammen. Was war das?

Heraneilende Schritte holten mich in die Gegenwart zurück und ich rutschte vom Fensterbrett nach draußen. Erstarrt blickte ich auf meine Zimmertür, aber nichts passierte. Im Badezimmer wurde das Licht angeschaltet.

»Verdammt«, fluchte ich leise, bekam die Kontrolle über meinen Körper zurück und rannte mit dem Koffer in der Hand los.

»Autumn?«, hörte ich meine Mutter fragen. Sie klang überraschend nüchtern und trotzdem drehte ich mich nicht zu ihr um.

Ich stolperte auf Camilas Wagen zu, riss die Tür auf und warf den Koffer auf die Rückbank.

»Starte den Motor«, flüsterte ich mit zitternder Stimme und Camila reagierte. Ich sprang auf den Beifahrersitz, mein Herz schlug mir bis zum Hals. Als wir am Haus vorbeifuhren, öffnete Mom gerade die Haustür. Wir tauschten einen Blick, dann sank mein Kopf schwach gegen die Fensterscheibe. Was wäre passiert, wäre Cam nicht da gewesen? Mein Herz sprang mir beinahe aus der Brust, mein gesamter Körper bebte.

»Aus diesem Grund wollte ich dich abholen«, flüsterte Camila.

»Sie hatte einen schlechten Tag, ich hatte es im Gefühl«, brachte ich angespannt hervor und atmete tief durch. »Danke, dass du hier bist.«

»Ich fahre erst wieder zurück, wenn ich diesem verdammten Flieger beim Starten zugesehen habe.«

Ich lächelte dankbar.

Nachdem wir die Unterlagen im *Café Cam* geholt hatten, fuhren wir zum Phoenix Sky Harbor, der wenige Autominuten von der Kaffeelounge entfernt lag.

Zum ersten Mal seit Jahren konnte ich wieder frei atmen, als Camila und ich das Flughafengebäude betraten. Ein letztes Mal predigte sie alle Anweisungen.

»Der Zwischenstopp in Charlotte dauert eineinhalb Stunden. Trink keinen Kaffee und versuch zu schlafen, dann machen dir die zwei Stunden Zeitverschiebung nichts aus. Deine Mitfahrgelegenheit wartet zwölf Uhr dreißig vor dem Haupteingang des Flughafens Westchester County auf dich. Es handelt sich ebenfalls um einen Studenten, ein netter junger Mann, wir haben telefoniert. Wenn er dir trotzdem komisch vorkommt, nimm den Bus. Hast du das verstanden?«, prasselten Camilas Worte auf mich ein, kurz bevor mir der Weg zum Check-in bevorstand.

»Wenn er ein Psychopath ist, weiß ich mich zu wehren«, scherzte ich und umarmte meine Chefin. »Ich kann dir nicht oft genug danken.«

Ich küsste Camila auf die Wange und nahm den Koffer.

»Das musst du nicht.«

»Doch.« Ich schenkte ihr ein letztes Lächeln. »Danke.«

Ich beherzigte Camilas Tipp und schlief den gesamten Flug über. Während des Zwischenstopps in Charlotte gönnte ich mir einen Schinken-Bagel und eine heiße Schokolade und nutzte die verbleibende Zeit zum Schlafen.

Nachdem ich mit dem Koffer in der Hand aus dem Flughafengebäude von Westchester County spazierte, begriff ich, dass mein neues Leben in diesem Augenblick begonnen hatte. Es fühlte sich noch immer wie ein Traum an.

Ich atmete tief durch und genoss das Gefühl der warmen, aber im Vergleich zu Phoenix viel kühleren Luft, und ein Lächeln stahl sich auf meine Lippen. Es war ein bedeckter Tag und die Sonne versteckte sich, das änderte an dem Hochgefühl, das sich in meinem Inneren ausbreitete, glücklicherweise nichts.

»Bist du Autumn?«

Die tiefe und zugleich melodische Stimme ließ mich zusammenzucken und ich wandte meinen Kopf zur Seite. Ich schluckte schwer, als sich der tätowierte Typ mit verschränkten Armen vor mir aufbaute. Seine grauen Augen ruhten auf mir, während der Wind durch sein dunkelblondes Haar fuhr und eine perfekt gestylte Strähne seines Undercuts durcheinanderbrachte. Er spannte seine markanten Kieferknochen an, verzog die Lippen zu einem Strich und wartete ab.

Ich wusste nicht, was ich sagen sollte, fixierte stattdessen das schwarze Shirt, das an seinen trainierten Oberarmen spannte und beeindruckende Bauchmuskeln erahnen ließ.

»Bist du stumm?«, fragte er und ich sah erschrocken auf. Der Blick, mit dem er mich bedachte, jagte einen Schauer durch mein Innerstes. »Taub?« Skeptisch zog er eine Augenbraue nach oben und kniff anschließend die Augen zusammen.

»Ich … nein … also«, stammelte ich. Meine Hand verkrampfte sich um den Griff des Koffers. »Ja, ich bin Autumn.«

»Dann beeil dich, ich habe heute noch andere Dinge zu erledigen«, wies er mich an und marschierte zu einem schwarzen BMW M3. Mir klappte der Mund auf.

Wie unverschämt.

Warum hatten diese gut aussehenden Typen allesamt kein Benehmen?

Mit schnellen Schritten folgte ich ihm und zog meinen Koffer hinterher. Hatte Cam nicht gesagt, er wäre nett? Ich war nicht auf den Mund gefallen, das hatte ich der Arbeit im Café zu verdanken. Aber aus irgendeinem Grund verunsicherte mich der Typ.

»Vielleicht stellst du dich erst einmal vor?«, erwiderte ich schnippisch und stemmte die Hände in die Hüften.

»Bryan. Und jetzt pack den Koffer auf die Rückbank und steig ein.«

Im ersten Moment wusste ich nicht, was ich sagen sollte, dazu hatte ich ohnehin keine Chance. Bryan saß bereits im Wagen und ließ den Motor an. Was zum Teufel stimmte mit dem nicht? Ein bisschen Freundlichkeit hatte noch niemandem geschadet.

»Autumn, ich meine es ernst. Ich fahre ohne dich, das ist kein Witz!«

Ich legte den Koffer auf die Rückbank und nahm auf dem Beifahrersitz Platz. Nachdem ich mich angeschnallt hatte, fuhr Bryan los.

Nervös knetete ich meine Finger. Wenn so eine Szene in einem Buch oder Film passiert war, hatte ich die Protagonistinnen nie verstanden. Ich war der festen Überzeugung gewesen, dass kein Mann mich je so vor den Kopf stoßen konnte. Bryan jedoch hatte die Macht dazu und das beängstigte mich. Verdammt, was war los mit mir?

Aus dem Augenwinkel beobachtete ich ihn. Er war höchstens Anfang zwanzig, sein Kinn zierte ein schwacher Bartschatten und seine Arme waren mit bunten Tattoos übersät. Die fein gearbeitete Rosenranke stach mir besonders ins Auge. Zarte, blutrote Blütenköpfe waren von grünen Blättern und spitzen Dornen umgeben. Das Tattoo bedeckte seinen gesamten, rechten Arm.

»Hast du keine Zeitschrift mit, die du anstarren kannst?«

Ertappt wandte ich den Blick von Bryan ab. Meine Wangen brannten vor Scham.

»So interessant bist du nicht«, murmelte ich und sog die Luft tief in die Lungen. Ich starrte aus dem Fenster, während die Landschaft rasend schnell an mir vorbeizog. Mein Herz schlug mir bis zum Hals, obwohl Bryans direkte Art mich furchtbar störte. Was hatte ich dumme Kuh ihn auch angestarrt wie ein hormongesteuerter Teenager? Als hätte ich in meinem Leben noch nie einen attraktiven Typen gesehen.

Bryan schaltete das Radio ein und drehte es laut auf. Irgendeine Rockband, die ich nicht kannte, schrie mir unverständliche Worte ins Ohr.

War das jetzt sein Ernst? Das würde ich keine fünfundvierzig Minuten bis zum Wohnheim durchstehen. Besaß er insgeheim eine Liste mit Dingen, die ich hasste?

»Könntest du das leiser stellen?«, fragte ich und sah zur Seite. Bryan trommelte mit den Fingern aufs Lenkrad und bewegte den Kopf zur Musik. Sein Haar wippte leicht, eine Strähne löste sich und fiel ihm in die Stirn. Ihm schien dieses Gegröle tatsächlich zu gefallen.

»Nein.« Er fuhr sich lässig durch die Haare. Wie konnte man dabei nur so gut aussehen? Verdammt!

»Nein?«, fragte ich perplex. Für einen kurzen Moment sah er mich mit seinen eiskalten, grauen Augen an. Ein Rucken ging durch mich hindurch und ich hielt erschrocken die Luft an. Das Kribbeln begann in meinem Magen und schoss innerhalb von Millisekunden durch den Rest meines Körpers. Ich fing jeden Zentimeter seines Gesichts ein – die ausdrucksstarken Augen, seine Lippen, die schönen Gesichtszüge – und verlor mich.

Er löste den Blick, während ich ihn weiter anstarrte. Ohne dass ich ein weiteres Wort sagen musste, drehte Bryan die Musik leiser und konzentrierte sich auf die Straße. Woher dieser plötzliche Sinneswandel kam, verstand ich nicht, aber ich hatte nicht vor, ihn zu hinterfragen.

»Danke«, brachte ich mühsam hervor und er nickte.

Die Stille, die daraufhin eintrat, war trotz der Musik kaum zu ertragen. Angespannt knetete ich meine Hände und schielte immer wieder in Bryans Richtung. Irgendetwas hatte er an sich, das mich faszinierte. Möglicherweise waren es seine Tattoos, oder die unnahbare Ausstrahlung, die ihn umgab.

Dabei gehörte ich nicht zu den Mädchen, die sich von Bad Boys in den Bann ziehen ließen. Wenn ich ehrlich war, schaffte das überhaupt kein Typ. Obwohl ich während der Highschool einige Angebote bekommen hatte, hielt ich mich von Männern fern. Nicht nur, weil mir das Schwimmen wichtiger war, sondern vor allem wegen meiner Mutter. Niemand sollte herausfinden, dass sie sich bis zur Besinnungslosigkeit betrank und manchmal sogar Schlimmeres. Es war eine Art von Selbstschutz gewesen. Jahrelang war ich überzeugt davon, dass es so besser für mich war. Mittlerweile war ich mir nicht mehr so sicher.

Als Bryan mich erneut dabei erwischte, wie ich ihn anstarrte, brach er sein Schweigen.

»Woher kommst du?«, erkundigte er sich und betrachtete mich kurz, bevor er seine Augen auf den Straßenverkehr richtete.

»Aus Phoenix«, antwortete ich genauso einsilbig wie er.

»Dann bist du weit weg von zu Hause.«

Ich zuckte mit den Schultern. »Welches Zuhause?«, fragte ich rhetorisch und ging nicht weiter darauf ein. Das hatte ihn nicht zu interessieren und ich bereute es, es überhaupt angedeutet zu haben. Das gehörte eindeutig zu meinen schlechten Eigenschaften. Manchmal sprach ich, ohne vorher nachzudenken.

»Wie bist du auf die Idee gekommen, in Bridgeport zu studieren?«

»Bin ich nicht«, seufzte ich. »Meine Chefin hat das für mich in die Wege geleitet. Du hast mit ihr telefoniert. Camila Coleman.«

»Die Verrückte, die all meine persönlichen Daten wissen wollte, für den Fall, dass ich dir auch nur ein Haar krümme. Sie hat mir mit unaussprechlichen Dingen gedroht. Selbst wenn ich ein irrer Serienkiller wäre, hätte ich nach diesem Telefonat Angst gehabt, mich an dir zu vergreifen.«

»Sie sorgt sich um mich.« Ich lachte leise und konnte mir lebhaft vorstellen, womit Cam alles gedroht hatte. Das geschah Bryan recht.

»Was wirst du studieren?« Sein Verhör war noch nicht beendet. Mit ihm zu sprechen, war beinahe schlimmer, als mit ihm zu schweigen. Mein Herz pochte wild. Was war bloß los mit mir? Ich konnte Bryan nicht ausstehen und trotzdem zog er mich an, brachte mich aus der Fassung.

»Psychologie.«

»Interessant.« Offenbar war seine Neugier geweckt. »Gehörst du zu denjenigen, die dieses Fach studieren, um sich selbst zu therapieren?«

»Wie kommst du darauf?« Ich funkelte ihn herausfordernd an. Warum stellte er so unverschämte Fragen? Und was meinte er überhaupt damit?

»Keine Ahnung, du machst einen kaputten Eindruck.«

Zum zweiten Mal innerhalb einer Stunde fiel mir die Kinnlade nach unten. Ich wusste nicht, was schlimmer war. Dass ich diesen ersten Eindruck hinterlassen hatte oder dass er Recht hatte.

»Wenn du meinst«, grummelte ich verletzt und richtete den Blick aus dem Fenster. Es hatte Bryan nur eine Sekunde gekostet, um den winzigen, positiven Eindruck zunichtezumachen.

Fünfundvierzig Minuten waren eine lange Zeit für peinlich berührte Stille, zumindest wenn man mit einem fremden, überheblichen Typ im Auto saß, der viel zu gut aussah und seine Wirkung auf Frauen kannte. Ich war dankbar, als Bryan den Wagen vor einem braunen, kastenartigen Gebäude parkte. Er stieg aus und ich tat es ihm gleich. Ich wollte nur noch meine Sachen schnappen und verschwinden.

»Danke, dass du mich mitgenommen hast«, sagte ich höflich, ohne auf ihn zu achten.

Gerade als ich die hintere Autotür öffnete, um meinen Koffer von der Rückbank zu nehmen, schnellte ein tätowierter Arm an mir vorbei und schob sie wieder zu.

Ich hielt erschrocken die Luft an, setzte einen Fuß nach hinten und stieß gegen einen trainierten Oberkörper. Bryan beugte sich dicht an mein Ohr und sein Atem kitzelte meine Haut. Die feinen Härchen in meinem Nacken stellten sich auf und ein Schauer jagte durch meinen Körper.

Er war mir viel zu nah. Und verdammt, es fühlte sich gut an.

Sanft legte er seine Lippen an mein Ohr und ich sog die Luft scharf ein. Er roch nach einem Tag am Pool ... so vertraut.

»Wir sind alle kaputt, Autumn. Ich wollte dich nicht verletzen«, hauchte er beinahe verzweifelt und steckte damit meinen Körper in Brand. Ich schloss die Augen, ließ mich erschöpft gegen ihn sinken, obwohl ich mich gleichzeitig am Griff der Autotür festkrallte.

Aber so prompt wie Bryan hinter mir gestanden hatte, entfernte er sich wieder. Ich öffnete die Augen, starrte fassungslos gerade aus und brauchte kurz, um mich zu sammeln.

Und mit einem Mal war der Moment vorbei.

»Autumn, nimm endlich deinen Koffer. Ich habe nicht den ganzen Tag Zeit«, holte Bryans Stimme mich in die Gegenwart zurück. Sie war eiskalt und unnahbar.

Hatte ich das gerade nur geträumt?

Eilig hob ich meinen Koffer von der Rückbank und schlug die Tür zu.

»Danke noch mal«, stammelte ich irritiert und er nickte nichtssagend. Dann stieg er in sein Auto und raste davon.

Stumm starrte ich dem Wagen nach, während meine Gedanken wild umherwirbelten. Was war das für eine komische Situation gewesen? Und warum in aller Welt fühlte ich mich so seltsam? Euphorisch und leicht.

Wir sind alle kaputt, Autumn.

Glücklich.

Ein Schauer zog über meine Arme, den Rücken hinunter. Noch immer prickelte seine Nähe wie eine sanfte Erinnerung auf meiner Haut.

Ich schüttelte sie ab. Ich würde an meinem ersten Tag am College nicht dem erstbesten Bad Boy verfallen! Auf gar keinen Fall!

»Arroganter Idiot«, besann ich mich, schnappte den Koffer und marschierte los, um meine Mitbewohnerin zu treffen.

Doch das Kribbeln in meinem Magen blieb, egal, wie sehr ich mich dagegen wehrte.

Kapitel 4

Als ich um die Ecke bog, sah ich ein Mädchen in meinem Alter vor dem Eingang der South Hall stehen. Sie hatte langes, brünettes Haar, das ihr in geschwungenen Locken über die Schultern fiel. Sie war kleiner als ich, trug eine blaue Vintage-Bluse und einen schwarzen Cordrock, der perfekt an ihrer schlanken Taille saß.

Ihre braunen Augen strahlten und sie lächelte, als sie mich entdeckte. Obwohl Lindy und ich bereits Fotos ausgetauscht hatten, hätte ich sie nicht erkannt. Nicht, weil ihr Bild zu retuschiert gewesen wäre, sondern weil sie plötzlich einen geraden Pony trug, der ihr Gesicht völlig veränderte.

»Autumn?«, fragte sie und machte einen Schritt auf mich zu.

»Ja«, antwortete ich und erwiderte ihr freundliches Lächeln. »Hallo.«

Lindy zog mich in eine Umarmung und löste sich anschließend von mir.

»Schön, dass du hier bist.«

»Hast du lange gewartet?«, erkundigte ich mich und sie schüttelte den Kopf.

»Nein. Wie war deine Reise? Gab es Probleme?«

Ich war kein Fan dieses gezwungenen Small Talks, in den man verfiel, wenn man einen Menschen zum ersten Mal persönlich traf und nicht wusste, worüber man sprechen sollte. Obwohl Lindy und ich uns in den Nachrichten gut verstanden hatten, war diese Situation ähnlich peinlich.

»Es war alles okay, bis ich die Mitfahrgelegenheit kennengelernt habe, die meine Chefin mir besorgt hat.« Ich verdrehte automatisch die Augen, als ich an Bryan dachte. Lindy entging das nicht und sie warf mir einen fragenden Blick zu.

»Details, Autumn. Lass dir nicht alles aus der Nase ziehen. Das kann ich nicht leiden, damit du Bescheid weißt«, plapperte Lindy drauf los. »Die Mitbewohnerin, die ich vorher hatte, hat überhaupt nicht mit mir geredet. Das war so eine abgedrehte Gothictante, wahrscheinlich hat sie Satan angebetet und mich verflucht. Du bist keine Satanistin, oder?«

Ich lachte und schüttelte den Kopf, dankbar, dass Lindy das Eis zwischen uns endgültig gebrochen hatte. »Was ist aus ihr geworden?«

»Sie hat das erste Semester nicht geschafft – was auch immer sie studiert hat – und war von heute auf morgen verschwunden. Vielleicht hat der Teufel sie geholt.« Lindy zuckte mit den Schultern. »Wie sieht es aus, soll ich dir das Zimmer zeigen und du erzählst mir von der ominösen Mitfahrgelegenheit?«

»Das klingt nach einem Plan.«

Lächelnd folgte ich Lindy in das unscheinbare Steingebäude, über weiße Flure in den zweiten Stock.

»Ich habe dir ja geschrieben, dass meine Chefin alles für mich organisiert hat. Von der Bewerbung bis zu dem Zimmer, dem Flug und eben auch der Mitfahrgelegenheit«, begann ich mit meiner Erzählung. »Cam sagte mir im Vorfeld, dass es sich um einen Studenten handelt. Ich habe mir nichts dabei gedacht, bis ich Bryan gesehen habe. Er ist das lebendige Klischee eines Bad Boys. Wilde Frisur, trainiert, jede Menge Tattoos, unverschämtes Auftreten. Ich habe mich wie in einer drittklassigen Collegeromanze gefühlt.«

Und das war noch geschmeichelt.

Lindy riss die Augen weit auf. »Du Glückliche, ich wünschte, mir würden solche Typen mal über den Weg laufen. Aber das ist mir seit einem Jahr nicht vergönnt, also nehme ich vorlieb mit meinen *Book Boyfriends*.«

Sie schloss die Zimmertür auf und ich trat in einen großen Raum mit zwei Betten und Schreibtischen. Lindys Seite sah genauso aus wie auf den Bildern, die sie mir geschickt hatte. Zierkissen, Lichterketten und mehrere komplett vollgestopfte Bücherregalreihen über ihrem Bett und Schreibtisch. Auf den ersten Blick erkannte ich hauptsächlich Liebesromane, ab und zu verirrte sich mal ein Fantasybuch darunter.

»Wow, es sah auf den Bildern schon groß und gemütlich aus, in Wirklichkeit ist es viel schöner. Immer wenn ich an Collegezimmer denke, habe ich kleine Schuhkartons vor Augen, in denen man kaum atmen kann. Dieses Zimmer ist riesig. Hast du irgendjemanden bestochen oder dafür umgebracht?«, scherzte ich und Lindy lachte.

»Nein, die Räume haben alle dieses Maß. Es gibt sogar ein eigenes Badezimmer.« Sie öffnete die Tür neben meinem Schreibtisch. »Durch die Tür ist deine Seite leider kleiner, aber alles ist besser als Gemeinschaftsduschen.«

»Absolut«, stimmte ich zu. »Ich habe ohnehin nicht viele Sachen.«

Das Badezimmer sah ebenfalls geräumig aus. Neben der Toilette, einer Dusche und einem Waschbecken, verfügte der Raum über einen Einbaukleiderschrank.

»Das Bad ist unglaublich, aber die Sache mit dem Kleiderschrank wurde nicht durchdacht«, seufzte Lindy. »Die Kleidung wird schnell klamm, wenn man nach dem Duschen nicht sofort das Fenster aufmacht. Das ist die wichtigste und einzige Regel, die wir aufstellen müssen, okay? Der Putzdienst wechselt wöchentlich. Du bist nächste Woche dran.«

Ich nickte zustimmend. »Kein Problem.«

»Perfekt. Ansonsten hast du hier alles gesehen. Auf jedem Gang gibt es eine Gemeinschaftsküche. Wenn du kochen willst, kauf deine Sachen immer frisch, sonst kann es passieren, dass sie wie durch Zauberhand verschwinden. Ich habe aufgegeben, mich darüber zu beschweren, und bunkere alle Lebensmittel, die nicht so leicht verderblich sind, hier im Zimmer.« Lindy deutete auf die Hängeschränke, die über der Tür angebracht waren. »Das gleiche gilt im Waschkeller für Waschmittel und Weichspüler. Nimm am besten alles wieder mit nach oben.«

»Solange keine Unterwäsche verschwindet«, sagte ich beiläufig, um die Situation und Lindys Erklärungen ein wenig aufzulockern.

Sie grinste. »Das soll auch schon vorgekommen sein. Also pass auf deine heißen Höschen auf.«

Lachend schüttelte ich den Kopf und ließ mich auf mein Bett fallen. Die Matratze war weich, sodass ich etwas einsank, genauso mochte ich es. Ich atmete tief durch, sah mich in dem Zimmer um und glaubte nicht, dass ich endlich die Chance auf ein normales Leben hatte. Hier konnte mir niemand etwas anhaben, hier war ich sicher, konnte frei atmen, ohne Angst zu haben, dass ich erstickte.

»Und, was sagst du?«, fragte Lindy und setzte sich mir gegenüber auf ihr Bett.

»Das ist viel mehr, als ich erwartet habe.«

Fühlte sich so Glück an?

»Mir ging es anfangs genauso. Doch du wirst dich an alles gewöhnen. Vor allem daran, dass du kaum Schlaf bekommen wirst, weil immer jemand laut ist oder eine Party feiert.«

»Gehört das nicht zum Studentenleben dazu?«

»Absolut. Deswegen wirst du dir auch Freitagabend freihalten. Die traditionelle *Boomfire Night* eröffnet das neue Semester. Du wirst es lieben.«

Ich biss mir auf die Unterlippe. Natürlich hatte ich damit gerechnet, dass ich Lindy zu einer Party begleiten sollte. Aber musste es so schnell passieren?

»Wenn ich ehrlich bin, bin ich keine Partygängerin«, gestand ich unsicher. Ich verbrachte meine Freizeit lieber allein mit einem guten Film oder Buch. Partys waren mir zu laut, zu überlaufen und zu unvorhersehbar. Schon während der Schulzeit hatte ich kein Interesse daran gehabt.

»Regel Nummer zwei: Wenn deine Mitbewohnerin zu einer Party gehen will, lässt du sie nicht im Stich.« Lindy grinste mich überlegen an. Sie würde nicht aufgeben, bis sie mich überzeugt hatte.

»Hast du nicht gesagt, es gibt nur eine einzige Regel.«

»Ich habe meine Meinung eben geändert. Ich bin sehr spontan, musst du wissen.«

Ich schlug gespielt verzweifelt die Hände vors Gesicht. »Was habe ich mir da eingebrockt?«

»Hey«, rief Lindy und schleuderte mir ein Kissen entgegen. Lachend fing ich es auf und ließ mich rückwärts auf das Bett fallen. Mein Magen kribbelte aufgeregt, beinahe wie in der Situation mit Bryan.

»Soll ich ehrlich sein, Lindy?«, flüsterte ich nachdenklich, drehte meinen Kopf zur Seite und sah sie an.

»Ja.«

»Das ist das Beste, was mir seit Jahren passiert ist.«

Lindys Gesichtszüge nahmen einen zufriedenen Ausdruck an und ich wusste, dass sie dasselbe dachte wie ich. Das würden die besten Jahre unseres Lebens werden.

Nachdem Lindy mir geholfen hatte, meine wenigen Sachen zu verstauen und meiner Zimmerseite Leben einzuhauchen, liefen wir zu Fuß zum nahe gelegenen Supermarkt. Zwei Tiefkühlpizzen, Nussschokolade und süßen Eistee für unseren ersten Mädelsabend standen auf dem Einkaufszettel.

»Uns wird so schlecht werden«, sagte Lindy und sah in den Einkaufswagen.

»Dabei fehlt das Wichtigste noch.« Ich grinste und steuerte auf die Kühltruhe mit den Pizzen zu. Einige Sekunden studierte ich das Angebot, schwankte zwischen Tomate-Mozzarella und Pizza Hawaii und zog schwungvoll die Tür auf. Ich entschied mich für die Pizza Hawaii und machte Lindy Platz, damit sie ebenfalls eine Entscheidung treffen konnte.

Gerade, als ich die Pizza in den Einkaufswagen werfen wollte, legte sich ein Schatten über mein Gesicht.

»Ich hätte gewettet, dass du Vegetarierin bist.« Die vertraute Stimme jagte einen Schauer durch meinen gesamten Körper und die kleinen Härchen auf meinem Arm stellten sich auf.

Ich schluckte schwer und sah nach oben. Bryan musterte mich

skeptisch, während ich ihn wie ein stummer Fisch anstarrte. Nicht schon wieder. Sein Blick fing meinen ein und ich rang mit mir. Diese wunderschönen, scheiß perfekten grauen Augen. Sie steckten meinen Körper in Flammen, zerstörten alles, was ich mir vorgenommen hatte, und ließen mich wieder an den Moment vor ein paar Stunden denken.

Wir sind alle kaputt, Autumn.

Ich vergaß die Welt um mich herum. Warum sah er mich so an? Hätte er mich nicht ignorieren und an mir vorbeigehen können?

Verdammt, Autumn, was ist los mit dir!, holte ich mich zurück in die Gegenwart.

»Offenbar nicht«, antwortete ich schnippischer als beabsichtigt und bereute es sofort.

Offenbar nicht? Was für eine dämliche Antwort.

Was war denn los mit mir? Ich war ein schlagfertiger Mensch, aber in Bryans Gegenwart schien mein Gehirn nicht zu funktionieren.

Skeptisch betrachtete Bryan mich, nickte und ließ mich ohne ein weiteres Wort an meinem Einkaufswagen stehen. Ernsthaft? Stumm blickte ich ihm nach. Lindy, die sich in der Zwischenzeit für eine Pizza entschieden hatte, stellte sich neben mich und betrachtete Bryan, der sich immer weiter entfernte.

»Wenn du mir jetzt sagst, dass das deine unausstehliche Mitfahrgelegenheit war, werde ich dich schlagen und möglicherweise umbringen.«

»Gewalt ist keine Lösung«, konterte ich. »Aber ja, das war er.«

»Verdammt, Autumn, dieser Kerl hat jedes Recht, unausstehlich zu sein. Hast du ihn dir mal angesehen?«

»Du liest wirklich zu viele Romane. Das ist keine Collegeromanze, Lindy. Das da …« Ich deutete mit dem Zeigefinger in Richtung Bryan, der gerade gefrorenes Obst aus einer der Kühltruhen holte. »… ist ein arroganter Idiot, der niemals – ich betone niemals – nett sein wird.«

»Bist du immer so negativ?« Endlich legte Lindy ihre Pizza in den Wagen und wir liefen in Richtung Kassen.

»Ich bin nicht negativ, ich bin Realistin. Glaub mir, so ein Typ ist kein Umgang. Wir sind völlig unterschiedlich und wahrscheinlich hat er Dreck am Stecken.«

»Komischerweise sagen die Mädels in den Romanen das auch immer, bevor sie sich unsterblich in die unmöglichen Typen verlieben.«

Ich verdrehte die Augen, blieb stehen und streckte Zeige- und Mittelfinger meiner linken Hand für einen Schwur in die Luft. »Ich schwöre, mich niemals in Bryan zu verlieben, weil ich kein Bad Boy-Groupie bin und deine Romane nicht der Realität entsprechen.«

Fassungslos sah Lindy mich an, nein, halt, ihr Blick ging an mir vorbei.

Plötzlich wurde mir die Präsenz des Menschen hinter mir nur allzu bewusst. Sein herbsüßes Parfüm stieg mir in die Nase und dazu eine Nuance, die mich an einen Tag am Pool erinnerte. Ein seltsam vertrauter Geruch.

Ich hielt die Luft an. Mir wurde heiß und kalt. »Bryan steht hinter mir, oder?«, fragte ich, ohne mich umzudrehen, und meine Hände verkrampften sich. Lindy verkniff sich währenddessen ein Lachen.

Bryan machte einen Schritt auf mich zu, sodass sein Körper gegen meinen stieß. Mein Magen rebellierte und mein Herz sprang mir beinahe aus der Brust. Wie vor ein paar Stunden am Auto legte er die Lippen an mein Ohr. Sein Atem kitzelte meine Haut und schickte nervöse Stromstöße durch meinen Körper.

»Vielleicht solltest du dir keine Meinung über Menschen bilden, die du nicht kennst. Das würde eine ziemlich beschissene Psychologin aus dir machen, Autumn.«

Ich verkrampfte mich und meine Wangen brannten vor Scham. Mochte der Erdboden sich bitte auftun, damit ich darin verschwinden konnte.

»Oberflächlichkeit steht dir nicht.«

Bryan schob sich an mir vorbei und hielt auf die Kassen zu. Peinlich berührt suchte ich Lindys Blick.

»Autsch«, flüsterte sie, aber ich erwiderte nichts. Ich umklammerte die Griffe des Wagens und steuerte ihn auf die Kasse zu, die am weitesten von Bryan entfernt lag.

Mit verkniffenem Gesicht legte ich die Einkäufe aufs Band und verschränkte trotzig die Arme vor der Brust. Warum hatte ich nicht den Mund halten können? Ich war nicht sauer auf Bryan, weil er mir die Meinung gesagt hatte. Der einzige Mensch, den ich in diesem Moment nicht ausstehen konnte, war ich selbst. Weil Bryan recht hatte.

Lindy schaffte es, mich von der zweiten Begegnung mit Bryan abzulenken. Zumindest für einen kurzen Augenblick. Kaum hatten wir den Laptop und das Licht ausgemacht und uns schlafen gelegt, spielten meine Gedanken verrückt. Immer und immer wieder ließ ich die beiden Begegnungen mit Bryan Revue passieren und fragte mich, wie ich bereits nach wenigen Stunden in Bridgeport in so eine Situation geraten konnte.

Ich war hergekommen, um keine Probleme mehr zu haben, und ausgerechnet dann legte ich mich mit einem Typen an, um den man wahrscheinlich besser einen Bogen machte. Wie naiv war ich eigentlich?

Ich starrte in die Dunkelheit und blinzelte, während ich die Arme auf dem Bauch verschränkte. Warum war ich überhaupt in sein verdammtes Auto gestiegen? Ich hätte die öffentlichen Verkehrsmittel nehmen sollen, dann wäre ich dem Drama von vornherein aus dem Weg gegangen.

Ich atmete leise aus und kniff die Augen fest zusammen, um mich zum Schlafen zu zwingen. Im Augenwinkel fiel mir ein Lichtschein auf und ich öffnete die Augen irritiert wieder. Es war mein Handy, das auf dem Nachtschrank lag. Verwundert streckte ich die Hand danach aus und griff es.

Als ich auf das Display sah, blieb mein Herz stehen und mir wurde heiß und kalt.

Drei verpasste Anrufe von meiner Mutter und fünf Textnachrichten. Erneut ging ein Anruf ein und meine Finger begannen zu zittern. Ich schluckte schwer, wartete, bis sie aufgelegt hatte, und öffnete die Nachrichten.

Mom: *Kannst du mir erklären, was dein lächerlicher Brief zu bedeuten hat? Sieh zu, dass du auf der Stelle nach Hause kommst!*
Mom: *Ich meine es ernst! Was auch immer du hier abziehst, du wirst es auf der Stelle beenden und zurück nach Hause kommen! Du hast kein Recht, mich alleinzulassen.*
Mom: *Du undankbares Miststück. Ich habe mein gesamtes Leben nach dir gerichtet und du verschwindest einfach?*
Mom: *Ich werde dich finden und dir dein tolles, neues Leben zur Hölle machen. Das schwöre ich dir. Dein Vater würde sich im Grab umdrehen, wenn er wüsste, was aus dir geworden ist.*
Mom: *Ich hätte dir die Flasche an den Kopf werfen sollen!*

Tränen traten in meine Augen und ich schaltete mein Handy aus. Ich wollte keine weitere Nachricht von meiner Mutter lesen und auch nicht sehen, dass sie anrief. Sie sollte mich in Ruhe lassen und sich um sich selbst kümmern.

Ich hätte dir die Flasche an den Kopf werfen sollen!

Manchmal fragte ich mich, ob der Hass meiner Mutter überhaupt noch Grenzen kannte, oder ob sie mir, ohne mit der Wimper zu zucken, Schlimmeres antun würde. Hatte sie mich mit der Flasche tatsächlich absichtlich verfehlt?

Ich legte das Handy zurück auf den Nachtschrank und drehte mich mit dem Gesicht zur Wand. Mein Atem ging unruhig und die Tränen liefen über meine Wangen. Fest kniff ich die Lippen aufeinander, um keinen Ton von mir zu geben. Lindy sollte nicht bemerken, dass ich weinte.

Mein Leben in Phoenix hatte in Bridgeport nichts zu suchen. Niemand durfte jemals von meiner Mutter erfahren oder den Sachen, die sie mir angetan hatte.

Kapitel 5

»Kommst du endlich aus dem Bad?« Lindy hämmerte wie eine Verrückte gegen die Tür, während ich in mein Kleid schlüpfte.

»Moment«, rief ich und öffnete Sekunden später, damit sie mit hineinkommen konnte. Keine Ahnung, warum meine Mitbewohnerin so einen Stress machte, im Gegensatz zu mir war sie längst für die traditionelle *Boomfire Night* fertig.

»Na endlich.« Lindy schob sich neben mich ans Waschbecken und betrachtete sich im Spiegel, während sie unter ihren Augen herumwischte.

Skeptisch musterte ich sie von der Seite. Als sie meinen Blick bemerkte, grinste sie mich an, kontrollierte ein letztes Mal ihr Make-up und tänzelte wieder aus dem Bad.

»Das war alles?«, rief ich ihr hinterher.

»Meine Wimperntusche war verschmiert, natürlich mache ich deswegen Stress«, erwiderte Lindy lachend und ich schüttelte den Kopf. »Aber kümmere dich nicht um mich, sondern um dein Gesicht, damit wir loskommen. Bennett bombardiert mich seit einer geschlagenen halben Stunde mit Nachrichten, wo wir bleiben.«

»Fünf Minuten, dann bin ich fertig.«

In Rekordzeit grundierte ich mein Gesicht, schminkte meine Augen dezent und legte einen knalligen, violett schimmernden Lippenstift auf. Zum Schluss tuschte ich mir die Wimpern kräftig, fuhr mit den Fingern durch meine geföhnten Locken und betrachtete mich ein letztes Mal. Die Maske, die all meine seelischen Narben versteckte, saß perfekt.

Wie immer.

Ich wischte einen Fussel von dem schwarzen Kleid mit den langen Spitzenärmeln, das sich eng an meinen Körper schmiegte und meine Kurven in Szene setzte. Zufrieden verließ ich das Badezimmer und schlüpfte in schwarze Ballerina mit Keilabsatz.

»Nimmst du mich so mit?«, fragte ich und präsentierte mich Lindy mit einem Grinsen.

»Du siehst unglaublich aus, Autumn.«

Zehn Gehminuten lag der Seaside Park, in dem die traditionelle *Boomfire Night* stattfand, von der South Hall entfernt. Ich hatte das Gefühl, dass sich das halbe Wohnheim gleichzeitig mit uns auf den Weg machte. Die Straßen waren voll mit Studenten. Alle lachten, hatten gute Laune und wirkten ausgelassen.

Ich war seit fünf Tagen in Bridgeport und noch immer verstand ich nicht, was das bedeutete. Mein neues Leben hatte begonnen, aber war ich richtig angekommen? Wohl nicht. Noch immer rechnete ich damit, dass jeden Augenblick etwas schiefgehen und ich aus diesem schönen Traum aufwachen würde.

»Ich kenne dich gerade ein paar Tage und würde deine Gedanken schon jetzt am liebsten lesen können.«

Lindy musterte mich von der Seite und ich lächelte entschuldigend. »Glaub mir, das willst du nicht. Danach brauchst du eine Therapie«, scherzte ich.

»So schlimm kann es nicht sein.«

»Es ist schlimmer«, murmelte ich und kämpfte dagegen an, den negativen Gedanken Raum zu geben. Sie durften keine Macht mehr über mich haben.

Im Augenwinkel sah ich, wie Lindy den Kopf schüttelte.

»Weißt du, Autumn, du kannst mir vertrauen. Das ist zwar leicht gesagt, weil wir uns nicht lange kennen, aber ich merke, dass dich irgendetwas belastet. Und es ist nicht dieser heiße Bryan. Außerdem habe ich dich den einen Abend weinen gehört.«

Ich schluckte schwer. Lindy sollte nicht mitbekommen, dass ich einen Teil meiner Vergangenheit mit mir herumschleppte. Wie hätte ich diese in der kurzen Zeit auch hinter mir lassen sollen?

Ich vertraute Lindy mehr, als sie vielleicht annahm, aber die Sache mit meiner Mutter ging sie nichts an. Um ehrlich zu sein, hatte es niemanden zu interessieren. Mom war in Phoenix und ich hier in Bridgeport. Damit musste die Geschichte enden. Doch auch wenn es so leicht klang, war es alles andere als das.

»Es ist nicht so wichtig und ich will uns den Abend nicht verderben«, sagte ich und beschleunigte den Schritt.

»Okay«, murmelte meine Mitbewohnerin unzufrieden. »Aber wenn du irgendwann reden möchtest, ich bin da.«

Ich nickte, obwohl ich mein Schweigen niemals brechen würde. Zum Glück stellte Lindy keine weiteren Fragen.

Als wir im Seaside Park ankamen, hielt Lindy nach ihren Freunden Bennett und Taylor Ausschau. Kaum hatte sie die beiden entdeckt, packte sie meinen Arm und schleifte mich durch die Masse an Studenten, die alle um einen riesigen Haufen Holz standen. Dieser war noch nicht angezündet worden. Sicher wartete man damit, bis es dämmerte.

»Hey Leute«, begrüßte Lindy einen groß gewachsenen Typen, mit dunklem Haar und fast schwarzen Augen. Seine Lippen verzogen sich zu einem Lächeln, als er sie umarmte. Anschließend wandte sie sich einer jungen Frau zu, die ihre blonden Haare als kurzen Bob trug und außergewöhnliche grüne Augen hatte. »Darf ich euch Autumn vorstellen, meine neue Mitbewohnerin.«

Lächelnd streckte der Typ mir die Hand entgegen. »Hey, ich bin Bennett, schön dich endlich kennenzulernen. Lindy hat die letzten Wochen über nichts anderes geredet.«

Ich ergriff seine Hand, während Lindy Bennett einen Klaps gegen den Oberarm verpasste. »Es freut mich ebenfalls.« Ich wandte meinen Blick von ihm ab. »Dann bist du sicher Taylor?«

Sie nickte und wirkte distanzierter als Bennett, aber ich ließ mir nicht anmerken, dass es mich irritierte.

Es überraschte mich nicht, dass Bennett und ich auf einer Wellenlänge lagen. Lindy und er brachten mich mit ihrer lockeren Art und den liebevollen Spitzen gegeneinander ständig zum Lachen.

Nur Taylor wirkte angespannt und sprach kaum ein Wort. Ich nahm mir vor, Lindy später zu fragen, ob sie immer so war, oder ob es an mir lag. Mir war ihre verschlossene Art nur all zu vertraut. Ob ich in den letzten Jahren auch so auf Menschen gewirkt hatte? War ich ein Eisklotz gewesen, der jeden anderen allein durch Mimik und Gestik auf Abstand hielt?

»Erinnert ihr euch an die *Boomfire Night* letztes Jahr?« Bennett nippte an dem roten Plastikbecher, der mit Bier gefüllt war.

»Oh Gott, ja«, rief Lindy lachend aus. »Wir fanden alles schrecklich überwältigend und haben hier gestanden wie scheue Rehe.«

Meine Mundwinkel verzogen sich zu einem Lächeln. Es war beruhigend, dass dieses Gefühl offenbar dazugehörte. Denn obwohl ich Spaß hatte, war alles neu und seltsam beängstigend. Die vielen Leute schüchterten mich ein, was ich bestmöglich überspielte.

»Bennett hätte sich sogar beinahe geprügelt«, fügte Lindy hinzu.

»Warum?«, wollte ich wissen und musterte Bennett neugierig. Er grinste frech und ich trank einen Schluck Cola.

»Ich hatte ein Auge auf ein Mädchen geworfen. Nachdem ich mir ein bisschen Mut angetrunken hatte, bin ich zu ihr gegangen. Sie hat nicht abgeneigt gewirkt, aber ihrem Freund hat es nicht so gut gefallen, dass ich ihre Nummer haben wollte.«

Lächelnd schüttelte ich den Kopf und leerte meinen Becher. »Ich gehe zur Toilette und hole was Neues zu trinken«, sagte ich. »Kommt jemand mit?« Als alle verneinten, machte ich mich auf den Weg.

Ich genoss den Abend, war aber dankbar über den Moment allein, weil ich es nicht gewohnt war, ständig Leute um mich herum zu haben.

Ich warf meinen leeren Plastikbecher in einen Mülleimer und schlängelte mich durch die Studentenmenge in Richtung der Toilettencontainer, die am Rand des Parks aufgestellt worden waren. Plötzlich hörte ich eine nur allzu vertraute Stimme in der Nähe und blieb stehen, um mich nach Bryan umzusehen. Es dauerte nur den Bruchteil einer Sekunde, bis ich ihn entdeckte. Mein Herzschlag beschleunigte sich und ich kam nicht umhin zu bemerken, wie verboten gut er aussah. Verdammt.

»Wenn ihr es unbedingt wissen wollt, die Kleine war der Hammer«, prahlte er über eine seiner Frauenbekanntschaften und meine Neugier war geweckt. »Aber ihr hättet sehen sollen, wie ihre Freundin mich angesehen hat. Sie hat mich mit ihren Blicken förmlich ausgezogen.«

Oh mein Gott, er war tatsächlich ein Aufreißer.

»Und siehst du sie wieder?«, fragte einer seiner Kumpels, während die anderen nur anerkennend grölten.

»Sie müssten jeden Moment da sein. Ich werde heute beide mit nach Hause nehmen.« Ein überheblicher Ausdruck huschte über seine Gesichtszüge. Das war unfassbar.

Ich verdrehte die Augen. Und ich sollte ein falsches Bild von ihm haben und oberflächlich sein? Das war ja lächerlich.

Ich fuhr mit den Fingern durch meine Haare, strich mein Kleid glatt und stolzierte auf Bryan und seine Freunde zu. Er verdiente für seinen Auftritt im Supermarkt einen Denkzettel, immerhin hatte er an diesem Tag angefangen.

»Hey Jungs«, sagte ich betont lässig und umklammerte Bryans Arm, während ich zuckersüß mit den Wimpern klimperte. »Bryan ist nicht so gut im Bett, wie er vorgibt. Als er vor ein paar Tagen bei mir war, hat Klein-Bryan nicht mitgespielt, wenn ihr versteht, was ich meine.« Ich zuckte mit den Schultern. »Vielleicht solltest du das zunächst in den Griff bekommen, bevor du die nächsten zu dir einlädst, hm?«

Ich klopfte ihm auf die Schulter, grinste frech und ließ ihn stehen. Genugtuung erfüllte mich, als ich zur Toilette ging. Er hatte dieses Spielchen angefangen, nun musste er mit den Konsequenzen leben.

Aber meine gute Laune verpuffte, als ich aus dem Toilettencontainer kam und Bryan direkt auf mich zusteuerte. Natürlich konnte er diese Blamage nicht auf sich sitzen lassen. Mein Blick glitt über ihn. Er trug ein schwarz-weißes Shirt, enge Bluejeans und seine Haare hatte er lässig nach hinten gegelt. Sein Blick jedoch schäumte vor Wut über.

»Hast du sie noch alle?«, fuhr er mich an, packte mich am Arm und zog mich hinter den Container, wo uns niemand sehen konnte.

»Fass mich nicht an!«, fauchte ich und riss mich von ihm los. Abwehrend verschränkte ich die Arme vor der Brust. »Was? Habe ich dein Ego verletzt?« Ich zog die Augenbrauen nach oben und wartete seine Reaktion ab. Er sollte nicht merken, dass seine bloße Anwesenheit reichte, um mich einzuschüchtern.

»Was ist dein Problem, Autumn? Kannst du mich nicht in Ruhe lassen?«, motzte er und ich hielt die Luft an, als er einen Schritt auf mich zumachte. »Ich will nichts mit dir zu tun haben, verstehst du das? Du nervst mich.«

Drohend sah er mich an und war mir dabei viel zu nahe. Mein Herz hämmerte in meiner Brust und ich drohte, meine gespielte Stärke zu verlieren. Bryan ging mir auf eine Art und Weise unter die Haut, die ich nicht verstand. Ich wollte ihn hassen – Gott, ich fand ihn so unmöglich – aber mein Körper sprach eine ganz andere Sprache. Ich reagierte auf ihn, war ihm ausgeliefert und würde ihm erliegen, wenn er mich darum bat.

Du nervst mich.

Seine Worte sollten mich kalt lassen, doch wenn ich ehrlich zu mir selbst war, verletzten sie mich. Hatte ich mit meinem Spruch übertrieben? Hätte ich die Klappe halten und weitergehen sollen? Wie so oft.

Ich spürte, wie die Tränen sich langsam an die Oberfläche kämpften, und plötzlich kam es mir vor, als hätte ich einen Fehler begangen. Bryan hatte ein ausgesprochenes Talent dafür, mir ein schlechtes Gewissen zu machen.

Das musste jetzt aufhören.

»Bist du fertig, oder hast du mir noch etwas zu sagen?«, fragte ich trotzig und überspielte, dass ich verletzt war. Er schwieg. »Nein? Gut. Halte dich beim nächsten Mal selbst an deine Worte und ignoriere mich, wenn du mich siehst«, spielte ich auf die Begegnung im Supermarkt an.

Ich schob mich an ihm vorbei, stieß dabei absichtlich gegen seine Schulter und lief los.

»Autumn?«, rief er mir nach und ich tat so, als hätte ich ihn nicht gehört. Ich drehte mich nicht um, es war egal, was er noch zu sagen hatte.

Ich hatte keinen Fehler begangen, sondern wollte lediglich einen Scherz machen. Der wieder einmal nach hinten losgegangen war. Ich hätte es besser wissen müssen. Hastig blinzelte ich die Tränen weg, bevor ich nach Lindy suchte.

»Wo warst du denn so lange?«, fragte mich Lindy, nachdem ich sie, Bennett und Taylor wiedergefunden hatte.

»Ich habe euch nicht sofort gefunden«, log ich und richtete meinen Blick auf den Holzhaufen, der in der Zeit, die ich mit Bryan verschwendet hatte, angezündet worden war.

Stumm starrte ich geradeaus auf die Flammen, die sich durch das Holz fraßen, und ließ die letzte Begegnung mit Bryan in meinen Gedanken Revue passieren. Schon wieder war ich wütend auf mich selbst, Bryan forderte mich heraus, bis ich das Gefühl hatte, der unmöglichste Mensch auf dem Planeten zu sein.

Wie zum Teufel stellte er das an?

Im Augenwinkel nahm ich eine Bewegung wahr und drehte den Kopf instinktiv nach links. Bryans unergründliche, graue Augen ruhten auf mir und ein Schauer durchzog meinen Körper.

Auch das würde jetzt aufhören. Ich wandte den Blick von ihm ab, drehte ihm den Rücken zu und versuchte zu vergessen, dass er überhaupt existierte. Er sollte einfach aus meinem Kopf verschwinden.

Mein Start in Bridgeport war zweigeteilt. Es hätte nicht besser laufen können, wenn ich an Lindy dachte. Was aber die Sache mit Bryan anging, war mein Neustart in Connecticut ein kompletter Reinfall.

Zum Glück hatte ich bald keine Zeit mehr, auch nur einen Gedanken an ihn zu verschwenden. Am Montag begann die Einführungswoche, eine Woche später die ersten Vorlesungen und

Seminare. Außerdem hatte ich mir vorgenommen, mich endlich über das Schwimmprogramm der Universität zu informieren.

Ich atmete tief durch. Ja, ich hatte genügend zu tun, um Bryan endgültig aus meinen Gedanken zu streichen.

Kapitel 6

Der Montag war eine einzige Katastrophe. Wie ein aufgescheuchtes Huhn lief ich von einem Gebäude zum nächsten, um keine der wichtigen Einführungsveranstaltungen zu verpassen, in denen der grobe Ablauf des Studiums erklärt wurde. Für mich war alles so neu, dass ich das Gefühl hatte, ich würde versagen, wenn ich nur eine einzige entscheidende Information nicht aufschnappte.

Was, wenn ich scheitern würde und nach Phoenix zurückkehren musste? Meine Mutter würde mich auslachen und mir unter die Nase reiben, dass ich eine Verliererin war, dass es lächerlich war, zu studieren, und dass sie es vorher gewusst hatte.

Der Druck, der auf mir lastete, war immens, dennoch durfte ich nicht aufgeben, bevor das Studium überhaupt begonnen hatte.

Nachdem ich den Tag am frühen Nachmittag endlich hinter mich gebracht hatte, lief ich zurück zum Wohnheim, um meine Schwimmsachen zu holen.

Ich musste ins Wasser, ein paar Bahnen schwimmen und mich auspowern, um die wirren Gedanken in meinem Kopf zum Schweigen zu bringen. Seit ich denken konnte, bekämpfte ich meine Versagensängste mit dem Training. Und in den letzten Jahren hatte ich dank meiner Mutter viel zu oft das Gefühl gehabt, nichts schaffen zu können. Sie lebte es mir vor, stellte sich mir und meinen Chancen in den Weg und hatte alles dafür getan, dass ich keine Zukunft hatte.

Das hatte nun ein Ende, die Ängste aber waren geblieben. Wer sagte mir, dass ich in Bridgeport bestehen konnte?

Ich steckte meinen Trainingsbadeanzug in einen Rucksack,

wühlte in meinem Koffer nach meiner Taucherbrille und steckte die Flip-Flops sowie ein Handtuch ebenfalls hinein. Anschließend schrieb ich Lindy eine Nachricht, dass ich schwimmen gehen würde, und verließ das Wohnheim.

Die Sporthalle der Universität, das *Wheeler Recreation Center,* lag nur zehn Gehminuten von der *South Hall* entfernt. Der Weg war leicht zu merken. Es ging immer geradeaus, am Sportplatz vorbei, auf welchen wir von unserem Zimmer aus blickten, auf den Kreisverkehr zu, bis nach wenigen Meilen die Sporthalle vor mir auftauchte. In der Halle, in der das Campus-Team, die *UB Purple Knights*, trainierten, konnte man nicht nur schwimmen, sondern auch Volleyball und Basketball spielen, Geräteturnen oder sich in den Fitnessräumen auspowern.

Als ich die Sporthalle erreichte und die Flügeltüren aufschob, hob die Frau, die an der Anmeldung saß, den Kopf. Sie war etwa Mitte fünfzig, hatte hellblondes, schulterlanges Haar und lächelte mich an.

»Guten Tag«, begrüßte ich sie freundlich.

»Hallo«, erwiderte sie, »du bist neu hier. Wie kann ich dir denn helfen, Liebes?« Ich war irritiert darüber, dass sie mich duzte, aber die Art der Frau war so herzlich, dass es mich nicht störte.

»Ich würde gern schwimmen gehen.«

Sie musterte mich skeptisch. »Ich hätte auf Geräteturnen getippt.« Ihr nachdenklicher Gesichtsausdruck entspannte sich wieder. »Dann brauche ich bitte deinen Studentenausweis – nur eine Formalität.«

Ich holte mein Portemonnaie aus dem Rucksack. Schnell reichte ich ihr den Ausweis und sie nickte.

»Autumn, was für ein außergewöhnlicher Name, gefällt mir.« Die Frau grinste.

»Danke«, erwiderte ich mit einem Lächeln und sie gab mir den Ausweis zurück, sodass ich ihn wieder einstecken konnte.

»Zum Pool geht es dort durch die Tür. Viel Spaß und wenn du Fragen hast, kannst du jederzeit zu mir kommen.«

Ich blickte in die Richtung, in die sie gezeigt hatte. »Vielen

Dank«, erwiderte ich und marschierte an einem Getränke- und einem Snackautomaten vorbei durch die Tür.

Die Umkleide befand sich in einem schmalen Gang. Ich zog mich um, wickelte ein Handtuch um meinen Körper und schlüpfte in die Flip-Flops. Nachdem ich meinen Rucksack in einem Spind eingeschlossen hatte, ging ich durch den Duschbereich direkt in die Schwimmhalle. Nur zwei andere Studenten schwammen auf den sechs Bahnen. Ich atmete den vertrauten Chlor-Geruch tief ein und mein Körper entspannte sich merklich. Manche hassten den Geruch, mich beruhigte er auf eine seltsame Art und Weise, die ich nicht erklären konnte.

Seit ich in Bridgeport angekommen war, hatte ich das Gefühl gehabt, dass mir etwas gefehlt hatte. Jetzt wusste ich, was es gewesen war.

Die Schwimmhalle war bei Weitem nicht so modern, wie der Phoenix Swim Club, aber das sagte nichts über die Qualität des Trainings aus.

Ich legte meine Sachen auf einer weißen Plastikbank ab, zog die Schuhe aus und stieg anschließend auf den Startblock. Mein Herz schlug aufgeregt in meiner Brust, als wäre ich das erste Mal in meinem Leben in einer Schwimmhalle. Ich setzte meine Taucherbrille auf, beugte mich nach unten und umfasste die raue Kante des Startblocks. Dann holte ich Schwung und sprang in einem eleganten Bogen ins Wasser. Ich tauchte ein und bewegte die Beine kräftig auf und ab. Als ich zurück an die Oberfläche kam, setzte ich die Arme mit ein und kraulte die ersten fünfzig Meter.

Innerhalb von Sekunden verschwanden alle negativen Gedanken aus meinem Kopf, ich wurde eins mit dem Wasser und wandelte meine Ängste und Sorgen in Energie um. Am Ende der Bahn drehte ich und kraulte zurück. Ohne Pause schwamm ich Meter um Meter und ließ Phoenix und seine Negativität endgültig hinter mir.

Völlig außer Atem drückte ich mich aus dem Wasser und setzte mich auf den Beckenrand. Ich zog mir die Taucherbrille über den Kopf und ließ sie achtlos neben mir fallen.

Stumm sah ich über das Wasser und genoss die Stille. Die beiden anderen Schwimmer zogen weiterhin ihre Bahnen. Es war ein friedlicher Moment, inmitten der vielen neuen Informationen, die dieser Tag für mich bereitgehalten hatte.

Aus dem Augenwinkel bekam ich mit, wie die beiden Schwimmer sich aus dem Wasser drückten. Aber ich achtete nicht auf sie, sondern überlegte stattdessen, wann ich zwischen den Vorlesungen und Seminaren schwimmen gehen konnte. Ich würde mir so viel Zeit wie möglich dafür nehmen.

»Was bist du, eine Stalkerin?«, donnerte plötzlich eine vertraute Stimme hinter mir und ich wandte den Kopf leicht zur Seite.

Bryan stand mit verschränkten Armen vor mir. Er trug nichts weiter außer einer Badehose, aus seinem dunkelblonden Haar tropfte Wasser, das sich den Weg über seine Bauchmuskeln bahnte. Oh mein Gott, sie waren … Ich schluckte schwer und suchte Bryans graue Augen, die mich wütend anfunkelten. So viel zum Thema, mich einfach zu ignorieren.

Ohne etwas zu sagen, stand ich auf und nahm meine Taucherbrille. Zielsicher steuerte ich auf die Bank mit meinen Sachen zu und wickelte mich in mein Handtuch ein. Nur im Badeanzug vor Bryan zu stehen verunsicherte mich und ich konnte mir nicht erlauben, ihm gegenüber verletzlich zu wirken. Nicht nach all den Dingen, die er mir bereits an den Kopf geworfen hatte.

»Hey, ich bin übrigens Mason«, stellte sich Bryans Kumpel vor und streckte mir die Hand entgegen. Er war hinter Bryan aufgetaucht. Ich hatte ihn zunächst nicht bemerkt, weil mein Kopf nur mit halber Leistung funktionierte.

Verdammter Bryan, verdammte Bauchmuskeln.

Doch Masons Gesicht, die dunklen Haare und schokobraunen Augen kamen mir bekannt vor. Er war einer der Typen, vor denen Bryan bei der *Boomfire Night* mit seiner Eroberung geprahlt hatte.

Zögerlich schüttelte ich Masons Hand. »Autumn.«

»Schwimmst du nur in deiner Freizeit?«, erkundigte sich Mason, ohne sich für seinen Kumpel zu interessieren, der aussah, als würde er jeden Moment explodieren.

»Nein, ich habe im Phoenix Swim Club trainiert und bin Wettkämpfe geschwommen«, antwortete ich angespannt.

Zumindest, wenn ich mich angestrengt und konzentriert hatte.

Bryan sah mich verwundert an. Damit hatte er offenbar nicht gerechnet. Für einen winzigen Augenblick fühlte ich mich ihm überlegen. »Hast du vor, hier professionell zu trainieren?«, wollte Mason wissen und ich zuckte mit den Schultern.

»Eigentlich schon, ja.«

»Dann beweis dich«, sagte Bryan emotionslos und ging zu einem der Startblöcke. »Einhundert Meter, Kraulen. Mason ist der Schiedsrichter.«

Ich betrachtete Bryan starr und überlegte, ob ich gegen ihn antreten sollte. Sein Blick war überheblich und siegessicher. Wahrscheinlich forderte er mich nur heraus, weil er sich sicher war, mich haushoch zu schlagen.

Aber er kannte mich schlecht. Solche schier unlösbaren Aufgaben setzten zusätzliche Energie in meinem Inneren frei, die ich mir zunutze machen konnte. Bryan machte den Fehler, mich zu unterschätzen, das hatte schon manchen Leuten das Genick gebrochen.

Ich ließ das Handtuch auf die Band sinken und setzte meine Badekappe und Taucherbrille auf. Bryan tat es mir gleich und wir nahmen unsere Positionen auf dem Startblock ein.

Ich beugte mich nach unten und atmete tief durch. Das war meine Chance, ihm zu beweisen, dass ich nicht das blonde, naive Dummchen war, für das er mich hielt.

»*Ready*«, rief Mason und ich konzentrierte mich auf die spiegelnde Wasseroberfläche vor mir.

»*Set.*«

Ich war bisher nie gegen einen Mann angetreten, aber ich kannte ihre Durchschnittszeiten. Diese waren für eine Frau fast unmöglich zu erreichen. Nur eine Sekunde nach ihm anzukommen, würde mir schon genügen, um ihm etwas zu beweisen.

»*Go!*«, schrie Mason und klatschte gleichzeitig in die Hände. Ich stieß mich kräftig vom Startblock ab und tauchte blitzschnell in das Wasser ein. Während meine Arme und Beine sich in einem gleichmäßigen Takt bewegten, dachte ich an all die verwirrenden und nervenaufreibenden Begegnungen mit Bryan.

Wir sind alle kaputt, Autumn.

Ich hätte ihm aus dem Weg gehen und mich zurückhalten sollen. Das hatte ich nun davon. Nun war ich ein leichtes Opfer für ihn. Zumindest glaubte er das.

Die Begegnung im Supermarkt, die Art, wie er mich vor Lindy zurechtgewiesen hatte. Wut breitete sich in mir aus und ich drehte nach den ersten fünfzig Metern.

Bryan benahm sich wie ein überheblicher, arroganter Idiot und ich fühlte mich jedes Mal schlecht in seiner Gegenwart. Was auch immer in seinem Leben schiefgelaufen war, ich hatte keine Lust, dass er es weiterhin an mir ausließ.

Du nervst!

Nein, ich nervte nicht!

Ich schlug mit der Hand gegen den Beckenrand und tauchte auf. Mein Herz schlug schnell und Adrenalin peitschte durch meinen Körper.

Ich blickte auf die Nebenbahn, auch Bryan war angekommen, und schließlich sah ich hoffnungsvoll zu Mason. Er grinste. Bryan und ich drückten uns aus dem Wasser und ich ließ mich auf den Startblock sinken. Mein Atem ging ungleichmäßig, ich hatte das Gefühl, nie zuvor so schnell geschwommen zu sein, wie heute.

»Wer hat gewonnen?«, fragte Bryan, der sich mit verschränkten Armen vor mir aufbaute. Dass er es selbst nicht genau wusste, bedeutete, dass wir fast zeitgleich angekommen sein mussten. Dann hatte ich nicht so weit zurückgelegen.

»Die Entscheidung war knapp, weil ihr beinahe gleichzeitig angeschlagen habt«, bestätigte Mason meine Annahme und ich konnte mir ein Lächeln nicht verkneifen. Ich hatte Bryan bewiesen, dass er mich nicht unterschätzen durfte, auch wenn ich nicht gewonnen hatte.

»Aber Autumn war schneller. Sorry, Kumpel.«

Mason schlug Bryan freundschaftlich auf die Schulter. Seine

Gesichtszüge waren zu Stein erstarrt, als er mich ansah. Ungläubig blinzelte ich.

»Wirklich?«, fragte ich und Mason nickte. Ich konnte es nicht glauben, ich hatte Bryan geschlagen. Ein Lächeln erhellte meine Lippen und auch Mason konnte es sich nicht verkneifen, seinen Kumpel mit seiner Niederlage aufzuziehen.

»Der große Bryan King wurde von einem Mädchen beim Schwimmen geschlagen, dass ich diesen Moment noch erleben darf.«

Bryan betrachtete mich weiterhin ausdruckslos. Dann murmelte er ein halbherziges »Glückwunsch«, wandte sich ab und verschwand in der Umkleidekabine der Männer.

Irritiert tauschte ich einen Blick mit Mason, der nur mit den Schultern zuckte. »Du schwimmst großartig«, durchbrach er die kurze angespannte Stille und setzte sich neben mich auf den Startblock.

»Danke. Wenn ich ehrlich bin, habe ich mit einer Niederlage gerechnet.«

»Er hat dich unterschätzt, das war sein Fehler. Geschieht ihm recht.« Mason grinste. »Was meinst du, Autumn, soll ich dir Jane, unsere Trainerin, vorstellen?«

»Das wäre großartig … also nur, wenn du sicher bist, dass ich eine Chance habe, ins Team aufgenommen zu werden.«

Mason machte eine abwinkende Handbewegung. »Darüber brauchst du dir, nach dem, was ich gerade gesehen habe, keine Gedanken machen.« Er stand auf. »Na los, schauen wir mal, ob sie in ihrem Büro ist.«

Mit einem Lächeln auf den Lippen stand ich auf, schlüpfte in die Flip-Flops und wickelte das Handtuch um mich, bevor ich Mason aus der Halle folgte. Wir gingen einen weißen Gang entlang, bis er vor einer Tür stehenblieb und klopfte.

»Herein«, rief eine Stimme aus dem Inneren und Mason öffnete sie. Hinter einem Schreibtisch saß eine schlanke Frau mit hellbraunen, kinnlangen Haaren und freundlichen blauen Augen. Ich schätzte sie auf Anfang vierzig.

»Mason, was verschafft mir die Ehre?«, fragte sie und musterte mich neugierig.

»Ich würde dir gern Autumn vorstellen. Bryan hat sie gerade zu einem kleinen Schwimmwettkampf herausgefordert und dreimal darfst du raten, wer nicht gewonnen hat. Ihr solltet euch vielleicht unterhalten.«

Mason schob mich ein Stück in das unscheinbare Büro, tätschelte mir aufbauend die Schulter und verschwand.

Neugierig betrachtete mich die Frau. »Autumn McAdams?«, fragte sie und ich nickte zaghaft. Sie stand auf und streckte mir eine Hand entgegen. »Ich habe mich schon gefragt, wann du hier auftauchst. Mein Name ist Jane, ich bin die Trainerin des UB Schwimmteams. Freut mich, dich kennenzulernen, Autumn.«

Ich ergriff ihre Hand zögerlich und fragte mich, woher sie meinen Namen kannte.

»Nimm doch Platz.« Sie deutete auf den Stuhl vor sich und ich setzte mich, während ich das Handtuch fester um mich wickelte.

»Was sind Bryan und du geschwommen?«

»Einhundert Meter Kraulen.«

Jane nickte. »Beeindruckend. Hat Mason die Zeit gestoppt?«

»Nein, ich glaube nicht.«

»Angela hat mich vor Semesterbeginn angerufen und mir von dir erzählt. Die Unileitung hat mir auch ihr Empfehlungsschreiben weitergeleitet, weswegen ich ohnehin schon ein Auge auf dich hatte. Aber du bist heute zum ersten Mal in der Halle, richtig?«

»Ja, ich musste erst richtig ankommen. Bisher hat es sich nicht angeboten.«

»Umso schöner, dass du jetzt hier bist. Die *Knights* trainieren immer donnerstags, neunzehn Uhr. Ich würde mich freuen, wenn du diese Woche vorbeischaust. Dann kannst du sehen, ob es etwas für dich ist und ich kann mir ebenfalls ein Bild machen. Die Auswahlschwimmen für die Saison haben bereits in den Ferien stattgefunden, aber ich werde dir eine Chance geben, Autumn. Nicht nur weil Angela dich in den höchsten Tönen gelobt hat.«

»Ehrlich?«, fragte ich überrascht und konnte nicht glauben,

dass es so leicht ging. Jane war mir sympathisch. Obwohl sie mich noch nie schwimmen gesehen hatte, vermittelte sie mir das Gefühl, an mich zu glauben. Das tat unendlich gut.

»Ja.«

»Vielen Dank, Jane, ich … ich weiß gar nicht, was ich sagen soll.«

Sie machte eine abwinkende Handbewegung. »Nicht dafür. Talent muss gefördert werden und wenn du Bryan tatsächlich besiegt hast, dann bist du eine außergewöhnliche Schwimmerin.«

Innerhalb einer Sekunde waren alle meine Bedenken, die Bridgeport betrafen, wie weggeblasen.

Gerade als ich aufstehen wollte, hielt Jane mich auf. »Eine Sache noch, Autumn. Angela hat die Andeutung gemacht, dass du in Phoenix private Probleme hattest.«

Ängstlich sah ich Jane an. Wusste sie etwa von meiner Mutter?

»Sie ist nicht konkret darauf eingegangen, hat mich aber gebeten, dir zu zeigen, wo du jemanden zum Reden findest.« Jane reichte mir ein Kärtchen.

Kristina Perez – Psychologin
Offene Sprechstunde: immer mittwochs von 9–18 Uhr
Termine nach Vereinbarung.

Ich starrte die Telefonnummer und die E-Mail-Adresse an, die sich außerdem auf der Karte befanden. »Ich … ich denke nicht, dass ich das brauche«, stammelte ich und fühlte mich in die Ecke gedrängt. Was hatte Angela sich nur dabei gedacht, Jane gegenüber so eine Bemerkung zu machen.

Sie nickte. »Ich wollte es dir nur geben.«

»Danke«, erwiderte ich verunsichert und stand auf. So schnell wie möglich verließ das Büro und schluckte schwer. Jane würde ab sofort ein Auge auf mich haben, sie würde jede meiner Handlungen bewerten, ohne zu wissen, was wirklich los war.

Verdammt. Warum hatte Angela nicht den Mund gehalten? Warum musste Phoenix immer wieder ein Thema sein?

Kapitel 7

Lindy bestellte uns jeweils einen Kaffee und einen Schinkenbagel, als wir am nächsten Morgen im *Seaside Café* frühstückten. Es war ein kleines, überschaubares Café im Cottage-Stil, das direkt am Meer lag. Die meisten Möbel waren weiß, der Verkaufstresen aus hellem Holz. Die maritime Deko setzte Farbakzente.

Meine erste Vorlesung begann in zwei Stunden und noch nie in meinem Leben war ich so aufgeregt gewesen wie jetzt. Es bedeutete mir viel, endlich studieren zu dürfen, aber die Angst vor Neuem blieb ein treuer Begleiter.

»Du bist so ruhig heute, ist alles in Ordnung?« Lindy fuchtelte mit ihrer Hand vor meinem Gesicht herum und ich nickte.

»Alles bestens.«

»Das glaube ich dir nicht«, sagte sie prompt und biss in ihren Bagel. Ich seufzte. »Also, was ist los?«

Wenn ich eine Sache in den letzten Tagen über Lindy gelernt hatte, dann, dass sie nicht locker ließ. Sie würde mich so lange löchern, bis ich ihr alles erzählt hatte, was mir durch den Kopf ging.

Als ich gestern nach dem Schwimmen zurück in unser Zimmer gekommen war, war meine Mitbewohnerin nicht da gewesen. Sie kam erst spät zurück, sodass ich ihr nicht von Bryan erzählen konnte. Wenn ich ehrlich war, war ich sogar dankbar darüber. Ich hatte immer alles mit mir allein ausgemacht, ich musste erst lernen, mich ihr zu öffnen.

»Nach den Einführungsveranstaltungen bin ich schwimmen gegangen und Bryan begegnet«, schnitt ich das Thema ohne Umschweife an. Sie würde sowieso jedes Detail aus mir herausquetschen.

»Jetzt wird es interessant.« Lindys Augen begannen zu leuchten und sie betrachtete mich neugierig. Wahrscheinlich liefen in ihrem Kopf bereits kitschige Liebesromanszenen ab. Sie ahnte ja nicht, dass Bryan und ich meilenweit davon entfernt waren.

»Ich habe ihn anfänglich überhaupt nicht bemerkt, aber er drückte mir gleich wieder einen dummen Spruch rein. Ob ich eine Stalkerin wäre, hat er mich gefragt.« Ich verdrehte die Augen, als ich mich an das Gespräch erinnerte. Warum hätte er mich nicht ignorieren und weitergehen können? Aber nein, er war sofort in seine Angriffshaltung gegangen und ich konnte mir nicht erklären, warum.

»Und? Bist du eine Stalkerin?«, grinste Lindy und ich schüttelte den Kopf.

»Nein, nur eine ehemalige Vereinsschwimmerin, die dringend wieder ins Wasser wollte«, erwiderte ich lächelnd. »Als er das erfahren hat, hat er mich herausgefordert. Du hättest seinen überheblichen Blick sehen sollen. Er hat mit keiner Silbe daran gedacht, dass ich gut sein und ihn schlagen könnte.«

»Das hast du aber?«, fragte Lindy und ich nickte.

»Zumindest hat sein Kumpel Mason das bestätigt. Es war sehr knapp.«

»Gewonnen ist gewonnen.« Lindy zuckte mit den Schultern und lächelte.

»Danach hat er gar nichts mehr gesagt und ist beleidigt abgezogen. Ich verstehe ihn einfach nicht. Immerhin war Mason nett, er hat mir die Trainerin der *Purple Knights* vorgestellt.«

Meine Mitbewohnerin strahlte. »Das ist großartig. Und? Was sagt sie?«

»Ich soll Donnerstag zum Training kommen.« Ich erwiderte Lindys Lachen, aber es erstarb sofort wieder, als mir eine Sache zum ersten Mal bewusst wurde. »Bryan ist vermutlich im Team. Sowohl Mason als auch Jane haben so getan, als wäre er der Schwimmstar schlechthin und als wäre es außergewöhnlich, dass ich ihn besiegt habe.«

Ich stellte meine Kaffeetasse ab und sah Lindy in die Augen.

Wenn Bryan im Team war, würde ich keine ruhige Minute haben. »Wenn ich ihn jeden Donnerstag beim Training sehen muss, weiß ich nicht, ob …« Ich schluckte schwer.

»Autumn«, fiel Lindy mir ins Wort. »Du gehst am Donnerstag hin, siehst dir alles an und denkst es bitte nicht kaputt. Selbst wenn Bryan im *Männer*-Team ist, kann dir das egal sein. Du willst schwimmen und gute Leistungen erbringen. Scheiß auf Bryan.«

»Bei dir klingt das immer so leicht«, erwiderte ich seufzend. Lindys positive Ausstrahlung beeindruckte mich. Ich neigte oft dazu, den Teufel an die Wand zu malen, während meine Mitbewohnerin die Dinge einfach auf sich zukommen ließ.

»Weil es das ist. Ignorier ihn einfach, das kannst du auf der Stelle üben.«

Sogleich spürte ich den Windzug, als jemand die Ladentür öffnete. Ich wandte meinen Kopf leicht nach hinten und entdeckte Bryan, der mich nicht wahrzunehmen schien. Schnell sah ich auf meinen Teller und atmete tief durch.

Ich hasste es, wie mein Körper reagierte, wann immer ich ihn sah. Als würde ein Stromstoß durch mich hindurchjagen und mich unter Spannung setzen. Wenn Bryan in meiner Nähe war, setzte mein Verstand aus, das Kribbeln, das er auslöste, war nahezu lächerlich. Ich mochte Bryan nicht einmal. Er war ein Idiot. Arrogant. Unnahbar. Viel zu selbstsicher. Diese Art von Charakter hatte ich bei anderen Menschen nie gemocht, das würde ein Bryan King nicht ändern.

Ich machte mich auf meinem Stuhl ganz klein. Am liebsten hätte ich mich auf der Toilette versteckt. Aber dann hätte ich an ihm vorbei gehen müssen.

Bryan bestellte sich einen Coffee-to-go, bezahlte und drehte sich anschließend um, um zu gehen. Zufällig traf mich sein Blick und ich hielt den Atem an. Er sah mir in die Augen, seine Gesichtszüge waren erstarrt, die Lippen zu einem Strich verzogen.

Schnell unterbrach ich unseren Blickkontakt und das Geräusch der zufallenden Tür ließ mich aufseufzen. Zum Glück war er verschwunden.

Lindy betrachtete mich skeptisch. »Du kannst mir erzählen, was du willst, irgendwas ist da zwischen euch.«

Ich schüttelte den Kopf. »Vergiss es. Ich komme mit Typen wie ihm nicht klar. Und das will ich auch nicht. Er soll mich in Ruhe lassen.« Ich wünschte, ich hätte überzeugender geklungen, mittlerweile glaubte ich mir selbst nicht mehr.

»Ach Autumn«, seufzte Lindy und umklammerte die Kaffeetasse. »Wenn ihr beide erst einmal halb nackt durchs Wasser schwimmt, passiert der Rest von ganz allein.« Sie zwinkerte und ich verzog die Lippen.

»Nur über meine Leiche! In deinen Kitschromanen passiert das vielleicht. Aber das hier ist mein Leben, da bestimme ich immer noch selbst.«

Ich konnte mich Donnerstagmorgen im Seminar kaum auf die Erklärungen der Dozentin konzentrieren, weil ich mit meinen Gedanken beim bevorstehenden Schwimmtraining am Abend war.

Normalerweise gehörte ich nicht zu den Menschen, die Probleme damit hatten, neue Leute kennenzulernen. Im Cams Café hatte ich ständig mit Fremden zu tun gehabt. Mich beschäftigten viel mehr die Fragen, ob Bryan ebenfalls anwesend sein würde, wenn ja, wie er auf mich reagierte, und ob ich Janes Erwartungen erfüllen konnte.

Nervös packte ich meinen Rucksack und stopfte meinen Trainingsanzug, ein Handtuch, sowie meine Flip-Flops, Badekappe und Taucherbrille hinein.

Als Lindy unser Zimmer betrat, war ich im Begriff aufzubrechen.

»Bist du nervös?«, fragte sie, als sie meinen angespannten Gesichtsausdruck bemerkte.

»Ich habe Angst, die Erwartungen nicht zu erfüllen«, erwiderte ich ruhig und zuckte mit den Schultern. »Es wird schon schief gehen.«

»Ich wünsche dir jedenfalls viel Spaß.« Lindy lächelte mir aufbauend zu, während ich das Zimmer verließ.

Zu Fuß machte ich mich auf den Weg zum *Wheeler Recreation Center*, begrüßte die Frau am Empfang und steuerte direkt auf die Umkleide zu. Als ich die Tür öffnete, drangen lachende Stimmen zu mir herüber, die sofort verstummten, als man mich entdeckte. Unzählige Augenpaare waren auf mich gerichtet und ich lächelte unsicher.

Du schaffst das, sprach ich mir selbst Mut zu. Ich war nicht mehr in Phoenix, ich musste niemanden mehr auf Abstand halten und durfte Freundinnen finden.

»Hey, ich bin Autumn«, versuchte ich, die merkwürdige Situation aufzulockern, und schloss die Tür hinter mir. Irritiert tauschten die Studentinnen Blicke untereinander, bis ein Mädchen mit schwarzen, langen Haaren einen Schritt auf mich zumachte.

»Hey, ich bin Ava, das sind Isa, Amelia, July und Jazmin.« Sie deutete nacheinander auf die vier. Der Anfang war gemacht. »Die anderen sind schon in der Halle. Du warst nicht bei den Auswahlschwimmen dabei, oder?«

Ich schüttelte den Kopf. »Nein, so lange bin ich noch nicht in Bridgeport. Mason hat mich Jane Anfang der Woche vorgestellt.«

Die Mädchen nickten und musterten mich neugierig. Sie waren ein eingeschworenes Team, hielten zusammen und vertrauten einander.

»Für welchen Verein bist du vorher geschwommen?«, wollte eine Rothaarige wissen. July, wenn ich richtig lag.

»Für den Phoenix Swim Club.«

Während ich über meine Schwimmvergangenheit ausgequetscht wurde, zog ich mich um und folgte den anderen schließlich in die Halle.

Wie schon zuvor in der Umkleide fielen die Blicke der übrigen Schwimmerinnen und auch die der Schwimmer, die nacheinander aus der Männerumkleide kamen, direkt auf mich. Es brach Getuschel los und ich wickelte das Handtuch fester um meinen Körper, als könnte es mich vor ihrer Neugier schützen. Obwohl Ava und ihre Freundinnen alles dafür taten, dass ich mich willkommen fühlte, war mir stets unwohl, wenn ich im Mittelpunkt stand.

Das Gefühl verstärkte sich, als Mason mich entdeckte und freundschaftlich umarmte. »Du bist hier, das ist großartig.«

»Ja, dank dir.« Ich grinste. Bryans Kumpel war mir sympathisch. Er war das komplette Gegenteil von ihm. Offen und herzlich. »Jane gibt mir eine Chance und ich soll mir ansehen, ob ihr Training etwas für mich ist.«

»Es wäre eine Schande, wenn wir dein Talent vergeuden würden.«

Masons Worte schmeichelten mir, dennoch konnte ich mich kaum auf ihn konzentrieren. Immer wieder sah ich mich um und suchte nach Bryan. Aber er war nicht da. Erleichterung machte sich in mir breit, vielleicht trainierte er doch nicht hier.

Sekunden später trat Jane in die Halle und wir versammelten uns vor dem Schwimmbecken. Als sie mich entdeckte, strahlte sie und winkte mich an ihre Seite.

»Könnt ihr mir kurz zuhören?«, rief sie in die Runde und legte einen Arm um mich.

In diesem Moment tauchte Bryan auf und stellte sich mit verschränkten Armen neben Jane. Im Gegensatz zu den anderen Schwimmern trug er ein weißes Shirt und schwarze Shorts. Um seinen Hals hing eine Pfeife. Er sah aus wie ein …

Nein!

»Das ist Autumn. Sie wird heute ein Probetraining bei uns absolvieren. Wenn es stimmt, was ich gehört habe, schlummert ein unentdecktes Talent in ihr.«

Jane warf Bryan einen hämischen Blick zu. Er verzog die Lippen zu einem Strich und ignorierte mich.

»Was hast du gehört?«, fragte Ava grinsend.

»Mason hat mir gesagt, dass sie meinen unbesiegbaren Co-Trainer in seiner Paradedisziplin geschlagen haben soll.«

Ich sah, wie einigen der Mund aufklappte, während andere sich gegenseitig etwas zuraunten. In meinem Kopf kreiste lediglich das Wort *Co-Trainer*. Ich schluckte schwer.

Bryan war kein einfaches Teammitglied, dem ich aus dem Weg gehen konnte, er trainierte die Mannschaft auch. Das durfte nicht wahr sein. Würde er mir überhaupt eine Chance geben oder sich bei Jane gegen mich aussprechen?

»Weil ich jedoch einen Beweis dafür möchte, wird es heute die Revanche geben, mit mir als Schiedsrichterin.«

Mein Körper verkrampfte sich und ich hatte Angst, mich vor den anderen zu blamieren. Mir war speiübel. Wenn Bryan heute gewinnen würde, würde er mich seine Überlegenheit erneut spüren lassen. Das war ein Albtraum.

Warum tat Jane das? Wollte sie sehen, wie ich unter Druck reagierte? Oder machte sie das einfach nur zum Spaß?

»Ab ins Wasser, ihr schwimmt euch bitte fünf Minuten ein.«

Janes Training begann entspannt und steigerte sich mit jeder Schwimmeinheit. Sie trainierte ähnlich wie Angela und machte sich die Mühe, ausnahmslos jedem während des Trainings Feedback zu geben.

»Das sieht gut aus, Autumn. Versuch, mit dem Hintern ein kleines Stück höher zu kommen, das macht die Beinarbeit leichter.«

Ich setzte ihre Tipps um und gab alles. Dennoch kreisten meine Gedanken um das bevorstehende Wettschwimmen mit Bryan.

Zum Glück trainierte er an diesem Tag die Männermannschaft, aber ich war mir sicher, dass das nicht immer so war. Wahrscheinlich wechselten Jane und er sich ab, unterstützten einander und probierten gemeinsam neue Methoden aus.

»Perfekt, kommt bitte aus dem Wasser. Bryan und ich haben überlegt, das Abschlussschwimmen heute anders zu gestalten. Frauen gegen Männer, einhundert Meter, Kraulen.«

»Das ist unfair«, motzte ein Mädchen in einem quietschpinken Badeanzug. »Die Jungs sind viel schneller, das ist unmöglich zu schaffen.«

»Wenn Autumn Bryan besiegen konnte, könnt ihr das auch«, sagte Jane. »Wenn du nicht an dich glaubst, Shay, wirst du es nicht schaffen.«

»Tzz, wer sagt uns, dass sie es wirklich geschafft hat?«, hielt Shay dagegen und warf mir einen vernichtenden Blick zu.

Okay, wir würden vermutlich keine Freundinnen werden.

Ich atmete tief durch, ließ mein Handtuch auf die Bank fallen und setzte Taucherbrille und Badekappe auf. »Dann fangen wir an«, sagte ich entschieden.

Bryans Blick war starr und eiskalt. Ich spürte, dass er alles dafür geben würde, mich heute zu schlagen und vor dem Team auflaufen zu lassen. Aber ich war kein Mädchen, das sich einschüchtern ließ und schnell aufgab. Ich hatte Kampfgeist und würde allen beweisen, was in mir steckte.

»Okay«, sagte Bryan, und zog sich sein Shirt über den Kopf. Während ich bereits auf den Startblock stieg, wurde er die Hose los und zog sich ebenfalls Taucherbrille und Badekappe auf.

Ich fokussierte mich und blendete völlig aus, dass das gesamte Schwimmteam der University of Bridgeport von mir sehen wollte, wie ich ihren Co-Trainer gegen die Wand schwamm.

Ich betrachtete die Wasseroberfläche, lockerte meine angespannten Muskeln und atmete tief durch.

»Seid ihr soweit?«, fragte Jane und ich nickte. Anschließend beugte ich mich nach unten und hielt mich am Rand des Startblocks fest.

Ich war entschlossen, Bryan erneut zu besiegen. Niemand rechnete damit, dass ich gewann. So etwas hatte mich schon immer beflügelt.

»*Ready*«, drang Janes Stimme zu mir durch. »*Set. GO!*«

Ich sprang ins Wasser und tauchte blitzschnell hindurch. Meine Beine schlugen auf und ab, ich machte die Arme lang und erhielt unglaublichen Schwung. Ich beherzigte die Tipps, die Jane mir gegeben hatte, und brachte die ersten fünfzig Meter hinter mich. Als ich tauchte und umdrehte, beschleunigte ich mein Tempo noch einmal.

Bryan würde nicht gewinnen. Er sollte spüren, wie es war, wenn man vorgeführt wurde.

Ich schlug gegen den Rand, zog mir schwer atmend Taucherbrille und Badekappe vom Kopf und starrte Bryan an, der ebenfalls angekommen war. Erneut konnte ich nicht sagen, wer von uns beiden der Schnellere gewesen war.

Als ich jedoch in die verwunderten Gesichter sah und Janes überraschtes Lächeln bemerkte, kannte ich die Antwort und musste selbst lächeln.

»Es war knapp, aber Autumn ist mit einem winzigen Vorsprung eher angekommen«, bestätigte Jane noch einmal und ich suchte Bryans graue Augen. Er sah regelrecht frustriert aus, unterbrach unseren Blickkontakt und drückte sich aus dem Wasser. Ich tat es ihm gleich und stellte mich zu Mason.

»Das war unglaublich«, sagte er und Jane wandte sich zu uns.

»Das kann ich so unterschreiben. Herzlich willkommen bei den *UB Purple Knights*, Autumn.« Sie lächelte mich an und ich erwiderte es dankbar.

»Danke, Jane.«

»Bist du so lieb und bleibst einen Moment länger, dann können wir uns über alles unterhalten.«

Ich nickte und setzte mich anschließend auf eine Bank am Rand. Meine letzte Energie war in den Wettkampf mit Bryan geflossen, ich war müde und erschöpft. Aber glücklicher als jemals zuvor.

Ich wartete in der Schwimmhalle, während die anderen Mädels sich bereits umziehen gingen. Jane setzte sich zu mir auf die Bank, Bryan blieb mit verschränkten Armen vor uns stehen. In der letzten halben Stunde hatte sein verbissener Gesichtsausdruck sich nicht verändert. Seine Niederlage machte ihm offenbar mehr zu schaffen, als ich angenommen hatte.

»Ich bin beeindruckt, Autumn. Niemand aus der Mannschaft ist in der Lage, Bryan zu besiegen, deswegen habe ich ihn letztes Jahr auch zum Co-Trainer gemacht. Wo zum Teufel holst du diese Energie her?«, fragte Jane.

»Aus Negativität.« Dabei sah ich Bryan direkt in die Augen. Sie waren eiskalt, die Lippen verkniffen. In ihm brodelte es. Ich kannte ihn mittlerweile gut genug, um das zu erkennen.

»Egal, wie du das machst, behalte es dir bei. Wenn du nur einen Teil dieser Leistung bei Wettkämpfen bringst, wirst du uns jede Menge Siege einfahren.« Jane seufzte. »Ich verstehe nur nicht, warum die Schwimmwelt noch nichts von dir gehört hat.«

»Private Probleme«, murmelte ich und Jane nickte wissend. »Manchmal blockiert mich das und dann kann ich meine Leistung nicht richtig abrufen.«

In den letzten Tagen war es mir gut gelungen, die Gedanken an meine Mutter zu verdrängen, aber nur, weil sie mich nicht mehr mit Anrufen und Nachrichten terrorisierte. Ich traute dem Frieden jedoch nicht und rechnete jeden Tag mit dem Schlimmstem.

»Ab und zu muss man über seinen Schatten springen und darüber sprechen«, spielte sie auf die Psychologin an und stand auf. »Wartest du noch einen Moment, ich hole ich dir den Anmeldebogen, den jedes Teammitglied ausfüllen muss. Ansonsten gibt es nicht viel mehr zu besprechen.«

Ich nickte und Jane steuerte auf die Tür zu, die zu ihrem Büro führte. Bryan blickte ihr nach, kaum dass die Tür ins Schloss gefallen war, machte er einen Schritt auf mich zu und stützte seine Arme neben meinem Körper an der Lehne der Bank ab. Sein Gesicht war nur wenige Zentimeter von meinem entfernt. Und mein dummes Herz klopfte so wild, dass er es hören musste.

»Wenn du denkst, dass das hier ein Kinderspiel für dich wird, nur weil du mich geschlagen hast, dann täuschst du dich, Autumn. Du willst die Beste sein? Dann wirst du mir das beweisen müssen. Ich werde dich an deine Grenze bringen, bis du mit dem Gedanken spielst, aufzugeben. Und glaub mir, du wirst es am Ende tun!«

Instinktiv wich ich zurück und schluckte schwer.

»Warum konntest du mich nicht einfach in Ruhe lassen?«, knurrte er und funkelte mich wütend an. Dann marschierte er in Richtung der Umkleiden und ließ mich perplex und geschockt zurück.

Wir sind alle kaputt, hörte ich ihn in Gedanken flüstern.

»Weil du genauso kaputt bist wie ich«, hauchte ich.

Bryan war in seiner Bewegung gestoppt und starrte mich über

die Schulter an. Seine unergründlichen, grauen Augen brannten sich in meine und meine Welt begann zu schwanken.

Wir waren kaputt, trugen beide eine Maske. Jeder auf seine eigene Art und Weise, gemeinsam – und doch allein.

Kapitel 8

Als ich nach dem Training mein Zimmer im Wohnheim erreichte, fühlte ich mich noch ausgelaugter und schwächer. Nicht nur körperlich, sondern auch emotional aufgrund von Bryans Ansage.

Lindy saß auf ihrem Bett und war in ein Buch vertieft. Als sie mich bemerkte, sah sie auf und ihre Lippen verzogen sich zu einem Lächeln.

»Da bist du ja. Wie war das Schwimmtraining?«, erkundigte sie sich, als ich mich erschöpft auf mein Bett sinken ließ.

Ja, wie war es?

Gut, weil ich alles gegeben und Bryan besiegt hatte?

Schlecht, weil er mich daraufhin in die Schranken gewiesen hatte?

»Ich weiß es nicht«, erwiderte ich ehrlich und zuckte mit den Schultern.

Lindy betrachtete mich skeptisch. »Was soll das bedeuten?«

Ein Seufzen entwich mir. »Das Team ist nett und das Training hat Spaß gemacht. Jane, die Trainerin, fördert mich, wie ich es mir vorgestellt habe, nur der Co-Trainer macht Probleme.«

Nachdenklich knetete ich meine Finger. Hätte ich mich Bryan gegenüber anders verhalten und seine Reaktion verhindern können? »Was ist mit dem Co-Trainer?« Fragend ruhte Lindys Blick auf mir.

»Es ist Bryan«, brachte ich angespannt hervor und meiner Mitbewohnerin klappte der Mund auf, bevor sie leise lachte.

»Bryan, deine superheiße Mitfahrgelegenheit?«

Ich nickte.

»Das ist doch ganz wunderbar, oder nicht?« Sie grinste und ich musste keine Gedanken lesen können, um zu wissen, worauf sie anspielte.

Ich schüttelte vehement den Kopf. »Ich wüsste nicht, was daran wunderbar sein soll. Er wird mir das Training zur Hölle machen.«

»Hat er das so gesagt?« Der Liebesfilm in Lindys Kopf war angehalten worden.

»Nicht direkt, aber sinngemäß, ja.« Lindy verdrehte die Augen und sog die Luft geräuschvoll ein. »Jetzt mal nicht den Teufel an die Wand, Autumn. Wenn Bryan sich dir gegenüber unfair verhält, sprich mit deiner Trainerin. Er unterstützt sie schließlich nur und hat nicht das Recht, dir das Leben schwer zu machen, weil er ein persönliches Problem mit dir hat.«

Lindy sprach zum ersten Mal das aus, was ich dachte, seit ich Bryan kennengelernt hatte. Aus irgendeinem mir unbekannten Grund konnte er mich nicht ausstehen. Dass ich ihn im Wettschwimmen besiegt und vor den anderen Teammitgliedern blamiert hatte, hatte unsere Situation nicht verbessert. Ganz im Gegenteil. Damit hatte ich mir meinen eigenen Vorsatz, ihn zukünftig zu ignorieren, selbst zerstört.

Warum steuerte ich von einem Problem zum nächsten? Konnte nicht einmal etwas nach Plan laufen?

Das war frustrierend und weckte in mir erneut die Zweifel, ob ich mit meiner Flucht nach Bridgeport das Richtige getan hatte.

»Autumn?« Lindy stand von ihrem Bett auf und setzte sich neben mich. Sie legte mir einen Arm um die Schultern und ich drehte meinen Kopf in ihre Richtung. »Gib nicht auf, nur weil Bryan der Meinung ist, sich dir gegenüber aufzuspielen. Du musst an dich glauben, dann ist es völlig egal, was Leute wie Bryan denken.«

Ich nickte. Lindy hatte Recht. Dennoch hatte ich in den letzten Jahren oft vergeblich gekämpft.

»Und wenn du dich über Bryan auskotzen willst, kannst du jederzeit zu mir kommen. Wir kennen uns zwar noch nicht lange, aber irgendetwas sagt mir, dass du kein Mensch bist, der das Handtuch wirft, ohne es zuvor probiert zu haben.«

»Das stimmt«, murmelte ich leise.
»Na siehst du.«

Am nächsten Morgen fühlte ich mich dank Lindys aufbauenden Worten besser. Ich durfte mich von Bryan nicht einschüchtern lassen. Mittlerweile war ich mir sicher, dass er nur testen wollte, ob ich dem Druck standhielt. Dennoch empfand ich es als belastend, mich ständig beweisen zu müssen.

Aber das gehörte zu meinem Leben.

Nachdem Lindy und ich gefrühstückt hatten, durchforstete ich das Internet nach Jobs. Ich musste mir langsam Gedanken machen, wovon ich in Zukunft mein Studium finanzieren wollte. Camila und Angela halfen mir zwar in der Anfangszeit, doch ich gehörte nicht zu den Menschen, die anderen gern auf der Tasche lagen. Ich hatte früh gelernt, selbstständig zu sein.

»Das ist bescheuert«, rief ich aus und warf das Handy missmutig auf mein Bett.

»Was ist denn los?« Lindy hob mit fragendem Blick den Kopf.

»Es gibt keine guten Jobs in Uninähe mehr.« Ich atmete tief durch. »Ich bin zu spät dran, oder? Wie mit allem.«

Lindy zuckte mit den Schultern. »Vielleicht ist es besser, wenn du dir deine Bewerbungsunterlagen schnappst und direkt zu ein paar Geschäften in Campusnähe gehst. Was für einen Job würdest du gern machen?«

»In Phoenix habe ich in einem Café gearbeitet. Das macht mir Spaß und damit kenne ich mich aus.«

Lindy dachte nach. »Frag mal im *Seaside Café* nach, wo wir den einen Tag gemeinsam gefrühstückt haben. Wenn ich mich richtig erinnere, suchen sie noch jemanden.«

»Gute Idee.«

Eine Stunde später hatte ich meine Bewerbungsunterlagen aktualisiert und sie im Computerraum des Wohnheims ausgedruckt. Weil Lindy sich mit Bennett und Taylor traf, machte ich mich allein auf Jobsuche.

Bevor ich am *Seaside Café* ankam, fragte ich in zwei weiteren

Cafés nach, erhielt jedoch direkt Absagen. Die meisten Jobs waren in den Ferien vergeben worden, sagte mir eine Mitarbeiterin. Ich war tatsächlich zu spät dran.

Wegen der ersten Niederlagen betrat ich das *Seaside Café* mit einem schlechten Bauchgefühl. Wenn alle anderen Geschäfte ihre Jobs bereits in den Ferien vergeben hatten, würde es hier nicht anders sein.

Hinter dem Tresen stand eine junge Frau mit kurzen, brünetten Haaren, wahrscheinlich eine Studentin. Mir fiel sofort auf, dass der Laden gnadenlos überfüllt und sie offensichtlich allein war.

»Hallo, Entschuldigung, ich hätte eine Frage.« Ich trat an den Tresen.

Sie sah gestresst auf. »Ja, wie kann ich dir helfen?«

»Sucht ihr zufällig eine Aushilfe?«

Kaum hatte ich meine Frage ausgesprochen, lächelte sie. »Dich schickt der Himmel. Gib mir drei Sekunden, ich hole Solana, meine Chefin. Hast du Erfahrung? Ich bin übrigens Holly«, plapperte sie und ich war dezent überfordert mit der Situation.

»Ja, ich habe Erfahrung. Vor dem Studium habe ich in einem Café gearbeitet. Und ich bin Autumn.«

»Entschuldigung, wo bleibt unser Latte macchiato und der Kirschkuchen?«, rief ein Mann und Holly verdrehte genervt die Augen. Ich kannte die Art von Kunden, denen nichts schnell genug gehen konnte, zu gut.

»Einen Moment, bitte, ich bin sofort bei Ihnen.« Holly atmete tief durch. »Autumn, eine Sekunde, ich hole Solana.«

Als ich bemerkte, dass der Mann immer missmutiger wurde, ging ich mit einem Lächeln auf den Lippen hinter den Tresen und legte meine Unterlagen ab. Das fühlte sich wie nach Hause kommen an. Die Arbeit im Café fehlte mir, sie war mir nie lästig oder langweilig gewesen, also bereitete ich den bestellten Kaffee zu. Die Maschine ähnelte der von Cam, weswegen ich mit der Bedienung keine Probleme hatte. Während das erste Latte-Glas volllief, nahm ich den Kuchen aus der Theke.

»Entschuldigung, Sie bekommen jeder ein Stück Kirschkuchen?«, fragte ich den Mann und er nickte. Anschließend kochte ich den zweiten Latte macchiato und jonglierte die Bestellung zum Tisch.

Nebenbei nahm ich noch weitere Bestellungen auf und brachte innerhalb weniger Minuten das Chaos, das Holly hinterlassen hatte, unter Kontrolle. Bei Camila war ich es gewohnt gewesen, den Laden allein zu schmeißen. Dabei war es egal, ob nur fünf Gäste oder dreißig da waren. Ich hatte es immer gemeistert.

Im Augenwinkel bemerkte ich plötzlich, dass ich beobachtet wurde. Holly stand mit einer Frau um die fünfzig am Rand. Das musste die Chefin sein.

Sie kam auf mich zu, wobei ihre schwarzen, krausen Locken wippten. »Hey, ich bin Solana. Du bist Autumn?«

»Ja, hallo.«

»Und du hast ganz offensichtlich Erfahrung.«

Ich nickte und reichte ihr meine Bewerbungsunterlagen, während Holly wieder übernahm. Solana blätterte sie durch und warf einen Blick darauf, ehe sie nickte.

»Üblicherweise bin ich nicht so spontan, Autumn, doch ich habe ein gutes Gefühl bei dir. Kommst du mit ins Büro, um die Einzelheiten zu besprechen.«

Ich konnte nicht glauben, wie schnell alles ging. Bereits eine Stunde später hatte ich einen Arbeitsvertrag unterschrieben und half Holly, die völlig überfordert mit der Arbeit war. Das hatte zwar niemand von mir verlangt, aber ich wollte die Chance nutzen, um meine neue Kollegin besser kennenzulernen. Außerdem hatte ich nichts Besseres zu tun.

»Ich bin erst zwei Wochen hier«, erzählte Holly, während sie den Kuchen auf die Teller gab und ich eine heiße Schokolade mit Sahne zubereitete. »Normalerweise sind wir immer zu zweit eingeteilt, jedoch hat Kate sich heute Morgen krankgemeldet.«

»Es ist alles eine Sache der Übung. Als ich damals bei Camila angefangen habe, bin ich überhaupt nicht mit der Maschine klargekommen. Die hat alles gekocht, nur keinen verdammten Kaffee.«

Holly nickte lachend. »So ging es mir in den ersten Tagen auch, mittlerweile habe ich den Dreh raus.«

Holly und ich verstanden uns großartig. Im Laufe des Vormittags erfuhr ich, dass sie Kunst studierte und ebenfalls in der South Hall wohnte, sogar auf dem gleichen Gang wie Lindy und ich. Bevor ich mich von ihr verabschiedete, tauschten wir unsere Handynummern aus und sie versprach mir, spätestens morgen bei Lindy und mir vorbeizusehen.

Auf dem Weg vom *Seaside Café* zum Wohnheim zog ich mein Handy aus der Tasche und wählte Camilas Nummer. Eigentlich hatte ich ihr versprochen, mich öfter bei ihr zu melden, doch in den letzten Tagen waren so viele Dinge dazwischen gekommen, dass ich es schlicht vergessen hatte.

»Autumn, bist du es wirklich?«, scherzte Camila, als sie meinen Anruf entgegennahm. Es tat so gut, ihre Stimme zu hören.

»Entschuldige, dass ich mich jetzt erst melde. Ich wollte dich schon eher anrufen und dir alles erzählen.«

»Ach, mach dir keine Gedanken. Für dich ist alles aufregend und neu. Es ist ganz normal, dass du keine Zeit hast, ständig mit mir zu telefonieren. Das erwarte ich auch nicht.«

Cam gehörte zu den verständnisvollsten Menschen, die ich kannte. Ich fragte mich oft, ob es überhaupt etwas gab, das sie aus der Ruhe brachte.

»Aber jetzt erzähl. Hast du dich in Bridgeport gut eingelebt? Warst du schon in der Schwimmhalle, hast du die Trainer bereits kennengelernt? Wie sind die Vorlesungen und Seminare? Und hast du Freunde gefunden?«, prasselten Camilas Fragen auf mich ein. Glücklicherweise konnte sie nicht sehen, wie ich die Augen verdrehte.

»Allmählich finde ich mich zurecht, jedoch ist es immer noch aufregend. Lindy ist sehr nett, wir verstehen uns gut. Ich komme gerade aus einem Café, in dem ich ab nächster Woche anfange zu arbeiten. Die Chefin macht einen freundlichen Eindruck und mit meiner Kollegin Holly habe ich mich auf Anhieb verstanden. Ich verdiene zwar nicht die Welt, trotzdem reicht es, um über die Runden zu kommen«, erzählte ich stolz.

»Das klingt wunderbar, ich wusste, dass du keine Probleme haben würdest, dich einzuleben. Was ist mit dem Schwimmen? Hast du darüber etwas in Erfahrung bringen können?«

Ich seufzte laut ins Telefon. Das ausgezeichnete Schwimmprogramm der University of Bridgeport war einer der Gründe gewesen, warum Cam und Angela sich für die Uni entschieden hatten.

»Nun, wo fange ich an?«, sagte ich leise.

»Am besten am Anfang.« Camila lachte.

»Ich bin im Schwimmteam.«

»Das ist doch großartig, Autumn. Warum klingst du so, als würde die Welt deswegen untergehen? Gibt es Probleme?«

Einen kurzen Augenblick dachte ich darüber nach, wie ich ihr die Situation zwischen Bryan und mir schildern sollte, ohne dass sie etwas hineininterpretierte.

»Du erinnerst dich an Bryan King?«, fragte ich daher vorsichtig.

»Ja, das ist der junge Mann, der dich vom Flughafen mit zum Campus nehmen sollte. Hat er sich benommen?«

»Ja, also … irgendwie. Seitdem geraten wir ständig aneinander. Immer wenn ich denke, ich ignoriere ihn, laufen wir uns wieder über den Weg. Zuletzt sind wir uns in der Schwimmhalle begegnet.«

Ich erzählte Camila vom Wettschwimmen, meinem Sieg und wie Mason mir anschließend Jane vorgestellt hatte. Auch das erste Training und das erneute Wettschwimmen gegen Bryan ließ ich nicht aus.

»Das Schicksal steht wirklich nicht auf deiner Seite, hm?«

»Im Grunde wäre mir egal, ob er mich trainiert, aber er hatte nichts Besseres zu tun, als mir direkt eine Ansage zu machen. Er unterschätzt mich.«

Ich ließ die Luft aus meinen Lungen entweichen und hörte Camila tief durchatmen. »Autumn, beweise Bryan, dass du nicht das kleine, dumme Mädchen bist, für das er dich hält. Zeige ihm, dass seine Ansage dich anspornt. Du bist stärker, als du glaubst, Autumn, lass dich nicht entmutigen.«

Cam sagte mir fast dasselbe wie Lindy und trotzdem empfand ich es als verdammt schwer, ihre Worte auch anzunehmen. Ich wusste, dass ich mich von Bryan nicht einschüchtern lassen sollte.

»Ich weiß, was du meinst, Cam«, flüsterte ich und ließ mich auf eine Parkbank auf dem Campus sinken, »es ist nicht so leicht.«

Mit aller Macht versuchte ich, die Erinnerungen zu verdrängen, doch sie waren wie ein Sog. Sie zerrten an mir und rissen mich mit sich in den Abgrund.

Fünf Jahre zuvor

»Mama?«, fragte ich mit ängstlicher Stimme und machte einen Schritt auf meine Mutter zu, die regungslos auf der Couch im Wohnzimmer lag.

Unsicher setzte ich einen Fuß vor den anderen. Der Raum lag im Dunkeln, die Luft roch abgestanden und mein Herz schlug so laut in meiner Brust, dass man es in der gesamten Stadt hören musste.

»Mama?«, fragte ich wieder und berührte sie vorsichtig an der Schulter. Sie reagierte nicht.

Ich durfte sie nicht auch noch verlieren.

»Mama?« Ich sank vor der Couch auf die Knie und rüttelte an ihr. »Mama, mach die Augen auf. Mama? Geht es dir gut?« Tränen sammelten sich in meinen Augen und Hilflosigkeit breitete sich in mir aus.

»Mama!«, schrie ich.

Mit einem Mal riss meine Mutter die Augen auf, ihr Blick wirkte verklärt.

»Lass mich in Ruhe«, knurrte sie und schubste mich beiseite. Ich stieß mit der Schulter gegen die Kante des Couchtisches und stöhnte vor Schmerz auf.

»Mama«, flüsterte ich ängstlich und hielt meine schmerzende Schulter.

Sie stand auf und schwankte in Richtung Tür.

»Ich hatte Angst um dich.« Meine Stimme zitterte wie mein Körper.

Meine Mutter stoppte in ihrer Bewegung und fuhr zu mir herum. »Sei doch still. Reicht es nicht, dass du mein Leben ruiniert hast, weil immer alles nach deinem Kopf gehen muss?«

Ich kniff die Lippen fest aufeinander, aber die Tränen konnte ich nicht bremsen.

»Du hast überhaupt keinen Grund zu weinen. Das ist alles deine Schuld.«

Mein Kopf sank nach vorn. Ich spürte den Blick meiner Mutter auf mir, aber ich würde den Mund halten.

In diesem Moment lernte ich zu schweigen.

»Autumn?« Camilas Stimme drang zu mir durch und holte mich in die Gegenwart zurück. Die Erinnerung ebbte ab.

»Ja«, antwortete ich mit schwacher Stimme.

»Wo warst du gerade mit deinen Gedanken?« Meine ehemalige Chefin klang besorgt.

»Ich musste an Mom denken.«

Am anderen Ende der Leitung wurde es still. »Ich wollte dir nicht davon erzählen, aber deine Mutter läuft sprichwörtlich Amok, seit du in Bridgeport bist. Sie taucht fast täglich im Café auf und versucht, mich unter Druck zu setzen.«

»Deswegen ist es momentan so ruhig«, murmelte ich und dachte an die ständigen Anrufe und Nachrichten in den ersten Tagen.

»Autumn, ich werde alles dafür tun, damit sie nicht herausfindet, wo du dich aufhältst«, versprach Cam. »Im Gegenzug wirst du den Mut nicht verlieren und Bryan King beweisen, was du kannst. Ist das ein Deal?«

»Deal«, stimmte ich zu. »Cam, kann ich dich noch etwas fragen?«

»Natürlich.«

Ich holte tief Luft. »Angela hat meiner Schwimmtrainerin

gegenüber eine Andeutung gemacht, dass ich in Phoenix private Probleme hatte. Jane hat mir noch vor dem ersten Training ein Kärtchen von der Campuspsychologin zugesteckt.«

Am anderen Ende der Leitung wurde es ruhig.

»Denkst du auch, es wäre gut, wenn ich mit jemandem darüber spreche?«

»Autumn«, begann Camila und ich hörte sie tief durchatmen. »Manchmal hat ein Mensch, der uns nicht kennt, einen Lösungsansatz, auf den wir selbst nie gekommen wären. Am Ende musst du allein entscheiden, ob es das Richtige für dich ist.«

Als ich das Gespräch mit Camila beendete, fühlte ich mich emotional ausgelaugt, hatte aber auch neue Hoffnung geschöpft. Cam hatte Recht, diese Psychologin hatte vielleicht eine Möglichkeit, wie ich alles, was in den letzten Jahren geschehen war, verarbeiten konnte. Und möglicherweise konnte sie mir auch bei der Situation mit Bryan helfen. Sich nur wegen ihm entmutigen zu lassen, war lächerlich. Ich war eine Kämpferin und das würde ich jedem beweisen, der versuchte, sich meiner Zukunft in den Weg zu stellen. Ich musste endlich aufhören, mich selbst zu bemitleiden und nicht immer alles so schwarzsehen.

Kapitel 9

Ich nutzte das Wochenende, um ein paar Bahnen in der Schwimmhalle des *Wheeler Recreation Centers* zu schwimmen, die Studieninhalte der letzten Wochen zu wiederholen und mich beim Serienschauen mit Lindy zu entspannen. Das Studium hatte erst begonnen, aber ich merkte jetzt schon, wie hoch die Anforderungen waren. Entmutigen ließ ich mich davon nicht, denn ich hatte Spaß daran.

Nichtsdestotrotz war ich dankbar über das verlängerte Wochenende, das wir aufgrund des Labor Days am Montag genießen konnten. Den Sonntagabend wollte ich im Zimmer verbringen und einen Liebesfilm sehen, während Lindy sich bereits für eine Party fertigmachte, die erneut im *Seaside Park* stattfand.

»Du willst wirklich nicht mitkommen?«, fragte sie und band ihre Haare zu einem Pferdeschwanz nach oben.

Fast zeitgleich gab mein Handy ein leises Piepen von sich. »Nein, ich bin keine Partygängerin«, antwortete ich und öffnete die eingegangene Nachricht. Sie war von Mason:

Kommst du mit zur Labor Day Party im Seaside Park?
Das ganze Schwimmteam trifft sich. Ich hole dich ab,
wo wohnst du?

Seufzend verdrehte ich die Augen und fing mir Lindys skeptischen Blick ein. Das war es dann wohl mit meinem entspannten Leseabend. »Was ist los?«, fragte sie.

»Das gesamte Schwimmteam wird ebenfalls bei der Party sein. Es wäre merkwürdig, wenn ich mich als Einzige nicht blicken lasse, oder?«

»Absolut«, bestätigte Lindy und nickte energisch. Sie stimmte mir nicht zu, weil es sie interessierte, ob ich ein gutes Ansehen im Schwimmteam hatte. Sondern weil sie mir seit Tagen damit in den Ohren lag, sie zu begleiten. »Komm schon, Autumn, die Party wird sicher toll. Bennett und Taylor werden auch da sein und …«

»Taylor kann mich nicht leiden«, warf ich meinen Eindruck in den Raum, den ich nach der *Boomfire Night* von Lindys Freundin hatte. Seitdem waren wir uns nicht wiederbegegnet, was mich nicht störte. Wir schienen keinen Draht zueinander zu haben.

Lindy machte eine abwinkende Handbewegung. »Taylor kann niemanden leiden, der Bennett auch nur einen Zentimeter zu nahe kommen könnte.«

Irritiert sah ich meine Freundin an. »Was willst du damit sagen? Sind die beiden ein Paar? Dich mag sie schließlich auch.«

Lindy lachte. »Bennett und ich? Das wird niemals passieren, nicht einmal, wenn ich so betrunken wäre, dass ich meinen Namen nicht mehr kenne. Und nein, Taylor und Bennett sind kein Paar. Die beiden kennen sich seit ihrer Kindheit. Taylor traut sich nicht, ihm zu sagen, was sie empfindet. Wenn du ihr klar machst, dass du Ben nicht in dein Bett zerren willst, wird sie sich entspannen.« Lindy seufzte. »Doch so wie er dich bei der *Boomfire Night* angesehen hat, würde ich dich ebenfalls hassen, wenn ich sie wäre.« Sie zuckte mit den Schultern.

»Glaub mir, Männer sind das Letzte, woran ich im Moment denke.«

»Außer es sind heiße, tätowierte Typen aus dem Schwimmteam.« Ein Grinsen erschien auf Lindys Lippen und ich schüttelte den Kopf.

»Nicht im Geringsten.«

Dass Lindy mich mit diesem *Ich-glaube-dir-kein-Wort*-Blick ansah, ignorierte ihn geflissentlich.

»Also, was ist jetzt? Kommst du mit oder willst du allein hier rumhocken?«

»Ich bin so gut wie auf dem Weg«, antwortete ich, stand auf und überprüfte im Badezimmer kurz mein Aussehen. Auf keinen Fall würde ich mich stundenlang in Schale werfen. Ich trug eine schwarze Jeans, warf mir schnell ein rotes Blusentop über und fuhr mit den Fingern durch mein dunkelblondes Haar. Ich schlüpfte in meine Sneakers und tippte eine Antwort an Mason.

Lindy und ich machen uns jetzt auf den Weg. Bin in zehn Minuten da.

»Meinetwegen können wir los.« Ich grinste und Lindy nickte, bevor wir das Zimmer verließen und gemeinsam zum *Seaside Park* liefen.

Es bot sich das gleiche Bild wie bei der *Boomfire Night*. Das halbe Studentenwohnheim machte sich auf den Weg in Richtung Meer, es dauerte nicht lange und laute Musik dröhnte uns entgegen.

Der Park war gnadenlos überfüllt. Studenten lachten, schrien, sangen. Alle hatten gute Laune und genossen das warme Wetter an diesem Septemberabend. Sofort schwappte die Stimmung auf mich über und ich war froh, mitgekommen zu sein. Vielleicht war es ganz nett, den Stress der Woche hinter mir zu lassen und etwas mit den anderen zu unternehmen. Ich hatte schließlich keinen Grund mehr, mich in meinem Zimmer zu verstecken. Trotzdem gab es ein Problem. Wie sollte ich das Schwimmteam in diesem Chaos finden?

Im Gegensatz zu mir fand Lindy Bennett und Taylor bereits nach fünf Minuten Suche. Ich begrüßte sie und versuchte, Taylor mit einem Lächeln zu besänftigen. Leider vergeblich, ihr Gesichtsausdruck blieb starr und ich fragte mich, was ihr durch den Kopf ging.

Ich nahm mir vor, mit ihr unter vier Augen zu sprechen, wenn sich die Möglichkeit ergab. Vielleicht konnte ich auf diese Weise das Eis zwischen und brechen.

»Hast du die erste Studienwoche gut überstanden, Autumn?«, fragte Bennett und ich nickte.

»Natürlich hat sie«, fiel Lindy mir ins Wort, als ich gerade zu einer Antwort ansetzen wollte. »Autumn ist der neue Star im Schwimmteam. Ich verwette meinen Hintern darauf, dass die *Purple Knights* diese Saison ungeschlagen gewinnen.«

»Du baust ja überhaupt keinen Druck auf«, erwiderte ich lachend und sah mich immer wieder um, ob ich jemanden aus dem Team entdeckte. Fehlanzeige, also zog ich mein Handy aus der Tasche und schrieb erneut eine Nachricht an Mason: *Wo finde ich euch?*

»Wen suchst du eigentlich?«, fragte Bennett und musterte mich skeptisch.

»Das Schwimmteam«, antwortete ich, als Masons Antwort einging.

Mason: *Wir stehen in der Nähe der Bühne.*
Ich: *Ich komme zu euch.*

Als ich von meinem Handy aufsah, bemerkte ich drei neugierige Augenpaare, die auf mich gerichtet waren. »Was?«, fragte ich lachend. »Kommt ihr mit zum Team oder bleibt ihr hier?«

»Heiße Schwimmer kennenlernen? Ich bin dabei.« Lindy grinste und folgte mir, ebenso wie Bennett und Taylor. Wie Mason in seiner Nachricht geschrieben hatte, steuerte ich auf die Bühne zu und sah mich ständig um.

Es war ausgerechnet Bryans dunkelblondes Haar, das aus der Masse herausstach. Sekunden später entdeckte mich Mason und kam sofort einige Schritte auf mich zu. Von den anderen hatte mich bisher niemand bemerkt.

»Da bist du ja«, sagte er lächelnd und schloss mich in die Arme. Dann sah er zu meinen Freunden. »Hey, ich bin Mason.« Er streckte ihnen die Hand entgegen und sie machten einander bekannt.

»Seid ihr schon lange hier?«, fragte ich Mason, als Bryans durchdringende Stimme mir das Blut in den Adern gefrieren ließ.

»Ist das euer Ernst? Ihr zieht mich immer noch auf, weil ich gegen das Püppchen verloren habe? Ihr wisst genauso gut wie ich, dass sie nur Glück gehabt hat. Ich gebe ihr maximal bis zum nächsten Training, dann sehen wir sie nicht wieder.«

Seine Worte trafen direkt in mein Herz und befreiten einen unfassbaren Schmerz. Mein gesamter Körper verkrampfte sich. War das sein Ernst? Hatte er das gerade wirklich gesagt?

»Autumn, er …«, setzte Mason an, doch ich legte schnell eine Hand auf seine Brust und schüttelte den Kopf. Ich musste das hören.

»Trotzdem hat sie dich geschlagen, Alter«, sagte einer der Jungs aus dem Team, dessen Namen ich nicht kannte.

»Weil ich einen schlechten Tag hatte. Ich verstehe, dass Jane ihr eine Chance gibt, aber im Training wird sich zeigen, wie durchschnittlich Autumn ist. Sie hat nicht einmal annähernd die Figur einer Schwimmerin.«

Tränen traten in meine Augen. Es war nichts Neues, dennoch tat es weh. Warum hatte er ein Problem mit mir? Was war falsch an mir? Musste ich mich zurücknehmen, wenn ich in Frieden trainieren wollte? Ich verstand es nicht.

Ich drehte mich um und lief davon. Ich brauchte einen Moment für mich. Unter keinen Umständen konnte ich Bryan den Triumph gönnen, dass seine Worte mich getroffen hatten. Im Augenwinkel bemerkte ich Lindys schockierten Blick, aber das interessierte mich nicht. Ich musste hier weg.

»Was ist eigentlich dein Problem mit Autumn, du Vollidiot?«, hörte ich sie kurz darauf giften und beschleunigte meinen Schritt. Ich wusste es zu schätzen, dass Lindy für mich einsprang, aber ich wollte davon nichts hören. Ich wollte meine Ruhe haben und allein sein. Bryan hatte überhaupt keine Ahnung, was er mit seinem Verhalten und seinen Worten anrichtete.

Ich ließ mich einige Meter entfernt auf eine Bank am Meer sinken und betrachtete die sanften Wellen, die auf das Ufer zurollten.

Mein Start in Bridgeport war zwar nicht so verlaufen, wie ich ihn mir vorgestellt hatte, jedoch fühlte ich mich hier wohl. Obwohl Bryan es schaffte, dass ich an mir zweifelte, konnte dies die positiven Dinge, die mir bisher widerfahren waren, nicht überschatten. Trotzdem ärgerte es mich, dass er mir diese Schwierigkeiten bereitete.

Ich wollte einfach nur eine normale Studentin sein, neue Dinge lernen, nebenbei für ein Team schwimmen und erfahren, was es heißt, Freunde zu haben und frei zu sein.

Aber all das fiel mir so unendlich schwer, weil …

»Es tut mir leid.« Bryans dunkle Stimme jagte wie ein Stromschlag durch meinen Körper und ließ mich aufschrecken. Wie ein Reh im Scheinwerferlicht starrte ich ihn an, als er neben mir Platz nahm und seine Hände im Schoss faltete.

»Wahrscheinlich hat Lindy dir angedroht, dich zu verprügeln, wenn du dich nicht entschuldigst. Du musst mir nichts vormachen«, brachte ich matt hervor. Er konnte nichts sagen, was seine Worte erklären würde.

Bryan sog die Luft tief in seine Lungen, sein Blick ruhte auf mir. »Autumn, mein Problem ist, dass ich zu oft spreche, ohne nachzudenken.« Wow, wir hatten eine Gemeinsamkeit, aber das ließ ich ihn nicht wissen.

»Das wäre mir nie aufgefallen«, erwiderte ich ironisch und blickte über das Meer. »Du musst dich nicht dafür rechtfertigen, dass du mir nichts zutraust. Wenn es deine Meinung ist, ist es für mich okay.«

»Autumn«, seufzte er, als wäre meine Reaktion ihm gegenüber unfair. Dabei war es sein Verhalten. Auch wenn er das Schwimmteam trainierte, hätten wir einen normalen Umgang finden können. Ich hätte es mir sogar gewünscht.

»Was erwartest du denn? Dass wir hier sitzen und so tun, als würden wir uns gut verstehen, obwohl weder du Lust darauf hast noch ich? Tut es dir wirklich leid?« Ich schnaubte. »Ich habe mir meinen Start in Bridgeport auch anders vorgestellt. Dass wir uns ständig über den Weg laufen sind Zufälle, auch wenn du etwas anderes glaubst.«

Bryans Blick ging starr geradeaus. Sein Kiefer war angespannt, seine Lippen zu einem Strich verzogen. »Egal, was ich jetzt sage, du findest ein Argument dagegen. Entweder nimmst du meine Entschuldigung an oder du lässt es bleiben.«

»Es ist okay, du bist nicht der Erste, der schlecht über mich redet, und du wirst nicht der Letzte sein. Aber es war unfair, dass du es hinter meinem Rücken getan hast. Wenn du in Zukunft ein Problem mit mir hast, sag es mir bitte ins Gesicht.«

Bryan nickte und senkte den Blick. Er schwieg und auch ich wusste nicht, was ich sagen sollte. Ob ich es mit Small Talk versuchen sollte?

»Schönes Wetter heute, hm?«, durchbrach ich die angespannte Stille und Bryan starrte mich an. Mit einem Mal verzogen sich seine Mundwinkel zu einem Lächeln und mein Herz machte einen nervösen Sprung. Es war nicht das erste Mal, dass ich ihn lächeln sah, aber es fühlte sich besonders an. Vielleicht steckte hinter seiner harten Schale doch ein weicher Kern.

»Wir sind also beim Wetter angekommen, ja?« Lächelnd zuckte ich mit den Schultern und er schüttelte grinsend den Kopf. »Wie war deine erste Woche als Studentin?«

Ich war überrascht über seine Frage. Hatte er tatsächlich Interesse daran, dass wir ein vernünftiges Gespräch führten?

»Es war viel auf einmal, aber es hat Spaß gemacht.«

»Den hat man am Anfang immer, warte bis zur ersten Prüfung.« Er richtete den Blick vom Meer direkt auf mich und ich sah verlegen in die Ferne. Was auch immer in seiner Gegenwart mit mir passierte, es fühlte sich gut an und beängstigte mich zugleich.

»Wer ist eigentlich diese Lindy?«

»Sie ist meine Mitbewohnerin. Waren ihre Drohungen eigentlich schlimmer als die von Cam, oder …«

»Die beiden sind sich ebenbürtig. Du hast irgendetwas an dir, Autumn, das die Leute in deiner Umgebung dazu bringt, dich beschützen zu wollen.« Bryan hatte die Stimme gesenkt und ich suchte seine einzigartigen Augen. Er erwiderte meinen Blick und löste damit ein Kribbeln in meinem Inneren aus. Die Stille hätte mir unangenehm sein sollen, doch das Gegenteil war der Fall. Mit Bryan zu schweigen, war beruhigend, auch wenn ich nicht verstand, was dieses Gefühl auslöste. Ich hatte nicht vor, es zu hinterfragen.

Erneut betrachtete ich das Meer. Ein Lächeln zuckte über meine Lippen.

»Warum grinst du so?«, fragte Bryan und ich hob die Schultern leicht an.

»Vielleicht bist du trotzdem okay«, schmunzelte ich. Mein Blick huschte über seine Tattoos. Je öfter ich sie betrachtete, umso mehr neue Details entdeckte ich. »Haben deine Tattoos eine Bedeutung?«, fragte ich und fixierte seine Augen. Etwas veränderte sich in seinem Ausdruck. Er wirkte kälter … leerer. Bryans Gesichtszüge froren ein, die Schutzmauer fuhr wieder hoch. Er verschloss sich vor mir. Ohne mir eine Antwort zu geben, stand er auf und ließ mich sitzen.

Irritiert drehte ich mich um und blickte ihm nach. Diese Reaktion war nur eine von vielen, die ich nicht verstand. Vor zwei Sekunden hatte ich noch das Gefühl gehabt, dass das Eis zwischen uns endlich gebrochen war. Aber in diesem Moment realisierte ich, dass ich mich getäuscht hatte.

Kapitel 10

Das gute an den komplexen Themen meiner Vorlesungen war, dass ich keine Zeit hatte, an Bryan zu denken. Nach dem missglückten Gespräch bei der Party hatte ich mich von meinen Freunden verabschiedet und war zurück ins Wohnheim gegangen, um meinen eigentlichen Plan umzusetzen. Es ging nichts über Leseabende.

Am Dienstag hatte ich gemeinsam mit Holly die erste offizielle Schicht im *Seaside Café* übernommen. Das Café war jeden Tag gut besucht und die Arbeit sorgte zusätzlich für Ablenkung.

Vor dem Schwimmtraining am Donnerstag arbeitete ich ebenfalls. Weil meine Gedanken nur um das bevorstehende Training und das erneute Aufeinandertreffen mit Bryan kreisten, war ich unkonzentriert. Ich hatte eine Bestellung nach der nächsten verhauen und war dankbar, als ich die Kellnerschürze in die Ecke schmeißen konnte.

Aus einem Hinterraum holte ich meine Sporttasche, die ich aus dem Wohnheim mitgenommen hatte, und verabschiedete mich im Vorbeigehen von Solana.

»Holly, ich gehe jetzt los«, rief ich meiner Kollegin zu, die wie ein aufgescheuchtes Huhn von Tisch zu Tisch eilte. In diesem Moment wurde die Ladentür erneut geöffnet und ein mir sehr bekannter Blondschopf betrat das Café. Hilfesuchend sah Holly mich an und ich verstand sofort.

»Was darf es sein, Bryan?«, fragte ich und lächelte gequält.

»Du arbeitest hier?«, fragte er skeptisch und ich zuckte mit den Schultern.

»Also, was möchtest du? Ich muss zum Schwimmtraining und

mein Trainer ist nicht so gut auf mich zu sprechen. Wäre schön, wenn du dich beeilen könntest«, scherzte ich.

Er ließ die Luft lautstark aus seinen Lungen entweichen. »Einen großen Kaffee, bitte.« Ich nickte, nahm einen Pappbecher und befüllte ihn mit dem Getränk.

»Milch, Zucker?«

»Etwas Milch, danke«, antwortete er übertrieben freundlich und beobachtete jeden meiner Schritte genau. Ich gab die Milch hinzu und verschloss den Becher mit dem Deckel, bevor ich ihn Bryan reichte.

»Vier Dollar, bitte.«

Er reichte mir einen Fünf-Dollar-Schein. »Stimmt so.«

»Danke.«

Ich legte das Geld in die Kasse, nahm meine Sporttasche und folgte Bryan aus dem Café, nachdem ich mich von Holly verabschiedet hatte.

Da wir den gleichen Weg hatten, liefen Bryan und ich schweigend nebeneinander her. Ich weigerte mich, etwas zu sagen, ehrlich gesagt, wusste ich auch nicht, womit ich die Stille hätte durchbrechen können.

Als wir die Sporthalle erreichten, hielt Bryan mir die Tür auf und ich huschte hinein. Zumindest trennten sich unsere Wege für einen kurzen Augenblick und ich konnte durchatmen. »Danke«, murmelte ich im Vorbeigehen und verschwand schnell in Richtung der Umkleiden.

Sofort hallten mir wirre Stimmen entgegen. Die Mädels tauschten sich über die Party im *Seaside Park* aus.

»Hey Autumn, wo warst du am Sonntag?«, fragte mich Ava.

»Ich war da, aber wir haben uns verpasst«, antwortete ich und zuckte mit den Schultern.

»Schade, beim nächsten Mal müssen wir uns unbedingt einen festen Treffpunkt ausmachen.« Sie lächelte mich an und ich erwiderte es.

Nachdem ich mich umgezogen hatte, folgte ich den Mädels in die Halle. Wir setzten uns auf den Beckenrand und warteten auf Jane und Bryan.

Ich spürte Isas nachdenklichen Blick auf mir. Dass ihr etwas auf der Seele brannte, war offensichtlich.

»Was ist los?«, fragte ich daher und sie lächelte ertappt.

»Wie um alles in der Welt konntest du Bryan eigentlich schlagen? Er ist der Beste im Team und wir sind gegen die anderen Jungs echt untergegangen«, fragte Isa und rollte damit ein Thema auf, über das ich nicht sprechen wollte.

Ich zuckte mit den Schultern. »Es spornt mich an, wenn man mich unterschätzt. Es gibt kein Geheimrezept und vielleicht war es nur Glück.«

»Ich habe noch nie eine Frau so schnell schwimmen sehen wie dich«, fügte Jazmin hinzu und ich lächelte verlegen. Ich war kein Mensch, der gut mit Komplimenten umging. Sie verunsicherten mich.

»Danke.«

»Wenn du Lust hast, könnten wir uns am Wochenende hier treffen. Zeigst du uns ein bisschen was?« Hoffnungsvoll sah Ava mich an.

»Natürlich, warum nicht. Ich habe Frühschicht im Café, wir können uns Samstag siebzehn Uhr treffen, wenn ihr möchtet«, schlug ich vor und die fünf Mädels stimmten zu.

»Seid ihr fertig mit dem Kaffeeklatsch dort hinten oder sollen wir noch fünf Minuten warten?«, brüllte Bryan einmal quer durch die Halle. Als ich mich ihm zuwandte, bemerkte ich nicht nur, dass alle anderen sich bereits aufgestellt hatten, sondern vor allem seinen angefressenen Gesichtsausdruck. Hilfesuchend hielt ich nach Jane Ausschau, aber ich konnte sie nirgendwo entdecken. Großartig.

»Okay Leute, Jane hat leider kurzfristig einen Termin dazwischen bekommen, weswegen ich das Training heute allein übernehme. Fünf Minuten einschwimmen und das zügig, vor allem die Damen und unsere Superschwimmerin.«

Er funkelte mich an und ich erwiderte seinen Blick.

Was für ein Kotzbrocken.

Bryans Training war die Hölle, er war strenger und fordernder als Jane. Seinen Bemerkungen, die uns eigentlich helfen sollten, schwang immer ein aggressiver Unterton mit. Er trainierte uns Mädels härter als die Jungs. Die schienen heute einen Freifahrtschein zu haben und ihr Training selbst bestimmen zu dürfen. Es war frustrierend.

»Autumn, ich weiß nicht, wo du mit deinen Gedanken bist, aber deine Fußarbeit sieht unmöglich aus. Und streck verdammt noch mal die Arme.«

Ich atmete tief durch und versuchte, seine Hinweise ohne Widerworte umzusetzen.

Kaum verkündete Bryan das Ende des Trainings, drückte ich mich aus dem Wasser. »Autumn, du bleibst einen Moment«, hielt er mich jedoch zurück.

Mir entwich ein genervtes Seufzen und ich steuerte auf ihn zu, nachdem ich mich in mein Handtuch eingewickelt hatte. Innerlich bereitete ich mich auf die nächste Schikane vor.

»Was ist denn noch?«, fragte ich erschöpft.

Bryan sah an mir vorbei und wartete, bis alle anderen aus der Halle gegangen waren.

»Zurück ins Wasser. Einhundert Meter, kraulen«, forderte er streng. Ich blieb wie angewurzelt stehen. Das konnte nicht sein Ernst sein.

»Nein«, antwortete ich trotzig. Ich war müde, der Tag hatte mich Kraft gekostet.

»Willst du im Team bleiben oder nicht?« Er verschränkte die Arme vor der Brust. Seine Haltung strahlte Autorität aus und ich wusste, dass er mich schneller aus dem Team werfen würde, wenn ich mich ihm widersetzte.

Ich legte mein Handtuch auf den Beckenrand und stellte mich auf den Startblock. Bryan hielt die Stoppuhr in der Hand.

»*Ready, Set, Go*!«, schrie er und ich stieß mich ab. Schon als ich in das Wasser eintauchte, merkte ich, wie sehr das Training mich geschwächt hatte. Dennoch gab ich alles. Meine Arme und Beine bewegten sich gleichmäßig, ich konzentrierte mich nach den ersten fünfzig Metern auf die Wendung und drehte um.

Außer Atem schlug ich nach einhundert Meter am Beckenrand an. Doch Bryan schüttelte den Kopf. »Lächerlich, Autumn. Das waren 55,39 Sekunden.«

»Wundert dich das? Ich war heute in zwei Vorlesungen, habe fünf Stunden im Café gearbeitet und gerade weitere zwei trainiert. Irgendwann ist auch meine Energie aufgebraucht.«

»Nicht, wenn du Erfolg haben willst. Hundert Meter Rücken. Sofort.«

Fassungslos sah ich Bryan an und atmete tief durch. Ich hielt mich am Startblock fest, stieß mich ab und schwamm los. Routiniert schlugen meine Arme nach hinten und ich hielt den Körper an der Wasseroberfläche.

»Wir sind hier nicht beim Rentnerschwimmen, Autumn, Tempo!«, brüllte Bryan und ich kniff die Lippen fest aufeinander, während ich das Tempo erhöhte. Trotzdem blieb ich in den Augen meines Trainers zu langsam.

»Noch einmal!«, bestimmte er. Als ich die Bahn zurückschwamm, sammelten sich Tränen in meinen Augen, aber ich blinzelte sie weg. Ich würde keine Schwäche zeigen und mich nicht so behandeln lassen. Trotzdem führte es zu nichts, mit ihm zu diskutieren.

Wieder bei Bryan angekommen, drückte ich mich aus dem Wasser.

»Habe ich gesagt, dass wir fertig sind?«, fuhr er mich an und Wut kochte in mir auf. Mit einer schnellen Bewegung schob er mich in den Pool und ich tauchte unter. Hustend kam ich an die Wasseroberfläche und starrte ihn an.

»Was soll das?«, knurrte ich und wollte mich wieder hochdrücken, doch Bryan versperrte mir den Rand.

Ich hasste es, wie er mir demonstrierte, dass er von uns beiden in dieser Situation der Überlegenere war. Er hockte sich hin und sah mir in die Augen.

»Was das soll? Wenn du mit dem Schwimmen erfolgreich sein willst, musst du an deine Grenzen gehen. Also schwimm!«

»Nein!«, erwiderte ich mit fester Stimme. »Ich lasse mich von dir nicht so behandeln.«

»Ich bin dein Trainer.«

»Nein«, sagte ich wieder und drückte mich am Beckenrand nach oben. Ich war Bryan so nah, dass ich seinen Atem auf meiner Haut spürte. Meine Arme zitterten leicht. Lange würde ich diese Position nicht halten können, ich musste Bryan jedoch zeigen, dass wir uns auf Augenhöhe befanden. »Du bist ein Student, der sich aufspielt, nur weil er von einem Mädchen geschlagen wurde. Du musst mich nicht mögen, aber sei verdammt noch mal fair.«

Wie verharrten beide in der Position, ohne uns zu rühren oder etwas zu sagen. Es war ein stummer Machtkampf. Meine Arme brannten bereits, als Bryan sich plötzlich aufrichtete, einen Schritt zurückging und mir die Hand entgegenstreckte. Zögernd ergriff ich sie und er half mir aus dem Wasser. Die Berührung schickte einen Stromstoß durch meinen Körper und erschrocken sahen wir uns an. Hatte er das etwa auch gespürt? Ich schluckte schwer, Bryan zog die Hand weg.

»Samstag neunzehn Uhr, hier, und sei bitte pünktlich«, brachte er angespannt hervor und schob sich an mir vorbei.

»Bryan?«, hielt ich ihn auf und er drehte sich langsam zu mir um. »Warum tust du das?«

Unsere Blicke begegneten einander und ein Schauer überzog mich. Seine grauen Augen ruhten auf mir, bis er den Blick vorsichtig senkte und sanft lächelte. »Vielleicht will ich mit dir allein trainieren, weil ich dich doch mag.« Er zuckte mit den Schultern und ließ mich in der Schwimmhalle zurück.

Jetzt verstand ich überhaupt nichts mehr.

Siebzehn Uhr traf ich mich am Samstag mit den Mädels aus dem Schwimmteam. Kaum hatte ich die Tür des Umkleideraumes geöffnet, drang mir fröhliches Lachen entgegen. Ich wünschte, diese gute Laune wäre ansteckend.

In Wirklichkeit zerbrach ich mir seit Donnerstag den Kopf

darüber, wie das Einzeltraining mit Bryan ablaufen würde. Immer wieder kehrten seine Worte in meine Gedanken zurück.

Vielleicht will ich mit dir allein trainieren, weil ich dich doch mag.

Das war absurd. Bryan hatte alles dafür getan, mich auf Abstand zu halten. Seine Handlungen und Worte waren so widersprüchlich wie bei unserer ersten Begegnung.

Wir sind alle kaputt.

Es war ein Strudel, der sich ständig meinem Kopf zu wiederholen schien. In einem Moment zog Bryan mich mit seinen Worten heraus und rettete mich, im anderen tauchte er mich unter und sorgte dafür, dass ich darin ertrank. Warum konnte er mir gegenüber nicht offen sein? Warum war alles so verworren und durcheinander? Konnte er nicht klar sagen: Autumn, ich mag dich! Oder: Autumn, ich kann dich nicht leiden!

»Autumn, bist du soweit?« Ava holte mich in die Gegenwart zurück und ich sah sie verwundert an.

»Nein, ich … ich brauche noch einen Moment. Geht ruhig schon in die Halle, ich bin sofort da.«

Sie nickten und steuerten auf den Eingang zur Halle zu. Bevor Ava ihnen folgte, wandte sie sich noch einmal zu mir um und machte einen Schritt zurück. Ich bemerkte sie im ersten Moment nicht, ließ mich seufzend auf die Bank in der Mitte des Raumes sinken und band meine Haare zu einem Dutt zusammen.

»Autumn?«, durchbrach sie die Stille und setzte sich neben mich. Ich blickte ihr direkt in die Augen. Ihr Gesichtsausdruck wirkte besorgt.

»Hm?«

»Ich habe mitbekommen, wie Bryan nach dem Training mit dir umgesprungen ist. Du musst dir das nicht gefallen lassen, das weißt du.«

Entsetzt fühlte ich mich ertappt, obwohl ich nichts Verbotenes getan hatte.

»Er spielt sich nur so auf, weil du ihn im Wettschwimmen geschlagen hast. Männer und ihr verdammtes Ego.«

»Es ist nicht nur das«, flüsterte ich. »Wir haben uns an meinem ersten Tag in Bridgeport kennengelernt. Bryan war meine Mitfahrgelegenheit vom Flughafen. Seitdem ist es schwierig. Es ist wie die Fahrt in einer Achterbahn, aus der man nicht aussteigen kann. Ich weiß nicht, wie ich es erklären soll.« Ich atmete tief durch.

»Das rechtfertigt sein Verhalten trotzdem nicht. Bryan ist ein schwieriger Charakter. Mason, er und ich kennen uns seit der Highschool. An einem Tag ist Bryan der netteste Mensch der Welt. Und am nächsten das größte Arschloch. Nicht nur beim Training, auch wenn alle zusammen feiern gehen oder einen gemeinsamen Filmabend in der WG machen.« Ava seufzte. »Manchmal frage ich mich, ob er seine Vergangenheit je überwinden wird.«

»Was meinst du damit? Welche Ver…« Genau in dem Moment riss Isa die Tür auf und rief genervt: »Wo bleibt ihr denn?«

Ava stand auf. »Na los, dann wollen wir mal.« Sie ließ meine Frage unbeantwortet im Raum stehen.

Ich erhob mich ebenfalls und folgte Ava in die Halle. Ein seltsames Gefühl blieb zurück. Was meinte sie damit? Was war Bryan in der Vergangenheit passiert? Was musste er überwinden?

Ich verstand nichts mehr und mittlerweile war ich mir auch nicht sicher, ob ich es überhaupt verstehen wollte. Es fiel mir schwer, mich zu konzentrieren, trotzdem atmete ich tief durch und versuchte anschließend, den Mädels ein paar Schwimmtricks zu zeigen.

In den folgenden zwei Stunden trainierten wir nicht nur, sondern sprachen über dies und das. Ich erfuhr, dass Ava ebenfalls Psychologie studierte. Allerdings hatten wir keine Kurse zusammen. Isa und Amelia studierten Englisch, July BWL und Jazmin Jura. Unsere Interessen konnten unterschiedlicher nicht sein, dennoch verstanden wir uns vielleicht gerade deswegen.

»Ich sterbe vor Hunger, sollen wir noch etwas essen gehen?«, fragte Isa in die Runde. Während die anderen begeistert zustimmten, hielt ich mich zurück und warf einen Blick auf die Uhr. In zehn Minuten würde Bryan hier auftauchen.

»Autumn, was ist mit dir?«, erkundigte sich Jazmin.

»Tut mir leid, ich habe keine Zeit. Ich möchte noch ein, zwei Bahnen schwimmen. Außerdem habe ich meiner Mitbewohnerin versprochen, dass wir heute einen Serienmarathon starten.« Ich lächelte gequält und hoffte, die Mädels würden es mir abnehmen.

Und tatsächlich taten sie das auch. Alle, bis auf Ava, die mich skeptisch musterte.

»Übernimm dich nicht«, flüsterte sie mir im Vorbeigehen zu und ich nickte. Sie wusste genau, dass ich auf Bryan wartete.

Als die anderen aus der Halle gegangen waren, ließ ich mich seufzend auf den Beckenrand sinken. Meine Füße glitten ins Wasser und ich betrachtete die ruhige Oberfläche. Die Halle war leer. Offenbar hatten Samstagabend alle Besseres vor, als ein paar Bahnen zu schwimmen.

Welche Laune Bryan heute wohl haben würde? Hoffentlich hatte er einen guten Tag und würde mich nicht wieder durch das Wasser scheuchen.

Als ich das Quietschen der Tür hörte, machte mein Herz einen nervösen Sprung. Ich wandte den Kopf nach hinten und mein Herzschlag beschleunigte sich. Er trug nur seine Badehose, das Handtuch hatte er lässig über die Schulter geworfen. Seine Bauchmuskeln waren angespannt, seine Haltung stark.

Sein Blick fiel auf mich und ich hielt die Luft an. Für einen kurzen Augenblick wirkte er überrascht. »Du bist tatsächlich da, damit habe ich nicht gerechnet.«

Fassungslos sah ich ihn an. »Wie bitte? Erst machst du einen auf gnadenlosen Trainer und dann tust du so, als hätte ich es mir aussuchen können?« Wut flackerte in meinem Inneren auf, während Bryans Kiefer sich anspannte.

»Das meinte ich nicht. Ich hatte eher damit gerechnet, dass du zu Jane rennst und dich ausheulst. Da du das aber offensichtlich nicht vorhast, ab ins Wasser. Dreihundert Meter, kraulen.«

Ich ließ mich ins Wasser gleiten, weil ich keine Lust hatte, vom Startblock zu springen. »Was ist mit dir? Stehst du wieder die ganze Zeit am Rand und spielst dich auf wie der Obertrainer?«, fragte ich frech und schwamm los.

Im Augenwinkel bekam ich mit, wie Bryan auf den Startblock stieg und absprang. Er tauchte an mir vorbei, kam zurück an die Oberfläche und schwamm mir davon.

Ich zog das Tempo an, um aufzuholen. Ich war müde und erschöpft, nicht nur vom Training mit den Mädels, sondern auch von der Arbeit im Café. Das hielt mich jedoch nicht davon ab, Bryan zu beweisen, was in mir steckte.

Fast zeitgleich schlugen wir am Rand an und ich sah ihn schwer atmend an.

»Dreihundert Meter, Rücken«, forderte er und wir drückten uns vom Beckenrand ab.

Stumm nahm ich jede seiner Anweisungen an und setzte sie um. Ohne Pause schwammen wir alle Disziplinen durch. Bryan hängte mich nicht ab und ich bemerkte deutlich, wie ihn das ärgerte.

»Okay, das war es für heute«, sagte er endlich die erlösenden Worte und ich atmete erleichtert durch. Wir drückten uns aus dem Wasser und ich wickelte mich in mein Handtuch. Dabei versuchte ich, das Zittern meines Körpers zu ignorieren. Ich hatte übertrieben, aber in Bryans Gegenwart wollte ich nicht schwach wirken.

»Morgen gleiche Zeit.« Ungläubig starrte ich Bryan an. »Genauso wie den Rest der Woche.«

War das sein Ernst?

»Ich habe nicht jeden Abend Zeit«, brachte ich angespannt hervor. »Wenn ich im Café aushel…«

»Dann mach es möglich. Entweder du willst Erfolg haben, oder nicht«, schnitt er mir das Wort ab und trocknete seine Haare mit dem Handtuch ab.

»Bryan, ich …«

»Autumn, hör auf, mit mir zu diskutieren.« Er machte einen Schritt auf mich zu und ich folgte mit meinen Augen einem Wassertropfen, der über seine trainierte Brust perlte. Verdammt, konnte er sich nicht etwas anziehen?

»Autumn.« Ertappt sah ich auf und meine Wangen begannen

zu brennen. Er war mir viel zu nah. Warum war er mir so nah? »Es dauert nicht mehr lang bis zum ersten Wettkampf und ich will, dass du für die *Knights* an den Start gehst. Hast du das verstanden? Ich lasse dich nicht extra trainieren, weil ich dich schikanieren will, sondern weil ich sehen möchte, wie du die anderen Tussis bei deinem ersten Wettkampf gegen die Wand schwimmst. Und das schaffst du nur mit Disziplin.«

»Und deswegen musst du ständig so ein Arschloch sein?«, fragte ich und hasste, wie verletzlich ich dabei klang.

»Das spornt dich doch an, gib es zu«, hauchte er dicht an mein Ohr und meine Nackenhaare stellten sich auf.

Leider hatte er Recht, aber das würde ich ihn auf keinen Fall wissen lassen.

»Ich will nach Hause«, antwortete ich, ohne auf seine Worte einzugehen, und wandte mich um. Während ich in Richtung der Umkleide lief, spürte ich, wie mein Körper zu schwanken begann. Ich schlüpfte durch die Tür und schloss sie schnell hinter mir. Bryan sollte nicht mitbekommen, dass etwas nicht stimmte.

Eilig steuerte ich auf die Bank zu und ließ mich darauf gleiten. Mein Herz schlug viel zu schnell und ich versuchte, mich mit gezielten Atemübungen zu beruhigen. Der Stress der letzten Tage forderte seinen Preis, dass ich an diesem Tag zu wenig gegessen und getrunken hatte, tat sein übrigens. Wenn ich Bryans Training auf Dauer durchhalten wollte, musste ich besser auf mich achten. Denn all der Erfolg brachte nichts, wenn ich meine Gesundheit aufs Spiel setzte.

Kapitel 11

Die Hälfte der Woche war geschafft. Ich war erschöpft und hatte Kopfschmerzen. Jeden Tag zu den Vorlesungen zu laufen, anschließend oder zuvor im Café zu jobben und am Abend mit Bryan zu trainieren, war ein straffer und energieraubender Zeitplan. Dennoch tat ich alles dafür, ihn einzuhalten.

Als ich die Schwimmhalle betrat, war Bryan bereits im Wasser und schwamm ein paar Bahnen. Obwohl der Chlorgeruch mich üblicherweise beruhigte, verursachte er heute eine heftige Übelkeit. Das musste an den Kopfschmerzen liegen.

Ich biss die Zähne zusammen und setzte mich auf den Beckenrand. Bryan tauchte neben mir auf. »Du bist zu spät«, bemerkte er in harschem Tonfall.

»Drei Minuten.« Ich seufzte. »Entspann dich mal.« Ich ließ die Füße ins Wasser gleiten und betrachtete ihn abwartend. In ihm brodelte es, dennoch biss er sich auf die Lippe.

»Also, was steht heute auf dem Programm?«, erkundigte ich mich und bewegte die Beine im Wasser auf und ab.

»Ich will, dass du dich einschwimmst, wie immer«, murrte er, als hätte ich eine dumme Frage gestellt.

Ich nickte, glitt ins Wasser und begann zunächst mit Brustschwimmen. Obwohl Bryan sich das sicher anders vorstellte, schwamm ich mich langsam ein. Schon nach den ersten hundert Metern merkte ich, dass irgendetwas nicht stimmte, trotzdem hielt ich meinen Mund. Bryan würde denken, ich simulierte, um mich vor seinem Training zu drücken. Auf diese Diskussion hatte ich keine Lust.

»Genug«, sagte Bryan und schwamm neben mich. »Ich will, dass du dich auf dem Rücken treiben lässt.«

Skeptisch betrachtete ich ihn und folgte seiner Anweisung. Ich schwang die Beine nach oben und hielt mich über Wasser. Plötzlich spürte ich Bryans Hände an meinen Schulterblättern und hielt die Luft an. Seine Berührung hinterließ ein sanftes Stechen in meinem Magen. Stumm suchte ich seine grauen Augen und verlor mich in ihnen. Ich blendete aus, wo ich mich befand, sah nur noch ihn.

»Ich will, dass du die Arme ausstreckst und dich überhaupt nicht bewegst. Schließ die Augen.«

»Wenn ich mich nicht bewege, gehe ich unter«, protestierte ich und riss den Blick nicht von ihm los.

»Vertrau mir«, flüsterte er und schenkte mir ein Lächeln, das meinen Magen flattern ließ.

»Das ist nicht so leicht. Du hast in den letzten Wochen alles dafür getan, damit ich ausgerechnet das nicht kann.«

»Bitte, Autumn.« Bryans Stimme klang flehend, oder bildete ich mir das ein?

»Okay.« Ich musste es wenigstens versuchen, also schloss die Augen und streckte die Hände zur Seite, während ich gleichzeitig die Luft anhielt. Ich stellte mich darauf ein, in zwei Sekunden unterzutauchen, aber Bryans Hände drückten mich sanft am Rücken nach oben und hielten mich über Wasser. Seine Finger prickelten auf meiner Haut.

»Du hast tatsächlich geglaubt, dass ich dich untergehen lasse, oder?«

»Ja«, antwortete ich geradeheraus und öffnete die Augen. »Was ist das für eine Übung?«

»Eine spontane«, grinste er, doch sein Lächeln verschwand schnell. Sein Blick wurde nachdenklich und unergründlich. »Schließ bitte wieder die Augen.«

Ich tat es und spürte, wie Bryan mich losließ. Ganz langsam sank mein Körper nach unten, ich bewegte mich nicht. Aus irgendeinem Grund vertraute ich darauf, dass er mich nicht untertauchen ließ.

Und so war es. Ich spürte seine Hände an meinen Schultern

und ein Stromstoß durchzog mich. Seine Finger auf meiner Haut fühlten sich viel zu gut an. Ich atmete tief durch.

»Spürst du, wie das Wasser dich trägt? Das musst du nutzen. Manchmal sinkst du beim Schwimmen zu weit ein, du tauchst beim Drehen zu tief und hast dann Mühe, schnell zurück an die Oberfläche zu kommen. Dabei musst du nur vertrauen. Streck die Arme und Beine so lang, wie es geht.«

Bryans sanfte Stimme machte mich benommen, ich folgte jedoch seiner Anweisung. Behutsam tastete er über meinen Rücken und korrigierte meine Haltung. Überall, wo er mich berührte, blieb ein Kribbeln zurück und ich schluckte schwer. Mein Körper stand in Flammen und das Wasser war nicht in der Lage, sie zu löschen.

»Ich habe es dir bisher nicht oft gesagt, du bist eine talentierte Schwimmerin, Autumn. Wenn wir die klitzekleinen Fehler, die du noch machst, finden und korrigieren, dann hast du eine großartige Karriere vor dir.« Wieder zog er seine Hände zurück und ich sank in das Wasser ein. Ich hätte mich bewegen oder die Luft anhalten können, stattdessen wartete ich ab, bis ich Bryans Hände wieder an meinem Körper spürte. Er fing mich, kurz bevor ich untertauchte, und brachte mich an die Oberfläche zurück.

»Öffne die Augen«, flüsterte er und ich blinzelte. Als ich bemerkte, wie nah er mir war, schlug mein Herz drei Takte schneller. Vorsichtig packte er mich und zog mich an sich. Seine Hände ruhten auf meinen Hüften, während ich meine unsicher auf seine Arme legte. Ihn zu berühren, ihm so nahe zu sein, fühlte sich merkwürdig an. Jedoch nicht auf eine schlechte Weise.

»Wir haben den ersten Fehler behoben«, sagte er leise und lächelte.

»Was war der Fehler?«, fragte ich nach.

»Du hast mir nicht vertraut, Autumn. Zumindest nicht so, wie ich es mir gewünscht hätte.«

Mein Herz pochte so heftig, dass ich Angst hatte, es würde mir aus der Brust springen.

»Das war eine Vertrauensübung, natürlich«, murmelte ich und

suchte Bryans graue Augen. »Was das Training betrifft, habe ich dir vertraut.«

Bryans Griff um meine Hüfte wurde fester und ich spürte, wie er mich näher an sich zog. Uns trennte kaum ein Zentimeter und mir wurde schwindlig.

Wir sahen einander in die Augen und ich war nicht in der Lage, den Blick von ihm zu lösen. Es war so intensiv und dabei so irritierend, dass ich nicht verstand, was gerade zwischen uns passierte.

Ich hätte auf Abstand gehen sollen, ihn wissen lassen, dass es mir um nichts weiter als um ein gutes Training ging. Aber ich konnte mich nicht rühren. Die Welt um mich herum verschwamm und ich wünschte mir nichts sehnlicher, als auch noch den letzten Abstand zu überwinden. Ich wollte ihn küssen, wollte herausfinden, wie es sich anfühlte, ihm noch näher zu sein.

Der Moment verschwand so schnell, wie er gekommen war.

»Du hast mir nicht vertraut und das weißt du«, brachte Bryan gequält hervor, löste sich von mir und schwamm zum Rand. Er drückte sich aus dem Wasser und griff nach der Stoppuhr, die er auf den Startblock gelegt hatte.

»Ich will deine Zeiten in allen Disziplinen stoppen. Komm aus dem Becken, Autumn.«

Die ruhige und verständnisvolle Art verschwand und der harsche und ungeduldige Ton, in dem er mich üblicherweise trainierte, kehrte zurück. Bryan war manchmal unfair und sicher passte es mir nicht, wie er mit mir umsprang, doch seit wir trainierten, hatte ich das Gefühl, stärker denn je zu sein. Ich bewegte meine Arme und Beine anders. Es fühlte sich an, als würde das Wasser mir gehören und als hätte ich tatsächlich eine reale Chance, den ersten Wettkampf zu gewinnen.

»Autumn«, holte Bryan mich in die Gegenwart zurück und ich blinzelte erschrocken. Schnell schwamm ich zum Rand und stemmte mich nach oben. Ich stellte einen Fuß auf den Rand und wollte aufstehen, als sich das Schwindelgefühl in meinem Kopf breitmachte.

Verdammt.

Für einen kurzen Moment schloss ich die Augen, dann richtete ich mich auf und stellte mich auf den Startblock. Ich atmete tief durch und fixierte die Bahn vor mir.

»Bist du soweit?«, fragte Bryan. Ich setzte Badekappe und Taucherbrille auf, sog ein letztes Mal tief Luft in meine Lungen und beugte mich schließlich nach unten.

»Einhundert Meter, Kraulen zuerst.«

»Okay«, flüsterte ich, schloss einen Moment die Augen. Ich schwankte leicht, öffnete sie wieder. Ich senkte den Blick auf die Wasseroberfläche … sie begann sich zu drehen. Irritiert schüttelte ich den Kopf und kniff die Lippen aufeinander.

»*Ready*«, durchbrach Bryan die Stille und ich erschrak, versuchte aber, mir nichts anmerken zu lassen.

»*Set.*« Bryans Stimme klang, als wäre er hunderte Meter weit entfernt.

»*G…*«

Meine Lider flatterten, das Blut in meinen Ohren rauschte und ich konnte das Gleichgewicht nicht mehr halten. Mein Herz schlug zu schnell, Bryans Stimme klang verzerrt … zu weit weg.

Der Stress der letzten Tage forderte seinen Tribut. Die Arbeit, das Studium, das intensive Training. All die Probleme, die nicht weniger wurden …

Ich fiel in eiskalte Dunkelheit. Sie umspülte mich, nahm mir die Luft zum Atmen. Ich riss den Mund auf, hoffte auf Sauerstoff und schluckte nur Wasser.

Dann wurde es schwarz um mich herum.

»Autumn!«

Ich glaubte, meinen Namen zu hören, und kam hustend zu mir. Schnell drehte ich mich zur Seite und spuckte Wasser.

»Autumn, hey, ist alles in Ordnung? Hast du dir wehgetan?«

Blinzelnd fand ich Bryans besorgten Blick. Ich lag auf dem Hallenboden, während er neben mir kauerte.

»Was … was ist passiert?«, fragte ich mit kratziger Stimme und hustete erneut.

»Du bist vom Startblock gefallen. Tut dir was weh?«

Ich dachte darüber nach. Hatte ich Schmerzen? Ich schüttelte den Kopf. »Nein, ich …« Ich rieb mir die Stirn. »Ich … ich will nach Hause.«

»Natürlich.« Bryan stand auf und hob mich auf meine Füße. Ich hielt mich an ihm fest, der Schwindel war noch nicht verschwunden. Mein Kopf fühlte sich an wie in Watte gepackt. Ich wollte nur noch zurück ins Wohnheim, mich hinlegen und schlafen.

»Geht es?« So besorgt wie in diesen Moment hatte ich Bryan bisher nie erlebt. »Ich sollte dich zu einem Arzt bringen.«

»Nein, es ist okay«, brachte ich leise hervor, ließ ihn dennoch nicht los. »Es geht mir gut.«

»Dann fahre ich dich ins Wohnheim.«

»Das ist nicht nötig, du musst nicht …«, stammelte ich, während Bryan mich zur Umkleide brachte.

»Du sollst mir nicht immer widersprechen.« Ich ließ mich auf eine Bank sinken und Bryan hockte sich vor mich. Stumm betrachtete er mich und ich konnte seinem Blick kaum standhalten.

Ich fühlte mich furchtbar schwach und verletzlich und wartete nur darauf, dass Bryans Laune wieder umschlug.

»Es tut mir leid, wenn ich in den letzten Tagen übertrieben habe«, sagte er, als hätte er meine Gedanken gelesen, und atmete tief durch. Sanft strich er mir eine Haarsträhne aus dem Gesicht und ließ seine Hand einen Moment auf meiner Wange ruhen.

Ausdruckslos sah ich ihn an. Ich wollte nicht, dass er bemerkte, was in mir tobte. Jede seiner Berührungen löste einen Feuersturm in meinem Inneren aus und ich wusste, dass ich mich nur verbrennen konnte.

Nachdem ich mich umgezogen hatte, trat ich in den Gang, in dem Bryan, ebenfalls in anderen Klamotten, auf mich wartete. Er nahm mir meine Tasche ab und warf mir einen prüfenden Blick zu.

»Es geht wieder«, flüsterte ich.

Bryan seufzte und wir liefen schweigend zu seinem Wagen, der einige Meter entfernt auf dem Parkplatz des *Wheeler Recreation Centers* stand. Er öffnete mir die Beifahrertür und ich stieg ein. Kurz darauf fuhr er los.

In den zwei Minuten, die wir von der Sporthalle zum Wohnheim brauchten, sprachen wir kein Wort. Ich rechnete fest damit, dass Bryan mich nur rauslassen und anschließend weiterfahren würde. Aber ich täuschte mich.

Er parkte den Wagen und stieg gemeinsam mit mir aus. Von der Rückbank nahm er meine Sporttasche und lief neben mir zum Eingang. Dabei ließ er mich keine Sekunde aus den Augen.

Als ich die Tür unseres Zimmers aufschloss, war Lindy nicht da. Eigentlich hatte ich fest damit gerechnet, dass meine Mitbewohnerin mit einem Buch auf dem Bett lag. Ich ließ Bryan hinein und fühlte mich merkwürdig dabei. Stumm legte er meine Tasche ab und schob die Tür hinter sich zu.

»Nettes Zimmer.«

Ich zuckte mit den Schultern und ließ mich auf mein Bett sinken. »Meine Seite ist noch etwas trostlos. Aber ich hatte keine Zeit, um ein bisschen Deko einzukaufen.«

Bryan deutete auf mein Bett. »Darf ich?«, fragte er und ich nickte. Er setzte sich auf die Kante und fixierte den Blick auf seine Hände.

»Ich wollte nicht, dass das passiert.« Bryan wirkte niedergeschlagen, beinahe so, als hätte er Schuldgefühle wegen meines Sturzes. Dabei war es nicht seine Schuld.

»Ich hätte dir sagen sollen, dass ich mich nicht gut fühle«, erwiderte ich so leise, dass ich Angst hatte, er würde mich nicht hören.

»Warum hast du es nicht?« Endlich sah er auf und ich hob entschuldigend die Schultern. »Hättest du es akzeptiert? Oder hättest du angenommen, dass es nur eine Ausrede ist, um nicht zu trainieren?«

Bryan vergrub sein Gesicht hinter den Händen. »Scheiße,

Autumn, die Gesundheit geht immer vor. Du hättest mit dem Kopf auf den Startblock oder den Beckenrand schlagen können.«

Ich starrte meine Bettdecke an und zupfte nervös an ihr herum. Bryan wandte sich mir zu und legte einen Finger unter mein Kinn.

»Bitte sag mir in Zukunft, wenn du dich nicht gut fühlst. Ich will deine Gesundheit nicht aufs Spiel setzen.«

»Entschuldige.« Bryan nahm mich mit seinem Blick gefangen, als er mich plötzlich zu sich in den Arm zog. Schüchtern klammerte ich mich an ihn und schmiegte mein Gesicht in die Kuhle zwischen seinem Hals und seiner Schulter. Tränen sammelten sich in meinen Augen und ich verstand nicht, warum.

»Entschuldige dich nicht für meinen Fehler.«

Ich schüttelte den Kopf und ein Schluchzen drang aus meiner Kehle.

»Autumn, was ist los?«, flüsterte er und presste mich fester an sich.

»Ich ertrage es nicht, wie es in den letzten Wochen zwischen uns gelaufen ist. Dieser Konkurrenzkampf und dieses Hin und Her … ich kann das nicht.« Meine Stimme klang dünn und zittrig. »Ich bin nach Bridgeport gekommen, um neu anzufangen und nicht, um meine Vergangenheit zu wiederholen und neue Probleme anzuhäufen. Können wir nicht einfach so etwas wie Freunde sein? Ich wollte dich nie vor dem Team oder deinen Freunden bloßstellen, das musst du mir glauben, Bryan.«

Bryan stieß die Luft aus seinen Lungen, als hätte er sie angehalten. Er löste sich leicht von mir und umklammerte mein Gesicht mit beiden Händen. Mit dem Daumen wischte er eine Träne von meiner Wange. »Ich wusste nicht, dass dich das so belastet. Ich … es tut mir leid. Ich wollte dich nicht verletzen, das war nie meine Absicht. Nachdem ich jedoch gehört habe, was du im Supermarkt zu deiner Freundin gesagt hast, war ich sauer. Letztendlich habe ich dir diese eine Seite von mir gezeigt, obwohl sie nicht ansatzweise dem entspricht, wie ich wirklich bin. Es …« Er stockte. »Es ist ein Schutzmechanismus. Es ist leichter, das Arschloch zu sein, als seine Gefühle zuzulassen.«

Ich legte meine Hände auf seine und ließ sie von meinem Gesicht sinken. Während meine Finger seine fest umschlossen, pochte mein Herz heftig. Diese Berührung fühlte sich unsicher an, als würde ich etwas Verbotenes tun, aber Bryan ließ es geschehen. Wie konnte es dann falsch sein?

»Damit stößt du die Menschen von dir«, hauchte ich.

»Wie könntest du nach allem noch mit mir befreundet sein wollen?«

Ein unsicheres Lächeln streifte über meine Lippen und ich versank einen Augenblick in seinen grauen Augen, die jede Schutzmauer verloren hatten. Bryan wirkte erschöpft und angreifbar.

»Weil wir alle kaputt sind, Bryan.«

Seine Lippen verzogen sich kaum merklich zu einem Grinsen und ich drückte seine Hände fester. Am liebsten hätte ich ihn zu mir gezogen und geküsst, aber dafür war nicht der richtige Moment. Und auch er wusste das.

»Ich sollte jetzt gehen«, brachte er leise hervor und ich nickte. Als ich meine Hände von ihm zurückziehen wollte, zog Bryan mich behutsam in eine Umarmung.

»Freunde?«, fragte er, als wolle er sichergehen, dass ich es auch tatsächlich ernst meinte.

»Freunde«, bestätigte ich ihm, löste mich und strich ihm sanft über den Oberarm. Er schenkte mir ein Lächeln und trat auf die Tür zu, bevor er sich noch einmal zu mir umdrehte.

»Darf ich dein Handy kurz haben?« Irritiert holte ich es aus meiner Sporttasche. Ich überprüfte, ob meine Mutter angerufen oder eine Nachricht geschrieben hatte. Das sollte er auf keinen Fall sehen. Aber auf dem Handy war nichts, außer einer Nachricht von Lindy. Sie traf sich mit Bennett und Taylor. Deswegen war sie nicht da.

Bryan tippte seine Nummer in mein Handy und wählte sie. Der Freizeichenton erklang einmal, dann legte er auf.

Er reichte mir mein Handy zurück, machte noch einen Schritt auf mich zu und beugte sich zu mir. Mein Herz machte einen nervösen Sprung. Wollte er mich etwa …

Seine Lippen berührten meinen Haaransatz und seine Hand glitt sanft über meine Wange. »Ruh dich aus.«

Ich nickte, dann verließ er mein Zimmer endgültig, schloss die Tür hinter sich und ließ mich mit wild klopfendem Herzen zurück.

Kapitel 12

Ich schwänzte die Vorlesungen am nächsten Vormittag und ruhte mich aus. Obwohl ich mich etwas besser fühlte, hatte ich noch immer Kopfschmerzen.

Bevor ich mich auf den Weg zur Arbeit machte, nahm ich eine Kopfschmerztablette und spülte sie mit viel Wasser herunter. Ich musste am Abend fit für das Training sein, koste es, was es wolle. Eine Pause konnte ich mir nicht erlauben.

Ich packte meinen Badeanzug und ein neues Handtuch ein und schloss die Tasche. Lindy saß an ihrem Schreibtisch und arbeitete ein Buch durch. Sie schrieb unaufhaltsam Notizen auf einige lose Zettel.

In den letzten Tagen hatten wir kaum Zeit miteinander verbracht, was mich ärgerte. Aber mein straffer Zeitplan hatte es nicht zugelassen. Umso mehr freute ich mich aufs Wochenende, für das wir einen weiteren Filmabend mit Pizza, Eistee und Nussschokolade geplant hatten.

»Ich gehe zur Arbeit und anschließend zum Training«, durchbrach ich die Stille und Lindy sah verwundert auf.

»Ist es schon so spät?« Ich nickte. »Du siehst blass aus. Fühlst du dich wirklich besser?«

Meiner Freundin entging nichts. Gestern Abend kam sie, kurz nachdem Bryan gegangen war, zurück ins Wohnheim. Sie hatte sofort bemerkt, dass etwas nicht stimmte und ich hatte ihr gesagt, was passiert war.

Weil ich selbst nicht wusste, ob ich dem Frieden trauen konnte, erzählte ich nichts davon, dass Bryan und ich sozusagen Waffenstillstand geschlossen hatten. Tief in meinem Inneren wurde ich die Angst nicht los, dass er sich über Nacht wieder verändern könnte. Ich war in meinem Leben zu oft enttäuscht worden, um in so einer Situation blind zu vertrauen.

»Es geht mir gut«, beruhigte ich sie. »Und wenn ich merke, dass mein Kreislauf Probleme macht, komme ich nach Hause.«

Lindy betrachtete mich eingehend, nickte aber und wandte sich erneut ihrer Arbeit zu.

»Bis später«, verabschiedete ich mich und machte mich auf den Weg.

Als ich im *Seaside Café* ankam, war um Holly herum schon wieder das Chaos ausgebrochen. Ich sah ihr an, wie sehr sie den Job hasste. Aber ähnlich wie ich finanzierte sie sich damit einen Teil ihres Studiengeldes.

»Gott sei Dank bist du da«, rief sie erleichtert aus. »Kannst du dir bitte die Kaffeemaschine ansehen, sie zeigt seit einer gefühlten Ewigkeit *Error* an und ich weiß nicht, was los ist.« Sie schnappte sich ein Tablett mit Kuchen und brachte diesen an einen voll besetzten Vierertisch. »Entschuldigung, der Kaffee kommt sofort. Die Maschine macht Probleme«, hörte ich sie erklären, während ich meine Sachen wegschaffte und mir meine Schürze umband. Ich sah mir die Maschine an, machte drei Klicks und fand heraus, dass lediglich die Kaffeebohnen alle waren. Ich holte eine neue Tüte aus dem Schrank und füllte den Behälter auf.

»Wie hast du das so schnell hinbekommen?«, fragte Holly erstaunt.

»Die Kaffeebohnen waren alle«, schmunzelte ich und warf die leere Tüte in den Müll. »Hat dir das noch niemand gezeigt?«

Holly schüttelte den Kopf. »Nein«, seufzte sie, stützte sich auf dem Tresen ab und rieb sich das Gesicht. »Ich werde an diesem Job noch verzweifeln.«

»Es ist Übungssache«, zwinkerte ich. »Ich habe am Anfang auch eine Weile gebraucht, bis ich alles verstanden hatte.«

»Bei dir klingt das alles so leicht, aber ich glaube mittlerweile, der Job ist einfach nichts für mich.«

Holly und ich holten die liegen gebliebenen Bestellungen rasch auf. Während ich mich darum kümmerte, den Kaffee zuzubereiten, schaffte sie ihn zu den Tischen und nahm neue Bestellungen entgegen. Wir waren ein eingespieltes Team und so bemerkte ich gar nicht, wie die Zeit verging.

»Autumn, musst du nicht zum Training?«, fragte Holly und deutete auf die Uhr.

»Oh verdammt, ja.« Gerade, als ich die Schürze ablegen wollte, wurde die Ladentür geöffnet.

Als ich Bryan entdeckte, blieb ich wie angewurzelt stehen. Stumm trafen sich unsere Blicke und ich wartete ab, wie er reagieren würde. War unserer Waffenstillstand von gestern noch aktuell, oder war seine Laune wieder umgeschlagen?

»Hey«, begrüßte er mich und stellte sich vor den Tresen.

»Hey, was darf es sein? Ein großer Kaffee?«

»Ja«, antwortete er nickend und lächelte. Er lächelte! »Wie geht es dir? Du solltest dich doch ausruhen.«

»Es ist alles in Ordnung. Wir können gleich zum Training gehen.« Ich goss den Kaffee in einen großen Pappbecher.

Bryans Blick gefror und er schüttelte den Kopf. »Ich will dich heute nicht beim Training sehen. Tut mir leid, Autumn.«

»Was … warum nicht?«

»Weil ich will, dass du dich ausruhst. Wir können gern ab Montag wieder trainieren, aber für diese Woche reicht es. Ich entschuldige dich bei Jane.«

Ich verschloss den Kaffee mit einem Plastikdeckel und schob ihn Bryan über den Tresen. Er reichte mir das Geld dafür und ich legte es in die Kasse.

»Bryan, ich …«

Er schüttelte den Kopf, sein Ausdruck ließ keinen Widerspruch zu und trotzdem wirkte er besorgt. »Das hätte gestern ganz anders ausgehen können. Bitte sei vernünftig und nimm dir ein bisschen Zeit für dich. Ruhepausen sind genauso wichtig wie das Training selbst.«

Ich atmete angespannt aus und kam um den Tresen herum.

Mit vor der Brust verschränkten Armen stellte ich mich vor Bryan. »Kann ich nicht wenigstens mitkommen und zuschauen?« Ich sah zu ihm auf, direkt in seine grauen Augen. »Bitte, Bryan.«

»Nein, tut mir leid. Wenn du einmal in der Halle bist, werde ich dich nicht mehr davon abhalten können, ins Wasser zu springen.«

Missmutig verzog ich die Lippen. »Das ist unfair.«

»Nicht im Geringsten, ich beschützte dich nur vor dir selbst. Und jetzt geh nach Hause, du siehst blass aus.« Bryan hob die Hand und strich mir mit einer schnellen, liebevollen Bewegung über die Wange. Sofort kehrten die Gefühle zurück, die ich gestern empfunden hatte. »Ich schreibe dir heute Abend noch einmal«, sagte er leise.

»Okay«, murmelte ich und musste dabei zusehen, wie er das Café verließ.

»Dafür, dass ihr euch letzte Woche beinahe an die Gurgel gegangen seid, wirkt ihr jetzt ziemlich vertraut.« Holly kam grinsend auf mich zu und blickte Bryan über die Schulter nach.

»Lange Geschichte«, seufzte ich und lehnte mich gegen den Tresen.

Lindy brütete noch immer über ihrem Buch, als ich unser Wohnheimzimmer betrat.

»Was machst du denn schon hier?«, fragte sie irritiert. »Fällt das Training aus oder bist du rausgeflogen?«

»Verordnete Zwangspause von Bryan, er wollte mich nicht einmal zusehen lassen«, grummelte ich, warf die Tasche lieblos in die Ecke und ließ mich auf mein Bett sinken.

Lindy klappte das Buch zu, stand von ihrem Schreibtisch auf und setzte sich im Schneidersitz zu mir aufs Bett. »Er scheint sich tatsächlich Sorgen um dich zu machen.«

Ich zuckte mit den Schultern. »Ich traue dem Frieden nicht.« Nervös knetete ich meine Finger und wich dem Blick meiner Freundin aus.

»Hast du daran gedacht, dass er dich wirklich mögen könnte?«

Lindy seufzte. »Ihr seid ein Traumpaar, auch wenn du das nicht sehen willst.«

Ich verdrehte die Augen. »Du achtest nur auf Äußerlichkeiten, Lindy. Bryan und mich verbindet nichts.«

»Das Schwimmen«, präsentierte sie mir sofort ein Gegenargument.

»Als ob das reichen würde.«

Ich dachte daran, was ich alles geheim hielt. Meine alkoholsüchtige Mutter, den Tod meines Vaters … Dieses verdammte Leben, das ich nie hatte führen wollen. Es gab so viel Unausgesprochenes, das ich nicht bereit war zu offenbaren. Niemandem gegenüber.

Ich drückte meine Fingernägel so fest in meine Handflächen, bis es wehtat. Ich musste den Schmerz spüren, musste fühlen, was Mom mir angetan hatte. Das Schwimmen half, es zu vergessen. Doch diese Woche durfte ich nicht …

»Autumn, hey.« Lindy legte eine Hand auf meine und sah mich schockiert an. »Du tust dir weh.« Vorsichtig strich sie über meine Handflächen, in die sich die roten Halbmonde meiner Nägel gebrannt hatten.

»Was ist los?«, fragte sie besorgt.

»Nichts, ich …« Ich schüttelte den Kopf und stand auf. »Ich muss eben ins Bad.«

Als die Tür hinter mir ins Schloss fiel, sank ich auf den kalten Fliesenboden und legte die Hände flach neben meinen Körper. Mein Kopf sank gegen die Tür und ich versuchte, ruhig zu atmen.

Einatmen, ausatmen, Autumn.

Ich kniff die Augen zu und kämpfte gegen die Erinnerung, die sich in meinem Kopf manifestierte. Sie durfte nicht an die Oberfläche kommen.

Einatmen, ausatmen.

Ich erwischte mich dabei, wie ich die Fingernägel wieder in meine Haut drückte und löste zitternd die Anspannung in meinen Händen.

Ruhig bleiben. Einatmen, ausatmen.

Ich würde meine Mutter nicht die Kontrolle über meine Gedanken übernehmen lassen. Sie war nicht hier, sondern in Phoenix. Ich war frei von ihr, frei von ihren Ausrastern ... Meine Mutter hatte keine Kontrolle! Nicht mehr.

Einatmen, ausatmen. Keine Kontrolle! Keine Macht!

Mein Atem beruhigte sich und ich öffnete die Augen.

»Autumn, ist alles in Ordnung bei dir?« Lindy klopfte zaghaft gegen die Tür und ich richtete mich auf. Ich drückte die Klinke nach unten und schob mich aus dem Badezimmer.

»Alles okay«, flüsterte ich und wich meiner Mitbewohnerin aus. Als ich doch einen Blick riskierte, erwartete mich ein Bild, mit dem ich gerechnet hatte. Lindy rührte sich keinen Zentimeter, sie starrte mich stumm an und überlegte, was sie sagen sollte. In ihrem Kopf arbeitete es, das war offensichtlich. Trotzdem überraschten mich ihre nächsten Worte.

»Autumn, ich kann dich nicht dazu zwingen, mit mir zu sprechen. Aber ich bin für dich da, wenn du mich brauchst, das weißt du.«

Ich nickte, setzte mich auf mein Bett und rutschte mit dem Rücken an die Wand. Leise seufzend umklammerte ich meine Beine und gab mir selbst Halt. Der ganze Stress, die Arbeit, das Training ... all das hatte nur überspielt, wie ich mich tief in meinem Inneren fühlte.

Ich war kaputt und niemand würde mich je reparieren können.

Außer ... die Psychologin.

Ich musste sie endlich anrufen. Wenn ich noch länger wartete, würde ich mich niemals trauen.

Gerade als Lindy fortfahren wollte, gab mein Handy ein leises Piepen von sich. Meine Finger zitterten, als ich es aus der Hosentasche zog. Ich rechnete fest damit, dass meine Mom mir geschrieben hatte, oder Cam, die mir berichtete, was meine Mutter nun wieder angestellt hatte. Aber ich lag falsch. Die Nachricht war von Bryan.

Bryan: *Triff mich morgen neunzehn Uhr vor dem Wheeler Recreation Center. Ohne Schwimmsachen!*

Immer und immer wieder las ich mir die wenigen Worte durch und versuchte zu verstehen, was das zu bedeuten hatte. Warum wollte er sich mit mir vor der Halle treffen, wenn wir nicht schwimmen gehen würden? Was sollte ich anziehen? War das ein …

»O mein Gott«, entfuhr es mir und ich starrte meine Freundin aus großen Augen an.

»Was ist jetzt los? Von deinen Launen bekommt man ein Schleudertrauma, weißt du das, Autumn?«

Lindy setzte sich auf mein Bett und ich hielt ihr Bryans Nachricht entgegen. »Sag mir, dass das kein Date ist.«

Meine Freundin las die wenigen Zeilen und grinste mich verschwörerisch an. »Tut mir leid, dich enttäuschen zu müssen, aber du hast ein Date mit deinem heißen Schwimmtrainer.«

Ich schluckte schwer und überflog die Zeilen selbst noch einmal. Das war unmöglich. Was hatte das zu bedeuten?

Wir sind bloß Freunde!, bestärkte ich den Gedanken. »Das ist kein Date«, sagte ich leichthin, legte das Handy beiseite und machte eine abwinkende Handbewegung.

»Ach nein? Was ist es dann?« Lindy zog die Augenbrauen in die Höhe.

»Ein freundschaftliches Treffen«, sagte ich überzeugt und nickte übertrieben, als müsste ich es mir selbst beweisen.

»So, so, na wenn du meinst.« Ihr Grinsen wurde breiter.

Plötzlich fiel mir ein, dass Lindy und ich Samstag einen Mädelsabend geplant hatten. »Ich sollte absagen«, platzte ich heraus und griff wieder nach meinem Handy. »Wir wollten Samstag Filme sehen und uns mit Nussschokolade vollstopfen. Das ist viel wichtiger als …« Ich tippte wild auf meinem Handy herum.

»Vergiss es!« Blitzschnell riss Lindy mir das Handy aus den Händen und löschte meine Nachricht an Bryan. »Unser Abend läuft nicht davon.«

Sie grinste und ich blickte auf das Display.

Ich freue mich. Autumn

»Du ...«, sagte ich drohend in Lindys Richtung, die nicht nur meine Nachricht gelöscht, sondern auch geantwortet hatte.

»Gern geschehen«, grinste sie und steckte mir die Zunge heraus.

Nachdenklich saß ich am nächsten Morgen auf meinem Bett und blickte auf die Visitenkarte, die Jane mir gegeben hatte. Ich hatte bisher nie darüber nachgedacht, professionelle Hilfe in Anspruch zu nehmen. Bisher hatte ich immer alles mit mir allein ausgemacht. Das war ganz offensichtlich der falsche Weg gewesen, denn wie mir in den letzten Tagen nur allzu bewusst wurde, reichte es nicht, tausende Meilen von meiner Mutter entfernt zu sein.

Meine Hand zitterte, als ich die Nummer in mein Handy eintippte. Ich hatte extra gewartet, bis Lindy gegangen war. Auf keinen Fall sollte sie den Anruf mitbekommen, auch wenn sie längst ahnte, dass etwas nicht stimmte.

Mein Finger schwebte unendliche Sekunden über dem grünen Hörer auf dem Display, mein Herz pochte aufgeregt. Wenn ich es jetzt nicht tat, würde ich niemals anrufen.

»Komm schon«, redete ich mir selbst Mut zu und wählte die Nummer. Langsam hielt ich mir das Handy ans Ohr und ließ den Kopf gegen meine freie Hand sinken.

»Praxis Dr. Perez, Kristina Perez am Apparat.«

»Hallo ... mein ... mein Name ist Autumn McAdams«, stellte ich mich unsicher vor.

»Hallo, wie kann ich Ihnen helfen?«

»Ich ... ich habe Ihre Karte von meiner Schwimmtrainerin Jane Hamsworth bekommen. Ich ... ich wollte nach einem Termin bei Ihnen fragen.« Ich schluckte schwer und kniff die Lippen aufeinander.

»In Ordnung, lassen Sie mich kurz nachschauen. Sie sind Studentin an der University of Bridgeport?«

»Ja.«

»Meine Sprechstunde ist immer mittwochs. Wie sieht es dreizehn Uhr am nächsten Mittwoch bei Ihnen aus, Autumn?«

»Ja, das geht.«

»Gut, wo Sie mich auf dem Campus finden, steht auf der Visitenkarte, richtig?«

»Ja.«

»Gut, Autumn, ich ahne, wie schwer es Ihnen gefallen ist, mich anzurufen. Aber es war der erste Schritt in die richtige Richtung. Bis Mittwoch.«

»Tschüss«, murmelte ich und legte auf. Ich füllte meine Lunge mit Luft und atmete langsam wieder aus. Dr. Perez hatte Recht, es war der erste Schritt in die richtige Richtung.

Kapitel 13

Wie verabredet, stand ich Samstagabend vor dem *Wheeler Recreation Center.* Es war ein warmer Septemberabend, der Frühherbst zeigte sich von seiner schönsten Seite. In Phoenix war es bis in den Oktober heiß, erst ab November fielen die Temperaturen auf etwa achtundsechzig Grad Fahrenheit. Bridgeport hingegen versprach einen Bilderbuchherbst. In der Nacht wurde die Luft frischer, die ersten Blätter begannen sich zu färben und der Wind frischte auf.

Ich hatte mich oft gefragt, warum meine Eltern mich ausgerechnet nach dieser Jahreszeit benannt hatten. Eine Antwort darauf hatte ich nie erhalten.

»Hey, wartest du schon lange?« Ich drehte mich zu Bryan um und glaubte, mich in einem Traum zu befinden. Lächelnd kam er auf mich zu, legte eine Hand auf meine Hüfte und küsste mich auf die Wange.

»Hey«, hauchte ich und wich instinktiv einen Schritt zurück, weil die Nähe und seine gute Laune mich irritierten. »Nein, erst ein paar Minuten.«

Ich musterte ihn einen Augenblick. Bryan trug eine schwarze Hose, ein dunkelblaues Shirt und eine schwarze Lederjacke. Mein Outfit war ähnlich schlicht, eine enge Bluejeans, ein cremefarbenes Blusentop und eine apricotfarbene Strickjacke.

»Komm, wir müssen ein Stück laufen.« Bryan entfernte sich von der Sporthalle und ich folgte ihm. »Macht dein Kreislauf noch Probleme?«, erkundigte er sich.

»Nein, es geht mir gut. Ich habe heute tatsächlich ausgeschlafen.« Ich grinste. Normalerweise schlief ich nie aus. Hier in

Bridgeport hatte ich durch die Kurse, den Job im Café und das Training so viel zu tun, dass ich immer zeitig raus musste. Auch in Phoenix war ich nie länger im Haus geblieben als nötig. Ich hatte es geliebt, früh meine Bahnen im Swim Club zu ziehen und die Ruhe zu genießen. Das fehlte mir.

»Das ist gut, dann können wir die Nacht durchmachen.« Er zwinkerte mir zu.

»Wirst du mir sagen, wo wir hingehen?«, fragte ich.

»In ein Irish Pub in der Nähe des Hafens, wir essen eine Kleinigkeit und unterhalten uns ein bisschen. Samstagabend spielt immer eine Liveband. Ich dachte, das könnte dir gefallen.«

Prüfend betrachtete ich Bryan von der Seite und versuchte, einen Hinterhalt zu erkennen. Aber ich bemerkte nichts Verdächtiges, ganz im Gegenteil. Er wirkte seltsam entspannt, fast losgelöst. Der verkniffene, nachdenkliche Gesichtsausdruck war verschwunden, auf seinen Lippen lag ein Lächeln und ich wurde das Gefühl nicht los, dass Bryan sich sogar darauf freute, den Abend mit mir zu verbringen. Sollte mir das Sorgen machen?

»Ist das ein Date?«, platzte ich heraus, ohne nachzudenken, und hätte mich am liebsten selbst dafür geohrfeigt. Bryan drehte seinen Kopf zu mir, seine Lippen verzogen sich zu einem frechen Grinsen.

»Natürlich nicht«, antwortete er, »wir sind zwei Freunde, die sich einen schönen Abend machen.« Die Ironie in seiner Stimme war nicht zu überhören.

»Natürlich«, erwiderte ich grinsend und konnte das leichte Kribbeln in meinem Magen kaum ignorieren. Ich verstand die Welt nicht mehr. Was hatte sich zwischen uns verändert, dass wir nun den Samstagabend gemeinsam verbrachten und uns darüber freuten?

Nach fünfzehn Minuten zu Fuß erreichten wir den Pub und Bryan hielt mir die Tür auf. Kaum betrat ich das Lokal, schlugen mir wirre Stimmen entgegen. Bryan führte mich in eine ruhige Ecke und ich rutschte auf die Bank. Er setzte sich neben mich.

Die Einrichtung des Pubs war gewohnt dunkel und rustikal, genauso, wie man es aus Irland kannte. Ich fühlte mich augenblicklich wohl und stützte mich auf dem Tisch ab, bevor ich nach der Getränkekarte griff.

»Du solltest unbedingt ein Guinness trinken«, schmunzelte Bryan, aber ich schüttelte den Kopf.

»Ich trinke keinen Alkohol«, sagte ich leise und handelte mir einen skeptischen Blick ein. »Dennoch kannst du gern ein Bier trinken«, fügte ich schnell hinzu.

Er schüttelte den Kopf, was mich irritierte. »Cola ist ganz wunderbar.«

Ich war dankbar, dass Bryan nicht nach meinen Beweggründen fragte, und auch dafür, dass er aus Solidarität ebenfalls Cola bestellte. Ich hätte nicht gewusst, wie ich ihm die Sache mit meiner Mutter erklären sollte.

Zu unserer Cola bestellten wir jeder ein Hühnchen-Sandwich mit Kartoffelecken, das laut Bryan das Beste in ganz Bridgeport war.

Nachdem die Kellnerin unsere Cola gebracht hatte, stießen wir die Gläser lächelnd aneinander.

»Erzähl mir etwas über dich«, forderte Bryan mich auf.

»Was willst du denn wissen?« Ich stützte meinen Kopf auf einer Hand ab. Sein Blick genügte, damit ich vergaß, wo ich mich befand.

»Warum hast du dich erst zwei Jahre nach deinem Abschluss entschieden, zu studieren?«

Ich atmete tief durch und überlegte gründlich, was ich Bryan erzählen konnte, ohne meine gesamte Vergangenheit vor ihm auszubreiten. Obwohl ich mich in seiner Nähe im Moment sehr wohlfühlte, war meine Geschichte noch viel zu privat.

»Habe ich nicht«, antwortete ich leise. »Nach meinem Abschluss hat sich ein Studium einfach nicht ergeben. Also habe ich angefangen, in Camilas Café zu arbeiten. Sie und meine Schwimmtrainerin waren es, die mich für das Studium in Bridgeport eingeschrieben haben. Cam hat sich um den Rest gekümmert …

Wohnheimzimmer, Mitfahrgelegenheit und so weiter. Ich musste nur noch meine Sachen packen und herkommen.«

»Das ist ungewöhnlich.«

Ich hob die Schultern. »Nein, eigentlich nicht. Camila ist wie eine Mutter für mich, auch wenn sie immer wieder darauf plädiert, dass sie viel zu jung ist, um es tatsächlich zu sein.« Ich schmunzelte. »Ich hätte den Schritt von allein niemals gewagt, dafür war ich in meinem Alltag zu festgefahren. Vielleicht hatte ich auch Angst vor der Veränderung.«

»Bist du trotzdem froh, dass du jetzt hier bist?«

»Es ist das Beste, was mir seit Langem passiert ist«, gestand ich ehrlich und Bryan schenkte mir ein aufrichtiges Lächeln.

Nachdem man uns die Sandwiches brachte, aßen wir stumm. Bryan hatte wirklich nicht übertrieben, das war mit Abstand das beste Sandwich, das ich in meinem Leben je gegessen hatte.

Pappsatt lehnte ich mich zurück, trank einen Schluck Cola und hielt mir mit einer Hand den Bauch. »Das war unglaublich gut«, seufzte ich zufrieden und stellte das Glas ab.

»Habe ich nicht zu viel versprochen?«

»Absolut nicht.« Stumm musterte ich Bryan, der meinem Blick nicht auswich. Ich schluckte schwer. Die Art, wie er mich ansah, schickte einen Schauer über meinen Körper. Ich fühlte mich leicht und unbeschwert, obwohl ich wusste, wie naiv diese Art von Gefühlen in Bezug auf Bryan war. Nur weil wir uns momentan gut verstanden, hieß das nicht, dass es auf Dauer der Fall war. Die Vorsicht schwang mit, die Angst, wieder bloßgestellt und vorgeführt zu werden. Trotzdem schluckte ich sie herunter. »Wie war das Training gestern?«, beendete ich die Stille und griff erneut nach meinem Glas. Ich nahm einen kräftigen Schluck.

»Wie immer. Ich habe dich bei Jane entschuldigt und ihr gesagt, dass wir zusätzlich trainiert haben.« Ein schuldbewusster Ausdruck huschte über seine Gesichtszüge.

»Weiß sie, dass ich …«, erkundigte ich mich leise.

Bryan schüttelte den Kopf. »Nein, sie hätte mir daraufhin eine Moralpredigt vom Feinsten gehalten. Das wollte ich vermeiden.

Aber Jane und ich haben darüber gesprochen, wie oft ich dich zusätzlich trainieren könnte. Dreimal neben dem Training sollte okay sein und dich nicht überfordern. Wir werden einen Plan zusammenstellen.«

»Es hat mich nicht überfordert«, seufzte ich und belog mich selbst.

»Autumn«, sagte er mahnend und legte seine Hand auf meine. Ich fror in meiner Bewegung ein, starrte von unseren Händen zu Bryan. Seine Berührung prickelte auf meiner Haut und ich wünschte, unser Verhältnis würde ewig so entspannt bleiben. »Ich wollte dich mit dem zusätzlichen Training an deine Grenzen bringen. Im Nachhinein betrachtet, auf eine dumme Art und Weise. Ich musste herausfinden, ob du all das wirklich willst ... ob du eine Kämpferin bist.«

»Aufgeben hat nie zu meinen Stärken gehört«, flüsterte ich und hielt Bryans Blick stand. Seine Lippen verzogen sich zu einem Lächeln.

Gerade als die Kellnerin unser Geschirr abräumte und fragte, ob es uns geschmeckt hatte, betrat die Band die Bühne. Konzentriert und gespannt verfolgte ich, wie sie sich auf den Auftritt vorbereiteten.

»Kennst du die Band?«, fragte ich an Bryan gewandt und er schüttelte den Kopf.

»Nein, aber ich komme mit meinen Freunden oft her. Wir haben alle eine heimliche Leidenschaft für irisches Bier.« Er zwinkerte.

»Du musst wegen mir wirklich nicht den ganzen Abend Cola trinken«, griff ich das Thema erneut auf, aber Bryan machte lediglich eine abwinkende Handbewegung.

»Ich werde dir morgen früh für meinen klaren Kopf danken«, erwiderte er scherzhaft.

Die Band stimmte den ersten Song an. Er klang unkonventionell, laut und trotzdem steckte in ihm die wichtige Botschaft, niemals aufzugeben. Normalerweise mochte ich keinen Indie Rock, aber in dieser Atmosphäre nahm er mich mit. Die Stimme des

Sängers war ausdrucksstark und schickte bei ruhigeren Stellen Gänsehaut über meinen Körper. Die Stimmung war großartig und ich war Lindy dankbar, dass sie einfach für mich zugesagt hatte.

»Wow, die sind gut«, murmelte ich.

»Gefällt es dir?«, vergewisserte sich Bryan und rutschte unbemerkt ein Stück an mich heran. Ich verringerte den Abstand zwischen uns ebenfalls kaum merklich.

»Ich finde sie absolut großartig, obwohl das nicht meine Musikrichtung ist.«

»Was hörst du üblicherweise?« Neugierig sah er mich von der Seite an.

»Ich mag ruhige, melancholische Musik. Aber auch fast alles, was die Charts so zu bieten haben. Ich höre vor Wettkämpfen gern etwas Kraftvolles, wenn du verstehst, was ich meine. Etwas, das meine Gefühle widerspiegelt und mir Mut macht.«

Musik hatte die Macht so viel auszudrücken, einen aufzufangen und zu beruhigen. Beim Musikhören konnte ich mich fallen lassen, meine Alltagsprobleme vergessen und abschalten. Sie gab mir Kraft, weckte meinen Kampfgeist und sorgte dafür, dass ich über mich hinauswuchs.

»Das verstehe ich absolut. Das ist der einzige Moment neben dem Autofahren, in dem auch ich Musik höre. Ansonsten läuft es nur im Hintergrund. Ich habe keine Lieblingssänger oder so etwas.«

»Was hörst du vor einem Wettkampf üblicherweise?« Ich rutschte noch ein Stück näher zu Bryan, sodass unsere Schultern sich berührten. Mir entging sein Schmunzeln nicht. Offenbar störte ihn die Nähe überhaupt nicht.

»Heavy Metal«, grinste er. »Aber wie gesagt, ich habe keine Lieblingsinterpreten. Meistens nehme ich das erstbeste Lied in einer fertigen Playlist, die ich zufällig ausgewählt habe.«

»Das wäre mir zu riskant«, erwiderte ich. »Der Wettkampfsong ist der wichtigste!«

Bryan legte einen Arm um mich und ich hielt den Atem an. Ein Stromstoß jagte durch meinen Körper. Passierte das gerade wirklich? Ich schluckte schwer und suchte seine grauen Augen.

»Ich liebe das Risiko«, raunte er mir zu und die Härchen auf meinen Armen stellten sich auf.

Mein Herz klopfte wild in meiner Brust und ich war nicht in der Lage, den Blick von ihm abzuwenden. Die Welt um uns herum verblasste, dafür strahlten wir umso heller. Ich verlor mich, aber wollte nicht wiedergefunden werden.

Wenn Bryan mich jetzt küssen würde, würde ich ihn gewähren lassen. Ich blickte von seinen Augen zu seinen Lippen. Sollte die Vertrauensübung beim letzten Training das Eis zwischen uns endgültig gebrochen haben? Konnte ich Bryan vertrauen, oder würde er mir wieder wehtun, wenn ich nicht aufpasste?

In meinem Inneren zog sich alles zusammen und der Wunsch, Bryan noch näher zu sein, wurde trotz meiner Bedenken schier unerträglich. Nur ein kleiner Kuss, wie eine Art Test, ob es sich tatsächlich so wahnsinnig anfühlen würde, wie ich es mir vorstellte. Nur einmal probieren.

Ich näherte mich ihm und ein Lächeln zog über meine Lippen. Sanft strich sein Atem über meine Haut und ich ließ eine Hand an seine Wange gleiten. Es war so leicht und gerade aus diesem Grund der schwerste Schritt, den ich in den letzten Jahren gemacht hatte.

Millimeter trennten uns. Ich spürte Bryans Unsicherheit, etwas, womit ich bei ihm überhaupt nicht gerechnet hatte, aber auch den Willen, sich das zu nehmen, was er wollte.

Und er wollte mich.

Dieser Kuss konnte mich in den Abgrund reißen. Ich war mir dem Risiko nur allzu bewusst. Doch wenn es sich richtig anfühlte, wovor sollte ich Angst haben?

»Bryan?« Eine schrille Stimme ließ uns zusammenzuzucken. Reflexartig schob Bryan mich von sich und starrte eine andere Frau an. Ich versuchte, zu verstehen, was gerade geschehen war, und blickte sie entgeistert an. Ihr Haar war wasserstoffblond, ihre Augen grün und angriffslustig wie die einer Katze. Mit ihren dürren Armen zog sie Bryan zu sich, nachdem sie sich neben ihn gesetzt hatte, und presste ihre Lippen auf seine. Dann klammerte sich an seinen Arm, ohne mich eines Blickes zu würdigen.

Ich erstarrte. Was zum Teufel? Innerhalb einer Sekunde war die Nähe zwischen uns zerstört worden und meine Schutzmauer wieder hochgefahren.

»Joleen, was soll das?«, knurrte Bryan und löste sich von ihr.

»Was das soll?«, fragte sie zuckersüß. »Du hast mir eine Nachricht geschickt, dass wir uns hier treffen. Schon vergessen, Süßer?« Sie ließ ihre Finger über seinen Arm streichen und klammerte sich erneut verliebt an ihn. »Es tut weh, dass du mich für sie versetzt hast, aber mittlerweile kenne ich dich. Und das ist okay.« Sie zog ihn zu sich und küsste ihn auf die Wange.

Ich war zu Eis erstarrt.

Bryan funkelte sie wütend an, ich wusste die Situation nicht zu deuten. Was ging hier vor sich?

»Weiß deine kleine Freundin, dass sie dich nur mit mir haben kann?« Joleen fummelte Bryan in den Haaren herum und warf mir zum ersten Mal einen Blick zu. Er war abschätzig. Wahrscheinlich fragte sie sich, was er von mir wollte, wenn er sie haben konnte.

»Verschwinde, Joleen«, sagte Bryan entschieden, doch sie rührte sich keinen Zentimeter.

Mein Herz schnürte sich zusammen. Diese Situation war merkwürdig in Anbetracht dessen, dass Bryan und ich uns beinahe geküsst hätten. War Joleen deswegen dazwischen gegangen? Wie nah standen sie sich?

Mein Magen rebellierte. Ich hatte gewusst, dass es ein Fehler gewesen war, ihn so nah an mich heranzulassen. Selbst wenn Joleen nur eine Show abzog, musste ich ab sofort immer damit rechnen, mit einer seiner ehemaligen Eroberungen konfrontiert zu werden. Was hatte ich auch erwartet, nachdem ich gehört hatte, wie er bei der *Boomfire Night* über Frauen sprach.

»Geh endlich«, sagte er mit mehr Nachdruck. Joleen wandte den Blick von mir ab und grinste frech. Sie küsste ihn erneut auf die Lippen und stolzierte davon, als hätte sie alles erreicht, was sie wollte. Es war eindeutig eine Show gewesen und trotzdem öffnete sie mir die Augen.

»Autumn, es tut mir leid«, brachte Bryan leise hervor.

Ich senkte den Blick, fühlte noch immer die bittere Enttäuschung darüber, mit welcher Kraft er mich von sich gestoßen hatte. Warum hatte er derart heftig reagiert, wenn sie ihm nichts bedeutete?

»Ich denke, ich sollte gehen«, erwiderte ich angespannt und griff nach meiner Handtasche. Ich suchte nach meinem Portemonnaie.

»Autumn, was tust du da? Das ...«

Kopfschüttelnd legte ich das Geld für mein Essen und meine Getränke auf den Tisch, bevor ich aus dem Pub flüchtete. Ich gestand es mir nur ungern ein, aber ich hatte den Abend mit Bryan genossen. Mit ihm zu reden hatte sich gut angefühlt, wir verstanden uns ausgezeichnet.

Bis Joleen alles kaputtgemacht hatte ...

Draußen auf der Straße schlug mir die kühle Abendluft entgegen und ich fröstelte. Meine Strickjacke war eindeutig zu dünn für diese Temperaturen. Ich schlag die Arme um meinen Körper und lief los, den Blick starr auf den Gehweg gerichtet.

»Autumn!« Bryan rief meinen Namen und ich stoppte in meiner Bewegung. Unsicher drehte ich mich zu ihm um und suchte seine grauen Augen.

»Lass es mich erklären.« Er kam vor mir zum Stehen.

»Du bist mir keine Rechenschaft schuldig. Erinnerst du dich, das war ein freundschaftliches Treffen. Ich bin gegangen, weil ich nicht zwischen deiner Freundin und dir stehen möchte«, belog ich mich selbst und lächelte gequält. Ich wollte Bryan keine Szene machen, das fühlte sich falsch und kindisch an.

»Joleen ist nicht meine Freundin und ich habe mich auch nicht mit ihr verabredet. Das hat sie erzählt, um genau diese Reaktion zu erzielen. Autumn, bitte, lass uns wieder reingehen. Der Abend war doch schön bis jetzt.« Bryan wirkte so verzweifelt, dass es mir das Herz aus der Brust riss.

Gerade, als ich etwas erwidern wollte, klingelte mein Handy in der Handtasche. Ich zog es heraus und starrte auf das Display.

Mom.

Ich drückte den Anruf weg und ließ das Handy in die Tasche gleiten, anschließend schüttelte ich den Kopf und verschränkte schützend die Arme vor der Brust. »Das ist keine gute Idee.«

Ich lief weiter, doch Bryan folgte mir beharrlich.

»Lass mich dich wenigstens zum Wohnheim begleiten.« Hoffnungsvoll sah er mich an und ich zuckte mit den Schultern.

»Meinetwegen«, murmelte ich.

Ich wollte nur noch ins Wohnheim, mir einen Tee kochen und mich in meine Decke kuscheln.

Dieser Abend hatte so schön angefangen, aber er war in einer Katastrophe geendet.

Das Klingeln meines Handys zerriss die Stille ein weiteres Mal und ich zog es im Laufen aus der Tasche.

Mom.

Ich drückte sie weg und atmete tief durch. Sofort schrillte es erneut los. Ich verweigerte den Anruf. Eine Nachricht ging ein.

Mom: *Denkst du, du kannst dich ewig vor mir verstecken? Ich werde dich finden, Autumn, und dann mache ich dir dein Scheißleben zur Hölle.*

Meine Finger zitterten, als ich die Nachricht löschte. Ich wollte das Handy auf lautlos stellen, doch meine Mutter war schneller. Der Klingelton hallte durch die schmale Straße, viel zu laut, viel zu präsent. Ich schluckte schwer, drückte sie weg und schaltete das Telefon aus. Tränen traten in meine Augen, als ich es hastig in die Tasche steckte und hoffte, dass Bryan nichts mitbekommen hatte.

Bryan griff jedoch nach meinem Handgelenk und zwang mich zum Stehenbleiben. »Wer ruft dich die ganze Zeit an?«, wollte er wissen und ich wich seinem Blick aus.

»Meine Mutter, nicht so wichtig«, tat ich die Sache ab und schüttelte meine Hand aus seinem Griff. Ich wollte weiterlaufen, aber er packte mich erneut. Warum konnte er mich nicht einfach in Ruhe lassen?

»Du hast Angst, Autumn, sieh nur, wie du zitterst.«

Bryan würde nicht locker lassen, bis ich ihm eine plausible Erklärung geliefert hatte, was mit mir los war.

»Meine Mutter und ich haben einige Meinungsverschiedenheiten, trotzdem habe ich noch lange keine Angst«, log ich und hoffte, er würde es mir abkaufen. »Außerdem zittere ich, weil mir kalt ist.«

Ich war keine gute Lügnerin und Bryan wusste das. Trotzdem sagte er nichts, gab nur einen unzufriedenen Laut von sich und zog seine Lederjacke aus. Er half mir, sie anzuziehen, und zog mich anschließend näher zu sich. Dass er den Abstand zwischen uns schon wieder verringert hatte, bereitete mir Bauchschmerzen. Gleichzeitig kribbelte mein Körper. Die Vertrautheit, die ich im Pub empfunden hatte, kehrte zurück.

»Danke«, flüsterte ich.

»Autumn, sprich mit mir, bitte.«

Ich holte tief Luft, um ihm meine Schwäche nicht zu zeigen. »Es gibt nichts zu besprechen, Bryan. Vielleicht wollte das Schicksal uns zeigen, dass unsere Leben immer kollidieren werden, egal, was wir uns wünschen. Lass uns das akzeptieren, okay? Wir sind Freunde, nicht mehr und nicht weniger.«

Ich wandte mich in Richtung Wohnheim um. Wir standen unter einer Straßenlaterne in der Nähe des Sportplatzes, der zusätzlich von den Lichtern aus den Zimmern erhellt wurde.

»Den restlichen Weg schaffe ich allein.« Ich wollte Bryans Jacke ausziehen, aber er schüttelte den Kopf.

»Bring sie mir zum nächsten Training mit.«

Ich atmete tief durch und nickte. »Gute Nacht, Bryan.« Meine Stimme klang dünn und zerbrechlich und genauso fühlte ich mich in diesem Moment auch.

»Gute Nacht, Autumn«, erwiderte er und ich ging endgültig. Bryans verzweifelter Gesichtsausdruck verfolgte mich dennoch bis zum Wohnheim. Als ich mich am Eingang noch einmal umdrehte und zu der Stelle wenige hundert Meter entfernt sah, stand Bryan nach wie vor im Licht der Laterne. Ich öffnete die Tür und setzte einen Fuß ins Gebäude, erst jetzt wandte er sich um und ging.

Ich schluckte schwer.

Er hatte gewartet, bis ich angekommen war.

Kapitel 14

Je näher der Mittwoch kam, umso mehr bereute ich, die Psychologin angerufen zu haben. Vor Nervosität ließ ich sogar meine Vorlesung ausfallen.

Ich war dankbar, dass Lindy seit heute Morgen unterwegs war und nicht mitbekam, dass ich wie ein Tier in Gefangenschaft durch unser Zimmer tigerte. Ich hatte Angst davor, mich mit all den angestauten Gefühlen auseinanderzusetzen. Allein die Vorstellung, dass ich über meine Mutter sprechen musste, bereitete mir Bauchschmerzen.

Es fühlte sich an, als würde ich meine Bewegungen in Zeitlupe machen, als ich nur Minuten später über den Campus zum Gebäude der Fakultät lief, dessen Adresse auf der Visitenkarte von Dr. Perez stand. Ich betrat das Gebäude und sah mich im Eingangsbereich um. Weil ich die Zimmernummer vergessen hatte, zog ich die Karte aus meiner Hosentasche.

Zimmer 2.22. Zweiter Stock, Zimmer 22.

Ich holte tief Luft und steuerte die Treppe im Eingangsbereich an. Langsam setzte ich einen Fuß vor den anderen und spielte erneut mit dem Gedanken, so schnell wie möglich wieder zu verschwinden.

Wie konnte eine wildfremde Frau mir helfen?

Ich erreichte das zweite Stockwerk. Das Zimmer befand sich auf der linken Seite der Treppe. Ein winziges Schild verwies auf Dr. Perez. Als ich meine Hand hob, um an die Tür zu klopfen, zitterte sie und ich ließ sie wieder sinken. Ich kniff die Lippen aufeinander und holte tief Luft.

Verdammt. Ich studierte Psychologie und hatte das Ziel,

irgendwann Menschen zu helfen, die in meiner Situation steckten.

»Autumn?«, erklang plötzlich eine freundliche Stimme hinter mir und ich drehte mich um. Vor mir stand eine Frau, die ich auf Ende dreißig schätzte. Sie hatte lateinamerikanische Wurzeln, langes, fast schwarzes Haar, das ihr weit über den Rücken reichte und ein Lächeln auf ihren Lippen, das ihre Augen strahlen ließ.

»Ja?«, fragte ich unsicher. Sie öffnete die Tür zum Raum und deutete mir, einzutreten. Ich setzte einen Fuß nach vorn und erkannte ein ordentlich eingerichtetes Büro. Hinter dem Schreibtisch saß eine Frau, die nur wenige Jahre älter war als ich selbst. Offenbar eine studentische Hilfskraft.

»Maribell, bitte keine Störungen in der nächsten Stunde.«

Sie nickte und Dr. Perez führte mich durch eine Tür auf der rechten Seite und ich sah mich in dem Zimmer um. Vor der gesamten hinteren Wand standen Bücherregale, davor eine graue Couch, ein Glastisch und etwas schräg befand sich ein bequem aussehender Sessel. Erst jetzt bemerkte ich den weiteren Schreibtisch, der am Fenster stand. Dr. Perez griff zu einer Klemmmappe und einem Kugelschreiber und deutete mir mit einer Handbewegung an, dass ich Platz nehmen sollte.

Ich nickte und ließ mich zwischen die weichen Kissen sinken, meine Tasche stellte ich auf dem Fußboden ab. Nervös faltete ich die Hände ineinander und knetete sie. Die Psychologin ließ sich in dem Sessel nieder, schlug die Beine übereinander und legte das Klemmbrett darauf ab. Ich spürte ihren Blick auf mir, traute mich aber nicht, sie anzusehen.

Mir war flau im Magen und ich fühlte mich unwohl.

»Autumn – darf ich Sie duzen?« Ich nickte. »Gut, danke. Erzähl mir, warum du dich bei mir gemeldet hast?«, durchbrach Dr. Perez die Stille und ich sah erschrocken auf.

»Es hat damit zu tun, was passiert ist, bevor ich nach Bridgeport gekommen bin«, flüsterte ich und senkte den Blick sofort wieder auf meine Hände. Meine Stimme klang dünn und eingeschüchtert. Ich hörte Dr. Perez Kugelschreiber über das Papier kratzen. Was sie sich wohl aufschrieb? Neugierig sah ich auf.

»Bridgeport sollte ein Neuanfang für mich sein, aber ich habe in den letzten Wochen immer wieder gemerkt, dass ich nicht so einfach abschalten kann. Ich kämpfe gegen Flashbacks, habe Probleme mich zu öffnen«, fasste ich grob zusammen, was in mir vorging.

Dr. Perez nickte. »Wo hast du gelebt, bevor du hergekommen bist, um zu studieren?«

»In Phoenix.«

»Dann bist du weit weg von zu Hause. Was ist dir passiert, Autumn?«

Ich holte tief Luft. »Es gab Probleme mit meiner Mutter, seit mein Vater gestorben ist.« Warum hatte ich solche Angst, auszusprechen, was geschehen war?

Dr. Perez' Blick ruhte auf mir. »Ich weiß, dass es schwer ist, hier zu sitzen und mir alles zu erzählen, obwohl ich eine Wildfremde für dich bin. Aber ich kann dir nicht helfen, wenn ich nicht die ganze Geschichte kenne, Autumn. Du hast mich angerufen, was bedeutet, dass du etwas verändern möchtest. Der erste Schritt ist gemacht, er war der schwerste. Alles, was nun folgt, ist ein Kinderspiel dagegen.«

Sie hatte Recht und trotzdem kam es mir falsch vor. Wenn ich Dr. Perez alles erzählte, war ich angreifbar, verletzlich. Aber wenn ich es nicht tat, würde die Sache mich ewig belasten.

»Nach dem Tod meines Vaters fing meine Mutter an zu trinken …«, begann ich und offenbarte ihr meine ganze Geschichte vom Anfang bis zum Ende.

In den folgenden vier Wochen veränderte sich viel.

Obwohl ich anfänglich meine Schwierigkeiten hatte, entwickelte ich ein System, den Job im *Seaside Café*, das Studium, das Schwimmen und die Gespräche mit Dr. Perez unter einen Hut zu bekommen.

Die erste Sitzung bei der Universitätspsychologin hatte mich

Überwindung gekostet, ihr meine Geschichte zu erzählen, war mir schwer gefallen, doch sie versprach mir, mir zu helfen. Seitdem hatte ich drei weitere Stunden bei ihr, in denen wir analysierten, woher der Hass meiner Mutter kam, wie ich mit den Flashbacks umgehen konnte und wie ich lernte, den Menschen in meiner Umgebung zu vertrauen. Jede Sitzung hatte mich mehr herausgefordert, mir aber auch gezeigt, dass es einen Weg gab, mit meiner Vergangenheit umzugehen.

Das Training mit Bryan verlief fair, es war professionell und es kam zu keinen weiteren Zwischenfällen. Das Verhältnis zwischen uns war distanziert, aber respektvoll, genauso wie ich es mir gewünscht hatte. Ich verbesserte mich, schwamm schnellere Zeiten und freute mich darauf, mich endlich unter Beweis zu stellen.

Bevor ich die Schwimmhalle betrat, steckte ich mir die Kopfhörer in die Ohren und startete den Song *Rival* von Ruelle. Ava und ich tauschten einen Blick, wohingegen Isa, Amelia, July und Jazmin mich demonstrativ ignorierten.

In der Halle spürte ich, wie alle Blicke auf mich gerichtet wurden. Nur Sekunden später folgten mir die anderen Schwimmerinnen. Anstelle des Trainings fand heute das Auswahlschwimmen für den ersten Wettkampf statt. Unzählige neugierige Studenten saßen auf den Bänken, um uns anzufeuern.

Jane und Bryan standen mit verschränkten Armen am Rand und unterhielten sich. Meine Trainerin wirkte angespannt, als sie mich entdeckte, lächelte sie aber. Ich holte tief Luft, setzte mich auf eine der freien Bänke für das Team und faltete die Hände ineinander, während ich den Kopf senkte. Ich musste mich konzentrieren, musste all die Emotionen sammeln, die sich in den letzten Wochen angestaut hatten.

Unglaube, Wut, Verzweiflung.

Ich spürte eine Hand auf meiner Schulter, öffnete die Augen und sah direkt in Bryans Gesicht. Ich zog den Kopfhörer aus meinem linken Ohr.

»Darf ich?«, fragte er und griff nach dem Kopfhörer, als ich nickte. Wir rutschen näher zusammen und ich startete extra für ihn den Song neu. Stumm lauschte er und blickte über das ruhige Becken.

»Bist du aufgeregt?«, fragte Bryan nach einigen Sekunden und ich zuckte mit den Schultern.

»Es gibt eigentlich keinen Grund.«

»Aber?« Bryan sah mich durchdringend an.

»Ich will Jane und dich nicht enttäuschen.« *Nicht nach allem, was ich dafür einstecken musste*, fügte ich in Gedanken hinzu.

Dass Bryan mich zusätzlich trainierte, kam beim Rest des Teams nicht gut an. Als die anderen Mädels davon erfahren hatten, begann das Getuschel. Nach und nach wandten sich Isa, Amelia, July und Jazmin von mir ab. Die Einzige, die damit kein Problem zu haben schien, war Ava. Trotzdem erschwerte es die Situation beim regulären Training. Die Mädels stichelten, stellten mich so hin, als hätte ich schon alle Siege in der Tasche und würde mich für etwas Besseres halten. Obwohl Ava sich alle Mühe gab, zu schlichten, wurde ich zu einer Außenseiterin. Dass ich mich wenigstens mit Mason und den Jungs gut verstand, machte die Sache nicht leichter.

»Das wirst du nicht. Wir gehen heute Abend alle in eine Cocktailbar, kommst du mit?« Hoffnungsvoll sah Bryan mich an.

In den letzten Wochen hatte er versucht, den Abstand zu wahren, aber ich hatte seine Blicke bemerkt. Ihm ging der Abend im Pub genauso wenig aus dem Kopf wie mir, auch wenn ich mir das nicht eingestehen wollte.

»Ich weiß es noch nicht«, antwortete ich ehrlich und schaltete die Musik auf dem Handy aus, bevor ich uns die Kopfhörer geschickt aus unseren Ohren zog.

»Es ist Tradition und damit irgendwie eine Verpflichtung.« Bryan grinste über seinen Einfall und ich schüttelte lächelnd den Kopf.

»Ich denke, wenn da…«

»Bryan, Liebling«, kreischte eine schrille Stimme einmal quer durch die Halle. Ich hatte sie seit einem knappen Monat nicht mehr gehört, aber sie hatte sich so in mein Gedächtnis gebrannt, dass ich sie überall erkannt hätte.

Joleen zerrte an Bryans Arm, bis er aufstand, und küsste ihn auf die Wange. Wie schon vor Wochen im Pub ignorierte sie mich völlig.

»Ich wollte dir viel Glück für das Auswahlschwimmen wünschen und wenn du gewinnst, dann habe ich heute Abend eine Überraschung für dich.« Sie warf ihr wasserstoffblondes Haar zurück und zwinkerte übertrieben.

Im ersten Moment wirkte Bryan viel zu geschockt, um zu reagieren. Doch dann zog er Joleen am Arm von mir weg und redete auf sie ein. Er war so leise, dass ich kein Wort verstand, aber seine Haltung sprach Bände. Ich durfte davon nichts mitbekommen. Wollte er mich damit schützen oder verbarg er etwas vor mir?

In meinem Inneren breitete sich ein seltsamer Druck aus.

»Hör auf, Bryan«, zischte Joleen plötzlich laut, bevor ihr Gesichtsausdruck wieder zuckersüß wurde. »Meinetwegen kann jeder wissen, was wir in den letzten Wochen getrieben haben und dass es dir Spaß gemacht hat.«

Ich schluckte schwer, schaltete die Musik erneut ein und steckte mir die Kopfhörer in die Ohren, um mich von meiner Umgebung abzuschotten.

Ich wollte nicht wissen, was zwischen Bryan und Joleen lief. Es war mir völlig egal … Bryan war mir egal und der Abend im Pub ebenfalls.

Mit einem Handzeichen machte Jane mir kurze Zeit später klar, dass wir uns einschwimmen konnten. Ich schaltete die Musik aus, kam im Hier und Jetzt an, lockerte meine Muskeln und stellte mich in die Reihe zu den anderen.

Nach und nach sprangen wir ins Becken und schwammen uns auf allen Bahnen ein. Ich ging es ruhig an, wollte nicht zu viel Energie vor dem wichtigen Wettschwimmen verschwenden.

Eher als die anderen stieg ich aus dem Wasser und tauschte dabei einen Blick mit Bryan. Er sah mich entschuldigend an, aber mein Gesichtsausdruck blieb undurchsichtig und kühl. Ich wollte kein Teil des Chaos werden, das Joleen provozierte.

Ich ließ mich auf die Bank sinken und sah, wie die anderen eine weitere Runde schwammen. Obwohl auch Bryan für einen Platz im ersten Wettkampf antrat, schwamm er sich überhaupt nicht ein. Offenbar war er sich seiner Sache sicher.

Die erste Disziplin war einhundert Meter Kraulen der Männer. Bryan nahm seinen Platz auf dem Startblock ein, Jane gab das Zeichen und die Jungs starteten. Das Publikum jubelte, Joleen sprang auf und kreischte Bryans Namen. Dabei musste sie sich gar nicht so anstrengen. Obwohl er und Mason sich ein Kopf-an-Kopf-Rennen lieferten, gewann Bryan mit fast einer Armlänge.

Danach waren wir Mädels an der Reihe. Ich atmete tief durch und stellte mich auf den mittleren Startblock. Ich blendete die anderen Teammitglieder völlig aus.

Jane gab das Zeichen, dass wir uns bereit machen sollten. Ich atmete tief durch, fixierte die glatte Wasseroberfläche und zog meine Taucherbrille nach unten. Meine Finger umschlossen den Rand des rauen Startblocks.

»Jazmin, du schaffst das!«, hörte ich Joleens nervtötende Stimme kreischen und plötzlich fiel es mir wie Schuppen von den Augen. Joleen hatte die anderen Mädels gegen mich aufgestachelt.

Ich schluckte schwer, mit einem Mal ergab alles Sinn. Die Mädels waren erst so komisch geworden, nachdem Bryan und ich im Pub gewesen waren … nachdem Joleen uns den Abend ruiniert hatte.

Verdammt!

»*Ready!*«, durchbrach Jane meine Gedanken und ich versuchte, die bittere Erkenntnis in Energie umzuwandeln. Joleen tat so, als wäre ich für sie Luft, im Hintergrund schien sie eindeutig gegen mich zu arbeiten. Sie wollte, dass ich mich von Bryan fernhielt und dass die anderen mir das Leben schwer machten.

»*Set!*«

Ich musste mich konzentrieren. Ich würde mir einen Startplatz beim Wettkampf sichern. Dieses emotionale Chaos in meinem Kopf durfte mich nicht meine Chancen kosten.

»*Go!*« Ich stieß mich ab und tauchte ins Wasser. Meine Beine schlugen kräftig, als ich auftauchte, hörte ich das Jubeln der Zuschauer und ließ die Arme blitzschnell durch das Wasser gleiten.

Am Ende der Bahn drehte ich und schwamm zurück. Ich beschleunigte das Tempo, dachte an Joleen, ihre heimliche Intrige und an Bryan, bei dem ich nicht wusste, woran ich war. Wir befanden uns in einer Schwebe, wir sprachen miteinander, kamen uns aber keinen Zentimeter zu nah, obwohl ich seine Blicke in meine Richtung bemerkte. So sehr ich mich dagegen verwehren wollte, sie berührten etwas in meinem Inneren, von dem ich nichts wissen wollte.

Ich schlug am Beckenrand an, riss mir Taucherbrille und Badekappe vom Kopf und bemerkte, dass Jazmin, Ava und die anderen erst jetzt anschlugen. Irritiert sah ich mich um und blickte dann zu Jane. Das Publikum war so ruhig, dass man eine Stecknadel hätte fallen hören können. Jane grinste.

»Beim Wettkampf an der Rowan University tritt Autumn McAdams als Erste für uns an!«, rief Jane stolz. »Mit einer unglaublichen Zeit von 47,82 Sekunden. Sie ist damit nur eine halbe Sekunde langsamer als Bryan King!«

In der Halle brach tosender Applaus aus. Ich verstand die Welt nicht mehr, drückte mich aus dem Wasser und fiel erst Jane und anschließend Bryan in die Arme.

»Unglaublich, Autumn«, flüsterte er und ich verharrte einen Augenblick in seiner Umarmung.

»Klatsch ein, Autumn«, rief Mason lachend, zog mich von Bryan weg und schlug seine Hand gegen meine. Auch er umarmte mich. Ich schluckte schwer und tauschte einen Blick mit Bryan. Er sah stolz aus.

Als ich mich von Mason löste und in die Gesichter der anderen Mädels sah, erkannte ich nichts als Verbitterung. Distanziert nickte Ava mir zu.

Ich ließ die Luft aus meinen Lungen entweichen. Aus irgendeinem Grund fühlte sich mein Erfolg plötzlich nicht mehr so gut an.

Als wir nach dem Auswahlschwimmen alle zu Fuß zu der Cocktailbar liefen, die das Team öfter gemeinsam besuchte, marschierte ich allein hinter den anderen her. Alle feierten ihre Erfolge, die, die es nicht geschafft hatten, waren trotzdem gut gelaunt. Bryan und Mason liefen vor mir, provozierten sich gegenseitig mit dummen Sprüchen. Ava hielt sich bei den Mädels auf, aber ich bemerkte, wie sie mir immer wieder unsichere Blicke zuwarf.

»Hey«, sagte sie leise, nachdem sie sich von den anderen abgesetzt hatte. »Glückwunsch zu deiner unglaublichen Zeit.«

»Danke«, antwortete ich kurz angebunden. Ich war kein Mensch, der um die Gunst anderer buhlte. Lieber hatte ich keine Freunde als welche, um die ich betteln musste.

»Autumn«, durchbrach Ava nach einigen Metern die Stille wieder. »Es tut mir leid, wie die Mädels sich benehmen.«

Gleichgültig zuckte ich mit den Schultern.

»Joleen und Jazmin sind beste Freundinnen. Sie erzählt ihr die wildesten Sachen über dich und die anderen glauben es. Das ist lächerlich, aber auf mich hört keiner.«

Ich sog die Luft tief in meine Lungen. »Seit ich denken kann, bin ich eine Einzelkämpferin, Ava. So hart das klingt, es wird mich nicht umbringen, wenn es erneut der Fall ist«, erwiderte ich kühl.

Ich hatte eine Mauer um mich gezogen, um mich selbst zu schützen. Es stimmte, dass ich vor Bridgeport nie viele Freunde gehabt hatte. Tief in meinem Inneren tat es weh, dass die Mädels sich von mir abgewandt hatten. Das würde ich sie aus Stolz jedoch nicht wissen lassen.

»Autumn …« Ava klang ehrlich besorgt, aber es änderte für mich nichts. Wenn sie Rückgrat hätte, würde sie weiterhin mit mir sprechen. Dass sie sich jetzt mehr oder weniger heimlich zu mir nach hinten abgesetzt hatte und um die Sache herumdruckste, zeigte mir deutlich, dass sie selbst Angst davor hatte, bei den anderen in Ungnade zu fallen.

»Schon gut«, murmelte ich und sah stur geradeaus. Für mich war das Thema beendet. Im Augenwinkel bemerkte ich, wie Ava mir einen Blick zuwarf, dann seufzte sie und beschleunigte ihren Schritt, um wieder zu den anderen aufzuholen.

Kaum war sie weg, drehte Mason sich zu mir um. Er und Bryan mussten jedes Wort gehört haben, zumindest ließen ihre mitleidigen Blicke darauf schließen.

In einer schnellen Bewegung legte Mason einen Arm um meine Schultern und zog mich zwischen sich und Bryan.

»Wir sind ein Team, Autumn«, flüsterte Mason. Sein Arm lag weiterhin auf meinen Schultern. »Lass die Weiber quatschen.«

Ich nickte lediglich und warf Bryan einen Blick zu, der die Nähe zwischen Mason und mir nur mit einem verkniffenen Gesichtsausdruck quittierte.

Wir erreichten die Cocktailbar und wurden in einen separaten Lounge-Bereich geführt, den das Team öfter reservierte. Ich ließ mich neben Mason gleiten, Bryan saß mir schräg gegenüber, genauso wie die Mädels. Nacheinander reichten wir die Karten durch und studierten das Getränkeangebot. Die Auswahl an alkoholfreien Cocktails war groß, ein kleiner Lichtblick an diesem merkwürdigen Abend. Ich bestellte einen Strawberry Kiss, während die anderen es sich nicht nehmen ließen ihre Erfolge mit ausreichend Alkohol zu begießen. Bryan bestellte sich ein Bier und Bourbon, Mason einen Long Island Ice Tea und die Mädels verschiedenste Cocktails.

Ich fühlte mich in dieser Situation nicht wohl, spürte die abschätzigen Blicke, während die Jungs sich wie gewohnt neckten. Bryan sagte gar nichts, er saß neben Ava, die Lippen zu einem Strich verzogen, die Augen prüfend auf Mason gerichtet.

Stumm lauschte ich den Gesprächen der anderen und wusste selbst nicht, was ich sagen sollte. Der Alkohol floss in rauen Mengen. Unsicher warf ich einen Blick in Bryans Richtung, der sich ebenfalls nicht an den Gesprächen der anderen beteiligte. Er leerte ein Bourbon-Glas nach dem nächsten. Als er bemerkte, dass ich in seine Richtung sah, starrte er mich an. Herausfordernd.

Mein Bauchgefühl rebellierte. War das der Moment, in dem ich lernen würde, dass Typen wie Bryan nichts auf Waffenstillstand gaben? Dass unsere Freundschaft nur eine bedeutungslose Phrase war?

»Du bist so ruhig«, raunte Mason mir zu und rutschte kaum merklich ein Stück näher. Er legte seine Hand auf meine. Ich wandte den Blick von Bryan ab und richtete ihn auf seinen Kumpel.

»Ich bin müde.« Das war nicht einmal gelogen. Die Vorlesungen und die Arbeit im Café waren mir heute anstrengender vorgekommen. »Mein Donnerstag ist immer vollgepackt.«

»Arbeitest du nebenbei?« Erst jetzt wurde mir bewusst, dass Mason und ich bisher nie über Privates gesprochen hatten. Wir kannten einander kaum.

»Ja, im *Seaside Café*, hier um die Ecke.«

»Bryans Lieblingscafé, was für ein Zufall«, warf Jazmin diesen spitzen Kommentar ein, den ich versuchte zu ignorieren. Erst jetzt wurde mir klar, dass jeder unserem Gespräch lauschte.

»Was studierst du, Autumn?«, fragte Henry, den ich oft mit Mason und Bryan zusammen sah.

»Psychologie«, antwortete ich kurz angebunden.

»Das klingt spannend«, sagte Mason lächelnd.

»Manchmal ist es recht trocken und kompliziert, aber es macht mir Spaß.« Meine Lippen verzogen sich ebenfalls zu einem Lächeln.

»Autumn hat ein Faible für kaputte Menschen.« Ich starrte Bryan entsetzt an, doch er grinste nur überheblich. »Dabei solltest du besser wie jeder andere wissen, dass nicht jeder Mensch zu retten ist.«

Ich schluckte schwer und war unfähig etwas zu sagen, löste den Blick jedoch nicht von ihm.

»Bryan, lass es«, knurrte Mason, was ihn weiter anstachelte.

»Ach komm, Mason, als ob sich Probleme in Luft auflösen, nur weil man sich bei einem Pseudoarzt auf die Couch legt und darüber spricht. Das waren deine Worte.« Bryan funkelte seinen Kumpel herausfordernd an und leerte erneut den Bourbon.

Ich kniff die Lippen fest aufeinander. Bryan hatte eindeutig zu viel getrunken. Er war streitlustig und aggressiv. Ich spürte, wie mein Herz schneller schlug und sich verkrampfte. Meine Atmung wurde unruhig. Meine Hände schweißnass. Bitte nicht jetzt.

»Oder hat sich an deiner Meinung irgendetwas geändert?«

»Bryan, hör auf«, mischte sich nun auch Ava ein, aber ihre Worte gingen in Masons Frage unter. »Was ist eigentlich dein Problem, Alter?«

Bryan lachte verächtlich auf. »Was mein Problem ist? Du scheinheiliges Arschloch.«

Mason sprang auf, stieß dabei gegen den Tisch, sodass die Gläser wackelten. Ich zuckte erschrocken zusammen. »Lass mich da raus, wenn du irgendein Scheißproblem mit dir selbst hast.«

Bryan schoss ebenfalls hoch, schwankte aber im Gegensatz zu Mason leicht. »Komm mit raus!«, forderte er leichtsinnig.

Mason lachte ihn aus. Irgendjemand musste die Sache beenden. Es war offensichtlich, dass Bryan diesen Streit nur vom Zaun brach, weil Mason sich mir angenähert hatte.

Meine Kehle wurde trocken, ich hatte das Gefühl, keine Luft mehr zu bekommen. Ich musste mich beruhigen, irgendwie. Was hatte Dr. Perez mir für eine Situation wie diese geraten? Ich musste mich auf meine Atmung konzentrieren und zu mir selbst finden.

»Was denkst du, soll draußen passieren? Du kannst kaum noch stehen.«

Der Druck, der auf mir lastete, verstärkte sich. Die Erinnerungen fluteten meine Gedanken, mein Herz stolperte. Sie durften keine Macht über mich gewinnen. Es musste aufhören … warum konnten sie einander nicht in Ruhe lassen?

»Es reicht jetzt!«, schrie ich und sprang hoch. »Lass mich raus.« Ich sah Mason hilflos an, der sofort zur Seite trat. »Ihr seid beide erwachsen, benehmt euch auch so«, fuhr ich Bryan und Mason an und eilte zur Toilette. Ich brauchte für einen kurzen Moment meine Ruhe. Mein Körper reagierte zu heftig auf diese Situation und die Bilder, die sich an die Oberfläche kämpfen wollten. Das konnte ich nicht zulassen. Nicht jetzt. Ich war stärker als die Erinnerungen.

Ich schob mich in eine der Kabinen, ließ mich auf den geschlossenen Toilettensitz sinken und schloss die Augen.

Einatmen, ausatmen, Autumn.

»Wenn du spürst, dass sich ein Flashback ankündigt, schließ die Augen und konzentriere dich auf deine Atmung«, schoss mir Dr. Perez' Anweisung in den Kopf.

Einatmen, ausatmen.

Ich wiederholte die Worte wie ein Mantra, konzentrierte mich dabei auf meinen Atem.

Einatmen, ausatmen.

Der Druck wurde weniger.

Ich wischte mit dem Handrücken über meine nassen Wangen und kam in der Gegenwart an. Mein Herzschlag beruhigte sich und es gelang mir, die Erinnerungen in die hinterste Ecke meines Bewusstseins zu drängen.

Nach wenigen Minuten verließ ich die Kabine, ließ Wasser über meine Handgelenke laufen, weil es mich ebenfalls entspannte, und trocknete sie ab.

Ausdruckslos betrachtete ich mich im Spiegel. Man sah mir den Stress der letzten Tage an. Das Make-up kam gegen die dunklen Ringe unter meinen Augen nicht an. Ich atmete tief durch, ermahnte mich, mich zusammenzureißen, und ging zurück in den Gastraum.

Sofort waren alle Augenpaare auf mich gerichtet, und ich hatte Angst, man würde mir die letzten Minuten ansehen. Aber als ich bemerkte, dass jemand fehlte, siegte die Sorge über die Angst.

»Wo ist Bryan?«, fragte ich an Ava gewandt.

»Er wollte nach Hause.«

Ich nickte, zog zehn Dollar für meinen Cocktail aus der Tasche und legte sie auf den Tisch.

»Mir ist die Lust vergangen«, murmelte ich und entfernte mich vom Tisch.

»Lass mich dich nach Hause bringen«, rief Mason mir nach und ich wandte mich erneut um.

»Nicht nötig, danke.« Ich tauschte einen Blick mit ihm und er sah mich entschuldigend an. Dann verließ ich die Cocktailbar endgültig.

Kapitel 15

Mir schlug frische Luft entgegen, als ich auf den Fußweg trat, und ich kuschelte mich enger in meine Sweatjacke. Suchend sah ich mich nach Bryan um. Soweit konnte er nicht gekommen sein.

»Fuck!«, hörte ich plötzlich eine vertraute Stimme fluchen und entdeckte ihn an eine Straßenlaterne gelehnt. Wie es aussah, suchte er den Boden ab.

Mit schnellen Schritten ging ich auf ihn zu. »Bryan?«, fragte ich leise und er fuhr hoch. Sein Blick brannte sich in meinen, er machte einen schwankenden Schritt auf mich zu.

»Verschwinde!« Seine Abneigung ließ mir das Blut in den Adern gefrieren. Mein Herz brannte, aber ich ignorierte es. Bryan richtete den Blick erneut auf den Boden.

»Kann ich dir helfen? Was suchst du?«, fragte ich und ließ mich nicht beirren. Was zum Teufel tat er?

»Ich brauche deine Hilfe nicht. Geh wieder zu Mason.« Obwohl Bryan betrunken war, klang seine Sprache erschreckend klar.

Ich stieß die Luft aus den Lungen, zog mein Handy aus der Hosentasche und schaltete die Taschenlampen-App ein. Das Licht wanderte über den Boden und ich entdeckte Bryans Handy. Ich hob es auf und reichte es ihm.

»Danke«, murrte er und tippte darauf herum.

»Soll ich jemanden für dich anrufen?«, fragte ich und er schüttelte den Kopf. Warum war er nur so stur?

»Nein, du sollst verschwinden.«

Ich verdrehte die Augen, obwohl seine Ablehnung schmerzte. Aber ich würde ihn unter keinen Umständen allein lassen.

»Fuck, es ist kaputt.« Bryan stieß einen unterdrückten Schrei aus und schwankte weiter, ohne mich zu beachten. Ich folgte ihm. Wenn er dachte, dass ich mich davon beeindrucken ließ, irrte er sich gewaltig.

»Bryan, hey.« Ich packte ihn am Arm und hielt ihn auf. Er fuhr zu mir herum und taumelte dabei so heftig, dass er beinahe das Gleichgewicht verlor. Aus Reflex packte ich ihn und drückte ihn an mich. Die Berührung und die überraschende Nähe brachten das Kribbeln in meinen Körper zurück und verdrängten den Schmerz.

»Komm, ich rufe uns ein Taxi und bringe dich nach Hause.« Während ich Bryan mit einer Hand hielt und er sich wie ein hilfloses Kind an mich lehnte, zog ich mit der anderen mein Handy aus der Handtasche.

»Ich will nicht nach Hause«, jammerte Bryan. »Wenn ich diesen Idioten Mason heute noch mal sehe … ich …« Er schwieg, aber ich konnte mir vorstellen, was er sagen wollte.

Ich erwiderte nichts, wählte stattdessen die Nummer des Taxiunternehmens und bestellte einen Fahrer zur Cocktailbar.

»Autumn?« Bryan zerriss die Stille wieder. »Danke, dass du mir gefolgt bist.«

»Ich lasse meine Freunde nicht hängen, auch wenn sie sich wie Volltrottel benehmen«, erwiderte ich. Sein Kopf sank erschöpft nach vorn und berührte meine Stirn. Bryans Atem ging unruhig, er legte eine Hand an meine Wange und strich mit dem Daumen über meine Haut. Ich hielt den Atem an und zwang mich dazu, die Kontrolle zu behalten. Selbst wenn er mich küssen wollte, morgen würde er davon nichts mehr wissen.

Ein Lichtschein blendete mich und ich wich instinktiv von Bryan zurück. Ich sah zur Seite und entdeckte erleichtert das Taxi. »Bryan, der Fahrer ist da.« Ich löste mich endgültig aus der Situation und dirigierte ihn zum Wagen. Nachdem ich die Tür geöffnet hatte, schob ich Bryan auf die Rücksitzbank und nahm neben ihm Platz.

»Wo soll es hingehen?«, fragte der Fahrer und ich nannte ihm die Adresse der South Hall.

Während ich bei der Fahrt aus dem Fenster sah, legte Bryan seinen Kopf auf meiner Schulter ab. Ein Kribbeln jagte durch mich hindurch.

»Autumn«, flüsterte er und ich wandte mich ihm zu. Wieder war er mir so nahe und wieder hätte ich alles dafür getan, ihn zu küssen. Aber es war der falsche Moment.

»Hm?«

»Ich hasse es, wenn Mason dich berührt.«

Mein Körper verspannte sich und ich antwortete Bryan nicht. Was sollte das bedeuten?

Als der Taxifahrer nach wenigen Minuten vor dem Wohnheim parkte, bezahlte ich ihn und zog Bryan aus dem Auto. Ich schleifte ihn zur Eingangstür des Wohnheims und im Gebäude in Richtung Fahrstuhl. Die Treppen würde ich ihn auf keinen Fall hochbekommen. Bryan schwankte so heftig, dass ich Angst hatte, er würde jeden Moment umkippen. Wenn das passierte, konnte ich ihm allein nicht mehr helfen.

Ich war dankbar, als ich das Zimmer endlich erreichte. Behutsam lehnte ich Bryan gegen die Wand, suchte in meiner Handtasche nach dem Schlüssel und öffnete. Lindy saß auf dem Bett und war in einen Liebesroman vertieft. Erst als ich Bryan hinter mir herzog, sah sie auf. Sie riss die Augen weit auf.

»Was zum …«, murmelte sie und legte ihr Buch weg.

»Kann er hier schlafen?«, fragte ich und dirigierte ihn in Richtung meines Bettes.

»Ist er betrunken?« Lindy sprang schnell auf und half mir, ihn hinzusetzen.

Ich nickte und Bryan kippte erschöpft auf die Matratze. Mit letzter Kraft zog er ein Kissen unter seinen Kopf und schloss die Augen.

»Beantwortet sich die Frage von allein?«, erwiderte ich leise und streifte ihm die Schuhe von den Füßen. Ich hob seine Beine aufs Bett, was er mit einem Grummeln kommentierte. »Hoffentlich hat der Idiot morgen die schlimmsten Kopfschmerzen, die je ein Mensch auf dieser verdammten Welt hatte.«

»Wenn er uns die Bude vollkotzt, räumst du den Scheiß allein weg, Autumn, das schwöre ich dir«, drohte Lindy mir, aber ich war selbst viel zu erschöpft, um mit ihr zu diskutieren. Ich wollte nur noch duschen und schlafen.

»Ich kotze nicht«, murmelte Bryan und Lindy und ich tauschten einen Blick. Ich seufzte. Die Situation fühlte sich an wie ein schlechter Traum.

»Warum hat er sich so abgeschossen?«, fragte meine Mitbewohnerin.

»Kann ich schnell duschen gehen? Dann reden wir.« Sie nickte und ich verschwand im Badezimmer.

Als ich fünfzehn Minuten später aus dem Bad kam, schnarchte Bryan leise und Lindy spießte ihn mit ihrem Todesblick auf. Man konnte es ihr nicht verdenken.

Ich seufzte und überlegte, wo ich schlafen sollte. Bryan lag quer über meinem Bett und nahm es komplett in Beschlag.

»Komm her«, sagte Lindy, als sie meinen ratlosen Blick bemerkte, und klopfte auf ihre Matratze. Sie rutschte näher zur Wand und ich legte mich dankbar neben sie. Müde kuschelte ich mich in die Decke.

»Also, was ist passiert?«, fragte sie erneut und ich drehte mich auf die Seite, um sie anzusehen.

»Wir sind nach dem Auswahlschwimmen mit dem Team was trinken gegangen. Offenbar hat Bryan es nicht gepasst, dass Mason mir näherkommen wollte«, flüsterte ich. »Die beiden hätten sich beinahe geprügelt.«

Lindy atmete theatralisch ein. »Männer sind solche Proleten. Und? Du und Mason?« Sie zog die Augenbrauen spielerisch nach oben.

»Auf keinen Fall«, widersprach ich sofort. »Er ist nett und ich mag ihn, aber … mehr wie Freundschaft ist da von meiner Seite nicht.«

»Und bei Bryan?« Lindy wackelte erneut mit den Augenbrauen und grinste. Sie sah so bescheuert dabei aus, dass ich Mühe hatte, ernst zu bleiben.

»Wenn er sich so benimmt wie heute …« Ich machte eine Pause. »… nein.«

»Aber du magst ihn?«

Einen Augenblick ordnete ich meine Gedanken, zumindest versuchte ich es. Zwischen Bryan und mir hatte sich seit unserem Kennenlernen etwas verändert, doch genügte das? Hatte ich in der Zwischenzeit Gefühle für ihn entwickelt?

»Unser Umgang war in den letzten Wochen distanziert und das ist wahrscheinlich besser so.«

»Du hast meine Frage nicht beantwortet.«

»Ja, ich mag ihn … irgendwie, aber er bringt so viele Probleme mit sich.« Ich drehte mich auf den Rücken, legte die Hände auf meinen Bauch und starrte die Zimmerdecke an.

»Niemand hat gesagt, dass Liebe einfach ist«, flüsterte Lindy.

»Ich weiß …«

Und trotzdem wünschte ich, es wäre so.

Als ich am nächsten Morgen wach wurde, hatte Lindy das Zimmer bereits verlassen. Leise gähnend richtete ich mich auf und blickte zu meinem Bett. Bryan lag völlig verdreht darin, sein dunkelblondes Haar fiel ihm wirr über die Stirn. Und verdammt, er sah so gut dabei aus.

Ich atmete tief durch, rappelte mich auf und ging zunächst ins Badezimmer, um mich frisch zu machen. Nachdem ich Zähne geputzt und Haare gekämmt hatte, schlüpfte ich in eine schwarze Jeans und einen hellgrauen, dünnen Pullover.

Ich verließ das Bad und setzte mich neben Bryan auf mein Bett. Ein Blick auf die Uhr verriet mir, dass ich längst bei einer Vorlesung hätte sein müssen. Ich konnte Bryan nicht allein lassen.

Weil er nicht den Eindruck machte, in den nächsten fünf Minuten aufzuwachen, verließ ich das Zimmer und ging in die Küche auf dem Gang, um Kaffee und ein kleines Frühstück zu besorgen.

Zehn Minuten später kehrte ich mit zwei Tassen Kaffee und

zwei Erdnussbutter-Sandwiches zurück. Das war die schnellste Lösung, die mir einfiel.

Als ich die Tür öffnete, saß er auf dem Bett und sah sich ratlos um.

»Guten Morgen«, begrüßte ich ihn und stellte das Tablett auf dem Schreibtisch ab.

Bryan starrte mich an. »Oh Gott, haben wir …?«

Fassungslos schüttelte ich den Kopf. Das konnte nicht sein Ernst sein.

»Fuck, mein Kopf«, jammerte er und legte eine Hand gegen die Stirn. Bryan wirkte wütend, sein Gesichtsausdruck war verkniffen, seine Lippen zu einem Strich verzogen. Sofort breitete sich in meinem Inneren wieder das Gefühl aus, etwas falsch gemacht zu haben.

»Kannst du mir sagen, was genau ich hier mache?«, fuhr er mich an und ich schluckte schwer.

Ich brauchte einen Augenblick, um mich zu sammeln. Dass er schon wieder so unhöflich war, verwirrte mich. Ich hatte angenommen, wir hätten diese Phase überstanden.

»Diese Art kannst du stecken lassen. Du hast dich gestern nach dem Auswahlschwimmen volllaufen lassen, hattest beinahe eine Prügelei mit Mason und wolltest nicht in deine Wohnung. Deswegen habe ich dich hergebracht«, antwortete ich und verschränkte die Arme vor der Brust. »Also, anstatt dich zu benehmen wie ein Idiot, solltest du dich vielleicht bedanken.«

»Ich habe dich nicht darum gebeten.« Ich konnte es nicht glauben. Ernsthaft?

Bryan wollte aufstehen, taumelte und fiel zurück auf das Bett. Ich verdrehte die Augen, nahm eine der Kaffeetassen und hielt sie ihm entgegen. »Hier, damit der Kreislauf in Schwung kommt.«

»Danke«, murrte er und griff widerwillig nach der Tasse.

»Du bist mir nachgelaufen«, sagte er plötzlich und hob den Blick. Ich nickte, hatte sofort die Bilder von gestern Abend im Kopf, als wir auf das Taxi gewartet hatten.

»Warum?«, fragte er.

»Weil ich mir Sorgen um dich gemacht habe«, antwortete ich ehrlich und wartete seine Reaktion ab. »Das …«, flüsterte ich und senkte den Blick. »Das bedeutet nicht, dass ich gut fand, wie du dich gestern Abend aufgespielt hast.«

Mein Herz pochte heftig in meiner Brust und ich spielte mit dem Gedanken, ihm zu offenbaren, warum ich keinen Alkohol trank. Ich nahm all meinen Mut zusammen. Dr. Perez sagte, dass ich die Situation nur verarbeiten konnte, wenn ich offen damit umging.

»Autumn, ich …«

»Nein, Bryan«, schnitt ich ihm das Wort ab, weil ich Angst hatte, den Mut zu verlieren, »lass mich ausreden, bitte.« Ich schluckte schwer. »Meine Mutter hat ein Alkoholproblem … mein Vater hatte es auch.«

»Hatte?«, fragte Bryan nach und ich nickte. Bedrückt setzte ich mich neben ihn.

»Er ist daran gestorben, als ich vierzehn Jahre alt war. Meine Mutter hat vor dem Unfall kaum einen Tropfen angerührt, mal abends ein Glas Wein oder bei Feiern. Seit dem Tod meines Vaters trinkt sie jeden Tag.« Ich holte tief Luft. »Das ist der Grund, warum ich keinen Alkohol trinke und warum ich dein Verhalten von gestern Abend nicht billige. Alkohol verändert Menschen … nicht zum Positiven.«

Ich verschwieg ihm, was aus meiner Mutter wurde, wenn sie betrunken war, und was sie mir in den letzten fünf Jahren angetan hatte. Aber er sollte verstehen, was in mir vorging.

Auch wenn ich Probleme hatte, es mir einzugestehen, ich hatte Bryan geholfen, weil ich ihn mochte. Er sollte nicht so enden wie meine Eltern, ihm sollte nichts passieren, nur weil er seine Grenzen überschätzte.

»Autumn, wenn ich gewusst hätte …« Behutsam legte Bryan eine Hand auf meine. Ich glaubte ihm, dass ihm sein Verhalten leidtat, dennoch wusste ich nicht, wie ich darauf reagieren sollte.

»Was hätte das geändert? Wärst du deswegen weniger eifersüchtig auf Mason gewesen?«

»Ich war nicht …« Bryan stockte und löste die Hand von meiner, als hätte er sich verbrannt. »Ich hasse es, wie er dich ansieht«, gab er zerknirscht zu und sog die Luft tief in seine Lungen. Mein rasendes Herz stolperte.

Bryan nippte an seinem Kaffee. Die Stille, die sich zwischen uns ausbreitete, war angespannt.

»Magst du Erdnussbutter?«, fragte ich, um das Thema, zu dem wir beide nichts mehr zu sagen hatten, zu beenden. Bryan sah mich irritiert an.

»Ja.«

Ich stand auf und reichte ihm den Teller mit dem Sandwich. Sein angespannter Gesichtsausdruck löste sich, er strahlte regelrecht. Ich stellte meine eigene Kaffeetasse auf den Nachttisch und angelte mir mein Sandwich vom Teller. Ich biss hinein und kaute genüsslich, ebenso wie Bryan.

»Zum Glück hast du die Marmelade weggelassen«, seufzte er zufrieden.

»Sie ruiniert das ganze Sandwich«, murmelte ich lächelnd und Bryan stimmte nickend zu.

»Absolut richtig.« Wir tauschten ein Lächeln. »Lass uns heute Abend zusammen trainieren.«

»Bist du bis dahin wieder fit?«

»Hast du daran Zweifel?« Bryan zog übertrieben die Augenbrauen nach oben und ich musste herzlich lachen.

»Natürlich nicht.«

Zum ersten Mal, seit Bryan und ich zusätzlich trainierten, freute ich mich darauf. Anfangs war es ein lästiges Übel gewesen, in den letzten Wochen eine Verpflichtung. Heute war es anders. Bryan wiederzusehen, löste ein regelrechtes Glücksgefühl in meinem Inneren aus und ich konnte es kaum erwarten, obwohl zwischen uns gestern alles schiefgelaufen war.

Wir kamen fast zeitgleich an der Halle an und umarmten uns flüchtig. Im Gegensatz zu heute Morgen sah Bryan tatsächlich fitter aus, zumindest hatte er wieder ein bisschen Farbe im Gesicht.

»Wie fühlst du dich?«, fragte ich ihn, während wir das *Wheeler Recreation Center* betraten.

»Ganz okay, aber das ist nach zwei Kopfschmerztabletten auch kein Wunder.« Er grinste und ich schüttelte den Kopf. »Außerdem habe ich den halben Tag geschlafen.«

»Bist du Mason über den Weg gelaufen?«

Bryan nickte seufzend. »Ich habe mich entschuldigt, doch er ist angefressen, obwohl er das so nie zugeben würde. Wird wahrscheinlich mal wieder Zeit für einen Männerabend.«

»Ich will ja nicht sagen, dass du es verdient hast, aber ...« Ich zuckte mit den Schultern.

»Schon klar«, murmelte Bryan und verschwand in der Männerumkleide. Ich verdrehte die Augen und ging mich ebenfalls umziehen. Nachdem ich in meinen Trainingsanzug geschlüpft war, band ich die Haare zu einem unordentlichen Dutt zusammen und verstaute meine Sachen im Spind.

Überraschenderweise kam ich vor Bryan in die Halle, legte mein Handtuch sowie Taucherbrille und Badekappe auf einer Bank ab und setzte mich auf den Beckenrand. Langsam tauchte ich die Beine ins Wasser, stellte die Hände neben meinem Körper ab und lehnte mich zurück.

Wie immer um diese Zeit war die Schwimmhalle leer. Das Wasser lag ruhig vor mir, der Geruch von Chlor hing in der Luft und beruhigte mich.

Zum ersten Mal, seit ich in Bridgeport war, war alles okay. Ich war zufrieden. Das Studium machte Spaß, genauso wie die Arbeit im Café und das Schwimmtraining.

»Denkst du an etwas Schönes?« Bryan setzte sich neben mich und ich drehte erschrocken den Kopf zu ihm. Ich hatte nicht mitbekommen, dass er die Halle betreten hatte.

»Ich habe daran gedacht, dass ich zum ersten Mal, seit ich in Bridgeport bin, tatsächlich glücklich bin.« Ich schenkte ihm ein schüchternes Lachen und glitt vom Rand aus vollständig ins Wasser. »Heute bin ich die Chefin, okay?« Mein Lachen verwandelte sich in ein freches Grinsen und ich paddelte rückwärts.

»Das kann nichts werden«, scherzte Bryan und sprang zu mir ins Wasser. Er tauchte auf und strich sich seine nassen Haare nach hinten. »Wie du willst, womit fangen wir an?« Er schwamm auf mich zu und betrachtete mich abwartend.

»Ich will dich nicht zu sehr fordern, weil ich glaube, dass du noch nicht ganz fit bist. Deswegen …« Ich spritzte Bryan Wasser ins Gesicht und schwamm lachend davon.

Perplex starrte er mich an, dann bewegte er sich in meine Richtung. »Na warte ab«, rief er und beschleunigte sein Tempo.

Ich hatte keine Lust auf strenges Training, dafür war ich heute eindeutig zu gut gelaunt. Mit einigen kräftigen Armschlägen vergrößerte ich den Abstand zwischen Bryan und mir, doch er tauchte, trieb durchs Wasser und packte mich an den Hüften, bevor er wieder auftauchte. Wassertropfen perlten aus seinen Haaren, während sein intensiver Blick mich gefangen nahm.

Plötzlich drückte er mich unter Wasser und der Moment war vorbei.

Als ich hustend und nach Luft schnappend wieder auftauchte, hatte Bryan sich bereits von mir entfernt. »Du bist wieder dran«, forderte er mich heraus und ich kraulte auf ihn zu. Blitzschnell tauchte er ab und schwamm unter mir hindurch.

»Zu langsam, Autumn«, lachte er mich aus.

Das ließ ich mir nicht zweimal sagen. Ich schwamm auf Bryan zu, beschleunigte mein Tempo und tauchte in dem Moment unter, in dem auch er es tat. Obwohl er versuchte, mir auszuweichen, bekam ich ihn zu packen. Gemeinsam kamen wir wieder an die Oberfläche zurück und ich nutzte meine Chance, um ihm erneut Wasser ins Gesicht zu spritzen, bevor ich mich von ihm abstoßen und wegschwimmen wollte. Bryan packte mich am Bein. Ich stieß ein ersticktes Quietschen aus, als er mich zu sich zurückzog und sich lachend mit einer Ladung Wasser rächte.

»Das war unfair«, protestierte ich. Meine Beine umklammerten seinen Oberkörper. Die Nähe hinterließ ein Kribbeln in meinem Inneren, Bryans Lachen zog wie ein Stromstoß durch meinen Körper und setzte Gefühle frei, von denen ich lange nichts mehr gespürt hatte. Sie waren so viel intensiver als gestern Abend.

»Was hast du jetzt vor?«, fragte Bryan und schwamm mit mir auf dem Rücken zum Rand.

»Ich dachte, ich entspanne ein bisschen. Du hast mich in den letzten Wochen genug gequält.« Ich imitierte ein Gähnen.

»Das kann ja wohl nicht wahr sein.« Bryan schüttelte mich mit Leichtigkeit ab und ich konnte gar nicht so schnell reagieren, wie er mich an die Kacheln drückte, eine Hand auf meiner Hüfte, die andere am Beckenrand. Ich saß in der Falle ... und ich liebte es.

Bryan war mir so nah, viel zu nah. Ich schluckte schwer, ließ mich von seinen grauen Augen gefangen nehmen und verstand nicht, was mit uns in den letzten Wochen geschehen war.

Mein Blick glitt zu seinen Lippen und ich stellte mir vor, wie es sein würde, wenn er mich jetzt küsste. Ich ließ die Luft langsam aus meiner Lunge entweichen und kniff die Lippen fest aufeinander. Bryans Blick war so intensiv und seine Berührungen brannten auf meiner Haut. Die Schmetterlinge in meinem Bauch spielten völlig verrückt. In diesem Moment gab es nur ihn und mich.

Kaum merklich näherte Bryan sich mir und das Wasser aus seinen Haaren tropfte auf meine Haut. Es hinterließ ein sanftes Prickeln, das sich vor ein paar Wochen noch so falsch angefühlt hatte. Jetzt war es goldrichtig.

Ich ließ eine Hand über Bryans nackte Brust wandern, zu seinem Hals und legte sie in seinem Nacken ab. Der Druck, den ich auf ihn ausübte, war kaum spürbar. Das sollte er auch nicht sein, doch Bryan verstand den Hinweis. Ein Lächeln zuckte über seine Lippen, als er den Abstand zwischen uns verringerte und seine Lippen auf meine legte. Der Kuss begann sanft. Bryan wurde drängender, presste mich fester an die Poolwand und ich umschlang seinen Körper mit den Beinen. Meine Hände glitten durch seine nassen Haare. Als ich die Lippen vorsichtig öffnete, fanden sich unsere Zungen und gaben sich einem leidenschaftlichen Spiel hin.

Ich sog jeden Augenblick in mich auf und verlor mich in dem Moment. Die Welt um mich herum schwankte und fühlte sich unwirklich an.

Wir lösten den Kuss schwer atmend und fingen den Blick des jeweils anderen ein. Wie auch immer das zwischen uns passiert war, es sollte nicht enden.

Ungeduldig zog ich ihn für einen weiteren Kuss zu mir, den Bryan nach kurzer Zeit mit einem Grinsen löste. »Ich glaube, aus dem Training wird heute nichts mehr«, flüsterte er.

»Das denke ich auch.« Obwohl ich mich gut fühlte, war ich verunsichert. Was bedeutete der Kuss für uns? Bedeutete er Bryan überhaupt etwas, oder war ich eine Eroberung wie jede andere für ihn?

Ich schüttelte den Gedanken ab und löste mich von Bryan. Dann drückte ich mich aus dem Wasser und setzte mich auf den Rand. Stumm glitt mein Blick über seinen Oberkörper und seine Tattoos, nachdem Bryan sich neben mich gesetzt hatte. »Ich habe dir heute etwas über mich verraten, meinst du nicht, dass du jetzt an der Reihe bist?« Herausfordernd sah ich ihn an, war mir nicht sicher, ob er sich darauf einließ. Bryan war ein verschlossener Mensch, bisher wussten wir kaum Privates übereinander.

»Was willst du wissen?« Er klang verdächtig ruhig.

»Erzähl mir etwas über deine Tattoos. Haben sie eine Bedeutung oder haben dir nur die Motive gefallen?«

Als ich Bryan das letzte Mal danach gefragt hatte, war er aufgestanden und ohne ein Wort gegangen. Ich hoffte, dass das nicht wieder passierte.

Heute wirkte er entspannt. »Meine Tattoos haben alle eine Bedeutung. Jedes erzählt einen Teil meiner Vergangenheit.« Er deutete auf die Karikatur einer Frau mit tränennassen Augen und hängenden Mundwinkeln. »Das steht für meine leibliche Mutter. Sie hat mich direkt nach der Geburt weggegeben. Ich stelle mir vor, dass es einen wichtigen Grund gab, warum sie mich zur Adoption freigegeben hat. Vielleicht hat sie es nicht aus freien Stücken getan, oder die Situation hat es nicht anders zugelassen. Möglicherweise irre ich mich auch und sie ist ein herzloses Monster.« Bryan zuckte mit den Schultern. Die emotionslose Art, mit der er mir erzählte, dass er adoptiert worden war, ließ mich erschaudern.

Ich überlegte, ob ich etwas erwidern sollte, aber Bryan war nicht der Typ für Mitleidsbekundungen. Mein Blick landete auf der kleinen Katzenpfote, direkt unter der Karikatur.

»Was bedeutet die Pfote?«, fragte ich neugierig.

»Die steht für meine Adoptivmutter Cathie, die von ihren Freunden nur Cat genannt wird. Sie hat mich als Baby adoptiert, da war ich gerade drei Monate alt, und die meiste Zeit hat sie mich allein großgezogen. Ich bewundere sie für alles, was sie für mich getan hat.«

Ich lächelte traurig.

»Wann hat deine Mutter dir gesagt, dass sie dich adoptiert hat?«, wollte ich wissen und strich gedankenverloren mit den Fingern über die schwarze Katzenpfote. Als ich bemerkte, was ich tat, breitete sich das Kribbeln erneut in meinem Körper aus. Ich zog die Hand zurück, als hätte ich mich verbrannt, und senkte den Blick.

»Sie hat mich von Anfang an mit dem Wissen großgezogen, dass ich nicht ihr leibliches Kind bin. Das war das Beste, was mir passieren konnte, und das ist auch ein Grund für unser enges Vertrauensverhältnis. Ich würde meiner Mutter mein Leben anvertrauen und ich denke, dass es andersherum genauso der Fall ist. Wir sind ein Team.« Er lächelte, trotzdem huschte nur Sekunden später ein nachdenklicher Ausdruck über seine Gesichtszüge. »Mit fünfzehn Jahren hatten wir ein paar Probleme. Ich wollte herausfinden, wer meine leiblichen Eltern sind. Du musst wissen, dass ich nie einen Vater hatte. Der Mann, mit dem Mom verheiratet gewesen war, hat sie verlassen, als ich gerade eineinhalb Jahre alt war. Ich habe keine Erinnerungen an ihn. Mich hat weniger interessiert, wer meine leibliche Mutter ist – ich hatte die beste Mom, die ich mir vorstellen konnte – sondern viel mehr, was aus meinem leiblichen Vater geworden ist. Mom ist beinahe verzweifelt, dennoch sie hat mir geholfen, alle verfügbaren Informationen zu sammeln. Das hat mir gezeigt, dass sie mich bedingungslos liebt. Als wir nichts herausgefunden haben, konnte ich damit abschließen.«

»Ich stelle mir die Situation trotzdem schwierig für deine Mutter vor, aber ich bewundere, wie ihr damit umgeht. Du bist so gefasst, wenn du darüber sprichst.« Traurig dachte ich daran, wie meine Mutter mich in der vergangenen Zeit behandelt hatte. All die Worte, die sie mir an den Kopf geworfen hatte, kamen an die Oberfläche …

Hätte ich dich doch nur nicht auf die Welt gebracht.

Moms Stimme hallte durch meinen Kopf, als würde sie hinter mir stehen und mir ins Ohr flüstern. Ich schluckte schwer und verdrängte den Gedanken. Ich durfte den Erinnerungen keine Macht geben.

»Alles okay, Autumn?«, fragte Bryan und griff nach meiner Hand.

Ich schüttelte den Kopf. »Nein, aber das ist nicht so wichtig.« Ich betrachtete die übrigen Tattoos, wollte schnell von meinen negativen Gedanken ablenken. »Wofür steht der Notenschlüssel?«

Bryan lachte. »In der Highschool war ich Mitglied in einer Band. Ich war Bassist, trotzdem hat unser Frontsänger alle Mädels abbekommen. Das könnte auch daran gelegen haben, dass ich eine schicke Nerdbrille trug.«

Bryan verzog den Mund und ich konnte nicht anders, als loszuprusten. Ich stellte ihn mir als nerdigen Musiker mit Topfschnitt vor.

»Ich weiß gar nicht, was daran so komisch ist«, sagte er gespielt streng, dabei wusste ich, dass es seine Absicht gewesen war, mich zum Lachen zu bringen.

»Du glaubst nicht, wie gern ich Bilder davon sehen würde.«

Bryan schüttelte prompt den Kopf. »Das wird niemals passieren«, grinste er, legte einen Arm um meine Schultern und zog mich zu sich. Ich hätte zu gern gewusst, was er in diesem Moment dachte, aber ich fragte nicht.

Ganz langsam beugte er sich zu mir und mein Magen begann erneut zu flattern. Ich fühlte mich so leicht und frei, dass es mir vorkam wie ein Traum. Doch es war keiner.

Sanft strichen seine Lippen über meine und mein Innerstes zog sich zusammen. Ich seufzte glücklich, als Bryan seine Stirn gegen meine legte.

»Wir dürfen niemandem davon erzählen«, durchbrach er die Stille, die zwischen uns entstanden war. »Ich möchte den Trainerposten nicht verlieren.«

Ich schluckte schwer, mein Verlangen wandelte sich in bittere Enttäuschung. Was hatte ich erwartet? Dass wir sofort an die große Glocke hingen, was zwischen uns passiert war. Bryan und ich waren kein Paar, wir waren … keine Ahnung was.

»Natürlich«, murmelte ich.

»Danke.« Seine Lippen fanden meine erneut und ich schob die Zweifel beiseite. Ich wollte nicht hinterfragen, was das zwischen uns war. Ich wollte es nur genießen.

»Ich mag dich, Autumn, wirklich. Das soll uns niemand kaputtmachen.«

»Ich mag dich auch«, erwiderte ich angespannt und überspielte, dass er mir damit einen Dämpfer verpasst hatte.

Kapitel 16

Eine Woche war seit unserem besonderen Training vergangen und ich trug dieses Geheimnis wie einen Schatz bei mir. Nicht einmal Lindy erzählte ich davon.

Bryan und ich nutzten die Woche, um uns für den ersten Wettkampf vorzubereiten, der am Samstag an der Rowan University stattfand. Wir trainierten hart, probierten neue Techniken und lenkten uns manchmal gegenseitig ab. Ich genoss jede Sekunde und jede Zärtlichkeit, dir wir miteinander tauschten. Es fühlte sich gut an, in Bryans Nähe zu sein, ihn zu küssen, ihn zu berühren.

Samstagmorgen traf sich das gesamte Team vor dem *Wheeler Recreation Center*. Beim Anblick des Teambusses drehte sich mir der Magen um. Eigentlich war ich kein nervöser Mensch, aber Jane und auch Bryan steckten so viel Hoffnung in mich … Ich wusste nicht, ob ich dem gerecht werden konnte.

»Guten Morgen«, begrüßte ich die anderen. Einige nickten, andere nahmen mich gar nicht wahr und die Mädels sprachen nach wie vor kein Wort mit mir. Selbst Ava ging mir mittlerweile aus dem Weg. So viel zum Thema, sie hatte kein Problem mit mir.

»Hey Autumn.« Mason kam zu mir und wir umarmten uns flüchtig. Manchmal hatte ich das Gefühl, er war der Einzige, der mich vollends akzeptierte. Trotzdem war ich in der letzten Zeit auf Abstand gegangen, um Bryan nicht zu provozieren.

»Hey.«

»Na, bist du aufgeregt?«, fragte er grinsend und ich zuckte mit den Schultern.

»Es geht so«, flüsterte ich. In Wirklichkeit hätte ich mich auf Kommando übergeben können. Meine wahren Gefühle zu verbergen, hatte ich perfektioniert. »Wo ist Bryan?«

»Er ist immer der Letzte im Bus«, antwortete Mason schmunzelnd. »Unpünktlich war er allerdings nie.« Für einen kurzen Moment wurde sein Blick nachdenklich. »Tut mir übrigens Leid, wie wir uns den einen Abend aufgeführt haben. Ich … ich mag dich, Autumn, das muss ich dir nicht sagen. Aber ich hätte nicht so aufdringlich sein dürfen.«

»Schon in Ordnung.« Ich machte eine abwinkende Handbewegung. Er konnte nicht wissen, warum ich so empfindlich reagiert hatte.

»Nein, eigentlich nicht. Vielleicht habe ich es auch darauf angelegt, Bryan zu provozieren.« Er seufzte. »Es war dir gegenüber nicht fair. Entschuldige.«

»Lass uns die Sache vergessen, okay? Bryan und ich haben es geklärt. Er hat den Streit angefangen, du hast dich nur verteidigt.«

Nachdem Mason zustimmend genickt hatte, stiegen wir zu den anderen in den Bus. Ich suchte mir einen Platz weit hinten, die Mädels saßen alle in der Mitte und Mason und einige andere hielten sich vorn bei Jane auf. Nur von Bryan fehlte nach wie vor jede Spur.

Ein Blick auf meine Uhr verriet mir, dass ihm lediglich fünf Minuten blieben, bevor der Bus abfuhr. Ich lehnte mich zurück, schloss die Augen und gähnte leise. Aus irgendeinem Grund hatte ich letzte Nacht schlecht geschlafen. Wahrscheinlich lag es an der Aufregung. Oder daran, dass ich mich unentwegt fragte, wohin die Nähe zwischen Bryan und mir führte.

Als ich die Augen wieder öffnete, stieg Bryan in den Bus. Tatsächlich war er gerade noch rechtzeitig gekommen, so, wie Mason es vorausgesagt hatte. Er wirkte geradezu tiefenentspannt. Stumm suchte ich seinen Blick, hoffte auf ein Lächeln oder darauf, dass er sich zu mir setzte. Aber Bryan ließ sich auf den Platz neben Jane sinken.

Ich richtete meinen Blick aus dem Fenster, als der Bus sich

Sekunden später in Bewegung setzte. Mir war klar, dass Bryan geheimhalten wollte, was zwischen uns war, aber dass er so tat, als wäre ich überhaupt nicht anwesend, verletzte mich.

Die Fahrt nach Glassboro, New Jersey, wo sich die Rowan University befand, dauerte knapp drei Stunden. Drei Stunden, in denen ich allein aus dem Fenster stierte, während alle anderen um mich herum Spaß hatten. Bryan lachte im vorderen Teil des Busses so laut über Janes Bemerkungen, dass sich mein Herz schmerzhaft zusammenzog. Obwohl ich keinen Grund hatte, eifersüchtig zu sein, verunsicherte mich diese Situation.

Wollte ich so eine *Beziehung* führen? Wollte ich das heimliche Spielzeug eines Mannes sein, von dem die anderen nichts mitbekommen durften? Würde Bryan jemals dazu stehen, was sich zwischen uns entwickelt hatte oder gefiel es ihm so?

Ich schluckte schwer und senkte den Blick auf meine Hände, die ich nervös knetete. Ich hatte nicht einmal mitbekommen, dass ich damit angefangen hatte.

Meine Gedanken fuhren Karussell. Anfangs hatte ich ein gutes Gefühl gehabt, was das Team betraf, aber meine Zweifel waren in den letzten Wochen lauter geworden. Akzeptierten sie mich oder war ich nur die nervige Neue, die sich die Gunst der Trainer erschlichen hatte? Wobei erschlichen zu hart geurteilt war. Ich hatte Bryan im Wettschwimmen auf ehrliche Weise geschlagen, ich hatte gekämpft und mich nicht unterkriegen lassen. Einige der Teammitglieder akzeptierten das, andere offenbar nicht.

Ich sog die Luft tief in meine Lungen, lehnte den Kopf an die Fensterscheibe. In Phoenix hatte ich gelernt, was es bedeutete, allein zu sein und keine Freunde zu haben. Ich kannte mich mit der Situation bestens aus, nur mit dem Unterschied, dass ich es selbst entschieden hatte. In Bridgeport sollte alles anders werden. Ich wollte Freunde haben, ich wollte keine Einzelkämpferin sein.

Man brachte uns zur Schwimmhalle der Rowan University, wo wir vor dem Wettkampf ein letztes Training in den Disziplinen absolvierten, in denen wir am späten Nachmittag antreten würden. Bryan ging mir weiterhin aus dem Weg, nur Mason und Jane unterhielten sich gelegentlich mit mir.

Immer wieder warf ich einen nachdenklichen Blick in seine Richtung, aber aus irgendeinem Grund schien ich für ihn Luft zu sein. Da uns bis zum Wettkampf mehrere Stunden blieben, gingen wir geschlossen in ein Restaurant auf dem Campus, in dem Jane für uns reserviert hatte. Es war ein bodenständiges Lokal mit rustikaler Einrichtung und einer bunt gemischten Karte. Während die Jungs fast alle ein Steak bestellten, aßen die Mädels Pasta oder wie ich einen Salat mit Hühnchen.

Stumm saß ich zwischen Mason und Jane und stocherte auf meinem Salatteller herum, während die anderen sich lachend über die Gegner lustig machten.

»Hast du keinen Hunger?«, fragte Mason leise und ich schüttelte den Kopf. Seufzend legte ich meine Gabel auf den halb vollen Teller. Unsicher sah ich in Bryans Richtung. Er saß mir schräg gegenüber, scherzte mit den Jungs oder zog Ava und die Mädels auf.

Ich schluckte schwer und senkte den Blick wieder auf den Teller.

»Willst du reden?« Mason ließ nicht locker. Auf der einen Seite war ich ihm dankbar, dass er mich wenigstens nicht ignorierte. Auf der anderen Seite wollte ich mich niemandem anvertrauen. Er hätte mir ohnehin nicht helfen können.

Langsam stieß ich die Luft aus meinen Lungen und nahm mir vor, mich ausschließlich auf den Wettkampf zu konzentrieren. Es war meine Stärke, all die negativen Empfindungen zu bündeln und sie in Energie umzuwandeln. Und diese brauchte ich heute mehr denn je.

Nachdem wir gegessen und noch eine Weile im Restaurant gesessen hatten, gingen wir zurück zur Schwimmhalle, um uns auf den Wettkampf vorzubereiten.

Ich zog meinen Badeanzug an, streifte ein Team-Shirt und eine Jogginghose über und suchte nach meinem Handy sowie den

Kopfhörern. Auch wenn ich noch nicht wusste, welches Lied ich heute hören würde, brauchte ich die Musik, um herunterzufahren und mich zu fokussieren. Ich verstaute meine Sachen in einem Spind und ließ mich erneut auf eine der Bänke im Umkleideraum sinken. Nachdenklich scrollte ich meine Playlists durch und suchte nach dem passenden Song für den Tag.

Plötzlich legte sich ein Schatten über mein Gesicht, jemand anderes sank zu mir auf die Bank. Als ich aufblickte, entdeckte ich Ava, Isa und Amelia, die drei ließen die Köpfe entschuldigend hängen. Wir waren allein in der Umkleide, von Jazmin und July gab es keine Spur. Ich fragte mich, ob die Mädels mit mir sprechen wollten, weil wir heute gemeinsam eine Staffel schwammen, oder ob eine neue Intrige auf mich wartete.

»Es tut uns leid, Autumn«, durchbrach Ava die angespannte Stille, die sich zwischen uns ausgebreitet hatte.

»Wir hatten nie ein Problem mit dir, aber Jazmin kann unberechenbar sein«, fügte Amelia hinzu. »Wenn es nicht nach ihrem Kopf geht, wird sie unausstehlich und wir hatten keine Lust auf Stress.«

»Und jetzt habt ihr Lust auf Stress?«, fragte ich schnippischer als beabsichtigt. Ich traute dem plötzlichen Sinneswandel nicht.

»Nein«, seufzte Isa. »Aber Jazmins Eifersucht auf dich geht uns zu weit. Wobei ich mir nicht sicher bin, ob es wirklich von ihr ausgeht oder eher von ihrer besten Freundin Joleen.«

»Das ist Joleen«, sagte Ava leise. »Die beiden schaukeln sich gegenseitig hoch und lassen kein gutes Haar an dir, obwohl du keinen von beiden etwas getan hast. Und July ist einfach nur eine dumme Mitläuferin, sie dreht sich wie ein Fähnchen im Wind.«

Mein Blick ruhte nachdenklich auf Ava und ich überlegte, ob die Mädels die Wahrheit sagten.

»Entschuldigt, nehmt es mir nicht übel, aber erst meidet ihr mich wochenlang und dann ist von heute auf morgen alles wieder gut? Was wollt ihr wirklich?« Ich verschränkte die Arme abwehrend vor der Brust. Ich kannte diese Art von leeren Versprechungen, meine Mutter hatte sie im nüchternen Zustand viel zu oft gemacht. »Ich habe es dir schon einmal gesagt, Ava, ich bin auf geheuchelte Freundschaften nicht angewiesen.«

Ava schüttelte den Kopf und massierte ihre Finger. »Ich wusste, dass du so reagieren würdest. Mehr wie entschuldigen können wir uns nicht. Wir haben Jazmin nicht widersprochen, als sie dich schlecht gemacht hat. Das war ein Fehler, den wir bereuen. Aber es reicht, wir sind nicht ihre und Joleens Marionetten, wir haben eine eigene Meinung.«

»Und wir haben kein Problem mit dir, auch nicht damit, dass Bryan und du zusätzlich trainiert. Ihr seid beide unheimlich stark und es ist klar, dass ihr euch gegenseitig besser unterstützen könnt«, sagte Amelia.

»Autumn, wir müssen keine Freundinnen werden, wenn du nicht willst. Aber wir sind ein Team. Jane erwartet von uns, dass wir füreinander einstehen. Mir hat unsere kleine Trainingseinheit vor ein paar Wochen Spaß gemacht, vielleicht können wir das wiederholen?«

Ich ließ die Luft nachdenklich aus meinen Lungen entweichen und senkte den Blick. Nahm ich den Mädels ab, dass sie ihre Meinung so plötzlich geändert hatten? Oder war das ein kluger Schachzug von Joleen und Jazmin?

Stumm suchte ich Avas Augen. Sie war ein ehrlicher Mensch, das hatte ich gemerkt, als ich mit ihr über Bryan gesprochen hatte. Sie belog mich nicht, das fühlte ich.

»Okay, Entschuldigung angenommen«, murmelte ich. Ob ich die richtige Entscheidung getroffen hatte, würde sich zeigen.

»Wir sind ein Team«, flüsterte Ava und streckte ihre Hand aus. Isa und Amelia legten ihre drauf. Ich zögerte, legte meine dann aber auf Amelias Hand. »Und wir schwimmen alle anderen heute gegen die Wand.« Wir rissen die Hände in die Luft und die anderen lachten. Ich verzog die Lippen nur zu einem unsicheren Lächeln.

Einhundert Meter Kraulen der Frauen war die erste Disziplin an diesem Nachmittag. Ich saß in der Umkleide, hörte Musik und schottete mich völlig von meiner Umgebung ab.

Ich wusste nicht, wie viel Zeit verging oder wie oft sich das Lied wiederholte, ich tauchte in einen Moment der völligen Konzentration ein.

Erst, als mich jemand an der Schulter berührte, schreckte ich auf. Ich beendete die Musik-App, zog mir die Kopfhörer aus den Ohren und sah in Janes Gesicht.

»Du bist in zehn Minuten dran«, sagte sie lächelnd. Im Spind ließ ich mein Handy samt Kopfhörer verschwinden und wandte mich Jane wieder zu. »Ist alles okay, Autumn? Du wirkst niedergeschlagen.«

»Alles bestens«, brachte ich so überzeugend wie möglich hervor.

»Lass dich bitte nicht verunsichern. Niemand erwartet von dir, dass du gewinnst. Selbst, wenn du einen schlechten Tag hast und letzte wirst, ist das okay. Ich will, dass du das weißt. Niemand wird dir den Kopf abreißen.«

Das war gut zu wissen, der Druck, der auf mir lastete, war jedoch nicht der Grund für meine niedergeschlagene Stimmung. Dass Bryan heute durch mich hindurchsah hingegen schon.

»Danke für deine Worte, Jane«, erwiderte ich und suchte ihre Augen, »aber ich werde heute gewinnen.«

Janes Lippen verzogen sich zu einem selbstsicheren Grinsen. Sie legte mir eine Hand auf die Schultern und sagte stolz: »Das ist mein Mädchen.«

Ich erwiderte ihr Grinsen und folgte ihr aus der Umkleidekabine. Die Tribünen links und rechts des Pools waren gut besucht, überall hielten Studenten Plakate nach oben, die das Team der Rowan University anfeuerten.

Ich wandte meinen Blick wieder ab, dennoch suchte ich ganz automatisch nach Bryan. Als ich ihn mit Jazmin und July reden sah, breitete sich ein Druck in meinem Herzen aus. Hatten sie ihn etwa auch beeinflusst? War das der Grund, warum er mich heute so behandelte, als wäre ich nicht da? Sein Verhalten war mir ein Rätsel und mittlerweile war ich mir nicht mehr sicher, ob ich es lösen wollte.

Man rief uns an die Startposition. Ich zog meine Hose und das

Shirt aus, steckte die Haare unter die Badekappe und setzte die Taucherbrille auf. Mein Blick ging starr über das Wasser, nachdem wir auf den Startblock gestiegen waren. Der erste von drei Signaltönen ertönte. Ich lockerte die Muskeln und brachte mich in Position. Meine Hände klammerten sich am Startblock fest, als der zweite Ton erklang, und ich fixierte die Wasseroberfläche.

Ich bündelte all die merkwürdigen Gefühle, die dieser Tag mit sich gebracht hatte, und sprang ins Wasser, als ich den dritten Ton vernahm. Ich tauchte lange und meine Beine schlugen kräftig. An der Oberfläche angekommen, holte ich tief Luft, setzte die Arme mit ein und stellte mir vor, mein Leben würde von den folgenden einhundert Metern abhängen.

Ich wollte allen beweisen, dass ich eine Gewinnerin war.

Joleen, Jazmin und July – in Gedanken taufte ich sie *die drei furchtbaren J's.*

Meiner Mutter, die mich für missraten hielt.

Und Bryan, dem ich plötzlich egal war.

Immerhin gab es neben all den Menschen, denen ich etwas beweisen wollte, auch noch die, die stolz auf mich sein sollten.

Cam, Angela und Lindy.

Vor allem Jane und der Rest des Teams, die mir eine Chance gaben.

Ich brachte die ersten fünfzig Meter hinter mich, tauchte und wendete. Kaum kam ich zurück an die Wasseroberfläche, zog ich das Tempo an.

Ich. Werde. Gewinnen.

Ich. Werde. Gewinnen.

Ich. Werde. Gewinnen.

Wie ein Mantra wiederholte ich die drei Worte, meine Beine schlugen schneller, meine Arme tauchten ins Wasser.

Und endlich schlug ich am Beckenrand an.

Schwer atmend suchte ich die Zeittafel, während die anderen Schwimmerinnen nach und nach ankamen. Noch bevor ich meine Zeit ablesen konnte, hörte ich, wie Jane einen Freudenschrei ausstieß und das Team jubelte.

47,35 Sekunden.

Ich schluckte schwer. Das war unmöglich.

Ich zog mir Badekappe und Taucherbrille vom Kopf und sah zu meiner Trainerin, bevor ich mich aus dem Wasser drückte. Sofort kam sie auf mich zugelaufen und schloss mich in die Arme, Jane war völlig egal, ob sie nass wurde.

»Du bist unglaublich, Autumn, das ist ein neuer Rekord, weißt du das? Ich freue mich so für dich.«

Als ich mich von Jane löste, glaubte ich, Freudentränen in ihren Augen zu sehen. Der Rest des Teams kam auf mich zugelaufen, gratulierte mir, umarmte mich.

Ich hatte tatsächlich gewonnen …

Stumm sah ich zu Bryan, der wie erstarrt am Rand stand. Ich senkte bedrückt den Blick, nicht einmal in diesem Augenblick konnte er sich für mich freuen. Was bitte hatte ich auch erwartet? Dass er seine eigenen Regeln vergaß, mich umarmte und küsste, nur weil ich eine unglaubliche Zeit geschwommen war.

Mir bleib keine Luft zum Durchatmen. Innerhalb von Sekunden hatte sich eine Menschentraube um mich versammelt, die mich beglückwünschte. Dieser Trubel war mir unangenehm und am liebsten wäre ich still und heimlich verschwunden. Doch das ging nicht, schließlich stand die Staffel im Kraulen noch auf dem Plan.

»Autumn, die Presse ist hier, sie würden dich gern interviewen.« Jane zog mich am Arm von den Leuten weg.

»Die Presse?«, fragte ich perplex und verstand gar nichts mehr. Warum sollten Journalisten Interesse daran haben, mich zu interviewen? Nur weil meine Zeit gut war?

»Seit Jahren ist keine Frau mehr eine Zeit wie deine geschwommen«, raunte meine Trainerin mir zu. »Du kannst stolz auf dich sein.«

Behutsam schob Jane mich in die Richtung eines älteren Mannes, der ein Mikrofon in der Hand hielt. Hinter ihm wartete eine junge Frau mit einer Kamera.

»Außerdem bleibe ich bei dir, alles halb so wild.« Jane versuchte,

Und noch einmal.

Ich kann das, es macht mir keine Angst. Ich bin stark und werde mit dem Team gewinnen.

Einatmen.

Ausatmen.

»Gott, bist du so eine seltsame Eso-Meditationstussi, oder was?«

Ich riss die Augen erschrocken auf und starrte Jazmin an, die sich mit verschränkten Armen und verachtendem Blick vor mir aufgebaut hatte.

»Was willst du?«, fragte ich mit zusammengebissenen Zähnen. Sie hatte mich in einem schwachen Moment erwischt, aber sie dufte das nicht gegen mich verwenden.

»Gar nichts, Autumn. Es ist schön, zu sehen, dass du dem Druck nicht standhalten wirst. Das macht mich glücklich.« Sie grinste überheblich, wandte sich ab und verließ die Umkleide.

Ich ließ den Kopf hängen und meine Gedanken schweiften ab. Mit den Jahren hatte ich mich daran gewöhnt, dass man mir nichts zutraute. Jazmin war nicht die Erste, die mich fallen sehen wollte, und sicher nicht die Letzte. Meine Mutter hatte mich immer und immer wieder zu Fall gebracht, hatte im wahrsten Sinne des Wortes auf mich eingetreten, wenn ich am Boden lag.

»Autumn, bist du hier?« Avas Stimme riss mich aus meinen Gedanken und ich stand auf.

»Ja.«

»Kommst du, wir sind in fünf Minuten mit der Staffel dran.«

»Sofort«, rief ich, atmete ein letztes Mal tief durch und kehrte mit gestrafften Schultern zurück in die Halle.

Auf der Fahrt zum Hotel bejubelte der Teambus nicht nur Bryans und meinen Sieg, sondern auch den Sieg meiner Staffel, Masons Silbermedaille und zwei Bronzemedaillen. Der erste Wettkampf der Saison war ein voller Erfolg für die *UB Purple Knights* gewesen und ich war stolz, ein Teil des Teams zu sein.

Für einen kurzen Augenblick vergaß ich den Stress mit Jazmin, ich ignorierte Julys blöde Blicke und dachte nicht an Bryans Ignoranz.

Ich wollte lediglich unsere Erfolge feiern und nicht daran denken, dass ich an jeder Ecke eine Baustelle hatte. Nur für einen Abend wollte ich eine normale Studentin sein, die sich mit ihrem Team über die eingefahrenen Siege freute.

Nach nur zehn Minuten Fahrt erreichten wir ein Hotel, das von außen einen netten Eindruck machte. Es dämmerte bereits und ich war so erschöpft, dass ich auf der Stelle hätte umfallen können. Jane organisierte die Schlüsselkarten an der Rezeption und ließ uns selbst entscheiden, mit wem wir gemeinsam ein Zimmer beziehen wollten. Ich schloss mich mit Ava zusammen. Weil alle anderen zum Fahrstuhl des Hotels stürmten, entschieden Isa, Ava, Amelia und ich die Treppe in den zweiten Stock zu nehmen. Unsere Zimmer lagen nebeneinander und ich wurde das Gefühl nicht los, dass wir nicht viel Schlaf abbekommen würden.

Kaum war die Tür aufgeschlossen, ließ ich mich rückwärts auf das Doppelbett fallen. Der Tag war aufregend gewesen und hatte mich jede Menge Energie gekostet.

»Ich will nur noch schlafen«, murmelte ich und gähnte laut. Das harte Training der letzten Wochen und der Stress hatten sich ausgezahlt.

»Daraus wird wahrscheinlich nichts. Mason hat gerade geschrieben, dass wir uns in einer Stunde alle in der Hotelbar treffen. Jane gibt einen aus.«

Ich setzte mich auf. »Sorry, aber macht das ohne mich, ja?«

Ava tippte auf ihrem Handy herum und zuckte mit den Schultern. Aus irgendeinem Grund gab sie mir zu schnell auf und versuchte nicht, mich zu überreden, doch ich war zu erschöpft, um nachzufragen.

Ava ging zuerst ins Bad und kam fertig gestylt wieder heraus. Danach gönnte ich mir eine ausgiebige und heiße Dusche. Anschließend schlüpfte ich in schwarze Leggings und ein weites Shirt – der perfekte Entspannungslook nach einem anstrengenden zu fürchten. Wenn du nur daran denkst, dass er dir wehtut, wird es schiefgehen.«

»Ich hoffe, du hast Recht. Bryan ist unberechenbar. Den einen Tag ist alles wunderbar und schon am nächsten …«

»Autumn«, schnitt meine Freundin mir das Wort ab, »du denkst es kaputt. Hör auf damit.«

Ich atmete tief ein und wieder aus. Lindy hatte Recht, aber die Vergangenheit hatte mich schon oft eines Besseren belehrt …

Kapitel 19

In den folgenden Wochen tauchte mein Name in Zeitungen auf und wurde in Sportberichten aufgeführt. Man betitelte mich als *Schwimmwunder* und *Olympiahoffnung*. Sogar Zeitschriften und Fernsehsender riefen bei mir an, wollten Interviews und Termine vereinbaren. Man stürzte sich auf mich, als wäre ich ein Star, dabei fühlte ich mich im Vergleich zu vorher kein bisschen anders.

Ich war immer noch Autumn, das Mädchen, das aus Phoenix geflohen war, um ihre Vergangenheit hinter sich zu lassen und neu anzufangen.

Auf Janes Anraten hatte ich dennoch einigen Anfragen zugesagt und Interviews gegeben. Ich war froh, dass sowohl meine Trainerin als auch Bryan mir dabei zur Seite standen. Sie machten die Situation für mich leichter, sorgten dafür, dass ich mich nicht von dem Rummel um meine Person ablenken ließ.

In den folgenden Wochen trainierte ich hart, der nächste Wettkampf würde nicht lange auf sich warten lassen und die Welt würde noch genauer auf mich blicken. Wenn ich darüber nachdachte, machte die Situation mir sogar Angst. Was, wenn ich die Erwartungen nicht erfüllen konnte? Wenn ich einen schlechten Tag hatte und die Presse feststellte, dass ich nur ein *One-Hit-Wonder* war?

Glücklicherweise blieb mir nicht viel Zeit zum Nachdenken, denn der Studienstoff wurde schwerer und die Arbeit im Café ging mir in den letzten Wochen auch nicht so leicht von der Hand. Ich hatte viele Schichten allein übernehmen müssen, weil Holly gekündigt hatte. Sie fand stattdessen einen Job in einer kleinen Boutique in der gleichen Straße, der ihr mehr lag. Und auch mein

Kapitel 20

Krampfhaft dachte ich darüber nach, was ich tun konnte, damit meine Mutter mich in Ruhe ließ. Mir fiel nichts ein, außer meine Sachen zu packen und aus Bridgeport zu verschwinden.

Aber das kam nicht infrage. Bridgeport war mein neues Zuhause. Hier lebten meine Freunde, hier war ich glücklich. Hier war Bryan.

Es war Freitagabend. Gedankenverloren saß ich auf meinem Bett, die Beine mit den Armen umklammert. Eigentlich wollte ich den Stoff einer verpassten Vorlesung nachholen, aber ich konnte mich nicht konzentrieren.

Ich fragte mich, wo meine Mutter gerade war, was sie tat und ob sie etwas plante. Pausenlos kreisten meine Gedanken um sie, die Angst, ihr zu begegnen, wann immer ich das Wohnheim verließ, war zu groß. Selbst meine Schichten im Café hatte ich mit einer fadenscheinigen Ausrede abgesagt. Ich wollte das Wochenende im Wohnheim verbringen, allein.

Ich warf einen Blick auf mein Handy. Enttäuschung machte sich breit, Bryan hatte sich nicht bei mir gemeldet. Aber warum sollte er auch? Ich hatte ihm allen Grund gegeben, es nicht zu tun. Wenn ich jetzt darüber nachdachte, war meine Reaktion ihm gegenüber übertrieben gewesen. Er wollte mir nur helfen und ich hatte ihn vor den Kopf gestoßen, das war nicht fair.

Im ersten Moment bemerkte ich gar nicht, dass Lindy unsere Zimmertür öffnete, trotzdem spürte ich ihren besorgten Blick. Ein mitleidiger Ausdruck huschte über ihre Gesichtszüge, bevor sie die Tür hinter sich schloss und eine Einkaufstüte auf ihr Bett legte.

Sie zog ihren Mantel aus, hing ihn an den Haken hinter der Tür und setzte sich neben mich aufs Bett.

»Ich werde dir jetzt zwei Möglichkeiten zur Auswahl stellen, Autumn. Entweder sagst du mir endlich, was mit dir los ist. Oder …« Sie sah mich drohend an.

»Oder?«, fragte ich vorsichtig.

»Oder du musst ausziehen.«

Ich riss die Augen weit auf. »Das würdest du nicht …«

»Auf jeden Fall und wenn ich der Wohnheimleitung sage, dass du Drogen einwirfst. Ich schwöre es dir, Autumn, ich sorge dafür, dass du rausfliegst, wenn du nicht endlich ehrlich bist.«

Ich seufzte und ließ den Kopf hängen. Bei jedem anderen, der so mit mir gesprochen hätte, wäre ich sauer geworden. Ich hätte ihm die Meinung gegeigt, meine Schutzmauer hochgefahren und mich vergraben. Aber Lindy machte sich nur Sorgen. Obwohl wir Freundinnen waren, musste sie in regelmäßigen Abständen meine Launen ertragen. Launen, von denen ich selbst schon ein Schleudertrauma bekam. Wie fühlte sich das erst für sie an?

Ich schluckte schwer. Wenn ich Lindy nicht verlieren wollte, musste ich ehrlich mit ihr sein.

»Ich weiß nicht, wo ich anfangen soll«, flüsterte ich und folgte ein weiteres Mal Dr. Perez' Rat, offen mit meiner Vergangenheit umzugehen. »Alles begann, als mein Vater starb.«

Ich knetete nervös meine Finger und suchte unsicher Lindys Blick. Sie hatte die Augen weit aufgerissen.

»Einen Moment«, murmelte sie. »Eigentlich … eigentlich dachte ich, Bryan wäre wieder schuld. Deswegen habe ich ein bisschen was besorgt.« Sie wühlte in ihrer Einkaufstüte, zog Taschentücher und eine Tafel Nussschokolade heraus. »Das funktioniert hoffentlich auch bei so einer Art Gespräch.«

Sie ließ sich neben mich sinken, positionierte die Schokolade und die Taschentücher zwischen uns und legte eine Hand auf meine Schulter.

Ich brach mein Schweigen und Lindy hörte mir aufmerksam zu. Innerhalb einer halben Stunde fasste ich die letzten Jahre zusammen. Angefangen vom Unfall meines Vaters, bis zur Alkoholabhängigkeit meiner Mutter.

»Sie hat mich geschlagen«, gestand ich unter Tränen. »Wären meine Chefin und meine Trainerin nicht gewesen, wäre ich heute nicht hier. Cam ist die Einzige gewesen, die Bescheid gewusst hat. Angela habe ich nicht alles anvertraut, aber sie hat etwas geahnt. Deswegen haben sie mich an der Uni eingeschrieben, Cam hat mir das Zimmer besorgt und sich um alles gekümmert.«

Traurig sah ich meine Freundin an, deren Augen ebenfalls glitzerten. Sie wirkte mitgenommen und erschüttert, trotzdem hoffte ich, dass sie mich nun etwas besser verstand.

»Was ist gestern passiert, Autumn? Als du nach Hause gekommen bist, warst du komplett verändert.«

»Durch die Berichte über meinen Schwimmerfolg hat meine Mutter herausgefunden, wo ich mich aufhalte. Sie stand gestern im Café. Sie will der Presse erzählen, dass ich für den Tod meines Vaters verantwortlich bin, wenn ich nicht mit ihr zurückgehe. Ich stand so neben mir. Bryan hat das bemerkt, doch ich konnte mit ihm nicht darüber sprechen. Er wollte mir nur helfen, aber ich habe ihn von mir gestoßen.« Ein Schluchzen drang aus meiner Kehle. »Was ist … was ist, wenn ich ihn für immer verloren habe? Wenn er keine Lust mehr auf dieses Hin und Her hat?«

»Autumn, du musst mit Bryan die Wahrheit sagen. Jemand muss auf dich aufpassen.« Ängstlich sah Lindy mich an. »Weiß sie, wo du wohnst?«

Ich zuckte mit den Schultern. »Wahrscheinlich nicht, sonst wäre sie bereits aufgetaucht. Eines der Interviews, die ich gegeben habe, fand im *Seaside Café* statt. Ich gehe davon aus, dass es Zufall war, dass sie mich dort angetroffen hat.«

Lindy nickte. »Dann bist du immerhin hier in Sicherheit. Ich will, dass du nicht allein rausgehst, hörst du? Einer Frau, die ihr eigenes Kind schlägt und im Keller einsperrt, traue ich alles zu.«

»Sie wird mich nicht entführen«, murmelte ich.

»Woher willst du das wissen?«

»Eher verkauft sie unsere Geschichte der Presse und stellt mich bloß. In Wirklichkeit geht es ihr nicht um mich, sondern nur darum, einen Prellbock zu haben«, erklärte ich leise. »Sie lässt ihre Wut an mir aus, das hat sie immer getan. Jetzt bin ich nicht mehr da und sie weiß nicht wohin mit ihren Gefühlen.«

»Trotzdem solltest du mit Bryan sprechen …«

Ich schüttelte energisch den Kopf. »Ich kann nicht, zumindest noch nicht. Aber ich gehe seit einiger Zeit zur Unipsychologin. Sie weiß über alles Bescheid.«

Ich nutzte das Wochenende, um neue Energie zu sammeln. Mit ein bisschen Abstand sah meine Situation nicht mehr so übel aus. Schließlich war ich eine erwachsene Frau und meine Mutter hatte kein Recht, mein Leben zu bestimmen. Wenn sie nicht akzeptierte, dass ich in Bridgeport bleiben würde, würde ich die Polizei rufen und sie anzeigen.

Ich wusste nicht, woher der Mut kam. Vielleicht, weil ich am Wochenende lange nachgedacht hatte. Möglicherweise auch dank Lindy, die mir verschiedene Wege aufgezeigt hatte, wie es in Zukunft weitergehen konnte. Oder aber auch, weil ich an Bryan dachte und nicht bereit war, ihn aufzugeben.

Als ich Montagmorgen in einem Seminar saß, zog ich mein Handy aus der Tasche und schrieb eine Nachricht an Bryan.

Hallo Bryan, es tut mir leid, dass ich mich seit Donnerstag nicht gemeldet habe. Ich brauchte Zeit zum Nachdenken und musste mir über einige Dinge klar werden. Ich würde dir gern erklären, was mit mir los war. Es hatte nichts mit uns zu tun. Kannst du mich achtzehn Uhr im Seaside Café abholen? – Autumn

Ich las die Nachricht mehrere Male durch, bevor ich sie abschickte. Während der gesamten Sitzung sah ich auf das Handy, auf eine Antwort wartete ich vergebens. Auch während meiner Schicht im Café blickte ich immer wieder auf mein Handy, Bryan antwortete mir nicht. Je später es wurde, desto mehr verlor ich die Hoffnung, dass er auftauchte.

Ich hätte sofort mit ihm sprechen sollen. Warum hatte ich nicht ehrlich sein können? Er wusste, dass meine Mutter ein Problem hatte. Es wäre ein Leichtes gewesen, ihm auch den Rest der Geschichte zu erklären.

In fünf Minuten begann mein Feierabend und ich konnte das Café schließen. Weil ich nicht damit rechnete, dass sich um diese Zeit noch Kunden verirrten, startete ich das Säuberungsprogramm der Kaffeemaschine, räumte das letzte Geschirr in die Spülmaschine und schaltete sie ein.

Als ich hörte, wie die Tür geöffnet wurde, drehte ich mich mit einem Lächeln auf den Lippen um. Bryan hatte meine Nachricht doch gele…

Mein Lächeln erstarb und ich sah mich panisch um. Der Mut, den ich übers Wochenende gesammelt hatte, verpuffte. Meine Mutter zu sehen, reichte aus, um die Angst zurückzubringen.

Meine Glieder waren gelähmt, mein Herz pochte heftig in meiner Brust und ich hielt den Atem an.

Mom schlug die Tür zu und kam auf mich zu. Sie lief überraschend gerade und wirkte klar. Instinktiv machte ich einen Schritt nach hinten und stieß gegen die Arbeitsplatte. Meine Hände verkrampften sich, meine Gedanken gingen alle Möglichkeiten durch, wie ich dieser Situation entkommen konnte.

»Hast du dich schön versteckt, Schätzchen?«, lachte sie verächtlich und ich hörte ihr an, dass sie wieder getrunken hatte. Ihr gerader Gang und der wache Ausdruck in den Augen hatten mich getäuscht. »Hast du geglaubt, ich würde verschwinden?« Sie kam um den Tresen herum, direkt auf mich zu.

Ich darf keine Schwäche zeigen.

Ich darf keine Schwäche zeigen.

Wie ein Mantra sagte ich mir diesen Satz, aber er half nichts. Die Angst setzte meinen Körper außer Gefecht. Ich war unfähig zu denken, geschweige denn zu handeln.

Mit jedem Schritt, den sie näher kam, machte ich einen zurück.

»Hast du dich entschieden?«, fragte Mom viel zu ruhig und schritt auf mich zu wie eine Raubkatze, bereit zum Angriff.

»Ich werde in Bridgeport bleiben«, antwortete ich und wollte stark klingen. »Du hast keine Macht über mein Leben.«

Wenn ich meinen Worten nur selbst geglaubt hätte. Mom lachte herzhaft, machte einen Sprung auf mich zu und griff nach mir. In der letzten Sekunde drehte ich mich weg. Aber sie gab nicht auf und bekam mich kurz darauf an den Haaren zu packen. Schmerzhaft zog sie meinen Kopf zurück und ich schrie auf. Sie hatte so viel Kraft, dass ich taumelte und zu Boden fiel. Während sie meine Haare um ihr Handgelenk wickelte und meinen Kopf heftig zurückzog, hockte sie sich neben mich und funkelte mich wütend an.

»Ich sage es dir nur einmal, Autumn. Du wirst mit mir nach Phoenix zurückkehren.«

Warum war meine Mutter so ruhig?

Ich kniff die Augen zusammen, versuchte, die Tränen zurückzudrängen, und wusste zeitgleich, dass es nutzlos war. »Nein! Mein Leben ist jetzt in Bridgeport.«

»Dein Leben ist bei mir, verstehst du das?«, knurrte sie und schleuderte mich an den Haaren von sich. Ich rutschte über den Boden und stieß mit dem Rücken gegen ein Stuhlbein.

Ich würde mir das nicht gefallen lassen. Meine Mutter durfte so nicht mit mir umgehen. Mein Körper zitterte, als ich mich aufrichtete. Plötzlich packte Mom erneut meine Haare und zog mich nach oben, als wäre ich eine Spielzeugpuppe.

»Willst du wissen, was ich in meinem Leben zutiefst bereue, Autumn?« Ihr hasserfüllter Blick brannte sich in meinen und die Tränen suchten sich den Weg über meine Wangen. »Ich bereue, dich nicht in diesem beschissenen Keller verrotten lassen zu haben.«

Ich schluchzte auf.

»Das wäre gerecht gewesen. Das wäre deine Strafe für den Tod deines Vaters gewesen.«

Die Tränen verschleierten den Blick auf meine Mutter, aber ich musste sie nicht ansehen, um ihren Hass auf mich zu spüren.

»Weißt du, was ich bereue?«, flüsterte ich mit bebender Stimme.

Sie trat mir in die Kniekehle und ich sank auf die Knie. Ich stöhnte vor Schmerz auf und mein Kopf wurde erneut zurückgerissen. »Ich bereue, dass ich an diesem Tag nicht dich, sondern Dad angerufen habe. Dann wärst du jetzt vielleicht tot und nicht er!«, spie ich ihr entgegen. Moms Faust traf mein Gesicht. Ich spürte, wie meine Lippe aufplatzte und heißes Blut über meine Haut lief. Sie holte erneut aus und schloss die Augen. Das war der Moment, in dem sie ihre Wut nicht mehr kontrollieren konnte.

Drei wunderschöne Monate durfte ich in Bridgeport verbringen, das war mehr, als ich erwartet hatte. Ein Windhauch erfasste eine lose Haarsträhne und kitzelte meine Wange. Ich ergab mich meinem Schicksal, war müde zu kämpfen.

Dann griff die Dunkelheit nach mir …

Kapitel 21

»Komm zu dir, Autumn. Autumn?«

Ich wünschte mir so sehr, Bryans Stimme zu hören, seine Umarmung zu spüren, ihn zu fühlen. Aber mein Unterbewusstsein spielte mir einen Streich. Es trickste mich aus und zeigte mir eine Wirklichkeit, die nicht existieren konnte.

»Autumn, mach die Augen auf. Du bist in Sicherheit.«

In Sicherheit?

Das würde ich niemals sein.

Meine Welt bebte und ich spürte den Sog, der mich in die Gegenwart zurückbrachte. Zuerst spürte ich den Schmerz, noch bevor die Erinnerungen in mein Gedächtnis zurückkamen.

Panisch riss ich die Augen auf und rutschte instinktiv zurück. Ich sah mich um, entdeckte Blaulicht und Männer in blauen Uniformen.

»Miss, wie geht es Ihnen?« Ein Mann in Arztkleidung hatte sich neben mich gehockt und betrachtete mich prüfend.

»Mein Kopf tut weh und …« Ich durchsuchte das Café mit meinem Blick. Solana stand mit einem Polizisten an der Eingangstür, sie hatte die Arme vor der Brust verschränkt und warf mir einen besorgten Blick zu.

»Wir würden Sie gern mit ins Krankenhaus nehmen und untersuchen, ob mit Ihnen alles in Ordnung ist. Sie hatten Glück, dass Ihr Freund aufgetaucht ist.« Der Mann deutete neben mich und erst jetzt bemerkte ich Bryan, der neben mir kniete.

»Hey«, flüsterte er.

»Wo ist sie?«, fragte ich mit zitternder Stimme und starrte Bryan an. »Wo ist meine Mutter?«

»Die Frau ist deine Mutter? Aber … sie … sie wollte dich umbringen. Ich dachte …«

»Die Polizei bringt die Frau gerade ins Krankenhaus, zum Ausnüchtern. Morgen wird sie in eine Einrichtung gebracht, in der man ihr helfen wird«, beantwortete der Notarzt meine Frage.

Bryan war jede Farbe aus dem Gesicht gewichen. Offenbar versuchte er, sich zu erinnern, was ich ihm bisher über meine Mutter erzählt hatte. Er wusste, dass sie ein Alkoholproblem hatte, auch, dass wir Schwierigkeiten hatten, aber wie schlecht es tatsächlich um unser Verhältnis stand, ahnte er nicht.

»Können Sie aufstehen, Miss McAdams?«, fragte der Notarzt und ich nickte. Gemeinsam mit Bryan half er mir auf die Beine und führte mich zum Krankenwagen. »Wenn wir nichts finden, können Sie heute sofort nach Hause. Wir wollen uns nur absichern und Ihre Verletzungen dokumentieren, sollten Sie sich entscheiden, Anzeige zu erstatten.«

Ich nickte, war jedoch völlig überfordert mit der Situation. Unsicher sah ich zu Bryan. Ich hatte Angst, was er über mich denken würde.

»Ich komme mit dem Auto nach, okay?«, fragte er und strich mit einer Hand behutsam über meine schmerzende Wange.

»Okay«, flüsterte ich und stieg in den Krankenwagen.

Ich verbrachte zwei Stunden im Krankenhaus, wo man mich einmal komplett auf den Kopf stellte. Glücklicherweise hatte ich außer ein paar Prellungen und einer aufgeplatzten Lippe keine Blessuren davongetragen. Nicht auszudenken, was geschehen wäre, wäre Bryan nicht aufgetaucht.

Als ich auf den Gang der Notaufnahme trat, saß Bryan auf einem Stuhl und hatte den Kopf hinter den Händen vergraben. Seine Körperhaltung war verzweifelt. Machte er sich Vorwürfe, weil er nicht bemerkt hatte, was los war?

»Bryan?«, durchriss ich die angespannte Stille. Sofort schnellte sein Kopf nach oben und er sprang auf.

»Autumn, geht es dir gut? Ist alles in Ordnung? Kannst du

nach Hause?«, prasselten seine Fragen auf mich ein und er zog mich in seine Arme. Sanft hauchte er mir einen Kuss auf die Stirn.

»Die Ärzte haben nichts Gravierendes gefunden. Nur ein paar Prellungen, halb so wild«, tat ich die Sache ab.

Bryan atmete erleichtert aus. »Zum Glück. Komm, ich bringe dich hier weg.«

Gemeinsam verließen wir das Krankenhaus und stiegen in seinen schwarzen BMW M3. Ich schnallte mich an und Bryan startete den Wagen. Bevor er losfuhr, warf er mir einen letzten besorgten Blick zu.

Schweigend lenkte er das Auto durch die Stadt in eine Gegend, in der ich nie zuvor gewesen war. Als Bryan am Straßenrand parkte und ausstieg, folgte ich ihm irritiert. Ein vierstöckiges Mehrfamilienhaus reihte sich neben das nächste. Der Teil vom Bridgeport sah ruhig aus, ab und zu eilte jemand an uns vorbei und verschwand in einem der Häuser.

»Was machen wir hier?«, wollte ich wissen und Bryan ging lächelnd zu einer Eingangstür. Er schloss diese auf und ließ mich hinein. Verwundert blickte ich mich im Treppenhaus um.

»Zweiter Stock«, dirigierte er mich und ich lief die Treppenstufen nach oben. Als wir diesen erreichten, schloss Bryan die linke Haustür auf und ich betrat den langen Flur einer großzügig geschnittenen Wohnung.

»Du wohnst hier?«, hakte ich nach, obwohl ich die Antwort längst kannte.

Bryan nickte. »Gemeinsam mit Mason und Ava.« Er schenkte mir ein Lächeln und schloss die Tür. »Du wolltest reden und hier sind wir ungestört. Mason ist mit den Jungs unterwegs und Ava jobbt nebenbei in einer Bar.«

Neugierig blickte ich mich um. »Ich wusste nicht, dass ihr zusammen wohnt. Ava hat mir zwar erzählt, dass ihr drei euch seit der Highschool kennt, aber mehr nicht.«

Bryan öffnete die Zimmertür rechts von uns und deutete mir an, hineinzugehen. Ich staunte nicht schlecht. Sein Zimmer war riesig, neben einem King-Size-Bett verfügte der Raum über einen

Eckschreibtisch, ein kleines Bücherregal und eine Fernsehecke, samt Couch.

»Wow, du hast mehr Platz als Lindy und ich zusammen.« Behutsam schob Bryan mich in Richtung Couch und wir setzten uns.

»Ich habe das größte Zimmer, dafür bin ich einmal mehr mit Putzdienst dran. Mason und Ava sind da echt uneinsichtig«, schmunzelte er. »Vielleicht haben sie es mir auch nur überlassen, weil sie wissen, dass ich gern meine Ruhe habe.«

Ich verdrehte die Augen und konnte nicht anders, als zu lachen. Für einen Augenblick vergaß ich, was zwischen mir und meiner Mutter vorgefallen war.

»Genug von mir. Du wolltest mit mir sprechen. Was ist vorhin im Café passiert?«, erinnerte mich Bryan wieder und ich holte tief Luft.

Ich hatte keine Ahnung, wie ich ihm das beibringen sollte, geschweige denn, wo ich anfangen sollte. Beim bloßen Gedanken daran, meine Vergangenheit vor ihm auszubreiten, wurde mir speiübel. Aber meine Gefühle für Bryan waren stärker. Er hatte ein Recht darauf, zu erfahren, wer ich war und was ich mit mir herumtrug. Das schuldete ich ihm.

»Autumn, du musst es nicht erzählen, wenn du nicht willst. Was ist nur … ich habe mir Donnerstag Sorgen um dich gemacht. Ich weiß, wie eine Panikattacke aussieht und du hattest eine.«

Ich senkte den Blick auf meine Hände.

»Es war ein Flashback, die wirken sich bei mir aus wie Panikattacken. Ich bin deswegen in Behandlung.« Ich holte tief Luft und rieb über mein Gesicht. Ich war so durcheinander, dass ich nicht in der Lage war, die Gedanken in meinem Kopf zu sortieren. Aber ich musste es versuchen.

»Mein Vater starb vor etwa fünf Jahren. Ich war an diesem Tag bei einer Freundin. Weil ich den letzten Bus verpasst habe, rief ich Dad an und fragte ihn, ob er mich abholen kann. Du musst wissen, dass ich meinen Dad geliebt habe, obwohl er ebenfalls ein Alkoholproblem hatte. Er war ein großartiger Mensch und hat jeden meiner Träume unterstützt. Er hat mich im Schwimmverein angemeldet und mir Mut gemacht. Der Alkohol hat ihn jedoch leichtsinnig gemacht und ihn seine Grenzen vergessen lassen. Ich weiß nicht, warum ich ihn angerufen habe. Auf Mom konnte ich nicht zählen. Unser Verhältnis war auch vor Dads Tod nicht das Beste.«

Ich schluckte schwer und erinnerte mich an die unzähligen Diskussionen, die wir geführt hatten. Es war immer mein Vater gewesen, der versucht hatte, zu schlichten.

»Dad hat völlig normal gewirkt, als er mich abgeholt hat. Trotzdem …« Ich kämpfte gegen die Tränen und schob die Bilder des Unfalls weit zurück. »Trotzdem hat er die Kontrolle über den Wagen verloren und ist in den Gegenverkehr gerast. Das Auto drehte sich und ein anderer Wagen krachte direkt in seine Seite. Ich bin mit ein paar Prellungen und dem Schrecken davon gekommen, Dad starb noch am Unfallort. Es ist meine Schuld, wenn ich …« Ich schluchzte und ließ den Kopf in die Hände sinken.

»Es ist nicht deine Schuld, Autumn. Dein Vater war alkoholisiert. Wäre er nüchtern gewesen, hätte er den Unfall nicht verursacht.«

»Nein, Bryan, wenn ich ihn nicht angerufen hätte, wäre er jetzt noch am Leben. Mom hat mich damals nicht aus dem Krankenhaus abgeholt, ich musste eine Nacht zur Beobachtung bleiben. Als ich nach Hause kam, lag sie betrunken auf der Couch. Ich fand sie und dachte, sie sei auch tot.«

Ich machte eine kurze Pause, um mich zu sammeln. Schützend legte Bryan einen Arm um mich und zog mich behutsam an sich heran. Der Halt, den er mir gab, fühlte sich gut an.

»Seit diesem Tag trank Mom jeden Tag, einmal ohrfeigte sie mich. Doch sie entschied sich, einen Entzug und eine Therapie zu machen. Ich dachte, sie hätte sich verändert und den Unfall verarbeitet, trotzdem trank sie nach ein paar Wochen wieder. Sie schlug mich öfter, als hätte sie in der Gewalt ein Ventil gefunden, um den Schmerz zu vergessen. Als sie meine Collegeunterlagen fand, ist sie komplett durchgedreht. Sie hat mich gezwungen, Wodka zu trinken, hat mich geschlagen und anschließend im Keller eingesperrt.«

Weinend schüttelte ich den Kopf und sah Bryan an. »Sie hat alle Collegezusagen abgefangen und ich habe resigniert. Ich habe einfach aufgegeben und angefangen bei Camila zu arbeiten. Sie war die Einzige, die wusste, was meine Mutter mir antat. Sie hat mich beschützt, so gut es ging. Auch meine Schwimmtrainerin hat bemerkt, dass etwas nicht stimmt. Immer wenn Mom wieder durchgedreht ist, waren meine Leistungen schlecht. Ich habe mir dadurch viele Chancen verbaut, obwohl Angela Potenzial in mir gesehen hat und ich …«

»Autumn, ich …« Bryan sah mich entsetzt an und strich mir eine Haarsträhne hinter das Ohr.

»Du musst nichts sagen«, flüsterte ich. »Seit ich hier bin, habe ich mit Flashbacks bei kleinsten Stresssituationen zu kämpfen. Deswegen habe ich Hilfe bei der Unipsychologin gesucht. Ich habe mit Dr. Perez telefoniert, bevor du mich in der Umkleide gefunden hast. Durch meinen Erfolg beim Wettkampf hat meine Mutter herausgefunden, wo ich bin. Sie hat eins und eins zusammengezählt und ist Donnerstag im Café aufgetaucht.«

»Das ist der Grund gewesen, warum du beim Training so neben dir gestanden hast«, kombinierte Bryan.

Ich nickte. »Sie hat damit gedroht, der Presse zu erzählen, dass ich für den Unfall meines Vaters verantwortlich bin. Ich würde es nicht ausschließen, dass sie es bereits getan hat. Deswegen war sie auch vorhin im Café.« Ich ließ die Hände nach unten sinken und hob den Kopf. »Es war nicht meine Absicht, dich nach dem Training von mir zu stoßen. Mir ist die ganze Situation über Kopf gewachsen, ich wollte doch nur glücklich sein.«

»Hör auf, dich zu entschuldigen, Autumn. Ob du es glaubst oder nicht, ich kann mich in deine Situation hineinversetzen. Ich bin auch ein Mensch, der viele Dinge mit sich selbst ausmacht. Das macht es nicht immer leicht. Lass uns diesen Tag vergessen und an der Stelle weitermachen, an der wir aufgehört haben.«

Bryan zog mich näher zu sich und ich umklammerte ihn fest.

Ich ließ die Stirn gegen seine Schulter sinken und spürte, wie er mir einen Kuss in die Haare hauchte.

»Ich werde immer für dich da sein, Autumn, du musst mir nur vertrauen.«

»Das tue ich.«

Ich löste mich leicht von Bryan und suchte seine grauen Augen. Stumm sahen wir uns an und tauschten ein Lächeln. Behutsam legte er eine Hand auf meine Wange und zog mich zu sich. Wärme breitete sich in meinem Inneren aus und ich wusste, dass ich in Sicherheit war.

Als unsere Lippen sich berührten, löste sich die Anspannung des ganzen Tages von mir. Ich ließ mich fallen und Bryan fing mich auf. Er beschützte mich, wenn ich ihn darum bat, und sorgte dafür, dass ich mich wohlfühlte.

Schwer atmend löste ich mich von Bryan und lächelte erschöpft. Ich fühlte mich ausgelaugt und hätte auf der Stelle einschlafen können.

»Geht es dir wirklich gut?« Bryan ließ mich keine Sekunde aus den Augen. Angst und Sorge waren ihm ins Gesicht geschrieben.

»Ja, ich bin nur erschöpft. Vielleicht solltest du mich ins Wohnheim bringen.«

»Ich habe einen besseren Vorschlag. Was hältst du davon, wenn wir uns eine Pizza bestellen und du heute hier schläfst. Dein Tag könnte noch ein Highlight vertragen, meinst du nicht?« Ein Lächeln erhellte Bryans Gesichtszüge und ich konnte nicht anders, als es zu erwidern. Er hatte keine Ahnung, wie glücklich er mich damit machte. Die bloße Vorstellung, in seinen Armen einschlafen zu können, ohne Angst zu haben, von jemandem erwischt zu werden, rettete mir den Tag. Unsere Beziehung war vom ersten Tag an anders gewesen, immer zu distanziert, zu widersprüchlich, zu geheim. Lange fragte ich mich, wie wir so eine Chance haben sollten. Aber in diesem Moment glaubte ich zum ersten Mal an eine Zukunft mit Bryan.

»Das klingt ziemlich verlockend, aber es kann passieren, dass ich einschlafe, bevor das Essen da ist.«

»Es sei dir gegönnt«, flüsterte Bryan, hauchte mir einen Kuss auf die Lippen und verließ sein Zimmer, um einen Flyer vom Lieferdienst zu holen.

Wenige Minuten später bestellte Bryan zwei große Pizza Hawaii, während ich mich durch die Netflix-Filmauswahl zappte. Ich entschied mich für eine Komödie mit Melissa McCarthy. Filme mit ihr waren ein Garant gegen schlechte Laune und ich mochte sie.

Bevor wir den Film starteten, schrieb ich eine Nachricht an Lindy, damit sie sich keine Sorgen um mich machte. Wahrscheinlich lief sie unruhig durch unser Zimmer und wartete auf mich. Wäre es nach ihr gegangen, hätte ich heute nicht zur Arbeit gehen dürfen. Zu Recht, wie sich gezeigt hatte.

Hey Süße, ich übernachte bei Bryan. Die Situation mit meiner Mutter ist heute eskaliert. Es geht mir gut. Wir sprechen morgen. Hab dich lieb. Autumn

Ich verschickte die Nachricht und wandte mich Bryan zu, der mich neugierig betrachtete.

»Was schaust du mich so an?«, fragte ich und rutschte ein Stück näher zu ihm.

»Ich habe mich gerade gefragt, was du Thanksgiving machst.«

Ich riss die Augen auf und starrte ihn an. »Ist es schon wieder soweit?«

»Ja, ich fahre morgen Abend zu meiner Mutter nach New Haven. Ab Mittwoch ist vorlesungsfrei.«

»Lindy fährt ebenfalls nach Hause«, überlege ich laut und erinnerte mich daran, dass wir letzte Woche noch darüber gesprochen hatten. »Dann habe ich das Zimmer wohl für mich allein.« Ich zuckte mit den Schultern. Für manchen wäre es sicher ein Problem, aber mich störte es nicht, allein zu sein. Ein Buch, ein Film und Schokolade, mehr brauchte ich nicht.

»Ehrlich gesagt, habe ich gerade überlegt, ob … ob du mit nach New Haven kommen möchtest. Mom würde sich sicher freuen und … wir hätten ein bisschen Zeit für uns, ohne uns verstecken zu müssen.«

Hoffnungsvoll sah Bryan mich an und ich konnte nicht glauben, dass dieser Vorschlag tatsächlich von ihm kam. Er wollte mich seiner Mutter vorstellen? Das war ein viel zu großer Schritt.

»Ich … ich würde dich sehr gern begleiten, allerdings nur, wenn es für deine Mom wirklich keine Umstände macht.«

Lächelnd schüttelte Bryan den Kopf. »Das wird es nicht.«

Pappsatt lehnte ich mich auf der Couch zurück und hielt mir meinen Bauch. Ich hatte definitiv zu viel gegessen, aber das war mir egal. Das war mit Abstand die beste Pizza Hawaii meines Lebens gewesen.

»Ich kann nicht fassen, dass du die ganze Pizza aufgegessen hast«, sagte Bryan lachend und schaute auf seine übrigen zwei Stücke.

»Ich bin Frustesserin«, scherzte ich. »Je beschissener mein Tag war, umso mehr kann ich essen. Aber mehr geht jetzt wirklich nicht. Obwohl es mir um deine beiden Stücke wirklich leidtut. Die fürchten sich doch in der großen Schachtel.«

Verständnislos schüttelte Bryan den Kopf. »Das kann ich als dein Trainer nicht gutheißen.« Grinsend stand er auf, schob die Hände unter meinen Hintern und trug mich zum Bett. Behutsam legte er mich darauf ab und drängte sich zwischen meine Beine. Er beugte sich zu mir nach unten und eine seiner Haarsträhnen kitzelte meine Stirn. Lachend schob ich sie beiseite und küsste ihn.

Mit den Armen umschlang ich seinen Hals, presste mich ihm entgegen und spürte, welche Wirkung das auf ihn hatte. Aber nicht nur auf ihn. Auch mein Körper stand in Flammen.

Mit einer geschickten Handbewegung zog ich Bryan das Shirt über den Kopf und öffnete seine Jeans.

»Bist du sicher?«, fragte er atemlos. »Ich könnte verstehen, wenn du …«

Ich legte einen Finger auf seine Lippen. »Lass mich vergessen, was heute geschehen ist«, hauchte ich und fand seine Lippen erneut, während ich ihn von seiner Jeans und der Boxershorts befreite.

Grinsend richtete Bryan sich auf und schob mein Shirt nach oben. Er küsste meinen Bauch, arbeite sich weiter zu meinen Brüsten vor und zog den BH zur Seite. Seine Lippen umschlossen meinen Nippel und er neckte ihn mit der Zunge. Ich stöhnte auf, fuhr mit den Fingern durch seine Haare und verlor mich in dem Moment.

Bryan würde mich vergessen lassen, was geschehen war. Er würde dafür sorgen, dass die Bilder verschwanden und durch neue ersetzt wurden.

Eilig zog er mir Hose und Slip von den Hüften und strich mit den Fingern über meine Mitte, bevor er ein Kondom aus dem Nachtschrank holte und es sich überstreifte. Er brachte sich in Position, stieß spielerisch gegen mich. In meinem Inneren zog sich alles zusammen und ich drängte ihm mein Becken entgegen. Mit einem gezielten Stoß versenkte er sich in mir. Ich warf den Kopf zurück, gab mich der Lust hin und nahm ihn vollständig in mir auf.

»Bryan.«

Ich klammerte mich an ihn, er gab das Tempo vor. Wir ließen uns keine Zeit, trieben uns gegenseitig an den Rand der Klippe. Leidenschaftlich, schonungslos. Ich wollte Bryan spüren, wollte fühlen, dass ich noch lebendig war. Er gab mir, was ich verlangte, beschleunigte das Tempo und packte meine Hüfte fest, um mich zu dirigieren.

Ein letztes Mal nahm er mich, bevor mein Innerstes explodierte und die furchtbaren Bilder des Tages endgültig mit sich riss.

Ich war im Himmel und trotzdem so lebendig wie nie zuvor.

Kapitel 22

Ich war aufgeregt, als ich am Dienstag nach meiner letzten Vorlesung zurück ins Wohnheim kam und begann, meine Reisetasche zu packen, die ich mir vor dem ersten Wettkampf gekauft hatte. Auch Lindy stopfte bereits Kleidung in ihren Koffer. Sie würde Thanksgiving gemeinsam mit ihrer Familie verbringen.

»Bist du nervös?«, fragte sie mich, während wir im Bad einige Kosmetikartikel einsammelten.

»Warum sollte ich nervös sein?«, fragte ich, als hätte ich keinen Grund dafür. Dabei war mein Bauch seit dem Morgen in hellem Aufruhr. Das Kribbeln, das ich sonst nur in Bryans Gegenwart spürte, begleitete mich den ganzen Tag.

»Du wirst Bryans Mutter kennenlernen. Das ist eine ziemlich große Sache.« Lindy zwinkerte mir zu und ich drehte mich zu ihr um.

»Wenn ich ehrlich sein soll, macht es mir Angst. Bryan und ich haben bisher nicht einmal unseren Beziehungsstatus geklärt und jetzt soll ich seine Mutter kennenlernen.«

Letzte Nacht hatte ich wach gelegen und alle möglichen Szenarien durchgespielt. Ich war bestens darauf vorbereitet, was ich tun konnte, würde seine Mutter mich nicht leiden können. Natürlich hoffte ich trotzdem, dass ich einen guten ersten Eindruck hinterließ.

»Du bedeutest ihm sehr viel, sonst würde er diesen Schritt nicht gehen.«

Ich zuckte mit den Schultern und schaffte mein fertig gepacktes Beauty Case in meine Tasche. Noch einmal überlegte ich, ob ich alles hatte, was ich brauchte, und zog den Reißverschluss schließlich zu.

Ich stellte die Tasche auf den Fußboden und ließ mich auf das Bett sinken. Stumm beobachtete ich Lindy dabei, wie auch sie den Koffer schloss.

»In meinem Kopf herrscht das reinste Chaos. Da ist die Sache mit meiner Mutter … der Druck beim Schwimmen … und Bryan.«

»Gerade deswegen wird es dir guttun, ein paar Tage Abstand zu haben und eine neue Umgebung zu sehen. Sieh das Positive, ihr könnt die Zeit nutzen, um herauszufinden, ob ihr eine Zukunft habt. Hier versteckt ihr euch ständig, aber in New Haven kannst du Bryan so kennenlernen, wie er wirklich ist. Nutz die Chance.«

Ich nickte, trotzdem schwangen ein ungutes Bauchgefühl und Sorge mit. Manchmal wünschte ich mir, es würde einen Schalter geben, mit dem man seine Gedanken ausstellen und das Leben einfach nur genießen konnte. Aber den hatte bisher niemand gefunden.

Ich wartete vor der South Hall, wo Bryan mich um siebzehn Uhr abholte. Ich stellte meine Tasche auf die Rückbank und ließ mich auf den Beifahrersitz sinken. Langsam begriff ich, dass wir uns in den folgenden Tagen nicht verstecken mussten.

Wir tauschten einen Kuss, bevor er den Wagen startete und losfuhr.

»Wie geht es dir?«, erkundigte sich Bryan und bedachte mich mit einem kurzen Blick, bevor er sich auf die Straße konzentrierte.

»Ganz okay«, antwortete ich ehrlich und sah aus dem Seitenfenster. Ich war noch nie in New Haven gewesen, aber die Bilder, die ich mir im Internet angesehen hatte, waren traumhaft schön. Hoffentlich hatten Bryan und ich Zeit, ans Meer zu gehen.

»Gibt es Neuigkeiten von deiner Mutter?«

Ich schüttelte den Kopf. »Nein, ich weiß nur, dass man sie in eine Entzugsklinik gebracht hat, wo sie zudem therapeutische Hilfe bekommt. Auch wenn das hart klingt, ich will davon nichts wissen.«

»Entschuldige, ich hätte nicht …«

»Schon okay, du konntest es nicht wissen«, schnitt ich ihm das Wort ab und eine angespannte Stille breitete sich im Wagen aus. Ich hoffte, dass meine Mutter die Hilfe, dir ihr angeboten wurde, annahm. Trotzdem wollte ich damit nichts zu tun haben.

»Kannst du mir eine Sache versprechen?«, setzte ich nach einer Weile erneut an.

»Alles, was du willst.«

»Können wir in den nächsten Tagen weder über meine Mutter noch über das Schwimmen sprechen? Ich möchte nur ein normales Mädchen sein, das Thanksgiving mit ihrem Freund verbringt.«

Ich stockte, als ich realisierte, dass ich Bryan meinen Freund genannt hatte. Dabei wusste ich nicht einmal, was er eigentlich für mich war. Unsicher sah ich in seine Richtung und hielt den Atem an. Würde er mich korrigieren?

»Das klingt wunderbar«, erwiderte er und legte seine rechte Hand auf meine. Erleichtert atmete ich aus.

Die Fahrt nach New Haven dauerte knappe dreißig Minuten. Bryans Mom Cathie lebte in einem kleinen, mit weißem Holz verkleideten Haus in der *Cove Street* im Stadtteil *East Shore*. Laut Bryan lief man nur wenige Minuten zum Strand, was ich glücklich zur Kenntnis nahm. Der Vorgarten des Hauses war wunderschön angelegt. Überall blühten Blumen und Sträucher, ein gepflasterter Weg führte zur Haustür. Die Gegend wirkte bodenständig und wollte nicht so recht mit meinem Bild von Bryan zusammenpassen. Wenn man ihn so sah mit seinen vielen Tattoos und dem mürrischen Gesichtsausdruck, hätte man nicht vermutet, dass er in einer Gegend wie dieser aufgewachsen war. Aber das waren nur Vorurteile.

Bryan schloss die Tür auf und deutete mir an, einzutreten. »Mom, wir sind da!«, rief er in das Haus hinein.

»Ich bin in der Küche«, kam prompt die Antwort. Bryan schloss die Tür hinter uns und lief den schmalen Gang entlang. Ich folgte ihm. Eine Frau Mitte Fünfzig kam hinter der Kochinsel hervor und umarmte Bryan. Sie hatte blondes, feines Haar, das ihr auf die Schultern fiel, blaue Augen und weiche Gesichtszüge. Sie war klein, höchstens einen Meter fünfundsechzig und mit weiblichen Rundungen gesegnet. Die Herzlichkeit, die sie ausstrahlte, zog mich sofort in ihren Bann, dennoch stand ich unsicher hinter Bryan und wartete ab.

»Schön, dich zu sehen, mein Junge.« Als Cathie King sich von ihrem Sohn löste, fiel ihr Blick auf mich. Ich rechnete mit Skepsis oder irgendeiner Form von Vorsicht, allerdings begannen ihre Augen sofort zu leuchten. »Und du musst Autumn sein.«

Sie machte einen Schritt auf mich zu und schloss mich freundlich in die Arme. Im ersten Augenblick stockte ich und mein Körper verkrampfte sich. Doch Mrs King gab mir ein gutes Gefühl und ich entspannte mich merklich. Trotzdem war ich die Art von Freundlichkeit nicht gewöhnt.

»Ich freue mich, Sie kennenzulernen, Mrs King.«

»Oh bitte, nenn mich doch Cathie, ja?« Sie lächelte mich an, strich mir über die Wange und ich nickte. Dann wirbelte sie wieder zu ihrem Herd herum.

Ich sah mich in der Küche um. Sie war im Landhausstil gehalten, viele weiße Möbel, eine hellgraue Arbeitsfläche und verspielte Akzente.

»Es gibt Steak, gemischten Salat und selbst gebackenes Brot, ihr habt Hunger mitgebracht, oder?«

»Auf jeden Fall«, grinste Bryan. Ich nickte zustimmend und Cathie lachte.

»Sehr gut.«

»Wir holen unsere Sachen und dann helfen wir dir, Mom.« Ich folgte Bryan aus der Küche zum Auto.

»Und? Das war halb so schlimm, oder?«, schmunzelte er, positionierte sich vor mir und strich mir eine Haarsträhne hinter das Ohr. Sofort begann mein Magen zu flattern und das Feuer in meinem Inneren erwachte.

»Deine Mom ist toll«, flüsterte ich, stellte mich auf die Zehenspitzen und hauchte Bryan einen Kuss auf die Lippen.

Wir gingen zurück ins Haus, stiegen die Treppenstufen in den ersten Stock nach oben und Bryan öffnete eine Zimmertür am Ende des Gangs.

Ich erwartete Bryans ehemaliges Jugendzimmer, ein großes Bett, einen Schreibtisch und einen Kleiderschrank. Bunt gestrichene Wände, an denen die Klebestreifen seiner Poster hingen, vielleicht sogar die Poster selbst.

Stattdessen traten wir in ein gemütlich eingerichtetes Gästezimmer mit einem Boxspringbett, einer Kommode und einem Schreibtisch. Die Wände waren in einem warmen Apricot gestrichen, über dem Bett hing eine Landschaftsmalerei und auf den Nachttischen standen frische Schnittblumen. Neben dem Schreibtisch hing ein schmales Bücherregal.

»Ich bin ein bisschen enttäuscht«, sagte ich lachend.

»Warum?« Bryan sah mich skeptisch an.

»Irgendwie habe ich mir erhofft, dein Jugendzimmer vorzufinden.«

Nun grinste auch Bryan. »Anfang des Jahres wäre das auch noch der Fall gewesen. Aber Mom hat sich so sehr ein hübsches Gästezimmer gewünscht, dass ich sie damit überrascht habe, als sie im Februar mit meiner Tante im Urlaub war. Die meisten Möbel habe ich ziemlich günstig, gebraucht gefunden – was man ihnen überhaupt nicht ansieht. Nur das Bett habe ich neu gekauft, aber selbst das war ein gutes Angebot. Du hättest Moms Gesicht sehen sollen, als sie aus dem Urlaub kam.«

Ich lächelte und konnte mir gut vorstellen, wie Cathie und Bryan sich immer wieder gegenseitig überraschten. Das passte zu ihnen – zumindest nach dem, was Bryan mir über seine Mutter erzählt hatte.

Kaum hatten wir unsere Sachen verstaut, gingen wir zurück in die Küche und halfen Cathie dabei, den Esstisch im Wohnzimmer zu decken. Ich stellte das Geschirr bereit, während Bryan den Salat und das Brot aus der Küche holte.

Auch im Wohnzimmer zog sich der Landhausstil fort. Neben dem weißen Esstisch mit den gleichfarbigen Stühlen gab es zwei mintgrüne Sofas und weiße, verzierte Möbel und ebenfalls frische

Schnittblumen. Der große Flachbildfernseher wollte nicht so recht ins Bild passen, trotzdem fühlte ich mich auf Anhieb wohl.

Wenige Minuten später brachte Cathie die Steaks und selbst gemachte Kräuterbutter. Wir luden unsere Teller voll und begannen genüsslich zu essen.

Als ich das Steak gemeinsam mit etwas Brot und Kräuterbutter probierte, war ich im Himmel. Das war mit Abstand das beste Stück Fleisch, das ich in meinem ganzen Leben je gegessen hatte – nicht, dass ich in Phoenix je viel gegessen hätte.

»Das Steak ist unglaublich gut«, sagte ich und Cathie strahlte mich an.

»Du hast dich selbst übertroffen, Mom.«

»Ich freue mich, dass es euch schmeckt.«

Gemeinsam räumten wir nach dem Essen auf, kochten uns einen Tee und machten es uns auf der Couch bequem. Ich hatte Sorge gehabt, dass die Situation verkrampft wäre, aber das Gegenteil war der Fall. Cathie machte es mir leicht, mich wohlzufühlen, und Bryan gab mir Sicherheit. Es war perfekt – und ich wurde nicht müde, dieses kleine Wort zu benutzen.

»Ich habe letzte Woche einige Fernsehberichte über euren Wettkampf an der Rowan University gesehen«, sagte Cathie und nippte an ihrem Tee.

»Autumn hat mich gegen die Wand geschwommen«, gestand Bryan zerknirscht und ich zuckte entschuldigend mit den Schultern. Hätte er mich nicht achtzig Prozent des Tages ignoriert und somit angespornt, wäre mein Ergebnis nur halb so gut gewesen. Im Grunde war er selbst schuld.

»Das schadet dir nicht, mein Junge.« Cathie zwinkerte mir zu. »Damit bist du ein Vorbild für viele junge Mädchen, Autumn. Uns wird immer noch eingetrichtert, dass wir schwächer sind als die Männer, egal in welcher Hinsicht. Du hast gezeigt, dass man alles schaffen kann, wenn man nur an sich glaubt. Das ist beeindruckend.«

»Danke«, murmelte ich verlegen.

»Seit wann studierst du in Bridgeport?«

»Erst seit diesem Semester. Ich hatte das Auswahlschwimmen für das Team eigentlich verpasst, weil ich erst kurz vor Semesterbeginn nach Bridgeport gekommen bin. Dank Bryan habe ich eine Chance bekommen.«

»Im Grunde hast du sie Mason zu verdanken«, gab Bryan zu.

Ich tauschte einen Blick mit ihm. Es war offensichtlich, dass seine Mutter nicht erfahren sollte, wie er sich am Anfang mir gegenüber verhalten hatte. Aber das hatte ich ohnehin nicht vorgehabt. Das war eine Sache zwischen ihm und mir. Eine Sache, die geklärt war.

»Wie geht es Mason und Ava?«, erkundigte sich Bryans Mom.

»Gut, wie immer.«

»Die beiden schwimmen auch noch?«

»Ja, du bekommst sie genauso wenig aus dem Wasser wie mich.« Bryan lächelte.

Cathies Kreuzverhör ging weiter, seltsamerweise störte es mich kein bisschen. Sie fragte mich, was ich studierte und wie es mir in Bridgeport gefiel, wo ich ursprünglich herkam und wie Bryan und ich uns kennengelernt hatten.

Während ich ihre Fragen geduldig beantwortete, wurde Bryan neben mir immer unruhiger. »Mom, ich würde Autumn gern den Strand zeigen, wenn es okay ist.« Er sprang auf und sammelte die leeren Teetassen ein.

»Natürlich«, erwiderte sie lächelnd.

Bryan schaffte die Tassen in die Küche, ehe ich ihm in den Flur folgte, wo wir unsere Schuhe und Jacken anzogen.

Der November hatte sich bisher verregnet und stürmisch gezeigt, dennoch schien das Wetter an diesem Abend auf unserer Seite zu sein. Es war kühl und trocken.

Als wir das Grundstück verließen und auf die Straße traten, griff Bryan nach meiner Hand. Ich schenkte ihm ein Lächeln und ließ mir nicht anmerken, wie unglaublich sich diese kleine Geste anfühlte.

»Deine Mom ist großartig«, durchbrach ich die Stille.

»Ich wollte dich trotzdem aus dem Verhör befreien«, erwiderte er grinsend. »Wenn Mom einmal anfängt, hört sie nicht mehr auf.«

»Überraschenderweise hat es mich nicht gestört.«

Bryan zuckte mit den Schultern. »Vielleicht wollte ich auch endlich allein mit dir sein.« Sein Grinsen wurde breiter und ich schüttelte den Kopf.

»Dazu werden wir sicher noch einige Gelegenheiten haben.«

Bryan hatte nicht zu viel versprochen, nach wenigen Gehminuten erreichten wir einen Strandabschnitt. Es wehte ein frischer Wind und außer uns hatte sich niemand hierher verirrt.

Ich fror in meiner Bewegung ein und sog den Anblick des Meeres in mich auf. Der Wind wehte meine Haare zurück, hohe Wellen brachen am Strand und das Rauschen drang zu mir. Glück rauschte durch mich hindurch und meine Erwartungen wurden nicht enttäuscht.

Ich hielt den Atem an. Seit neunzehn Jahren fragte ich mich, wie ein Strand wohl live aussah. Bisher hatte ich es nur in Filmen und auf Bildern gesehen. In den Urlaub waren meine Eltern nie gefahren. Dazu hatte ich nicht oft die Möglichkeit gehabt, Phoenix zu verlassen. Freudentränen glänzten in meinen Augen.

»Autumn, alles in Ordnung?«, fragte Bryan, als ich mich nicht weiterbewegte. Ich drehte den Kopf zu ihm und strahlte ihn an.

»Ich … ich war noch nie am Meer.«

Fassungslos starrte Bryan mich an. »Noch nie?«

»Nein.« Ich schüttelte den Kopf. Langsam setzte ich mich wieder in Bewegung und ging näher zum Wasser. Stumm sah ich in die Ferne und ließ die unendliche Weite auf mich wirken. Es fühlte sich nicht real an, eher wie ein viel zu schöner Traum, aus dem man jeden Moment aufwachen konnte.

Bryan trat hinter mich, legte die Arme um meinen Bauch und zog mich zu sich. Er wusste, dass dies ein Moment zum Schweigen war. Wir hingen unseren Gedanken nach, jeder für sich und doch gemeinsam.

Als ich am nächsten Morgen die Augen aufschlug, fühlte sich der Moment viel zu gut an, um wahr zu sein. Mit einem Lächeln auf den Lippen betrachtete ich Bryan, der leise neben mir schnarchte. Ich liebte es, ihn beim Schlafen zu beobachten.

Wie der Abend am Strand war dieser Augenblick schlicht und ergreifend wunderschön.

»Wieso starrst du mich immer beim Schlafen an?« Bryan öffnete die Augen und gähnte.

»Weil das der einzige Moment ist, indem du nicht böse guckst«, scherzte ich und fing mir einen empörten Blick ein. Sekunden später landete ein Kissen in meinem Gesicht.

»Hey«, rief ich aus und setzte direkt zu einem Gegenangriff an. Schnell schwang ich mich auf Bryan und attackierte ihn mit dem Kissen. Er warf die Arme vors Gesicht, um sich zu schützen, aber es half nichts. Ich erwischte ihn wieder und wieder.

Als er plötzlich meine Arme packte, schrie ich auf. Er wirbelte mich herum, drängte sich zwischen meine Beine und hielt meine Arme über den Kopf.

»Hast du etwas zu deiner Verteidigung zu sagen?«, fragte er mit rauer Stimme.

»Nichts«, hauchte ich und fand Bryans Lippen. Ein Schauer zog über meinen Körper. Er löste den Kuss und sah mich durchdringend an.

»Du hast keine Ahnung, was ich jetzt am liebsten mit dir anstellen würde.«

Ich schluckte schwer, als ich seine Männlichkeit zwischen meinen Beinen spürte, und biss mir auf die Lippe.

»Ich würde spontan mitmachen«, flüsterte ich. Bryan küsste mich erneut.

Als Cathie nur Sekunden später »Frühstück ist fertig« rief, wusste ich auch warum.

»Fünf Minuten, Mom«, antwortete er und rollte sich genervt von mir.

Der Tag vor Thanksgiving stand völlig im Zeichen der Entspannung. Bryan und ich nutzten die Zeit, um unsere halbe Netflix-Watchlist durchzusehen und Cathies hervorragendes Essen zu genießen.

Nach dem Mittagessen lagen wir zusammengekuschelt im Gästezimmer und sahen eine romantische Komödie, zu der ich Bryan gezwungen hatte.

»Dieser Film ist so unrealistisch«, beschwerte er sich und ich schleuderte ihm empört ein Kissen ins Gesicht.

»Na und, das spielt doch keine Rolle. Er ist toll.«

»Du bist wirklich leicht zufriedenzustellen, Autumn. Wie würde es dir gefallen, wenn ich dir gleich nach unserem ersten Date meine Liebe gestanden hätte, während ich wie ein geisteskranker an meinem Eis geleckt hätte.«

Ich musste lachen. »Okay, das ist vielleicht etwas zu viel des Guten, aber das ist ja auch ein Film und nicht das wahre Leben. Das darf übertrieben sein.«

»Wir hätten Riverdale weiterschauen sollen«, murmelte Bryan.

»Es hat dir nicht gepasst, dass ich Archie angehimmelt habe, schon vergessen?« Ich streckte ihm die Zunge heraus.

Der Abspann lief und Bryan schaltete den Fernseher erleichtert aus. »Komm, wir haben lange genug hier rumgelegen. Ich will dir einen besonderen Ort zeigen.«

Minuten später hatten Bryan und ich das Haus verlassen. Bryan führte mich nicht nach links, wo es zum Strand ging, sondern in die andere Richtung. Er verhakte seine Finger in meinen und wir spazierten durch die Straßen, die von Wohnhäusern gesäumt waren.

»Wo gehen wir hin?«, fragte ich, aber schon nach einigen Minuten sah ich das Meer und einen Leuchtturm.

»Lass dich überraschen«, grinste Bryan und wir erreichten eine Parkanlage. Die meisten Blätter der Bäume lagen am Boden und raschelten, als wir den schmalen Fußweg entlang spazierten.

Wir erreichten den Strandabschnitt und ich war erneut völlig überwältigt von der Schönheit des Meeres. Stumm starrte ich in die Ferne und interessierte mich weniger für den massiven Steinleuchtturm als für diese atemberaubende, unendliche Weite.

»Warum wolltest du nur aus New Haven weg?«, murmelte ich atemlos. Bryan trat hinter mich, legte die Arme um meine Taille und ich sank gegen seinen Körper.

»Meine Noten haben für Yale leider nicht gereicht«, scherzte er, wenn auch mit belegter Stimme. »Und ich musste hier weg, du solltest das Gefühl besser kennen als sonst jemand.«

»Möchtest du nach dem Studium zurückkommen? Oder bleibst du in Bridgeport?«

»Darüber habe ich mir noch keine Gedanken gemacht.« Bryan löste sich von mir und führte mich zu einer freien Bank. Wir setzten uns und ein frischer Wind blies uns um die Nase. Bryan legte einen Arm um mich und ich kuschelte mich dicht an ihn. »Momentan bin ich sehr glücklich in Bridgeport und kann mir nicht vorstellen, wegzugehen. Aber wer weiß schon, was die Zukunft für uns bereithält.«

»Für uns«, flüsterte ich und suchte seinen Blick. Er schenkte mir ein Lächeln und nickte.

»Du gehörst zu mir, Autumn.« Er zog mich enger zu sich und küsste meinen Haaransatz. »Wer weiß, vielleicht kaufen wir uns irgendwann ein kleines Häuschen mit Blick aufs Meer, oder wir heiraten dort hinten. Die Location ist ein Traum, meine Cousine hat vor drei Jahren dort geheiratet. Natürlich habe ich dir vorher einen Heiratsantrag gemacht, während ich gleichzeitig genüsslich an meinem Minzeis lecke«, spielte er wieder auf den Film an und ich lachte herzlich.

»Ohne Eis sage ich nicht ja«, stieg ich mit ein und sein Lachen erfüllte die Umgebung. Ich liebte es, Bryan Lachen zu hören, dann war er ein komplett anderer Mensch.

Bryan legte seine Lippen auf meine und ich verlor mich in dem Kuss. Die Welt um mich herum blieb stehen und ich wünschte mir, sie würde sich nie weiterdrehen.

Zum ersten Mal, seit wir uns kannten, erlebten wir Momente, ohne uns zu verstecken. Wir konnten gemeinsam über die Straße gehen, uns küssen, Blicke austauschen. All das war in Bridgeport nicht möglich, weil Bryan seinen Trainerposten nicht verlieren wollte.

»Du wirkst so nachdenklich«, murmelte er, als wir nach dem Abendessen in seinem Zimmer lagen und uns über einen weiteren Film auf Netflix hermachten.

»Ich habe nur gerade daran gedacht, wie perfekt dieser Tag war«, gestand ich, richtete mich leicht auf und sah ihn an. »Es wird schwer, wieder auf dieses Versteckspiel umzuschalten, wenn wir zurück in Bridgeport sind.«

Bryan stieß ein Seufzen aus. »Leider muss ich dir Recht geben. Aber vielleicht finden wir eine Möglichkeit, uns neben dem Training noch öfter zu sehen. Wir könnten uns in der WG treffen, Mason und Ava wissen ohnehin, dass etwas zwischen uns läuft.«

Ich dachte kurz darüber nach. »Das wäre ein Kompromiss, mit dem ich leben könnte.« Ein Lächeln huschte über meine Lippen.

Und obwohl in diesem Moment alles so leicht klang, glaubte ich nicht daran, dass es das in Bridgeport auch sein würde.

Kapitel 23

Cathie und Bryan feierten Thanksgiving gemeinsam mit einigen Freunden aus der Nachbarschaft. Greta und Jeffrey, ein nettes älteres Ehepaar, das im Haus nebenan wohnte. Cathies Schwester Jada und ihr Mann Theo, sowie Kristi und Helen, die Cathie seit dem Studium kannte.

Bryan stellte mich allen als seine Freundin vor, was mir im ersten Moment unangenehm war, im nächsten aber schmeichelte. Dennoch stellte ich mir unweigerlich die Frage, ob er das in Bridgeport auch getan hätte, beziehungsweise ob er das jemals tun würde.

Cathie hatte den ganzen Tag in der Küche gestanden. Mit dem Truthahn hatte sie schon gestern Abend begonnen und die Beilagen, die sie zubereitet hatte, hatten den gesamten Tag über einen herrlichen Duft im Haus verbreitet.

Das Essen schmeckte genauso gut, wie es roch. Ich probierte alles, vor allem das Süßkartoffelpüree und die gefüllten Champignons taten es mir an, vom Truthahn ganz zu schweigen. Er war unglaublich gut.

»Ich wünschte, wir könnten deine Mom mit nach Bridgeport nehmen, damit sie jeden Tag für uns kocht«, raunte ich Bryan zu.

»Glaub mir, den Vorschlag habe ich ihr schon einmal gemacht«, lachte er. »Sie denkt im Leben nicht daran.«

Bryan hauchte mir einen Kuss auf die Lippen und lächelte mich liebevoll an. Seine Mom war der herzlichste Mensch, der mir in meinem Leben begegnet war. Auch ihre Freunde machten alle einen aufgeschlossenen und netten Eindruck.

Die Art, wie Bryan mich ansah, wie er mit mir sprach, wie er mich behandelte, war das komplette Gegenteil zu unserem Kennenlernen. Obwohl ich aus Furcht gern dagegen geredet hätte, war ich dennoch auf dem besten Weg, ihm endgültig zu verfallen. Die Stimmung war gut, alle lachten, führten angeregte Gespräche und genossen den Abend. Mein Blick wanderte durch die Runde und blieb einen Moment an Helen hängen, die im Vergleich zu den anderen sehr still war. Sie sprach nur wenig und wirkte in sich gekehrt. Schüchtern lächelte ich ihr zu und sie erwiderte es. Dabei wirkte sie traurig. Nachdenklich wandte ich meinen Blick ab.

»Bryan, du hast keine Ahnung, wie froh ich bin, dich nach der Sache mit Rose glücklich zu sehen«, bemerkte Helen Sekunden später und griff nach ihrem Weinglas. Mein Kopf schnellte wieder zu ihr herum.

Irritiert sah ich zu Bryan und bemerkte, wie sein ganzer Körper sich versteifte. Cathie betrachtete ihren Sohn besorgt.

»Alles okay?«, fragte ich leise und legte eine Hand auf Bryans Knie.

Plötzlich stand er auf, der Stuhl kratzte laut über den Boden. Mit schnellen Schritten eilte er durch das Wohnzimmer, verschwand im Flur und knallte Sekunden später die Haustür laut zu.

Mein Herz schlug kräftig in meiner Brust und ich versuchte, zu verstehen, was gerade passiert war. Wer war Rose und was war zwischen Bryan und ihr geschehen? Was hatte Helen damit zu tun? Stand Rose für das Rosentattoo?

Das Blut rauschte durch meine Ohren und ich erhob mich ebenfalls. Ich durfte Bryan jetzt nicht allein lassen, vielleicht war das die einzige Chance, die Wahrheit zu erfahren.

»Autumn«, rief Cathie mir nach, aber da hatte ich schon die Schuhe und meine Jacke an und war aus der Tür verschwunden. Ich lief so schnell, wie meine Beine mich tragen konnten. Obwohl Bryan nur wenige Minuten vor mir das Haus verlassen hatte, entdeckte ich ihn nirgendwo. Ich drehte mich noch einmal um und sah in die Einfahrt. Seit Auto war da. Wo konnte er nur sein?

Der Strand.

Instinktiv rannte ich den Weg entlang und erreichte den Strandabschnitt nur Minuten später. Es war ein frostiger Novembertag, ein eiskalter Wind trieb hohe Wellen an den Strand.

Bryan stand am Wasser, die Arme starr neben seinem Körper, und rührte sich nicht. Er sah in die Ferne.

Ich trat an ihn heran und legte ihm eine Hand auf die Schulter, doch er reagierte nicht.

»Bryan, ist alles okay?«, fragte ich leise und sein Kopf schnellte zu mir herum. Seine Augen waren verengt, seine Lippen zusammengekniffen.

»Lass mich in Ruhe, Autumn«, knurrte er und ich schreckte zurück. »Das ist jetzt nicht der richtige Zeitpunkt.«

»Aber …« Ich blinzelte, zog die Jacke enger um meinen Körper, um mich vor dem kühlen Wind zu schützen.

»Autumn, wenn du klug bist, gehst du jetzt und gibst mir die Zeit, die ich brauche.«

Stumm blickte ich in den Sand und bewegte mich keinen Zentimeter. Die Art wie Bryan mit mir sprach, ließ mir das Blut in den Adern gefrieren, sein Blick war eiskalt. Leer und verloren.

Wollte ich mich so behandeln lassen? Ich hatte ein Recht zu erfahren, wer diese Rose war. Bryan kannte meine Geschichte. Er wusste alles über mich, obwohl es mir nicht leichtgefallen war, ihm das zu offenbaren.

Warum konnte er sich nicht öffnen, vertraute er mir nicht?

»Wer ist Rose?«, fragte ich und hasste es, wie sehr meine Stimme zitterte. Doch ich konnte nicht so weitermachen wie bisher, die Ungewissheit, dass er mir etwas verheimlichte, immer im Rücken. Wenn das zwischen Bryan und mir funktionieren sollte, mussten wir ehrlich zueinander sein.

»Das geht dich nichts an«, zischte er und wandte sich von mir ab. Er ballte die Hände zu Fäusten und starrte über das Meer. Sein Körper war hier, sein Geist jedoch wirkte so weit weg.

»Sie hat etwas mit dem Rosentattoo zu tun, oder?«

Ich hätte den Mund halten und gehen sollen. Bryan zu bedrängen, war der völlig falsche Weg, wenn ich jetzt allerdings verschwand, würde ich nie erfahren, was es damit auf sich hatte. Dann verschloss er sich für immer vor mir.

Es war eine Sache, das Geheimnis von jemandem zu sein, eine andere, wenn jemand etwas vor einem verbarg.

»Ich sagte, das geht dich nichts an.« Bryan war wütend.

»Bryan, du weißt alles über mich. Du weißt von meinen Eltern, von dem Unfall, von den Dingen, die meine Mutter getan hat ... findest du nicht, du ...«

»Nein!«, schrie er mich an, fuhr zu mir herum und packte mich grob an den Oberarmen. »Es geht dich nichts an, wer Rose ist, hast du das verstanden? Du wirst niemals sein wie sie, egal, wie sehr du dich anstrengst, Autumn. Es war ein furchtbarer Fehler, du bist ein Fehler!«

Mit schmerzverzerrtem Gesicht wich ich zurück und Bryan ließ die Arme sinken. Tränen brannten in meinen Augen und suchten sich den Weg über meine Wangen. In meinen Ohren rauschte das Blut und meine Welt begann zu schwanken.

Du wirst niemals sein wie sie!

Mein Körper war erstarrt. Er reagierte nicht auf meine Befehle und ließ mich im Stich.

»Hau endlich ab, Autumn, hau ab!«, brüllte Bryan und ich zuckte ängstlich zusammen.

Du bist ein Fehler!

»Verschwinde!« Der Schmerz und die Entschlossenheit in seinen Augen trieb mir ein Messer ins Herz.

Schluchzend drehte ich mich um und rannte durch den Sand. Ich konnte nicht zu Cathie und den anderen zurückkehren und so tun, als wäre nichts vorgefallen. Sondern wollte allein sein und darüber nachdenken, was in den letzten Minuten geschehen war.

Anstatt nach rechts abzubiegen, um zu Cathies Haus zu gelangen, rannte ich nach links. Ich verlangsamte meinen Schritt und lief mit gesenktem Blick die lange, von Wohnhäusern gesäumte Straße entlang. An einer Kreuzung befand sich eine kleine Grünanlage. Erschöpft sank ich auf die hohe Beetbegrenzung, faltete die Hände ineinander und ließ den Kopf hängen. Die Tränen waren in den letzten Minuten nicht versiegt, im Gegenteil, sie suchten sich immer schneller den Weg über meine Wangen.

Ich begriff nicht, warum Bryan mich von sich gestoßen hatte. Hatte ich etwas Falsches gesagt? Hatte ich kein Recht, die Wahrheit über Rose zu kennen? Was war den beiden passiert, dass er von einer Sekunde auf die andere abblockte und sich innerlich verschloss?

Meine Glieder zitterten und ich versuchte, mich zu beruhigen, in dem ich meine Finger massierte.

Einatmen, ausatmen.

Einatmen, ausatmen.

Ich schaffte es nicht. Meine Kehle wurde immer enger, die Luft in meinen Lungen weniger.

Der Wind frischte auf und ich zuckte zusammen, wickelte die Jacke enger um mich und vergrub mich darin.

Ein Regentropfen landete auf meiner Wange und vermischte sich mit meinen Tränen. Ich legte den Kopf in den Nacken und blickte in den Himmel. Es war bereits dunkel, dennoch konnte ich die schweren Regenwolken deutlich erkennen.

Zwei Augenblicke später schüttete es wie aus Kübeln.

Ich wusste nicht, wie viel Zeit vergangen war, bis ich aufstand und die Straße im strömenden Regen zurücklief. Meine Haare klebten an meinen Wangen, meine Sachen fühlten sich wie eine zweite Haut an und mir war furchtbar kalt. Mein Körper war in Schutzhaltung gegangen, alles, was er tat, machte er eigenständig, ohne meine Zustimmung.

Mein Geist drängte die letzten Stunden von sich, versteckte sie in den hintersten Ecken meines Verstandes bei all den schlimmen Dingen, die meine Mutter getan hatte.

Ich erreichte Cathies Haus, alles wirkte ruhig. Ich atmete noch einmal tief durch, bevor ich klingelte. Es dauerte nur wenige Minuten, bis Bryans Mutter mir die Haustür öffnete.

»Autumn, Gott sei Dank«, stieß sie erleichtert aus und presste mich fest an sich. Ich blieb wie angewurzelt stehen und ließ es geschehen. Cathie dirigierte mich ins Innere und ich zog meine Jacke und Schuhe aus. »Was ist passiert?«, fragte sie, aber ich schüttelte den Kopf.

»Tut mir leid, ich kann das jetzt nicht«, flüsterte ich und ging die Treppe nach oben.

»Autumn«, seufzte Cathie, aber ich reagierte nicht. Vor der Tür des Gästezimmers holte ich tief Luft und betrat es. Es war leer.

Ohne darüber nachzudenken, nahm ich mir frische Sachen und verschwand im Badezimmer. Ich duschte heiß, wusch meine Haare und schlüpfte in Leggings und einen weiten Pullover.

Nachdem ich das Bad verlassen hatte und zurück ins Gästezimmer ging, war Bryan plötzlich da. Er saß auf dem Bett und starrte ins Leere. Ich sagte kein Wort, als ich meine Sachen ablegte, mir ein Kopfkissen und eine Decke nahm und das Zimmer wieder verließ. Vollgepackt stolperte ich die Treppe nach unten und legte Decke und Kissen auf der Couch ab.

Ich hörte Cathie in der Küche klappern, die Gäste waren alle nach Hause gegangen.

Erschöpft lehnte ich mich gegen den Türrahmen zur Küche. Cathie wusch gerade einige Pfannen und Töpfe ab. Sie bemerkte mich, stoppte, trocknete ihre Hände ab und kam auf mich zu. Ohne einen Ton zu sagen, schloss sie mich erneut in die Arme. Ich wollte nicht schwach erscheinen, aber ich konnte die Tränen nicht zurückhalten. Weinend klammerte ich mich an sie, während sie mir beruhigend über den Rücken strich.

»Es wird alles gut, Autumn«, flüsterte sie. »Es wird alles gut. Ich bin da, shh.«

Ich steigerte mich immer weiter hinein. Die Bilder in meinem Kopf wurden aufgewirbelt und die Worte trafen mich ein weiteres Mal wie ein Schlag.

Du wirst niemals sein wie sie!

Du bist ein Fehler!

Panisch schnappte ich nach Luft und Cathie presste mich noch fester an sich.

»Lass alles raus, so ist es gut«, sagte sie mit ruhiger Stimme. »Es ist okay.«

Zum ersten Mal in meinem Leben ließ ich mütterliche Liebe zu. Meine eigene Mutter hatte mich nie in den Arm genommen und getröstet. Sie war nie da gewesen, hatte mich stumm umarmt und mir so ihre Liebe gezeigt. Ich war immer allein gewesen.

Cathie war für mich da, obwohl sie mich nicht kannte. Sie gab mir Halt und war für mich stark. Sie fing mich auf und sammelte das Chaos zusammen, das ihr Sohn angerichtet hatte. Und mein Herz brach, als ich daran dachte, dass ich sie nie wiedersehen würde …

Am nächsten Morgen fühlte ich mich erschöpft und ausgelaugt. Die Nacht auf der Couch war kurz und unbequem gewesen. Meine Gedanken waren immer wieder zu Bryan abgedriftet. Dabei wünschte ich mir nichts mehr, als dass mein Kopf endlich Ruhe gab.

Ich stand auf, legte die Decke zusammen und das Kissen darauf und trug es die Treppe nach oben. Leise öffnete ich die Zimmertür. Bryan lag im Bett und schlief, ausgeruht sah er nicht aus. Ich legte das Bettzeug ab und begann meine Tasche zu packen. Nachdem ich das Zimmer verlassen hatte, machte ich mich im Bad frisch und ging in die Küche. Ich setzte mich an die Kochinsel und suchte nach einer Verbindung von New Haven nach Bridgeport.

Es dauerte nicht lange und ich hatte eine Möglichkeit gefunden. In knapp zweieinhalb Stunden würde ich wieder in Bridgeport sein.

In der Küche suchte ich nach einem Zettel und einen Stift und schrieb eine Nachricht an Cathie.

Liebe Cathie,
danke für deine Gastfreundschaft und für gestern Abend.
Es tut mir leid, aber ich kann nicht hierbleiben. Ich hoffe, du verstehst das.
Autumn

Ich ließ den Zettel gut sichtbar auf der Kochinsel liegen und verschwand im Flur, wo ich meine Schuhe und meine Jacke anzog. Noch immer war beides klamm vom Regenschauer, aber mir blieb nichts anderes übrig.

Als ich die Tür hinter mir ins Schloss zog, atmete ich zum ersten Mal seit Stunden tief durch. Vielleicht war es überstürzt zu gehen, doch in diesem Moment war es das Beste, was ich hätte tun können.

Als ich an der South Hall ankam, verzog ich mich sofort in mein Zimmer. Lindy kam erst am Sonntag zurück nach Bridgeport, was bedeutete, dass ich mich das gesamte Wochenende in meinem Bett verstecken konnte. Ich würde mir Filme auf Netflix ansehen, unsere Vorräte an Nussschokolade vernichten und den schönen Erinnerungen nachhängen, die mir das Herz aus der Brust rissen und mich trotzdem tröstlich auffingen.

Ich hatte gewusst, dass ich mich an Bryan verbrennen würde, trotzdem war ich so naiv gewesen und hatte ihn an mich herangelassen.

Kaum hatte ich die Zimmertür hinter mir geschlossen, traten die Tränen, die ich in den letzten Stunden zurückgehalten hatte, in meine Augen. Ich ließ die Tasche achtlos in die Ecke fallen, setzte mich auf mein Bett und starrte ins Leere.

Die letzten Tage mit Bryan waren zu schön gewesen. Ich hätte wissen müssen, dass es nicht so bleiben würde. Dass die Realität irgendwo darauf lauerte, mich hinterrücks niederzustechen.

Leise weinend streifte ich mir die Schuhe von den Füßen, warf die klamme Jacke daneben auf den Fußboden und ließ mich zur Seite kippen. Mit schwachen Bewegungen schob ich das Kissen unter meinen Kopf und zog die Decke über mich.

Ich versuchte, mich selbst aufzufangen, aber es gelang mir nicht. Ich fiel und wusste nicht, ob ich jemals auf dem Boden landen und alles wieder gut werden würde.

Kapitel 24

Nachdem ich den kompletten Freitag im Zimmer verbracht und mich ausschließlich von Nussschokolade ernährt hatte, bereitete ich mir Samstagmorgen einen Joghurt mit Früchten und Haferflocken, sowie ein Käse-Sandwich zu.

Anschließend packte ich meine Schwimmtasche und machte mich zu Fuß auf den Weg zum *Wheeler Recreation Center*. Ich musste ein paar Bahnen schwimmen, mich auspowern und den Kopf freibekommen. Dass Bryan meine Gedanken und Gefühle so unter Kontrolle hatte, machte mich beinahe wahnsinnig. Es durfte so nicht weitergehen.

Ich musste nach vorn sehen und mich auf das konzentrieren, was wirklich wichtig war. Das war zum einen mein Studium und zum anderen das Auswahlschwimmen für *die ECAC Winter Championships* am Montag. Meine Leistungen durften nicht darunter leiden, dass ich mein kleines, dummes Herz an den falschen Mann verschenkt hatte.

Ich betrat die Schwimmhalle und sog den Chlor-Geruch tief in meine Lungen ein, legte meine Sachen auf eine Bank und stellte mich auf den Startblock. Mehrere Male atmete ich tief durch, bevor ich mir die Taucherbrille auf die Nase schob, mich nach unten beugte und absprang.

Ich tauchte in das Wasser ein und ließ mich treiben. Unter Wasser war alles leicht, die Probleme, der Stress, nichts schien wirklich von Bedeutung zu sein.

Kaum tauchte ich auf, spürte ich den Druck wieder, der jeden Tag auf mir lastete.

Als ich an die Oberfläche zurückkam, flutete Sauerstoff meine

Lungen und ich trieb auf der Stelle. Ich befand mich etwa in der Mitte des Beckens, die Halle war wie so oft leer. Offenbar verbrachte außer den Mitgliedern des Schwimmteams niemand hier seine Zeit.

Ich atmete tief durch und schwamm.

In den folgenden Stunden trainierte ich jede Disziplin, konzentrierte mich aber hauptsächlich auf Kraulen. Ich wollte meinen Platz bei den Winter Championships nicht nur, weil Jane durch meinen letzten Erfolg gezwungen war, mich zu setzen, sondern weil ich ihn verdiente.

»Autumn?«, rief plötzlich jemand meinen Namen durch die Halle und ich stoppte. Jane stand mit einer Flasche Wasser am Beckenrand. »Meinst du nicht, du solltest mal eine Pause einlegen?«

Irritiert blickte ich auf die Uhr und stellte fest, dass es bereits früher Nachmittag war. Ich schwamm zum Rand und drückte mich aus dem Wasser.

»Komm, wir setzen uns einen Moment.« Jane deutete auf eine Bank hinter sich und ich folgte ihr. Bevor ich Platz nahm, wickelte ich mich in mein Handtuch ein. Erst jetzt, wo mein Körper zur Ruhe kam, merkte ich, wie aufgewühlt ich war. Jane reichte mir das Wasser und ich trank gierig einen Schluck.

»Du mutest dir zu viel zu.« Jane war kein Mensch, der um den heißen Brei herumredete, sondern geradeheraus sagte, was ihr durch den Kopf ging. »Forderst du dich wegen der Winter Championships so? Oder was ist los?«

Ich senkte den Blick. Sollte ich Jane erzählen, was geschehen war? Nein, das konnte ich auf keinen Fall. Ich würde nicht riskieren, dass Bryan seinen Trainerposten verlor. »Ich trainiere private Probleme immer weg«, murmelte ich, als wäre es eine Entschuldigung für mein Verhalten.

Jane musterte mich eingehend von der Seite, doch ich war nicht in der Lage, sie anzusehen.

»Hast du dich nicht bei Dr. Perez gemeldet?«

»Doch, ich gehe jeden Mittwoch zu ihr und sie hilft mir sehr.

Danke, dass du mir ihre Karte gegeben hast. Aber das Schwimmen hilft mir auch.«

»Autumn, deine Probleme werden sich dadurch nicht lösen, hörst du? Was nutzt es dir, wenn du deswegen deine Gesundheit aufs Spiel setzt?«

»Nichts«, flüsterte ich und starrte stumm auf die Wasseroberfläche. Es nutzte mir überhaupt nichts und trotzdem war das Schwimmen mein Ventil. Ich brauchte es, um den Kopf freizubekommen. Es half mir, abzuschalten und in eine andere Welt einzutauchen.

Jane stieß einen seufzenden Ton aus. »Weißt du, warum ich mir Sorgen um dich mache, Kleine?« Noch immer spürte ich ihren Blick auf mir und riskierte, sie einen Moment anzusehen. Sie konnte mich lesen wie ein offenes Buch.

»Warum?«

»Weil ich genauso war, ich sehe mich in dir. Das Schwimmen war mein Leben und ich wollte nichts mehr, als allen anderen zu beweisen, was in mir steckt. Es gab viele Leute, die gegen meinen Traum geredet und mich unterschätzt haben. Ich hatte von meiner Familie keine Unterstützung zu erwarten und Freunde hatte ich nur innerhalb des Schwimmteams. Sobald in meinem Leben etwas schiefging, bin ich in die Halle gefahren und habe trainiert. Ich dachte, so lösen sich meine Probleme von allein. Irgendwann war ich jeden Tag in der Halle, immer mehrere Stunden am Stück.« Jane lachte auf. »Ich wollte die Beste sein und zu den Olympischen Spielen fahren, koste es, was es wolle. Durch das häufige Training überanstrengte ich meinen Körper und verletzte mich dadurch öfter. Ich ignorierte die Schmerzen, nahm Tabletten und benutzte Salben. Ein knappes Jahr vor Olympia war ich auf dem besten Weg meine Gesundheit und meinen Traum gegen die Wand zu fahren. Hätte meine damalige Trainerin nicht die Reißleine gezogen, wäre ich heute vielleicht nicht hier.«

Ich holte tief Luft. »Darf ich ehrlich mit dir sein, Jane?«

»Immer, Autumn.«

»Ich will nicht zu Olympia, ich will diesen ganzen Trubel um meine Person nicht.« Ich schluckte schwer. »Ich bin nicht von mir selbst aus nach Bridgeport gekommen, meine ehemalige Chefin hat gemeinsam mit Angela alles organisiert, um mich in Sicherheit zu bringen und mir endlich das Leben zu ermöglichen, das ich mir immer gewünscht habe. Ich wollte studieren und frei sein.«

»Frei von wem?«, fragte Jane und betrachtete mich nachdenklich.

»Frei von meiner Mutter. Sie …« Tief sog ich Luft in meine Lungen. Es fiel mir schon wesentlich leichter, darüber zu sprechen und ehrlich zu den Menschen zu sein, die auf meiner Seite standen. »Sie hat seit dem Tod meines Vaters ein Alkoholproblem und ist … ist mir gegenüber oft handgreiflich geworden.«

Jane riss die Augen weit auf und hielt die Luft an. »Autumn«, brachte sie gequält hervor.

»Das Schwimmen war die einzige Hoffnung, die ich hatte. Angela hat mich gefordert und Potenzial in mir gesehen. Trotzdem war es nie mein Ziel, die Beste zu sein. Ich … ich wollte nie mehr, als zu studieren und nebenbei für ein Team zu schwimmen. Wenn ich ehrlich bin, hat mir dieses Aufsehen nur geschadet. Meine Mutter hat dadurch herausgefunden, wo ich mich aufhalte und ist vor Thanksgiving hier aufgetaucht, um mich zu erpressen.« Ich ließ die Luft aus meiner Lunge entweichen. »Jane, bitte halte mich nicht für undankbar, aber ich weiß nicht, ob ich das kann … Ich will euch nicht enttäuschen, aber ich habe Angst, dass ich in Glassboro nur einen guten Tag hatte.«

»Wenn ich gewusst hätte, dass deine Mutter …« Jane brach ab und rieb sich das Gesicht mit den Händen. »Ich hätte dich niemals zu diesen Interviews überredet. Wo ist deine Mutter jetzt? Hat sie dich wieder bedroht, bist du deswegen hier?«

Erneut schüttelte ich den Kopf. »Bryan ist dazwischen gegangen, bevor die Situation eskaliert ist. Er hat die Polizei gerufen und meine Mutter wurde in eine Klinik zwangseingewiesen. Mehr weiß ich nicht. Aber … sie kann mir vorerst nichts tun.«

»Gut«, murmelte Jane und Stille bereitete sich zwischen uns aus.

Offenbar war es ihr unangenehm, dass sie sich noch nicht die Zeit genommen hatte, mich besser kennenzulernen.

Ich war froh, dass ich mich Jane anvertraut hatte, auch wenn ich ihr nichts von Bryan und mir erzählen konnte. Im Grunde gab es dazu nichts mehr zu sagen. Er hatte mich von sich gestoßen, es gab keine Zukunft für uns. Er gab uns keine Chance und ich musste jetzt das Beste daraus machen.

»Autumn?«, zerriss Jane die Stille und ich wandte ihr meinen Blick zu.

»Hm?«

»Du bist in den letzten Monaten soweit gekommen. In dir schlummert ein Talent, von dem du selbst gar nichts gewusst hast. Ich würde verstehen, wenn du dich selbst zurücknehmen willst, weil dir das alles zu viel ist. Aber hast du nicht auch Lust, den anderen Teams bei den Landesmeisterschaften so richtig in den Hintern zu treten?«

Ein Grinsen breitete sich auf Janes Gesichtszügen aus und ich konnte nicht anders, als die angespannte Situation der letzten Minuten wegzulachen.

»Und wie ich das habe«, erwiderte ich.

»Dann kämpfen wir?« Jane hielt ihre rechte Hand nach oben.

»Wir kämpfen!« Und ich schlug ein.

Ich genoss es, das Wochenende allein zu verbringen, war aber auch froh, als Lindy Sonntagabend endlich unser Zimmer aufschloss.

»Hey«, flötete sie fröhlich, stellte ihren Koffer neben meinem Bett ab und stürmte auf mich zu. Freudestrahlend umarmte sie mich, bis sie mich genauer betrachtete. »Was ist los?«, fragte sie prompt, als sie meinen unglücklichen Gesichtsausdruck bemerkte. Es war lächerlich, Lindy etwas vorzumachen. In den letzten Monaten hatte sie ein ausgesprochen gutes Gespür dafür entwickelt, wie ich mich fühlte und was mir im Geist herumspukte.

»Bryan!« Ihr Blick verfinsterte sich und ich nickte.

»Aber komm erst mal in Ruhe an, wir haben noch genügend Zeit zum Reden.«

»Ich bringe den Idioten um«, murmelte sie, als sie sich abwandte, um kurz im Bad zu verschwinden.

Nachdem Lindy ihren Koffer ausgeräumt und geduscht hatte, sank sie neben mich aufs Bett und schwieg. Offenbar war sie sich nicht sicher, ob ich darüber sprechen wollte und wartete lieber ab.

»Es war perfekt«, brach ich mein Schweigen. Tränen stiegen in meine Augen, als die Erinnerungen hochkamen. »Es war so scheißperfekt, dass ich nicht eine Sekunde daran gedacht habe, dass etwas nicht stimmen könnte.«

Ich wischte mir die Träne von der Wange und hing den ersten Tagen in New Haven nach.

»Bryans Mutter ist der herzlichste Mensch, den ich jemals kennengelernt habe. Ich war zum ersten Mal in meinem Leben am Strand.« Noch immer hörte ich das Rauschen, fühlte den Wind im Gesicht und den Sand unter den Füßen. »Thanksgiving sind einige Freunde und Nachbarn vorbeigekommen. Das Essen war wunderbar, es war ein schöner Abend. Bis eine Freundin seiner Mutter eine Bemerkung gemacht hat.«

Lindy hörte mir aufmerksam zu. »Was hat sie gesagt?«, fragte sie und griff instinktiv nach meiner Hand.

»Sie sagte, dass sie froh sei, dass Bryan nach der Sache mit Rose wieder glücklich ist.«

»Wer ist Rose?«

Ich zuckte mit den Schultern. »Ich weiß es nicht.« Seine Worte zu wiederholen, schmerzte. Sie fraßen sich wie ätzende Säure in mein Herz und zerstörten das, was davon noch übrig war.

»Am nächsten Morgen bin ich mit dem Bus zurück nach Bridgeport gefahren.« Ein weinerlicher Laut drang aus meiner Kehle und Lindy zog mich sofort in ihre Arme.

»Autumn«, flüsterte sie und hielt mich fest.

»Hätte ich mich nur von ihm ferngehalten. Ich wusste, dass er Probleme machen und mir wehtun würde.« Wie ein hilfloses Kind klammerte ich mich an meine Freundin und weinte. Ich schnappte nach Luft und machte mich immer kleiner. Nie hatte ich mich in meinem Leben so unbedeutend und nutzlos gefühlt, nicht einmal nach den Dingen, die meine Mutter mir angetan hatte.

»Weißt du, was das Schlimmste ist?« Meine Stimme zitterte.

»Was?« Lindy strich mir beruhigend über den Rücken.

»Ich liebe ihn.« Die Worte klangen gebrochen. »Und ich hasse ihn, weil er mir das Herz herausgerissen hat. Wie konnte ich nur so naiv und dumm sein?«

Meine Freundin seufzte. »Wer hätte ahnen können, dass das passiert«, flüsterte sie. »Dich trifft keine Schuld. Du bist nicht naiv oder dumm, du bist nur auf die Liebe hereingefallen, wie jeder andere auch.«

Ich löste mich von Lindy und wischte trotzig mit dem Handrücken über meine nassen Wangen. »Aber muss es so wehtun?«, fragte ich fast wütend.

»Das gehört dazu. Du kannst nichts dagegen machen.« Traurig lächelte sie mich an. »Lass uns Taylor und Holly anrufen und etwas mit den Mädels unternehmen.«

»Und Ava«, flüsterte ich und Lindy nickte zustimmend.

Eine Stunde später trafen wir uns bei einem Italiener, der sich in Campusnähe befand. Ich bat Lindy, dass wir einen schönen Abend mit den Mädels verbrachten und für den Moment alles andere ignorierten.

Wir nahmen an einem ruhigen Ecktisch des Lokals Platz. Es bestach durch seine roten Wände, dunklen Holzmöbel und wenig Schnickschnack. Es war ein modernes Restaurant, mit traditionellen Details.

»Was darf es für die Ladys zu trinken sein?« Ein junger Mann mit pechschwarzen Haaren und stechend blauen Augen kam an den Tisch und nahm unsere Bestellung entgegen.

Während die anderen sich Wein oder Cocktails bestellten, trank ich eine Kirschsaftschorle.

»Gott, er ist heiß«, raunte Holly, nachdem der Kellner den Tisch verlassen hatte.

»Die Augen, Himmel«, setzte Ava mit ein und warf ihm einen

Blick über die Schulter zu. Lindy und ich verdrehten lachend die Augen, nur Taylor saß verkniffen auf ihrem Platz und sagte gar nichts.

Seit ich sie kannte, hatte sie sich nicht geöffnet. Ich fragte mich, was ihr wohl durch den Kopf ging, ob sie überhaupt hier sein wollte, oder nur Lindy zu liebe aufgetaucht war.

Nachdem die beiden sich beruhigt hatten, studierten wir die Karte. Neben Pasta und Pizza gab es auch einige Fisch- und Fleischgerichte. Mein Tag hingegen verlangte eindeutig nach einer riesigen Portion Nudeln mit übertrieben viel Käse.

Nachdem wir unsere Essensbestellung aufgegeben hatten, sprachen wir darüber, wie wir Thanksgiving verbracht hatten. Das war leider nicht das Thema, das ich mir gewünscht hatte.

»Autumn, was hast du gemacht?«, fragte Holly und ich zuckte mit den Schultern.

»Ich bin in Bridgeport geblieben«, log ich. Ich spürte Avas nachdenklichen Blick, doch sie schwieg, genauso wie Lindy.

»Warum bist du nicht nach Phoenix gefahren?«, wollte Taylor wissen.

»Weil dort niemand ist, der auf mich gewartet hätte.« Ich zuckte mit den Schultern. »Außer Camila, meiner ehemaligen Chefin, doch sie fliegt über Thanksgiving immer ans Meer.«

»Eigentlich wollte ich dich das nicht fragen …«, setzte Holly an. »Stimmt es, was man sich erzählt, dass dich im Café so eine Irre angegriffen hat?« Besorgt ruhte der Blick meiner ehemaligen Kollegin auf mir und ich holte tief Luft.

»Ja …«, antwortete ich kurz angebunden. Wenn es neben der Sache mit Bryan eine weitere gab, über die ich an diesem Abend nicht sprechen wollte, dann diese. »Können wir bitte nicht darüber reden?«

»Sorry«, murmelte Holly, trotzdem änderte das nichts daran, dass die Stimmung gedrückt war. Vielleicht war dieser Abend doch keine gute Idee gewesen.

Kapitel 25

Montagabend fand das Auswahlschwimmen für die *ECAC Winter Championships* statt. Obwohl ich bereits wusste, dass ich gesetzt war, wollte ich daran teilnehmen. Wenn ich klug gewesen wäre, hätte ich Janes Angebot angenommen und wäre nicht aufgetaucht.

Aber ich musste Bryan sehen, musste herausfinden, wie es ihm ging und ob ihn die Sache genauso mitnahm wie mich. Dass ich mich damit nur selbst quälte, wusste ich. Trotzdem würde es mir helfen, mit ihm abzuschließen und mir nicht unnötig Hoffnungen zu machen.

Als ich die Tür zur Umkleidekabine öffnete, drang schon Jazmins gehässige Stimme zu mir. »Ich frage mich, was wir hier überhaupt noch sollen. Autumn nimmt uns alles weg, wofür wir letztes Jahr hart gearbeitet haben. Sie hat Jane und Bryan komplett um den kleinen Finger gewickelt.«

Ich stoppte, schloss leise die Tür und ging nicht um die Ecke, damit die Mädchen mich nicht sahen.

»Autumn arbeitet genauso hart wie wir, wenn nicht sogar härter«, verteidigte mich Ava.

»Sie vögelt Bryan, nicht mehr und nicht weniger. Denkst du, sie würde sonst solche Vorteile wie Extratraining genießen?«, hielt Jazmin dagegen. »Hat er das einer von uns in den letzten Jahren angeboten? Es ist offensichtlich, was da läuft.«

Mein Herz machte einen Aussetzer und ich kniff die Lippen aufeinander.

»Warst du dabei?«, fragte Ava herausfordernd. Warum konnte sie nicht den Mund halten? Sie machte es nur schlimmer.

»Denkst du, ich habe nicht mitbekommen, wie die beiden nach

dem Wettkampf gleichzeitig verschwunden sind? Ich bin ihnen gefolgt und die Geräusche, die aus Bryans Hotelzimmer kamen, waren eindeutig.«

Mein Herz schlug mit doppelter Geschwindigkeit weiter. Das durfte nicht wahr sein. Wenn Jazmin uns gehört hatte, dann … Ich hatte das Gefühl, mich übergeben zu müssen.

»Ich bin kurz nach dir aufs Zimmer gegangen, Jaz. Autumn war die ganze Zeit über da. Ich weiß nicht, mit wem Bryan in Glassboro Spaß hatte, Autumn war es nicht.«

Ich schluckte schwer. Dass Ava mich so verteidigte und sogar für mich log, bedeutete mir viel. Trotzdem war es nicht richtig. Ich hätte aus meinem Versteck hervorkommen und die Wahrheit sagen müssen. Ich traute mich nicht. Die Angst, dass die anderen mich verurteilen würden, war zu groß.

»Du lügst!« Jazmin klang erbarmungslos. Die anderen schwiegen und ich war mir sicher, dass viele sich bereits eine Meinung über mich gebildet hatten, ganz gleich, was Ava tat, um mich zu beschützen.

»Du benimmst dich nur so kindisch, weil Joleen dir all diese Sachen eingeredet hat. Vielleicht reißt du dich endlich zusammen und bildest dir eine eigene Meinung.«

Gerade als Jazmin zu einem weiteren Konter ausholen wollte, schlüpfte ich leise aus der Tür der Umkleiden und drückte mich schwer atmend gegen die Wand auf dem Gang. Es war ein Albtraum. Seit ich im Schwimmteam war, gab es unter den Mädchen Streit. Das war nicht meine Absicht gewesen. Das Team sollte zusammenhalten und für einander einstehen. Sicher hatten sie das auch getan, bevor ich aufgetaucht war.

Als ich plötzlich Schritte hörte und eine Bewegung wahrnahm, sah ich auf. Bryan kam in meine Richtung, die Sporttasche lässig über die Schulter geworfen. Sein Blick fiel auf mich und er stoppte. Sein Kiefer war angespannt, sein Körper augenblicklich verkrampft, die grauen Augen eiskalt und emotionslos.

Ich kniff die Lippen fest aufeinander und hielt seinem Blick stand, auch wenn es mir schwerfiel.

Mit einem Mal ging ein Rucken durch seinen Körper, er lief weiter. Nachdem er die Tür der Männerumkleide aufzog und darin verschwand, sackte mein Körper in sich zusammen.

Nach allem, was geschehen war, nach all den verletzenden Dingen, die er mir an den Kopf geworfen hatte, nach meiner überstürzten Abreise, hatte er mir nichts zu sagen. Kein einziges Wort.

Ich konnte hier nicht bleiben. Auf keinen Fall konnte ich zurück in die Umkleide und später in die Halle gehen und so tun, als wäre nichts gewesen.

Ich schluckte schwer, schob mich von der Wand ab und verschwand.

Dr. Perez merkte mir sofort an, dass etwas nicht stimmte, als ich Mittwochnachmittag wie jede Woche zu ihr kam. Bevor ich aufgebrochen war, hatte ich überlegt, den Termin sausen zu lassen, aber dann siegte die Hoffnung, dass sie einen Rat für mich hatte, wie ich mit allem umgehen sollte.

»Du siehst erschöpft aus, Autumn.«

»Es ist viel passiert«, murmelte ich abwesend. Dr. Perez wusste nicht, dass die Situation mit meiner Mutter eskaliert war, weil unser Termin letzte Woche wegen Thanksgiving ausgefallen war.

»Meine Mutter wurde zwangseingewiesen, nachdem sie versucht hat, mich umzubringen. Das war am Montag vor Thanksgiving.«

Meine Psychologin öffnete schockiert den Mund. »Aber … warum hast du mich nicht angerufen?« Ich zuckte mit den Schultern.

»Ich hatte keine Zeit, um mir darüber Gedanken zu machen. Bryan ist gerade rechtzeitig aufgetaucht, er hat mich gefragt, ob ich ihn an Thanksgiving mit zu seiner Mutter begleiten möchte.«

»Eine Sache zu verdrängen, macht sie nicht unvergessen.«

Als ob ich das nicht wusste. Kaum war ich nach dem Streit mit Bryan in Bridgeport angekommen, prasselte alles auf mich ein. »Ich weiß, für den Moment war es das Beste. Es hat sich alles so normal angefühlt.«

»Wie geht es dir jetzt, Autumn?«

Ich dachte lange über die Frage nach, dabei gab es nur eine Antwort: beschissen. Dr. Perez würde so lange bohren, bis ich ihr jedes einzelne Gefühl, das in mir randalierte, offenbart hatte, also konnte ich auch versuchen, es in Worte zu fassen. »Ich bin müde … und kraftlos … und traurig.«

»Wegen deiner Mutter?« Dr. Perez' Stift kratzte über das Papier. Ich hasste dieses Geräusch.

Ich schüttelte den Kopf. »Bryan hat mich von sich gestoßen.« Knapp erzählte ich, was geschehen war, und kämpfte gegen die Tränen an. In diesem Moment wurde mir bewusst, dass ich mich wegen Bryan schlechter fühlte als wegen meiner Mutter. Bei Mom war ich es gewöhnt, dass sie mich enttäuschte.

Als ich mit meiner Erklärung endete, nickte Dr. Perez. Stumm sah sie mich an, legte plötzlich das Klemmbrett und den Stift auf den Tisch.

»Ich will, dass du die Augen schließt und tief durchatmest.«

Widerwillig folgte ich der Anweisung.

»Noch einmal«, forderte Dr. Perez mich auf. Ich atmete ein und aus. »Atme weiter und hör mir zu. Ich spüre, dass du wegen der Sache mit Bryan trauriger bist. Autumn, weißt du, was das Problem ist? Immer wenn dir jemand wehtut, ziehst du dich zurück oder verschwindest. Es zieht sich durch dein Leben, angefangen nach dem Tod deines Vaters, als du keine Freundschaften mehr zugelassen hast. Deine Flucht vor deiner Mutter, die Sache mit Bryan und auch die Differenzen im Schwimmteam.«

Ich senkte den Kopf, hielt die Augen nach wie vor geschlossen. Es gab gute Gründe, warum ich mich aus so vielen Situationen zurückzog.

»Autumn, ich möchte, dass du dich in der nächsten Woche deinen Problemen stellst, verstehst du? Das ist deine Aufgabe.«

Ich öffnete die Augen und sah meine Psychologin an. »Ich weiß nicht, ob ich das kann.«

Dr. Perez schüttelte den Kopf. »Es tut mir leid, wenn das zu hart klingt, doch mit der Einstellung sitzen wir in drei Jahren noch hier und werden weiterhin über die gleichen Dinge sprechen.«

Ich zuckte teilnahmslos mit den Schultern.

»Du stehst an einem Wendepunkt, Autumn, du ganz allein entscheidest, in welche Richtung es geht. Entweder du stellst dich deinen Problemen und lernst, deine Vergangenheit anzunehmen. Oder du wirst immer unter ihr leiden und ein gebrochenes Mädchen bleiben.«

Freitagmorgen startete der Teambus der *UB Purple Knights* in Richtung New York, wo schon am Nachmittag die erste Runde der *ECAC Winter Championships* stattfand.

Obwohl die Nervosität mich dieses Mal weniger im Griff hatte, war ich dennoch unruhig. Drei Tage würden die Winter Championships dauern, drei Trage, die ich ausnahmslos mit dem Team und Bryan verbringen musste. Es würde schwer werden, ihm aus dem Weg zu gehen, genauso wie Jazmins abfällige Bemerkungen zu ignorieren. Aber ich musste es schaffen. Für mich und für das Team. Das Gespräch mit Dr. Perez hatte mich ermutigt. Sie hatte mir aufgezeigt, dass ich allein entschied, in welche Richtung mein Weg ging.

Zwei Stunden dauerte die Fahrt nach New York. Während Jane und Bryan den Ablauf der drei Tage besprachen, machten die Jungs ihre Scherze. Und die Mädels hatten sich in zwei Lager gespalten. Die eine Seite vertraute mir, die andere glaubte Jazmin.

»Hat sie wirklich mit Bryan geschlafen?«, hörte ich eine Rothaarige fragen und Jazmin nickte. Beide starrten mich an und ich richtete den Blick aus dem Fenster.

»Dann sollte Bryan kein Trainer mehr sein und Autumn aus dem Team fliegen«, flüsterte eine andere. »Jemand sollte mit Jane darüber sprechen.«

Weil wir alle im hinteren Teil des Busses saßen, war es ausgeschlossen, dass Jane oder Bryan etwas von der Diskussion mitbekamen, außerdem waren die anderen Jungs viel zu laut.

»Wir haben keine Beweise und so lange Ava für sie lügt, sind wir machtlos. Aber es ist so unf...«

»Hör nicht hin«, flüsterte Ava mir zu. Nickend zog ich meine Kopfhörer aus der Tasche, steckte sie in mein Handy und schottete mich von den anderen ab.

Wir bezogen ein Hotel in East Meadow, in der Nähe des *Nassau County Aquatics Centers*, in dem der Wettkampf stattfinden würde. Ich teilte mir erneut ein Zimmer mit Ava und war froh, nach der Busfahrt endlich meine Ruhe zu haben.

Ich setzte mich auf das Bett und rieb mein Gesicht mit den Händen. Ava räumte ihren Koffer aus, warf mir aber prompt einen nachdenklichen Blick zu.

»Du darfst dich von den dummen Hühnern nicht verunsichern lassen, hörst du? In einem Punkt hat Jazmin Recht, sie können dir nichts.«

Ich atmete tief durch. »Ich habe euch am Montag gehört«, gestand ich. »Du hättest nicht für mich lügen müssen.«

»Diese Dumpfbacke hat überhaupt keine Ahnung, was sie alles kaputtmacht. Natürlich wäre Jane gezwungen, Bryan von seinem Trainerposten zu entbinden, ganz zu schweigen davon, was aus seinem Teamplatz wird. Weißt du, wie ungewöhnlich es ist, dass ein Student einen Posten wie diesen bekommt? Das Schwimmen bedeutet Bryan alles und ich lasse nicht zu, dass ihm das jemand zerstört. Und ich würde alles dafür tun, das zwischen euch geheimzuhalten. Er ist seit Langem endlich wieder glücklich und ...«

»Ist er nicht«, brachte ich leise hervor und Ava sah mich skeptisch an. »Und ich auch nicht.« Ich konnte Ava nicht anlügen. Sie musste erfahren, was in New Haven geschehen war. Vielleicht konnte sie mir helfen. Immerhin kannte sie Bryan besser als ich.

»Was soll das bedeuten?«

»Wer ist Rose, Ava?« Ava erstarrte genauso wie Bryan, als sie den Namen hörte. Tränen sammelten sich in ihren Augen und sie wandte den Kopf zur Seite. »Denn es scheint so, als könne ich nicht wie sie sein … wer auch immer sie ist«, brachte ich verletzt hervor. »Ich habe Thanksgiving mit Bryan und Cathie verbracht. Als Cathies Freundin plötzlich meinte, wie froh sie ist, dass Bryan nach der Sache mit Rose wieder glücklich ist, hat er sich komplett verändert.« Ich erzählte von der Unterhaltung am Strand und meiner Reaktion darauf. Auch, dass Bryan mich am Montag keines Blickes gewürdigt hatte, dabei wollte ich nur eine Erklärung. Die Tränen suchten sich ihren Weg über meine Wangen.

Ava und ich weinten.

Ich, weil Bryan mir fehlte und ich mir wünschte, dass es eine logische Erklärung für alles gab.

Und Ava, weil sie gegen die gleichen Dämonen kämpfte wie Bryan.

»Es tut mir so leid, Autumn. Ich kann mit dir nicht über Rose sprechen. Ich … das muss Bryan selbst tun.« Sie stand auf, wischte sich hastig die Wangen trocken und stürmte aus dem Zimmer. Auch sie schloss mich aus.

Kaum war die Tür ins Schloss gefallen, kugelte ich mich auf dem Bett zusammen. Ich hätte versuchen können, mit Bryan zu reden, aber in den letzten Monaten hatte ich gelernt, dass er nur dann dazu bereit war, wenn er selbst den ersten Schritt machte.

Und so lange musste ich warten.

Das Gespräch mit Ava hing mir nach. Als ich das *Nassau County Aquatics Center* betrat, war ich überwältigt. Das Kuppeldach war gigantisch, überall saßen Zuschauer und die anderen College-Teams beratschlagten sich mit ihren Trainern. Ich wandelte die negativen Gedanken in Energie um. Ganz gleich, wer sich mir in den Weg stellte, ich würde sie besiegen.

Ich stellte mich neben Ava, die ich nicht mehr gesehen hatte, seit sie überstürzt unser Zimmer verlassen hatte. Sie wirkte gefasst, genauso wie ich.

»Alles okay?«, fragte sie und ich nickte.

»Bei dir auch?« Besorgt betrachtete ich sie.

»Ja.«

»Hört ihr kurz zu?« Jane kam zu uns, Bryan stand neben ihr. Als sein Blick mich traf, erstarrte ich, wollte es mir aber nicht anmerken lassen. »Heute ist die erste Vorrunde. Wer siegt, kommt ins Halbfinale, das morgen stattfindet. Wer dort gewinnt, steht im Finale. Ihr habt mir an der Rowan University gezeigt, was in euch steckt. Jetzt zeigt der Schwimmwelt, dass ihr nicht zu unterschätzen seid. Ihr könnt dafür sorgen, dass die *Knights* am Ende auf dem ersten Platz stehen. Dafür kämpfen wir.«

»Ja!«, riefen einige der Jungs.

Jane hielt ihre Hand in die Mitte. Eine Hand nach der anderen landete dort. Ich legte meine Hand auf Avas und wurde plötzlich von einem vertrauten Gefühl eingenommen. Eine Männerhand lag auf meiner und ich hob den Blick.

Bryan sah mich stumm an, während ich all den Schmerz, der durch mich hindurchfloss, in diesen einen Blick steckte.

Es fühlte sich an, als würde die ganze Welt zwischen uns stehen. Wir würden einander nie wieder erreichen, würden nie zurück an den Punkt kommen, an dem wir gewesen waren.

Und alles nur, weil er mir nicht genug vertraute … weil ich nicht Rose war.

Sondern ein Fehler.

Ich wurde aus meiner Schockstarre gerissen, als alle Arme nach oben flogen und ein lautes »*Fight Knights!*«, durch die Halle drang.

Schnell wandte ich mich ab, ließ mich auf eine für uns reservierte Bank fallen und steckte meine Kopfhörer in die Ohren. Ich schaltete die Musik ein und es erklangen die ersten Töne der Akustik-Version des Songs *Walk on Water* von Thirty Seconds to Mars.

Ich schloss die Augen, blendete alles aus und fokussierte mich auf den Wettkampf.

Trotz aller Widerstände hatte ich in den letzten Monaten so viel erreicht. Ich würde auch das schaffen.

Und das tat ich. Ich trat an und schwamm mich allein und mit der Staffel in die nächste Runde.

Dankbar im Hotel zu sein, gönnte ich mir eine lange Dusche. Ava hingegen machte sich für den Abend mit dem Team fertig, das sich wie immer in der Hotelbar treffen wollte.

»Gehe ich recht in der Annahme, dass du heute auf dem Zimmer bleibst?«, fragte sie, richtete ihr Blusentop und schlüpfte in ihre Schuhe.

»Ja, sorry.«

»Du musst dich nicht bei mir entschuldigen.« Sie setzte sich zu mir auf die Bettkante. »Ich habe mit Bryan gesprochen«, gestand Ava. Mein Herz sackte nach unten.

Ich schluckte schwer. »Warum?«

Plötzlich erklärten sich seine Blicke.

»Weil ich dir die Wahrheit sagen werde, wenn er es nicht tut. Die Sache geht nicht nur ihn allein an.« Sie wirkte wieder traurig. Offenbar bedeutete Rose auch ihr viel.

Ich nickte und Ava stand auf. »Danke, Ava«, hauchte ich und sie lächelte angeschlagen.

»Bis später.«

»Viel Spaß.«

Ich zappte durch das Fernsehprogramm und das schon seit über einer Stunde. Genervt schaltete ich den Fernseher aus, schlüpfte in meine Jacke und meine Schuhe und stahl mich aus dem Hotel.

In den letzten Wochen war es kalt geworden. Es war Anfang Dezember und die Luft roch nach Schnee. Ich liebte diesen Geruch, denn in Phoenix schneite es so gut wie nie. Tief sog ich den Duft in meine Lunge und lief los.

Mein Weg führte mich nur wenige Straßen vom Hotel weg. Ich vergrub die Hände in den Hosentaschen und hing meinen Gedanken nach.

Wie lange würde Ava Bryan Zeit geben, mir die Wahrheit zu sagen? Ein paar Tage, eine Woche, einen Monat? Seit mir klar geworden war, dass Ava ebenfalls in die Geschichte verwickelt war, war ich noch verunsicherter als zuvor. Ich ließ mir all die Gespräche mit meiner Freundin noch einmal durch den Kopf gehen und mit einem Mal ergaben viele ihrer Bemerkungen Sinn. Ich hatte bemerkt, dass auch sie ein Geheimnis hatte, aber ich hatte mich nie getraut, sie darauf anzusprechen.

Eine knappe Stunde lief ich durch die Gegend, bevor ich durchgefroren zum Hotel zurückkehrte, obwohl meine Gedanken immer noch verrücktspielten. Ich nahm den Fahrstuhl in den vierten Stock und wurde von einem lauten Fluch im Gang begrüßt, gefolgt vom Klirren eines Schlüssels, der zu Boden fiel.

»Fuck!«

Ich atmete tief durch und lief weiter, ohne Bryan zu beachten. Als er mich entdeckte, wurde sein Schlüssel auf dem Fußboden unwichtig und er kam auf mich zu. Er schwankte leicht und sein Blick wirkte verklärt.

»Autumn«, sagte er. »Lass uns reden, bitte.«

Ich zog den Schlüssel aus der Hosentasche. »Ich denke, das ist keine gute Idee«, flüsterte ich und sah mich auf dem Gang um. Niemand außer uns war hier.

»Bitte, es tut mir leid, wie ich dich behandelt und was ich gesagt habe. Das musst du mir einfach glauben.«

Er schwankte auf mich zu und konnte sich gerade noch an der Wand abfangen. Ich schluckte schwer.

Es war eine Sache, dass er nun mit mir sprechen wollte, eine andere, dass er betrunken war. Hätte er nicht bis morgen Früh warten können?

»Warum jetzt? Warum *so*?« Meine Stimme zitterte, mein Hals schnürte sich zusammen.

»Weil ich dich liebe, Autumn, und ich dir das sagen muss, bevor ich den Mut verliere. Ich liebe dich und jeder soll es wissen, verdammt!« Er streckte seine Hand nach mir aus und ich wich instinktiv einen Schritt zurück.

»Wenn du mich lieben würdest, dann würdest du mir das jetzt nicht antun.« Meine Augen brannten, ich drängte die Tränen zurück und schob mich an Bryan vorbei. Meine Hände zitterten, als ich meine Zimmertür öffnete.

»Autumn, bitte.« Er folgte mir, doch ich verschwand schnell in den Raum und schloss die Tür.

Die Tränen kämpften sich an die Oberfläche, als ich an der Tür nach unten rutschte und den Kopf dagegen legte. Warum konnte er mir das nicht nüchtern sagen? Warum setzte er mich jetzt dieser Situation aus?

»Autumn, bitte«, flüsterte Bryan erneut. Ich hörte, wie er auf den Boden im Gang sank. »Lass uns reden.«

Ein Schluchzer drang aus meiner Kehle.

»Es tut mir so leid.«

Mir tat es auch leid … mir tat leid, dass ich nicht stärker gewesen war, um mich von ihm fernzuhalten.

Kapitel 26

Ich atmete tief durch und fixierte die glatte Wasseroberfläche vor mir. Die Signale ertönten, eins nach dem anderen. Beim dritten sprang ich ins Wasser, tauchte und schlug kräftig mit den Beinen. Ich schnappte nach Luft, machte die Arme lang und glitt durchs Wasser.

Ich wollte in das Finale und ich würde alles dafür tun. Die Hoffnungen des Teams lagen auf mir und ich würde sie nicht enttäuschen.

Das Publikum jubelte, die Geräusche schwächten ab, als ich tauchte und umdrehte. Meine Beine und Arme schlugen kräftiger und ich zog das Tempo an.

Nur ein paar Sekunden später war alles vorbei und ich erreichte den Rand.

Janes freudiger Schrei verriet mir, dass ich meinen ersten Platz verteidigt hatte. Ich zog mir Taucherbrille und Badekappe vom Kopf und mein blondes Haar fiel mir über die Schulter. Ich drückte mich aus dem Wasser und wurde beglückwünscht. Jede meiner Handlungen war ein automatisierter Prozess.

»Danke«, murmelte ich jedem einzeln zu und lächelte halbherzig, bevor ich mich auf die Bank setzte und einen Schluck Wasser trank. Nur noch das Staffelschwimmen, dann konnte ich zurück ins Hotel und der Tag war überstanden.

Als sich ein Schatten auf mein Gesicht legte, sah ich blinzelnd auf. Bryan nahm neben mir Platz und senkte angeschlagen den Blick. Seine bloße Anwesenheit machte mich nervös und ich klammerte mich an meiner Wasserflasche fest. Nach gestern Abend hatte ich erwartet, dass er mich heute wieder ignorieren würde.

»Es tut mir leid, dass ich dich gestern so bedrängt habe«, brachte er angespannt hervor. »Ich hätte dich in Ruhe lassen und warten sollen. Nach allem, was du wegen deiner Mom durchgemacht hast …«

Ich sagte nichts, sondern kniff nur die Lippen aufeinander.

»Bitte, lass uns nach dem Wettkampf reden. Ich … ich will dir gern erklären, was in New Haven passiert ist.«

Ich vermied es um jeden Preis, Bryan anzusehen. Nur ein Blick in seine grauen Augen und ich würde mich verlieren. Das konnte ich mir nicht erlauben, nicht jetzt.

»Ich kann nicht, tut mir leid«, brachte ich kühl hervor und zog mich in die Damenumkleide zurück. Mein Herz schlug mit jedem Meter, den ich mich von Bryan entfernte, schneller. Nach dem Wettkampf würde ich dem Gespräch zustimmen, aber jetzt musste ich mich auf mich selbst konzentrieren.

Weil ich dich liebe, Autumn.

Bryans Worte wirbelten durch meinen Kopf und ich schluckte schwer. Würde er mich wirklich lieben, befänden wir uns jetzt nicht in dieser Situation. Dann hätte er mir bereits in New Haven erklärt, was mit ihm los war und was diese heftige Reaktion ausgelöst hatte. Er hätte mich nach meiner Abreise anrufen können, er hätte beim Auswahlschwimmen mit mir sprechen können. Er hätte im Wohnheim auftauchen können. Nichts davon hatte er getan, stattdessen hatte er geschwiegen, bis Ava ihm die Pistole auf die Brust gesetzt hatte.

Was sollte dieses Verhalten? War es wieder nur eine Verzögerung, bis er mich das nächste Mal von sich stieß? Ich war müde … so unendlich müde.

Das Team hatte ausgesprochen gute Laune, denn wir standen in beinahe allen Disziplinen mit einem Schwimmer oder einer Schwimmerin im Finale. Das sollte wieder ausgiebig im Hotelrestaurant gefeiert werden, aber mir stand der Sinn nicht danach.

Ava war gerade gegangen, als es an der Zimmertür klopfte. Verwundert stand ich auf und öffnete sie.

»Mason?« Irritiert ließ ich ihn hinein. »Was machst du hier?«

»Ich lasse nicht zu, dass du dich wieder den ganzen Abend auf dem Zimmer versteckst. Du solltest zumindest etwas essen, danach kannst du meinetwegen zurückgehen.«

Natürlich war ihm nicht entgangen, dass ich gestern ohne Abendessen ins Bett gegangen war. Mason war wie ein heimlicher Beobachter, der sich zurückhielt, wenn man es verlangte, und sich Sorgen machte, wenn niemand anders bemerkte, dass etwas nicht stimmte. Das machte ihn zu einem sehr guten Freund.

»Du lässt nicht locker, bis ich mich umgezogen habe, richtig?« Die Frage hätte ich mir sparen können, ich kannte die Antwort.

»Richtig.«

Natürlich!

Ich atmete theatralisch aus und schnappte mir eine Jeans und einen dünnen Pulli, den ich im Bad gegen Leggings und das Schlabbershirt tauschte, das ich trug. Ich zog meine Schuhe an und verließ gemeinsam mit Mason das Zimmer.

»Übrigens hat Ava gestern gesagt, du hättest Kopfschmerzen. Teamessen sind verpflichtend.« Mason zwinkerte mir zu.

In den Gesichtern der anderen waren alle möglichen Emotionen zu lesen, als ich neben Mason am Tisch Platz nahm. Freude, Abscheu und Überraschung. Bryan und Ava saßen mir schräg gegenüber. Ich spürte ihre Blicke auf mir und erwiderte sie kurz. Sie sahen erleichtert aus.

Wahrscheinlich waren sie diejenigen, die Mason zu mir geschickt hatten, weil er der Einzige war, von dem ich mich momentan überzeugen ließ.

»Schön, dass wir heute vollständig sind«, sagte Jane lachend. Jazmin verdrehte die Augen. »Morgen ist ein wichtiger Tag für uns alle, deswegen will ich jetzt nicht die Obertrainerin heraushängen lassen, aber spätestens Mitternacht will ich niemanden von euch mehr hier sehen.« Sie grinste und das Team lachte. Ich starrte stumm auf den Teelichthalter, der neben einer Blumenvase auf dem Tisch stand.

»Hauptsache, du hältst dich auch daran«, scherzte Mason und Jane schüttelte den Kopf.

»Wohl kaum«, erwiderte sie. »Ich muss morgen auch nicht abliefern.«

Ich holte tief Luft. Auf der einen Seite freute ich mich für unsere Erfolge und wollte nichts mehr, als Spaß zu haben und zu feiern. Auf der anderen Seite musste ich dies mit Menschen tun, denen ich entweder gleichgültig war, die mich nicht ausstehen konnten oder Geheimnisse vor mir hatten.

Eine Stunde später nippte ich an meinem Eistee und stocherte in meinem Salat herum, während ich das Gefühl hatte, dass Bryan mich keine Sekunde unbeobachtet ließ. Immer wenn ich in seine Richtung sah, starrten seine grauen Augen mich abwartend an. Aber ich konnte mir nicht erlauben, auch nur eine winzige Reaktion zu zeigen.

Ich war die Erste, die den Tisch verließ, und entschuldigte mich damit, dass ich erschöpft war. Einen Moment ruhte Janes besorgter Blick auf mir. Sie wusste längst, dass ich nicht erschöpft war, sondern mit irgendetwas anderem kämpfte. Wenn sie nur eine Ahnung hätte, dass ihr Co-Trainer der Grund für mein Verhalten war.

Kaum war ich aus dem Restaurant verschwunden, konnte ich zum ersten Mal seit zwei Stunden frei atmen. Ich steuerte gerade auf den Fahrstuhl zu, als sich eine Hand um mein Handgelenk schloss und mich aufhielt. Ich fror in meiner Bewegung ein.

»Lass uns reden, bitte.« Langsam drehte ich mich zu Bryan um. Seine Berührung schickte einen Stromstoß durch meinen Körper, der verletzliche Ausdruck in seinen Augen tat sein Übriges.

Bryan war nüchtern, er hatte den ganzen Abend Cola getrunken. Offenbar hatte er seinen Fehler von gestern Abend verstanden. Aber reichte das aus, um ihm eine Chance zu geben? Würde dieses Gespräch irgendetwas ändern? Würde er ehrlich zu mir sein und mir endlich die Wahrheit über Rose anvertrauen? Ich wollte hart bleiben, doch der Blick in seinen Augen genügte und ich knickte ein.

»Okay, lass uns einen Moment rausgehen. Ich brauche frische Luft.«

Er nickte, entfernte sich mit mir von den Fahrstühlen und folgte mir durch die Lobby nach draußen. Im Vergleich zu gestern war es noch kälter geworden. Weil ich keine Jacke mit ins Restaurant genommen hatte, rieb ich mir die Arme.

»Frierst du?«, fragte Bryan besorgt und ich nickte.

»Ich werde es einen Moment aushalten«, antwortete ich leise. Trotzdem zog Bryan seine Teamjacke aus und legte sie mir um die Schultern. »Danke. Jetzt wirst du dir den Tod holen.«

»Ach, ich friere nicht so schnell«, sagte er und machte eine abwinkende Handbewegung. Er wurde ernst, senkte wenige Sekunden seinen Blick und suchte daraufhin meinen. »Die Dinge, die ich in New Haven zu dir gesagt habe, waren unüberlegt und dumm. Ich war von Helens Bemerkung so vor den Kopf gestoßen, dass ich nicht nachgedacht habe. In diesem Moment wollte ich nur noch weg. Ich war so wütend, weil ich selbst entscheiden wollte, wann ich dir von Rose erzähle. Als du mir dann gefolgt bist und die Wahrheit wissen wolltest, habe ich rot gesehen. Meine Worte sollten dir nicht wehtun, ich wollte nur allein sein. Rose und du, ihr seid zwei völlig eigenständige Personen, die man überhaupt nicht miteinander vergleichen kann. Du weißt nicht einmal, wer sie ist, wie könntest du sein wollen wie sie?«

Zerknirscht ließ er den Kopf hängen und atmete geräuschvoll aus. Bryan machte einen Schritt auf mich zu. »Und du bist kein Fehler, Autumn. Um ehrlich zu sein, bist du das Beste, was mir in den letzten Jahren passiert ist.«

Hoffnung blitzte in seinem Blick auf, verschwand aber sofort, da ich mich überhaupt nicht regte. Ich konnte nicht, musste mich selbst schützen, um nicht wieder verletzt zu werden.

»Wirst du mir jetzt sagen, wer Rose ist?« Mein Blick blieb einen Moment an seinem Tattoo hängen, das unter seinem Shirt hervorblitzte.

Er kniff die Lippen aufeinander und schüttelte den Kopf. »Nein«, brachte er angespannt hervor. »Nicht, weil ich es nicht will, sondern weil hier nicht der richtige Ort dafür ist. Ich … ich spreche nicht oft über Rose, weil es wehtut. Ava hat mir die Pistole auf die Brust gesetzt, und ich werde es dir sagen, versprochen, aber … ich brauche Zeit.«

Ausdruckslos betrachtete ich ihn, überlegte, was ich erwidern konnte, und schwieg.

»Autumn, du bedeutest mir alles. Was wir hatten, war echt, es hat sich gut angefühlt. Bitte, gib mir eine Chance, dir zu beweisen, dass ich nicht der Typ bin, den du am Strand kennengelernt hast. Gib uns eine zweite Chance.«

Noch immer rührte ich mich keinen Zentimeter. »Das kann ich nicht«, brach ich mein Schweigen. »Du hast mich nicht nur einmal verletzt, Bryan, du hast es wieder und wieder getan. Du hast mich betrunken bedrängt, obwohl du es hättest besser wissen müssen. Du ignorierst mich, selbst dein Trainerposten ist dir wichtiger als ich. Ich habe bereits über so viel hinweggesehen, was jedoch in New Haven geschehen ist … das warst einhundert Prozent du, Bryan, egal, was du jetzt sagst. Du warst dieser Typ, weil du mit deiner Vergangenheit nicht im Reinen bist. Wie könnte für mich Platz in deiner Zukunft sein, wenn Rose den Rest bestimmt?«

Bryan wich einen Schritt zurück und ich sah, wie er innerlich zusammenfiel. Rose war allgegenwärtig, auch wenn sie vergangen war. Sie war auf seinem Körper verewigt und brachte einen Teil von Bryan zum Vorschein, den ich lieber nicht kennengelernt hätte. Ich wusste nicht, warum sie diese Macht über ihn hatte, aber ich war nicht bereit, Bryan in diesem Maß zu teilen. Dann zog ich mich lieber zurück.

»Es tut mir leid, Bryan, ich denke, das mit uns würde auf lange Sicht nicht funktionieren.« Ich streifte mir seine Jacke von den Schultern und hielt sie ihm entgegen. Zögerlich griff er nach ihr und nickte.

Einen Augenblick wartete ich, ob er noch etwas sagen wollte. Da er schwieg, ging ich und blickte nicht zurück, weil ich seinen verletzten Blick nicht ertragen hätte.

Ich stehe im Finale der ECAC Winter Championships.

In Gedanken ließ ich den Satz mehrere Male wirken, bevor ich realisierte, was er bedeutete. Wieder hatte ich die Chance, Medaillen zu gewinnen und mir in der Schwimmwelt einen Namen zu machen – was absurd war, weil die halbe Schwimmwelt meinen Namen bereits kannte.

Zu sagen, ich wäre nicht aufgeregt, wäre gelogen. Ich war ein Nervenbündel auf zwei Beinen, brauchte beinahe eine halbe Stunde, um meinen Badeanzug richtig anzuziehen.

Zweimal musste ich an diesem Tag antreten. Das Staffelschwimmen fand als zweite Disziplin statt, das Einzelschwimmen im Kraulen war der letzte Wettkampf an diesem Tag. Wenn ich nur daran dachte, rutschte mir das Herz in die Hose.

Die anderen waren bereits in der Halle, während ich nach dem passenden Song suchte, der mich am heutigen Tag motivieren sollte. Als ich endlich ein Lied gefunden hatte, bereitete ich alles vor und legte das Handy samt Kopfhörer auf mein Handtuch. Aus meiner Tasche zog ich meine Taucherbrille und die Badekappe und schloss alles andere in einem Spind ein.

Plötzlich nahm ich Schritte hinter mir wahr und fuhr herum. Jazmin baute sich mit verschränkten Armen vor mir auf und grinste überlegen. Ich hatte nicht mitbekommen, wie sie zurück in die Umkleide gekommen war.

»Was willst du?«, fragte ich.

Das Grinsen wurde breiter und ihre Augen funkelten. »Du bist erledigt, Autumn.« Ihr überheblicher Tonfall schickte ein ungutes Gefühl durch mich hindurch. Dennoch wollte ich mir nicht anmerken lassen, dass sie diese Macht besaß.

»Bin ich das?«, spottete ich.

Jazmin zog ihr Handy aus der Hosentasche ihrer Jogginghose, tippte darauf herum und hielt es mir unter die Nase. Mir wich die Farbe aus dem Gesicht, als ich begriff, was sie gefilmt hatte. Bryan und ich standen auf dem Hotelgang. Er stolperte auf mich zu.

»Autumn, lass uns reden, bitte.«

Bryans Stimme klang so fremd in diesem Video.

»Ich denke, das ist keine gute Idee«.

»Bitte, es tut mir leid, wie ich dich behandelt und was ich gesagt habe. Das musst du mir einfach glauben.«

»Warum jetzt? Warum so?«

»Weil ich dich liebe, Autumn, und ich dir das sagen muss, bevor ich den Mut verliere. Ich liebe dich und jeder soll es wissen, verdammt!«

Mir war speiübel. Triumphierend zog Jazmin das Handy weg. »War das nicht das, was du erwartet hast?« Jazmin schnitt eine Grimasse. Sie verspottete mich, weil sie wusste, dass sie Bryan und mich in der Hand hatte.

»Was willst du?«, fragte ich mit zitternder Stimme und sie lachte mich aus.

»Gar nichts. Ich wollte dich nur auf das vorbereiten, was in den nächsten Wochen passieren wird. Ich werde damit zu Jane gehen.«

Ich schluckte schwer. Jane wäre gezwungen, Konsequenzen zu ziehen. Es gab Regeln und Bryan und ich hatten sie verletzt.

»Am besten verschwindest du dahin, wo du hergekommen bist«, spie Jazmin mir entgegen, bevor sie sich von mir abwandte und den Umkleideraum verließ.

Taumelnd lehnte ich mich an die Spinde hinter mir und kämpfte gegen die Tränen an. Jazmin hatte mich in der Hand und obwohl sie nur Joleens Marionette war, hatte sie die Macht, nicht nur mein Leben, sondern auch das von Bryan zu zerstören.

Ich musste mit ihm sprechen, musste ihn darauf vorbereiten. Warum hatten wir nicht besser aufgepasst? Wir hätten vorsichtiger sein müssen.

Ich wollte tief durchatmen, aber meine Kehle schnürte sich zusammen. Nach Luft schnappend sank ich auf den Fußboden, die Welt um mich herum drehte sich und schwankte.

Nein, nicht jetzt, nicht an so einem wichtigen Tag.

Einatmen, ausatmen.

Einatmen.

Ich sog die Luft tief in die Lungen.

Ausatmen.

Ich stieß sie wieder aus. Mein Kopf sank gegen einen Spind und ich konzentrierte mich auf meine Atmung.

»Autumn.« Mein Name klang weit weg. Als würde in der Ferne jemand nach mir rufen. »O Gott, Autumn, hey, was ist los?«

Ich spürte Hände auf meinen Schultern und wandte den Kopf zur Seite. Ava hatte sich neben mich gehockt.

»Jazmin … sie … sie hat ein Video von Bryan und mir … ich …«

Einatmen, ausatmen.

»Sie … sie wird alles kaputtmachen. Du … sag es ihm, bitte. Ich … brauche … einen Moment.«

Einatmen, ausatmen.

Ich schloss die Augen und ließ die Tränen gewähren. Stumm suchten sie sich ihren Weg über meine Wangen.

»Ich will dich nicht allein lassen.« Ava klang hilflos und besorgt.

»Geh zu Bryan und … sag es ihm … es geht gleich wieder«, schluchzte ich und sie nickte, obwohl ich ihren Widerstand spürte.

Als ein Windhauch über meine Wange strich, wusste ich, dass Ava gegangen war. Ich kniff die Augen fester zusammen und konzentrierte mich auf meine Atmung. Das Blut rauschte in meinen Ohren, meine Glieder zitterten.

Einatmen, ausatmen.

Gleich war es vorbei. Es war nur ein kurzer Moment der Schwäche, den ich überwinden konnte.

Sauerstoff füllte meine Lungen und ich öffnete die Augen. Mein Körper beruhigte sich. Das Zittern ließ nach, das Rauschen ebbte ab.

Nach einigen Minuten stand ich endlich vom Boden auf und überprüfte mein Aussehen im Spiegel. Mit den Fingern tupfte ich mir eine letzte Träne weg und fächerte mir selbst Luft zu.

Es war vorbei, alles war okay.

Als ich endlich die Umkleide verließ, hallte der Ruf der *Knights* gerade durch die Halle. Ich tauschte einen Blick mit Ava, die mir zunickte, und richtete ihn schließlich auf Bryan, der besorgt aussah.

Kaum bemerkte Jane mich, steuerte sie auf mich zu. Sie zog mich von den anderen weg. »Ich mache mir Sorgen um dich«, sagte sie gerade heraus.

»Es ist alles in Ordnung«, beteuerte ich, aber sie glaubte mir nicht.

»Autumn, wenn es etwas gibt, worüber du mit mir reden möchtest, wäre jetzt der richtige Zeitpunkt. Du ziehst dich vom Team zurück, kommst nicht zum Abendessen und hast Augenringe, als hättest du drei Wochen nicht geschlafen. Ist der Druck zu groß? Ist es wegen der Unstimmigkeiten im Team – glaube nicht, dass ich das nicht merke – oder wegen Bryan?«

Mein Herz blieb stehen und ich starrte Jane an. Was wusste sie über Bryan und mich? Hatte Jazmin die Zeit genutzt und ihr das Video gezeigt? Angst lähmte mich und mein Herz setzte sich mit doppelter Geschwindigkeit wieder in Bewegung.

»Für mich sind das alles neue Erfahrungen«, sagte ich leise. »Ich bin ein Mensch, der gern seine Ruhe hat und diese braucht. Es ist nicht böse gemeint, wenn ich mir Zeit für mich nehme, das musst du mir glauben. Und ja, vielleicht ist es auch wegen des Drucks und wegen der Meinung der anderen. Aber ich bekomme es hin, versprochen.«

»Ich weiß, dass das nicht alles ist.« Durchdringend sah Jane mich an. Sie wusste von Bryan und mir, eine andere Erklärung konnte es nicht geben.

Ich senkte den Blick. »Tut mir leid, ich kann nicht darüber reden. Nicht jetzt.« Hastig schob ich mich an meiner Trainerin vorbei und ließ mich neben Ava auf eine der Bänke sinken.

»Ich habe es ihm gesagt, er kümmert sich darum.«

»Danke«, flüsterte ich, steckte die Kopfhörer in die Ohren und schottete mich von der Welt ab, während ich mich nur auf meine Atmung konzentrierte.

Ich nahm den Platz auf dem Startblock ein. Isa und Amelia hatten eine solide Leistung vorgelegt, Ava baute unsere Führung aus. Sie wendete und das Team jubelte.

Ich konzentrierte mich, atmete langsam ein und aus. Ava kam näher, erreichte den Rand und ich sprang ab.

Ich tauchte, bewegte die Beine und kam an die Oberfläche. Meine Arme schlugen kräftig, aber meine Gedanken kreisten um die vergangene Stunde.

Hilflosigkeit nahm mich ein. Leere.

Jazmin hatte uns in der Hand, Bryan würde sie nicht umstimmen können, das Video zu löschen.

Ich wendete und meine Gedanken schweiften schlagartig zu Jane. Was würde sie tun, wenn sie herausfand, was Bryan und ich getan hatten? Welche Konsequenzen würde es haben? Musste ich das Schwimmen aufgeben?

Ich erreichte den Rand und wusste, dass etwas nicht stimmte. Als ich die Anzeigetafel sah, wurde mir flau. Wir waren vom ersten auf den vierten Platz gefallen.

Hilfesuchend sah ich zu Ava, die sich genervt abwandte und auch sonst beachtete mich niemand. Isa und Amelia folgten Ava ähnlich genervt zu den Bänken.

Jane kam zum Rand, streckte mir die Hand entgegen und half mir aus dem Wasser.

»Es tut mir leid«, flüsterte ich und sie zuckte mit den Schultern.

»Kein Weltuntergang, Autumn. Ihr habt trotzdem eine tolle Leistung erbracht.« Jane lächelte, trotzdem erkannte ich die Enttäuschung darin. Sie war keine gute Schauspielerin.

Ich wickelte mich in mein Handtuch ein und ging an meinen Platz. Niedergeschlagen ließ ich mich neben Ava fallen und murmelte ein erschöpftes »Entschuldigung«.

Sie antwortete mir nicht, stand stattdessen auf und ließ mich allein sitzen. Tränen brannten in meinen Augen und ich ließ den Kopf hängen. Ich hatte es verbockt.

»Kommt ihr bitte alle zusammen?«, rief Jane und das Team versammelte sich um sie. Es stand nur noch ein Wettkampf aus. Einhundert Meter Kraulen der Frauen. »Vielleicht habt ihr mitgezählt, dass wir mit dem Schwimmteam der NYIT in der Gesamtwertung gleichaufliegen, was die Goldmedaillen betrifft. Autumn, es liegt jetzt an dir.«

Alle Augenpaare waren auf mich gerichtet.

Ich schluckte schwer und nickte.

»Du schaffst das«, raunte Bryan mir zu und drückte meine Schulter. Ich wandte mich zu ihm um und er schenkte mir ein aufrichtiges Lächeln.

»Danke«, murmelte ich und machte mich für den Wettkampf bereit. Ich spielte mein Ritual ab, hörte Musik, fokussierte mich und ging für die *UB Purple Knights* an den Start.

»Schwimm sie alle gegen die Wand«, motivierte mich Jane, als ich auf den Startblock stieg. Ich holte tief Luft, richtete die Badekappe und Taucherbrille und wartete auf die Signaltöne. Sie erklangen, einer nach dem anderen. Ich beugte mich herunter, meine Finger umschlossen den rauen Startblock und ich sprang kraftvoll ins Wasser.

Ich tauchte und führte mir vor Augen, was das Team von mir erwartete. Der Druck, den ich mir selbst machte, war weitaus höher als der, den ich vom Team zu spüren bekam.

Auf keinen Fall durfte sich das Desaster wiederholen. Ich musste für mein Team gewinnen.

Konzentriert bewegten sich meine Arme durch das Wasser. Ich tauchte zum Wenden, strauchelte, holte falsch Luft und hatte Schwierigkeiten in meinen gleichmäßigen Rhythmus zurückzufinden.

Ich wollte beschleunigen, aber das führte nur dazu, dass meine Muskeln dichtmachten und sich verkrampften. Unter Schmerzen biss ich die Zähne zusammen. Ich musste es für mein Team schaffen. Sie zu enttäuschen, kam nicht infrage.

Als ich am Rand anschlug, nahm ich Jubel wahr. Aber es war nicht der der *UB Purple Knights*.

Meine Augen scannten die Anzeigentafel und ich schwankte.

10 Autumn McAdams – Bridgeport

Tränen sammelten sich in meinen Augen. Ich war Letzte geworden. Erschöpft stemmte ich mich aus dem Becken. Sofort kam Jane auf mich zu und nahm mich in den Arm.

»Es ist okay, Autumn. Jeder hat mal einen schlechten Tag«, sprach sie mir Mut zu und presste mich fest an sich.

»Vielleicht hätte Autumn sich mehr auf das Training konzentrieren sollen und weniger auf Bryan«, zischte Jazmin im Hintergrund.

»Halt den Mund«, fauchte Bryan, als ich mich von Jane löste.

»Von wegen Schwimmwunder«, murrte ein anderer Schwimmer.

»Sie hätte sich beim Auswahlschwimmen beweisen müssen, wie jeder andere auch. Dann hätten wir uns diese Blamage in ihrer Disziplin erspart«, fiel mir Isa in den Rücken und ich suchte ihren Blick. Er war eiskalt.

»Absolut«, stimmte Ava ihr zu und gab mir damit den Rest. Ich schluckte schwer und mein tränenverhangener Blick ruhte auf ihr. Sie wusste, warum ich nicht zum Auswahlschwimmen gekommen war. Warum hielt sie es mir nun vor?

»Leute, es ist gut jetzt«, sagte Jane laut, aber da hatte ich mich schon abgewandt und war auf dem Weg zur Umkleidekabine.

Stumm packte ich am Abend im Hotel meine Sachen zusammen. Seit Ava und ich auf dem Zimmer waren, hatte sie kein Wort mit mir gesprochen. Sie war genauso wie der Rest des Teams sauer auf mich, was ich verstehen konnte. Mir selbst ging es nicht anders. Wieder hatte ich mir selbst im Weg gestanden und meinen emotionalen Müll gewinnen lassen.

Ich war wütend und enttäuscht über meine Leistung und hatte dem Druck nicht standhalten können.

»Ava …«, flüsterte ich.

Stumm sah sie mich an.

»Es tut mir leid, ich …«

»Hör auf, dich zu entschuldigen«, sagte sie und erschrak selbst über die Härte in ihrer Stimme. Sie seufzte. »Mir tut es leid, was ich vorhin gesagt habe.«

Als Ava mich unsicher in die Arme zog, spürte ich, dass sie mich dennoch auf Abstand hielt. Ich schluckte schwer und löste mich, bevor wir gemeinsam das Zimmer verließen.

Ich betrat den Teambus und war all den abschätzigen Blicken und verletzenden Kommentaren ausgesetzt.

»Sie hätte nicht ins Team kommen dürfen. Schwimmwunder, pah. Stimmt es, dass sie und Bryan etwas miteinander haben? Habt ihr von ihrer irren Mutter gehört, die sie bei der Arbeit angegriffen hat? Wir hätten sofort auf Jazmin hören sollen. Hast du das Video gesehen?« Alle sprachen durcheinander und erst jetzt wurde mir bewusst, dass von meinen gut gehüteten Geheimnissen alles nach außen gedrungen war.

Mit Tränen in den Augen ließ mich auf die letzte Bank fallen. Ich rutschte dicht ans Fenster, kugelte mich zusammen und machte mich ganz klein, während ich die Kapuze über meinen Kopf zog und mein Gesicht vor den anderen verbarg.

Als ich eine Bestzeit geschwommen war, hatten sie für mich gejubelt. Nun zeigten sie ihr wahres Gesicht.

Meine Wangen wurden feucht und ich blendete aus, was um mich herum geredet wurde. Warum machte ich immer wieder Probleme? Wieso enttäuschte ich die Menschen in meinem Umfeld? Warum konnte nicht einmal etwas nach Plan laufen?

Plötzlich spürte ich, wie ein starker Arm mich zu sich zog. »Es ist okay«, flüsterte Bryan, zog mich an seine Brust und hielt mich. »Ich bin da.«

Verzweifelt klammerte ich mich an ihn, mir war egal, was die anderen dachten. Für mich zählte nur, dass er mir zur Seite stand, so wie ich es mir all die Zeit über gewünscht hatte.

Kapitel 27

Der Dezember zog an mir vorbei, ohne dass ich Notiz von ihm nahm. Ich konzentrierte mich auf die bevorstehenden Prüfungen und die Arbeit im Café. Selbst zu Dr. Perez ging ich nicht.

Das Lernen fiel mir leicht, weil ich jede mir sich bietende Gelegenheit nutzte, um mich davon abzulenken, was bei den Winter Championships passiert war. Die Prüfungen verliefen gut und so ging ich mit einem beruhigten Gefühl in die einmonatigen Ferien.

Zum Schwimmtraining war ich nicht mehr gegangen, seit wir aus New York zurückgekommen waren. Es war weniger meine Niederlage, die mir zu schaffen machte, sondern die anschließende Reaktion des Teams. Vor jedem Training entschuldigte ich mich bei Bryan in einer Nachricht und verschwand Donnerstag vorzeitig aus dem Café, damit er mich nicht darauf ansprechen konnte, wenn er seinen Kaffee kaufte.

Auch sonst tauschten Bryan und ich nur ein paar nichtssagende Textnachrichten. Ich tat alles, um ihm aus dem Weg zu gehen, ignorierte ihn, wenn er im Wohnheim auftauchte oder ließ Lindy Ausreden für mich erfinden.

Ich verbrachte viel Zeit mit ihr und Holly, auch wenn ich mit den beiden nicht darüber sprach, was mit mir los war. Ava meldete sich überhaupt nicht mehr. Ich schrieb ihr sogar eine Nachricht, fragte sie, ob sie Zeit hätte, doch sie antwortete nicht.

Es verletzte mich mehr, als ich mir eingestehen wollte.

Morgen war Heiligabend und ich freundete mich nur schwer mit dem Gedanken an, mein Lieblingsfest allein zu verbringen. Lindy war zu ihren Eltern gereist, genauso wie Holly. Keine der beiden hatte mir angeboten, sie zu begleiten, aber das hatte ich auch nicht erwartet.

Plötzlich klopfte es an die Tür und ich kniff die Augen fragend zusammen. Unsicher stand ich auf, hatte Angst, dass es erneut Bryan war.

Ich öffnete die Tür zunächst nur einen Spalt, ohne richtig hinzusehen.

»Autumn?« Die Stimme jagte mir prompt Freudentränen in die Augen und ich riss die Tür weit auf. Konnte das wahr sein?

Camila strahlte mich an und ich fiel ihr überglücklich in die Arme. Sie war all das, was ich brauchte. Trost und Hoffnung zugleich.

»Ich habe dich so vermisst«, schluchzte ich und klammerte mich an sie. Ich weinte nicht nur deswegen, sondern auch, weil sie mich nicht im Stich ließ.

»Hey, ist ja gut«, flüsterte Cam und presste mich an sich. Ihre Umarmung war tröstlich, fast mütterlich. Und zum ersten Mal seit Wochen erlaubte ich mir, meine wahren Gefühle zu zeigen.

»Shh, Autumn, hey.«

Cam schob mich behutsam von sich, hielt meine Arme fest und betrachtete mich besorgt. Ich war so glücklich, dass sie hier war.

»Was ist los?«, wollte sie wissen und zog mich erneut an sich heran. »Warum weinst du? Doch nicht nur, weil ich da bin.«

»Das wird eine Weile dauern«, flüsterte ich und Cam schloss die Tür hinter uns.

»Ich habe Zeit.«

Und so begann ich alles von vorn zu erzählen.

Camila lauschte mir stumm und hielt sich zurück. Ich erzählte von Bryan, von meinem Schwimmerfolg und von der Konfrontation mit meiner Mutter, genauso wie von dem Besuch in New Haven, dem verpatzten Wettkampf und den Reaktionen des Teams.

»In Bridgeport sollte alles besser sein, aber es ist eine Katastrophe«, endete ich und wischte mir hastig über die Wangen.

»Autumn, du hast dich dein gesamtes Leben lang nicht unterkriegen lassen. Soll ich dir sagen, welchen Anschein das gerade auf mich macht? Als hättest du es jetzt getan. Du hast aufgegeben, deswegen gehst du nicht mehr zum Training und schiebst Bryan von dir.«

»Aber …«

»Nein, jetzt nicht. Wo ist dieses fröhliche Mädchen, das mein Café mit links geschmissen hat, obwohl ihre Mutter ihr am Abend zuvor beinahe den Kopf eingeschlagen hat? Sie hat sich nicht unterkriegen lassen, sie hätte niemals zugelassen, dass jemand so über sie spricht, wie deine Teamkollegen es getan haben. Sie hätte Bryan die Hölle heißgemacht und sich anschließend mit ihm vertragen.« Camila zwinkerte mir zu.

»Dieses Mädchen bin ich hier nicht«, flüsterte ich verletzt.

»Du lässt es nicht zu. In Phoenix hast du gekämpft, weil dir nichts anderes übrig geblieben ist. Dir bleibt auch hier nichts anderes übrig, verstehst du das? Beiß dich verdammt noch mal durch, Autumn, du bist stärker.«

»Und wenn nicht?« Fast ängstlich sah ich Cam an, die laut ausatmete.

»Ich bekomme dich schon wieder hin, Kleine«, versprach Cam entschlossen. Allerdings wusste ich es besser. Es gab nichts wieder hinzubekommen.

Ich war endgültig und unwiderruflich kaputt.

Wir sind alle kaputt, Autumn.

Camila zwang mich, meine Sachen zu packen und sie zu begleiten. Sie wollte die Feiertage mit mir gemeinsam verbringen. Ein Weihnachtsroadtrip, wie sie so schön sagte. Noch am gleichen Abend setzten wir uns in das Auto, das sie gemietet hatte, und fuhren los. Meine ehemalige Chefin hatte kein Ziel vor Augen, stoppte den Wagen aber nach zwei Stunden an einem heruntergekommenen Motel in der Nähe des *Green Mountain National Forrest* in Vermont.

Stumm betrachtete ich den lieblosen Bau und weigerte mich, auszusteigen. »Das kann nicht dein Ernst sein«, flüsterte ich. Weit und breit war nichts, nur dieses einsame Motel an der großen Bundesstraße.

»Warum nicht?«

»So beginnt jeder Horrorfilm, das weißt du, oder? In solchen Motels steigen nur Drogenabhängige, Verbrecher und Mörder ab. Ich bin zu jung zum Sterben.«

Grinsend betrachtete Cam mich. »Du hast Angst«, stellte sie fest.

»Ja, das auch, verdammt! Sieh dir doch nur die Türen an, die da drüben schließt nicht richtig. Was denkst du, wie schnell ein irrer Vergewaltiger die aufgebrochen hat.«

Camila lachte. »Du hast eine herrliche Fantasie, aber wir ziehen das jetzt gemeinsam durch. Es ist nur für eine Nacht.«

Sekunden später war sie ausgestiegen und steuerte auf die Leuchtlettern *Anmeldung* zu. Ich rührte mich keinen Zentimeter und sah mich immer wieder um. Leider erkannte ich nur wenig, denn es war stockdunkel.

Camila kam zurück und winkte mit dem Schlüssel. Ich konnte nicht glauben, dass sie uns wirklich ein Zimmer in dieser Bruchbude gemietet hatte.

»Los komm, schöner wird es nicht mehr.«

Widerwillig verließ ich das Auto, nahm meine Tasche vom Rücksitz und folgte Camila zum Zimmer mit der Nummer 43.

»Ich weiß nicht, warum du mir das antust«, jammerte ich, als sie die Tür aufschloss. Sofort schlug uns der unangenehme Geruch abgestandener Luft entgegen. Instinktiv riss ich die Fenster auf und vergaß, welche Gefahren draußen möglicherweise lauerten.

»Soll ich dir sagen, warum?« Cam klang ganz ernst. Sie schloss die Tür und verriegelte sie. »Im Moment bist du wie dieses Zimmer, Autumn. Hoffnungslos, lieblos eingerichtet, eine verblasste Erscheinung besserer Zeiten. Dabei würde der Raum mit ein paar einzigen Handgriffen, etwas Deko und Liebe wieder strahlen.« Sie machte einen Schritt auf mich zu. »Du kannst es dir jetzt aussuchen, Schätzchen. Entweder bleibst du wie dieses stickige Motelzimmer oder du beißt die Zähne zusammen und wirst wieder die Alte.«

»Und was für ein Zimmer war ich?«, fragte ich trocken und brachte Camila so aus der Fassung. Erst blickte sie mich entgeistert an, dann brach sie in schallendes Gelächter aus. Ich verzog die Lippen zu einem Schmunzeln.

»Willst du das ernsthaft wissen?«

»Ja!«, rief ich aus und fiel auf eines der beiden Betten, ohne vorher darüber nachzudenken, wer darin schon alles gelegen hatte.

»Du warst eine Luxussuite im *Four Seasons*, Autumn.« Camila grinste über ihren Wortwitz.

»Natürlich nimmst du das Jahreszeiten-Hotel«, grummelte ich gespielt ernst, lachte dann aber auch.

Cam hatte mir schrecklich gefehlt und dieser irre Roadtrip war jetzt schon das mit Abstand beste Geschenk, das ich jemals zu Weihnachten bekommen hatte.

Die Sonne war noch nicht aufgegangen, als Camila mich am nächsten Morgen weckte.

»Autumn, steh auf, los!«, flötete sie fröhlich und rüttelte an meinem Arm. Grummelnd zog ich die Decke über den Kopf. Ich hatte fürchterlich geschlafen. Nicht nur, dass ich in dem Bett lag, das näher an der Tür stand, nein, ich hatte alle drei Minuten zum Fenster gesehen, weil ich mir irgendwelche Schatten eingebildet hatte. Außerdem war die Matratze durchgelegen. Und Camila schnarchte – nicht auf diese niedliche Frauenart, sondern wie ein Mann. Egal, was ich getan hatte, sie war nicht wach geworden.

»Ich will nicht«, jammerte ich, aber da war Cam bereits im Badezimmer verschwunden.

Ich war erneut eingeschlafen, als sie wieder an meinem Arm zerrte und mir die Decke entriss. Missmutig verzog ich das Gesicht und richtete mich auf. Hätten Blicke töten können, wäre meine ehemalige Chefin in diesen Moment tot umgefallen.

»Steh endlich auf, sonst verpassen wir alles.«

Genervt schwang ich die Beine aus dem Bett und verschwand leise fluchend im Bad. Nein, ich war definitiv kein Morgenmensch. Ich hatte kein Problem damit, zeitig aufzustehen, wenn es einen

Grund dafür gab. Aber den konnte Cam beim besten Willen nicht haben. Sie wollte mich nur quälen.

Zwanzig Minuten später hatte ich das Wichtigste erledigt. Ich war geduscht und angezogen, meine Zähne waren geputzt und mein blondes, langes Haar hatte ich zu einem unordentlichen Dutt hochgebunden. Widerwillig schlüpfte ich in meine Jacke, die Camila mir hinhielt, und in meine Boots. Dann verließen wir das Motel.

Stumm lenkte Cam ihren Wagen in den *Green Mountain National Forrest* und kam nach einiger Zeit auf einem Besucherparkplatz zum Stehen.

»Willst du mich jetzt im Wald aussetzen?«, scherzte ich und sie schüttelte den Kopf.

»Nein, ich will dir etwas Besonderes zeigen. Aber du musst dich beeilen, sonst verpassen wir es.«

Cam stieg aus und ich folgte ihr. Sie führte mich schmale Waldwege entlang. Es war eisigkalt und die Luft roch nach Schnee. Ich sog sie tief in meine Lungen ein, kuschelte mich fester in meine Jacke.

»Wie viele Stunden irren wir noch durch den Wald?«, fragte ich. Frost bedeckte die nackten Äste der Bäume und den Boden.

Und dann erreichten wir unser Ziel. Vor uns tat sich ein See auf, im Hintergrund waren Berge zu erkennen. Eine dünne Eisschicht hatte sich am Rand des Ufers gebildet.

Ich schluckte schwer. Es war wunderschön. Nie in meinem Leben hatte ich so einen Anblick erleben dürfen.

»Wir sind da«, sagte Cam und trat an das Ufer heran. »Komm her.« Sie steckte ihre Hand nach mir aus und ich ergriff sie. »Und jetzt schrei.«

Ich kniff die Augen zusammen. »Was soll ich denn schreien?«

»Alles, was dich nervt und was du loswerden musst.«

»Aber …«

»Kein Aber, Autumn. Schrei!«

Ich schluckte schwer, senkte den Blick. Ich konnte das nicht. Was sollte ich denn sagen?

»Autumn …« Camilas Stimme war sanft, sie drückte meine Hand fester. Und trotzdem konnte ich mich nicht überwinden.

»Ich hasse Phoenix!«, schrie sie plötzlich über den See.

»Warum?«, fragte ich leise.

»Weil du fehlst, Kleine. Es fühlt sich an, als hätte ich mein eigenes Kind gehen lassen. Obwohl …«

»… du natürlich zu jung bist, um meine Mutter zu sein«, beendete ich ihren Satz.

»Das Café ist ohne dich nicht mehr dasselbe. Deswegen wollte ich Weihnachten auch mit dir feiern. Ich habe das Café verkauft und führe es nur noch bis Ende des Jahres.«

Fassungslos sah ich meine ehemalige Chefin an. »Aber das Café war dein Baby.«

Sie zuckte mit den Schultern. »Ich habe bereits ein neues Projekt im Blick.« Ihre Gesichtszüge verzogen sich und ich erkannte den glücklichen Ausdruck in ihren Augen.

»Ich habe ein kleines Häuschen in einer urigen Einkaufsstraße gekauft, das im Erdgeschoss wunderschöne Geschäftsräume hat. Ich werde natürlich wieder ein Café eröffnen, zusätzlich soll es über eine Art Hobbybereich verfügen. Eine Leseecke, vielleicht einen Kreativbereich. Etwas in der Art.«

»In Phoenix?«

Camila schüttelte den Kopf und lächelte. »In Bridgeport.«

»Wirklich?«, fragte ich perplex und konnte nicht anders, als ihr um den Hals zu fallen.

»Ja. Mich hält in Phoenix nichts und nach allem, was du mir erzählt hast, bereue ich meine Entscheidung umso weniger. Du brauchst jemanden an deiner Seite, der dich daran erinnert, dass du eine Luxussuite im *Four Seasons* bist und kein schäbiges Motelzimmer.«

Ich lachte laut, beinahe hysterisch, und konnte mir die Freudentränen nicht verkneifen.

»Und jetzt schrei dir all die Probleme von der Seele, denn sobald die Sonne aufgeht, fängt dein neues Leben an, Autumn McAdams.«

Ich wandte mich dem Wasser zu und holte tief Luft. »Ich hasse dich, Mom! Weil du mir so wehgetan hast! Weil du keine Mutter für mich warst!«

»Gut«, flüsterte Camila und trat hinter mich. Sie legte mir ihre Hände auf die Schultern.

»Ich hasse das Schwimmteam! Weil sie mir nie eine Chance gegeben und mich nie akzeptiert haben. Ihr habt mir das Schwimmen kaputtgemacht.«

Ich ließ die Luft aus meinen Lungen entweichen und flüsterte: »Ich hasse dich, Bryan King, weil ich dir mein kaputtes Herz geschenkt habe und du es nicht repariert hast.«

Schwach sank mein Kopf nach vorn und Tränen stahlen sich aus meinen Augen.

Als die ersten Sonnenstrahlen meine Haut kitzelten und ich aufsah, fühlte ich noch etwas anderes als Schwäche. Ich fühlte Freiheit und Mut. Mut, erneut für mein Glück zu kämpfen. Nicht um meinen Platz im Schwimmteam, nicht um meine Mom oder Bryan.

Der einzige Mensch, um den ich wirklich kämpfen musste, war ich selbst.

Kapitel 28

Es war der erste Tag des Frühlingssemesters. Draußen kam die Sonne gelegentlich hinter den Wolken vor, am Wochenende hatte es geschneit und der Januar zeigte sich von seiner schönsten Seite.

Morgen hatte ich eine Vorlesung, ab dem Nachmittag jobbte ich im *Seaside Café*. Aber meine Zeit war gezählt. Vor einer Woche war Cam in ihr kleines Haus in Campusnähe gezogen und plante bereits, wie ihr neues Café aussehen sollte. Anfang Juni wollte sie eröffnen und ich freute mich darauf, ihr zu helfen.

Seit dem Weihnachtsausflug mit Cam hatte sich etwas verändert. Ich hatte lange nachgedacht und war zu dem Entschluss gekommen, das Schwimmen an den Nagel zu hängen. Es hatte mir in den letzten Monaten nur Probleme gemacht und ich hatte nicht die Nerven, für ein Team zu schwimmen, das mich nicht akzeptierte.

Wenn mir das Wasser fehlte, fuhr ich abends nach der Uni oder der Arbeit in die Halle, schwamm ein paar Bahnen und verschwand wieder. Ich begegnete weder Jane noch Bryan oder einem anderen Teammitglied der *Knights*.

Die Sitzungen mit Dr. Perez hatte ich ebenfalls abgebrochen. Aber nach einem langen Gespräch mit Cam hatte ich die Psychologin angerufen und darum gebeten, sie fortzuführen.

Meine Freizeit verbrachte ich gemeinsam mit Lindy und Holly. Ava war wie vom Erdboden verschluckt und ich machte mir nicht mehr die Mühe, herauszufinden, was mit ihr los war. Ganz offensichtlich waren wir nie Freundinnen gewesen.

Bryan und ich begegneten uns manchmal im Café, wenn er sich etwas zu trinken kaufte. Überraschenderweise gingen wir freundlich miteinander um. Wir führten kurze Gespräche und wünschten einander einen schönen Tag, bevor jeder mit seinem Leben weitermachte. Wir waren nicht unfair zueinander, stichelten und beleidigten den anderen nicht.

Manchmal verfluchte ich ihn dafür, dass er so nett war und ich keinen Grund hatte, ihn zu hassen. Ich erwischte mich sogar dabei, wie ich darüber nachdachte, ihn zu fragen, ob wir etwas unternehmen wollten. Aber dann rief ich mir wieder in Gedächtnis, warum das unklug war.

Ich jonglierte gerade Kaffee und Kuchen an einen Tisch voller Studenten, als die Tür geöffnet wurde und Bryan mir ein freundliches Lächeln schenkte.

»Hey«, begrüßte er mich und ich erwiderte sein Lächeln.

»Einen Kaffee zum Mitnehmen, wie immer?«, fragte ich, obwohl ich mir die Frage hätte sparen können.

»Ja, bitte, und zwei Minuten Zeit zum Reden.« Sein Blick wurde ernster und ich legte die Stirn in Falten. Mit routinierten Handgriffen bereitete ich das Getränk zu und schob es ihm über den Tresen. Ich nahm das Geld entgegen und deutete Bryan an, sich an einen freien Tisch zu setzen. Nachdem wir Platz genommen hatten, betrachtete ich ihn abwartend. Ich verdrängte das nervöse Gefühl.

»Worüber willst du sprechen?«

»Du hast den letzten Wettkampf verpasst, Autumn.«

Ich senkte den Blick. Natürlich ging es um das Schwimmen. »Vor ein paar Wochen hast du dich noch entschuldigt, aber jetzt meldest du dich gar nicht mehr. Jane und ich machen uns Gedanken.«

Ich schob dieses Gespräch lange vor mir her. Ich hatte Angst vor der Konfrontation gehabt, wollte mich nicht erklären und hatte naiverweise gehofft, das Problem würde sich in Luft auflösen.

»Ich habe mich bisher nicht getraut, mit euch zu sprechen. Ich kann nicht länger für die *Knights* schwimmen. Tut mir leid.«

Ich schaffte es nicht, Bryan anzusehen. Die Angst, was er über mich dachte, war unerträglich.

»Nur wegen dem, was bei den Winter Championships passiert ist? Ich habe den letzten Wettkampf auch verbockt und habe keine Medaille bekommen, na und? Jeder hat mal einen schlechten Tag.«

»Du verstehst das nicht«, sagte ich schnell. »Es geht nicht nur um einen schlechten Tag. Seit ich nicht mehr zum Training komme, lässt Jazmin mich in Ruhe. Ich muss mir nicht anhören, dass ich mich nur eingeschlichen habe, und ich mache mir keine Gedanken mehr darum, wer unser Geheimnis herausfinden könnte. Ob du es glaubst oder nicht, ich bin froh, dass mich alle nicht ständig beurteilen.«

»Wie das Team sich verhalten hat, war nicht richtig gewesen.«

»Habt ihr mit ihnen darüber gesprochen?« Mein Blick schoss nach oben und bohrte sich in den von Bryan. Hatten er und Jane sich für mich eingesetzt oder waren sie der Konfrontation aus dem Weg gegangen?

»Nein, aber …«

»Ist Jazmin weiterhin Teil des Teams?«

»Ja …«

»Wird immer noch darüber diskutiert, ob wir miteinander geschlafen haben?«, unterbrach ich ihn erneut.

»Das weiß ich nicht …«

»Hat Jane das Video gesehen?«

»Ja, aber …«

»Jetzt weißt du, warum ich nicht zurückkommen kann. Ich kann viel ab Bryan, ich musste in den letzten Jahren einiges einstecken. Und schon aus diesem Grund werde ich ab sofort selbst entscheiden, was ich mir zumuten möchte und was nicht. Und ich will für kein Team schwimmen, dass mich nicht akzeptiert, in dem es Mitglieder gibt, die alles dafür tun, um mich schlecht dastehen zu lassen.«

Bryan streckte die Hand über den Tisch aus und griff nach meiner. Instinktiv zog ich sie zurück, konnte nicht zulassen, dass er mich berührte.

»Du fehlst, Autumn«, flüsterte er.

»Darauf kann ich keine Rücksicht nehmen. Ich möchte mich

auf mein Studium konzentrieren. Außerdem ist Camila nach Bridgeport gezogen und ich werde ihr helfen, hier ein Café aufzubauen.« Ich stand auf, atmete tief durch und schob den Stuhl zurück an den Tisch. Bevor ich mich von Bryan abwandte, konnte ich mir eine Bemerkung über Ava nicht verkneifen. »Ach und wenn du Ava siehst, frag sie, ob sie nur so getan hat, als wäre sie meine Freundin oder ob irgendetwas davon echt war.«

Bryan erhob sich ebenfalls. »Ava hat es gerade nicht so leicht. Jazmin hetzt jetzt gegen sie. Isa und Amelia sind aus dem Team ausgetreten. Sie hat niemanden.«

Erneut wandte ich mich zu Bryan um. Mein Blick war eiskalt. »Ich hatte auch niemanden nach dem Wettkampf«, knurrte ich und steuerte auf direktem Weg auf den Tresen zu. Plötzlich umschloss Bryans Hand mein Gelenk. Ich fuhr zu ihm herum.

»Das stimmt nicht, Autumn. Du hattest mich.«

Ohne, dass ich es kontrollieren konnte, flatterte mein Herz und ich schluckte schwer. Meine Gesichtszüge entspannten sich merklich und trotzdem sträubte sich mein gesamter Körper gegen Bryan.

»Bitte, komm am Donnerstag zum Training. Ich spreche mit Jane und sorge dafür, dass alle Differenzen im Team geklärt werden. Außerdem findet das Auswahlschwimmen für die nächsten drei Wettkämpfe statt.«

»Ich bin Donnerstag mit Cam verabredet«, blockte ich direkt ab.

»Was ist mit mir?«, hörte ich sie plötzlich sagen und sah überrascht zur Seite. Bryan folgte meinem Blick und ein Grinsen breitete sich auf seinen Lippen aus. Was hatte das wieder zu bedeuten?

»Mrs Coleman, in Wirklichkeit sehen Sie gar nicht so furchteinflößend aus, wie Sie am Telefon klingen.«

»Und wenn ich gewusst hätte, dass du Autumn das Herz brichst, hätte ich sie selbst zur Uni gefahren. Was hatte ich dir noch angedroht, wenn du ihr wehtust?« Cam verschränkte abwehrend die Arme vor der Brust.

Ich verkniff mir ein Lachen. Bryan kratzte sich unsicher am Hinterkopf, seine starke Haltung war wie weggeblasen. Offenbar hatte er tatsächlich Respekt vor Cam.

»Ich glaube, Sie wollten mir die Beine brechen.«

»Stimmt.«

»Und deswegen gehe ich jetzt besser. Autumn, überlege es dir wegen Donnerstag. Bitte.« Er machte einen Schritt auf mich zu und hauchte mir einen Kuss auf die Wange. Mein Körper versteifte sich, das kam unerwartet. Er sah mir tief in die Augen und die Welt um mich herum schwankte. Warum konnte er mich nicht in Ruhe lassen?

Kaum hatte Bryan das Café verlassen, atmete ich theatralisch aus.

»Das war also Bryan King. Ich hätte nicht gedacht, dass du eine Schwäche für Bad Boys hast«, grinste Cam und blickte ihm einen Moment nach.

»Halt die Klappe«, murrte ich und machte mich wieder an die Arbeit.

Ich rechnete fest damit, dass Bryan am nächsten Tag erneut im Café auftauchen und mich überreden würde, zum Training zu kommen. Zu meiner Überraschung war es Jane, die am späten Nachmittag durch die Tür spazierte. Bei ihrem Anblick fühlte ich mich sofort schlecht. Ich hatte ihr versprochen zu kämpfen und es allen zu zeigen. Stattdessen zog ich mich feige zurück und benahm mich wie ein Phantom, das nicht gesehen werden wollte.

»Hallo Jane«, begrüßte ich sie und warf ihr einen schuldbewussten Blick zu.

»Hey, hast du kurz Zeit, dich zu unterhalten?« Hoffnungsvoll sah sie mich an und ich nickte. Wir nahmen an einem freien Tisch Platz. »Bryan hat mir erzählt, dass er gestern mit dir gesprochen hat. Warum willst du mit dem Schwimmen aufhören?« Sie redete nicht um den heißen Brei und ich fühlte mich augenblicklich schlecht.

Ich seufzte laut. »Das habe ich Bryan bereits gesagt.«

»Ich muss es von dir hören.«

»Du hast mitbekommen, wie das Team reagiert hat, nachdem ich verloren habe. Jazmin hat sie gegen mich aufgestachelt, nur weil ihre Freundin Joleen eifersüchtig auf mich ist. Einige andere haben sich erst nach dem Wettkampf auf mich eingeschossen. Denkst du, es macht Spaß, unter solchen Bedingungen zu trainieren?«

»Wenn ich dir verspreche, dass wir das am Donnerstag klären, kommst du dann?«

»Nein.«

»Warum nicht?« Sie wollte mich nicht verlieren, das spürte ich deutlich, aber es ging nicht.

Ich nahm all meinen Mut zusammen. Wenn sie das Video kannte, dann wusste sie ohnehin schon, dass Bryan und mich mehr verband. »Wegen Bryan. Zwing mich nicht, dir alle Details zu erklären. Ich kann nicht mehr von ihm trainiert werden.«

»Bryan trainiert nicht mehr. Er ist ein Teammitglied wie jeder andere auch.«

Fassungslos starrte ich Jane an und konnte nicht glauben, was sie gerade gesagt hatte. Hatte ich mich verhört?

»Was soll das bedeuten?«

»Es bedeutet das, was ich gesagt habe. Nach dem Wettkampf in New York ist Bryan zu mir gekommen und hat den Posten aufgegeben. Er hat mir von euch und dem Video erzählt – nicht, dass ich es nicht schon geahnt hätte. Eure Blicke waren eindeutig. Gerade wegen Bryan solltest du zum Training kommen. Er kämpft, Autumn, er tut das, was du mir versprochen hast. Gib ihm nicht das Gefühl, dass es umsonst war. Euch verbindet mehr, als du dir eingestehen willst.«

Ich rieb mir mein Gesicht und massierte meine Schläfen. War es möglich, dass Bryan seinen Trainerposten wegen mir aufgegeben hatte? Wollte er mir beweisen, dass ich ihm wichtiger war? War das der Grund, warum er regelmäßig ins Café kam und mit mir plauderte? Hatte ich die ganze Situation völlig falsch gedeutet?

»Jane, ich … ich habe Angst, dass alles von vorn losgeht. Ich … es war eine Sache zu verlieren, eine andere vom Team so behandelt zu werden. Sie werden mich niemals akzeptieren.«

»Wie sollen sie dich denn akzeptieren, wenn du dich vor ihnen versteckst und nicht für dich selbst einstehst? Autumn, wir wollten allen in den Hintern treten. Erinnerst du dich? Das funktioniert allerdings nur mit dir gemeinsam.«

»Ich weiß nicht, ob ich das noch kann. In den letzten Wochen war mein Leben in Ordnung. Es war ruhig.«

»Und trotzdem bist du mindestens zweimal in der Woche in die Halle gekommen, um zu schwimmen.«

Ich sah ertappt auf die Tischplatte. Natürlich war das nicht unbemerkt geblieben.

»Ich habe dich beobachtet. Du hast den Willen, dich gegen alle Widerstände zu stellen, Autumn. Das Team vertraut dir nicht? Na und, beweise ihnen, dass du deinen Platz verdient hast. Jazmin stichelt für ihre eifersüchtige Freundin? Scheiß drauf, Bryan hat nur Augen für dich. Die anderen tuscheln darüber, ob Bryan und du miteinander geschlafen haben? Was soll´s, sagt ihnen die Wahrheit und steht dazu, verdammt.«

Aus Janes Mund klang alles so leicht, ich fühlte mich jedoch unwohler denn je. Wenn ich am Donnerstag zu diesem Training ging, würde es unweigerlich zu einer Konfrontation kommen. All die unschönen Dinge würden auf den Tisch kommen. Ich wusste nicht, ob ich dafür bereit war.

Jane stand auf. Sie merkte, dass sie an einem Punkt angelangt war, an dem sie mich mit meinen Gedanken allein lassen musste.

»Verbaue dir nicht deine Zukunft, nur weil andere Leute eifersüchtig und neidisch sind.«

Ich nickte und Jane verschwand aus dem Café. Verzweifelt stützte ich den Kopf in meinen Händen ab und überlegte, was ich tun sollte.

Gerade, als ich an Dr. Perez' Tür klopfen wollte, klingelte mein Handy. Irritiert zog ich es aus der Tasche und starrte die unbekannte Nummer an. Dr. Perez öffnete die Tür, sie musste mich gehört haben.

»Einen Moment, bitte«, sagte ich und sie nickte verständnisvoll. Ich entfernte mich zwei Schritte von der Tür. »McAdams«, meldete ich mich.

»Autumn?« Die Stimme ließ mir das Blut in den Adern gefrieren und ich dachte darüber nach, aufzulegen und das Handy auszuschalten.

»Mom?« Warum rief sie mich an? Was wollte sie von mir?

»Autumn«, sagte sie wieder und ich glaubte, sie weinen zu hören. »Autumn, kannst du mich in der Klinik besuchen kommen, damit wir reden können? Bitte«, schluchzte meine Mutter und ich erstarrte. Meinte sie das ernst? Waren die Tränen echt oder nur ein kluger Schachzug, um mich wieder in ihre Fänge zu locken?

»Ich wüsste nicht, was wir zu reden haben«, erwiderte ich eiskalt.

»Autumn, bitte. Die Therapie … sie hilft mir … und …«

Plötzlich hörte ich eine weitere Stimme im Hintergrund, Sekunden später knackte es in der Leitung. »Miss McAdams?«, meldete sich eine jung klingende Frauenstimme.

»Ja?«

»Mein Name ist Jennifer Wood, ich bin eine Pflegerin Ihrer Mutter. Sie kam völlig aufgelöst zu mir und bat mich, Sie anrufen zu dürfen. Ich bin keine Ärztin und ich bin nicht mit den Behandlungen Ihrer Mutter vertraut, aber Sie können mir glauben, wenn ich Ihnen sage, dass sie Fortschritte macht.«

Ohne dass ich es kontrollieren konnte, begann mein Körper zu zittern. Ich war wütend, weil eine fremde Frau mich dazu überreden wollte, dass ich mit meiner Mutter sprach. Und weil Mom die Frechheit besaß, sich wieder bei mir zu melden. Sie wollte mich an dem Tag im Café umbringen. Wäre Bryan nicht gewesen …

»Sie wissen nicht, was sie mir angetan hat«, knurrte ich gefährlich leise und Tränen sammelten sich in meinen Augen.

»Nein, das weiß ich tatsächlich nicht. Aber jeder hat eine zweite Chance verdient, oder nicht?«

Ich schluckte schwer, ballte die freie Hand zu einer Faust. Plötzlich spürte ich jemanden in meinem Rücken, Sekunden später legte Dr. Perez eine Hand auf meine Schulter und gab mir Halt. Sie musste zugehört haben.

»Fragen Sie meine Mutter, wie viele zweite Chancen ich ihr schon gegeben habe, bevor sie mich wieder besoffen verprügelt hat.« Mit diesen Worten legte ich auf und ließ meine Hand sinken.

Behutsam drehte ich mich zu meiner Psychologin um, die mich besorgt betrachtete. »Was war das für ein Anruf, Autumn?«, wollte sie wissen.

»Meine Mom möchte mit mir reden. Ich soll sie in der Klinik besuchen kommen«, flüsterte ich. »Ich weiß nicht, ob ich das kann. Nicht nach dem, was im Café passiert ist.«

»Lass uns reingehen und darüber reden, ja?«

Aus tränennassen Augen starrte ich sie an und nickte. »Sie hat mich nie geliebt«, brachte ich voller Verzweiflung hervor, als ich auf der Couch in Dr. Perez' Büro saß. »Sie hat schon mal einen Entzug und eine Therapie gemacht, sie hat sich für alles entschuldigt und eine Zeit lang war es in Ordnung. Trotzdem wird sie immer wieder an den Punkt kommen, an dem es nicht mehr geht. Was soll jetzt plötzlich anders sein?«

»Ich verstehe deine Reaktion vollkommen, Autumn, allerdings kann dich zu dem Gespräch begleiten und dir Sicherheit geben, wenn du das möchtest. Meiner Meinung nach solltest du dir anhören, was sie zu sagen hat, und dann eine Entscheidung treffen.«

»Sie wird mich wieder in diesen verdammten Abgrund ziehen, Dr. Perez. Es war alles okay, bis sie angerufen hat.«

Dr. Perez schüttelte den Kopf. »Das werde ich nicht zulassen, Autumn.«

Kapitel 29

Nachdenklich saß ich am späten Donnerstagnachmittag in meinem Zimmer und starrte Lindys Bücherregal an. Meine Freundin war noch bei einer Vorlesung.

In meinem Kopf herrschte Chaos. Nicht nur wegen des Anrufs meiner Mutter, sondern weil ich wieder und wieder alle Szenarien durchspielte, die passieren konnten, wenn ich zum Training ging.

Ich ließ mich rückwärts auf mein Bett fallen. Eigentlich war es leicht. Ich musste nur meine Schwimmtasche nehmen und zum *Wheeler Recreation Center* laufen. Warum fühlte sich das trotzdem an wie die schwerste Entscheidung, die ich in meinem Leben zu treffen hatte?

Ich wusste nicht, wie lange ich auf dem Bett lag, bis das Klopfen an der Tür mich aufschrecken ließ. Irritiert stand ich auf und öffnete sie.

»Autumn, können wir reden?« Ava hatte tiefe Ringe unter den Augen, als hätte sie mehrere Nächte nicht geschlafen.

»Ja«, erwiderte ich leise und machte ihr Platz. Sie kam ins Zimmer und blieb mitten im Raum stehen.

»Es tut mir so leid.«

»Was genau?«, fragte ich harscher als beabsichtigt. »Dass du mich nach dem Wettkampf angemotzt hast oder dass du mich kurz darauf ignoriert hast?«

»Alles, Autumn.« Sie atmete lange aus. »Du konntest nichts dafür. Ich hatte keinen guten Tag und habe es an dir ausgelassen. Das war nicht fair.« Sie suchte meinen Blick. »Seit die Sache mit Rose wieder aufgewühlt wurde, herrscht Chaos in meinem Kopf. Ich stelle mein Leben infrage und überlege, ob es Dinge gibt, die ich verändern möchte. Ich bin nicht so glücklich, wie es den Anschein gemacht hat.«

»Aber dafür kann ich nichts, Ava. Ich hätte dich als meine Freundin gebraucht.«

Bedrückt sackte ihr Kopf nach vorn. »Du hast in diesem Moment alles aufgewirbelt, ich … ich konnte nicht. Mein Kopf hat dich dafür verantwortlich gemacht, dass ich mich wieder mit Rose auseinandersetzen musste. Das tut mir leid.«

»Und jetzt hat dein Kopf plötzlich seine Meinung geändert?«

»Bryan hat mit mir gesprochen«, gestand sie zerknirscht. »Wäre es andersherum, hätte ich ihn auch gezwungen, sich bei dir zu entschuldigen. Bitte, Autumn, können wir noch einmal von vorn anfangen?«

Was sollte ich darauf antworten? Ava war nur hier, weil Bryan sie dazu gedrängt hatte. Hätte sie sich auch aus freien Stücken entschuldigt? War unsere Freundschaft unter diesem Aspekt überhaupt etwas wert?

Ich war kein nachtragender Mensch, aber ich war vorsichtig geworden.

»Wir können es versuchen, aber gib mir Zeit«, flüsterte ich und Ava nickte.

Stille breitete sich im Zimmer aus.

»Kommst du heute mit zum Training?«, fragte Ava nach schier unendlichen Sekunden. Ich zuckte mit den Schultern. »Es ist das Auswahlschwimmen. Du wirst die nächsten drei Wettkämpfe verpassen, wenn …«

»Ich habe Angst, Ava, dass ich versage und das Team sich erneut gegen mich stellt.«

»Leider weiß ich zu gut, was du meinst«, murmelte sie. »Es ist Jazmin, sie … sie hört nicht auf. Mittlerweile bin ich mir nicht mehr sicher, ob wirklich Joleen die Fäden im Hintergrund zieht, oder ob es allein von Jazmin ausgeht.«

»Was meinst du damit?«, fragte ich irritiert.

»Bryan hat mir erzählt, dass er schon vor Wochen ein klärendes Gespräch mit Joleen hatte. Noch vor dem Wettkampf in New

York. Sie haben sich in Ruhe hingesetzt und über alles gesprochen. Er hatte das Gefühl, sie hätte es verstanden. Sie hat sich sogar entschuldigt.«

»Er glaubt ihr?«

»Ja. Nach der Sache in New York und dem Video, das Jazmin gemacht hat, hat Bryan Joleen in die WG zitiert und sie zur Rede gestellt. Ich war dabei. Sie wusste überhaupt nicht, wovon er spricht. Er hat so auf sie eingeredet, dass sie am Ende geweint hat. Ich denke nicht, dass sie uns das vorgespielt hat.«

»Warum sollte Jazmin ...«

»Weil sie eifersüchtig auf dich ist, Autumn«, unterbrach Ava mich. »Sie war die stärkste Schwimmerin im Team, bevor du aufgetaucht bist. Sie wollte immer so in Janes Gunst stehen wie du.« Sie zuckte mit den Schultern.

»Aber warum stichelt sie jetzt, wo ich nicht mehr da bin, gegen dich?«

Ava holte Luft. »Weil ich keinen Rückhalt mehr habe, seit Isa und Amelia aufgehört haben. Und wegen Mason.«

»Mason?«, fragte ich irritiert.

»Lange Geschichte.«

Ich atmete tief durch, schnappte meine Sporttasche und schenkte Ava zum ersten Mal, seit sie hier war, ein Lächeln. »Lass uns zum Training gehen. Wir stehen das gemeinsam durch.«

Avas Mundwinkel zogen sich nach oben und sie nickte.

Ich fühlte mich wie ein Racheengel, als ich die Tür zur Schwimmhalle öffnete und sie mit erhobenem Kopf betrat. Ava folgte mir. Trotzdem war ich unendlich nervös, hatte keine Ahnung, wie die Sache für mich ausgehen würde.

Kaum fiel die Tür ins Schloss, schnellten alle Köpfe zu uns herum und es wurde schlagartig still. Jazmins Blick verfinsterte sich, Bryan grinste uns an und auch Jane nickte mir lächelnd zu.

»Jetzt, wo wir vollständig sind, können wir anfangen«, klatschte Jane in die Hände.

Ava und ich umarmten Mason und Bryan nacheinander und versammelten uns dann um Jane.

»Wie ihr wisst, wählen wir heute die Schwimmer für die nächsten drei Wettkämpfe aus. Ab ins Wasser mit euch. Schwimmt euch ein.«

Jane ließ jede Disziplin durchschwimmen und traf direkt im Anschluss ihre Entscheidung. Ich war nervös, als ich an der Reihe war, immerhin hatte ich seit einiger Zeit nicht intensiv trainiert.

»Du schaffst das«, raunte Bryan mir zu, tätschelte meine Schulter und schenkte mir ein aufrichtiges Lächeln.

Bevor ich auf den Startblock stieg, tauschte ich einen Blick mit Jazmin. Sie wirkte entschlossen und würde alles dafür tun, um mich zu besiegen. Das konnte ich nicht zulassen. Sie hatte mir die letzten Wochen und Monate zur Hölle gemacht. Diesen Sieg gönnte ich ihr nicht.

»*Ready!*«, rief Jane und ich beugte mich nach unten. Ich fixierte die Wasseroberfläche und sog die Luft tief in meine Lungen. Es fühlte sich an, wie nach Hause zu kommen.

»*Set!*« Ich würde Jazmin besiegen. Das hatte ich mehr als einmal geschafft.

»*Go!*« Wir sprangen ins Wasser, ich tauchte und schlug kräftig mit den Beinen.

Zum ersten Mal versuchte ich, an nichts zu denken, sondern mich nur auf mich zu konzentrieren. Ich zog meine Kraft nicht aus all den schlechten Dingen, die mir widerfahren waren. Nicht aus Hass, Verzweiflung und Trauer. Sondern aus meinem Willen, aus der Stärke, es für mich selbst zu schaffen.

Als ich gewendet hatte, zog ich das Tempo an. Meine Arme glitten wie von selbst durch das Wasser. Ich erreichte den Rand und schlug an. Schwer atmend blickte ich mich um, bevor ich mir Taucherbrille und Badekappe vom Kopf zog.

Die anderen kamen erst Sekunden nach mir an. Fluchend drückte Jazmin sich aus dem Wasser, während ich mir ein Grinsen nicht verkneifen konnte.

»Sehr schön, Autumn«, lobte Jane, nachdem auch ich aus dem Wasser gekommen war. »Ich bin froh, dass du hier bist.«

Ich ging zu Bryan, Mason und Ava. Überraschenderweise war Bryan in seinen Disziplinen nicht angetreten. »Warum schwimmst du nicht?«, fragte ich ihn.

»Ich habe mir im Bein einen Muskel gezerrt und bin mit viel Glück erst zum Wettkampf wieder fit.«

Am liebsten hätte ich ihn noch gefragt, warum er mir nicht erzählt hatte, dass er seinen Trainerposten aufgegeben hatte. Doch mir war klar, dass ein Großteil des Schwimmteams uns ganz genau beobachtete. Wahrscheinlich hatte mittlerweile jeder das Video gesehen, das Jazmin gedreht hatte.

»Ich bin froh, dass du hier bist.« Er schenkte mir ein aufrichtiges Lächeln.

»Wäre Ava nicht bei mir aufgetaucht, wäre ich vermutlich nicht gekommen.«

Nach fast drei Stunden war das Auswahlschwimmen beendet. Zielgerichtet liefen die meisten zu den Umkleiden.

»Einen Moment«, rief Jane. »Wer hat gesagt, dass wir für heute fertig sind?«

Wie angewurzelt blieben alle stehen. »Jane, es ist fast zehn Uhr abends«, sagte ein Schwimmer und sie zuckte teilnahmslos mit den Schultern.

»Vergiss es, wir gehen nach Hause«, setzte Jazmin an.

»Niemand geht nach Hause, bevor wir nicht einige grundlegende Dinge geklärt haben. Wer jetzt durch diese Umkleidetür geht, braucht nächste Woche nicht wiederkommen.«

Ich bemerkte, wie es in einigen Köpfen arbeitete. Am Ende ging niemand, dennoch gab es lautstarke Proteste. Irgendwann redeten alle so wild durcheinander, dass man nicht mehr ausmachen konnte, wer was sagte.

»Ruhe!«, brüllte Bryan quer durch die Schwimmhalle und ich zuckte zusammen. Er hatte sich vor allen aufgebaut und die Arme vor der Brust verschränkt. In diesem Moment war er nicht der Student, sondern nach wie vor der Co-Trainer, der sich all das Gerede nicht bieten ließ.

»Von dir lassen wir uns nichts mehr sagen«, rief Jazmin und sofort brach das Getuschel wieder los. Jane baute sich neben Bryan auf.

»Ihr haltet den Mund und tut, was er sagt!«, ordnete Jane mit gefährlicher Stimme an.

Sofort wurde es leise.

»Legt eure Sachen hin und stellt euch nebeneinander an den Beckenrand, Gesicht zum Wasser. Zügig! Autumn, du kommst zu mir.« Bryans Autorität schüchterte mich ein. Irritiert lief ich auf ihn zu. »Geh bitte auf die andere Seite und stelle dich etwa in die Mitte.« Ich folgte seiner Anweisung.

Bryan nickte Jane zu und kam anschließend auf meine Seite, um sich neben mich zu stellen.

Ich fühlte mich unwohl dabei, dem ganzen Team gegenüber zu stehen. Stumm starrten wir einander an. Ich senkte den Kopf, hielt den Blicken nicht stand und wusste, dass sie mich in Gedanken verurteilten.

»Es gibt einen einfachen Grund, warum wir alle noch hier sind. Dieser Grund steht auf dieser Seite des Beckens. Ich will, dass jeder ins Wasser springt, der schlecht über Autumn gedacht hat.«

»Das ist lächerlich«, protestierte Jazmin. Doch als Ava den ersten Schritt machte und hineinsprang, folgten ihr die anderen plötzlich. Stehen blieben lediglich Mason und zwei weitere Jungs, mit denen ich nicht viel zu tun hatte. Selbst Jazmin war gesprungen.

»Kommt raus.« Alle drückten sich am Rand nach oben und stellten sich wieder in die Reihe. »Jetzt springen alle ins Wasser, die schlecht über Autumn geredet haben.«

Erneut sprangen alle ins Wasser, außer Mason und die beiden anderen.

Jane machte ein Handzeichen, dass alle rauskommen sollten.

»Ich möchte, dass jetzt alle ins Wasser springen, die noch nie gemobbt worden sind.«

Jazmin war die Erste im Wasser, ihr folgten ein paar Jungs. Der

Großteil des Teams blieb am Rand stehen. Alle schienen überrascht davon, wie viele mit Mobbing zu kämpfen gehabt hatten.

»Jeder, der schon einmal einen Wettkampf verloren hat, springt ins Wasser.«

Alle sprangen, auch ich.

»Jeder, der deswegen von seinen Teamkollegen schlecht gemacht wurde, springt ins Wasser.«

Ich war die Einzige. Viele im Team wirkten betroffen, einige schienen den Sinn der Übung immer noch nicht zu verstehen. Ich drückte mich am Rand nach oben.

»Alle, die wollen, dass Autumn im Team bleibt, springen ins Wasser und schwimmen zu ihr herüber.«

Mason und Ava machten den Anfang. Die meisten folgten ihnen und ich konnte die Freudentränen nicht zurückhalten.

Nur Jazmin, July und noch zwei Mädchen, die ich nicht kannte, blieben stehen.

Nacheinander stellten sich alle neben mich, entschuldigten sich für ihr Verhalten und sagten, dass sie froh waren, dass ich zurückgekehrt war.

Ich hielt die Übung für beendet, aber Jane war noch nicht fertig. Sie ging zu Jazmin und den anderen. »Ich stelle es euch frei, ob ihr im Team bleibt oder geht. Wenn ihr bleibt, werdet ihr euch zusammenreißen. Bekomme ich mit, dass ihr gegen Autumn oder ein anderes Teammitglied hetzt, dann schmeiße ich euch raus. Ist das klar?«

Sie nickten, nur Jazmins bissiger Geschichtsausdruck veränderte sich nicht. Es war mir egal, denn das Team hinter mir zu haben, war das beste Gefühl aller Zeiten.

»Siehst du«, flüsterte Bryan und legte die Arme um meine Schultern. »Ich habe gewusst, dass sich alles klärt.«

Er zog mich an seine Brust. Mein gesamter Körper kribbelte, als ich mit meinen Händen nach seinen Armen griff.

Natürlich entging dem Team unsere Nähe nicht, zum ersten Mal war es mir egal. Es fühlte sich richtig und viel zu gut an, auch wenn ich mir das nicht eingestehen wollte.

Freitagnachmittag stellte Dr. Perez mich vor vollendete Tatsachen. Sie war der Meinung, dass ein Gespräch mit meiner Mutter mir helfen würde, ganz gleich, welchen Ausgang es nahm. Es sollte mir zeigen, wo ich aktuell stand, ob ich mit der Situation im Reinen war oder ob es weitere Baustellen gab, dir wir gemeinsam angehen mussten.

Die Entzugsklinik befand sich wenige Kilometer außerhalb von Bridgeport in einem Waldgebiet. Dr. Perez parkte ihren Wagen und ich stieg aus. Mein gesamter Körper stand unter Spannung und Angst breitete sich in mir aus. Was war, wenn meine Mutter einen schlechten Tag hatte und mir wieder für alles die Schuld geben würde?

Ich musterte das weiße Gebäude. Es sah ruhig und idyllisch aus, beinahe wie eine Hotelanlage. Doch hinter den gepflegten Mauern lebten Menschen mit Problemen. Menschen wie meine Mutter, denen ihr Leben aus den Händen gelitten war.

Ich trat an den Empfangstresen heran. Eine Frau mittleren Alters blickte auf. »Guten Tag, was kann ich für Sie tun?«

»Hallo«, sagte ich mit zitternder Stimme. »Ich würde gern meine Mutter besuchen. Georgina McAdams.«

Die Frau durchsuchte ihren Computer und tippte auf der Tastatur herum. »Ihre Mutter ist aktuell in einer Therapiesitzung. Diese ist in etwa fünfzehn Minuten beendet. Aber Sie haben Glück, danach hat sie zwei Stunden Freizeit. Sie können so lange einen Kaffee trinken oder eine Kleinigkeit essen.« Die Frau deutete auf die Cafeteria, die sich direkt gegenüber des Empfangstresens befand. »Ich lasse Sie anschließend in den Besuchsraum bringen. Ihre Mutter darf Besuch nur unter Aufsicht empfangen.«

»Danke«, murmelte ich und steuerte mit Dr. Perez die Cafeteria an.

Während wir einen Kaffee tranken, saß ich unruhig auf meinem Stuhl. Meine Hände zitterten und mein ganzer Körper stand unter Strom. In meinem Kopf kreisten die Gedanken wild umher und ich fragte mich, wie das Treffen wohl ablaufen würde. War meine Mom bereit zu einem ruhigen Gespräch oder würde alles in einer Katastrophe enden?

Nachdem die quälenden Minuten endlich vergangen waren, führte uns ein Pfleger den Gang entlang, eine Etage nach oben. Er öffnete die Tür zu einem sterilen, weißen Zimmer, in dem es einen Couchbereich sowie ein Tisch mit vier Stühlen gab. Wir ließen uns auf die Couch sinken.

Mein Herz machte einen nervösen Sprung, als die Tür sich öffnete. Ich stand auf, Dr. Perez stellte sich hinter mich. Meine Mutter betrat den Raum und mir fielen die Veränderungen an ihr sofort auf. Ihre Haare waren gewaschen und geföhnt. Sie trug saubere Sachen, die locker an ihr hingen, weil sie ganz offensichtlich ein paar Kilo verloren hatte. Ihre Augen wirkten wacher, ihr Gesicht nicht mehr so aufgequollen. Sie sah keinesfalls aus wie vor dem Tod meines Vaters, trotzdem gesünder.

Hinter ihr betrat ein älterer Mann mit Brille und grauen, kurzen Haaren den Raum.

»Autumn«, flüsterte meine Mutter und sofort sammelten sich Tränen in ihren Augen. Sie wirkte überrascht und auch glücklich, etwas, das sie bei meinem Anblick lange nicht mehr ausgestrahlt hatte. »Du bist hier, Gott sei Dank.« Mom machte einen Schritt auf mich zu und ich wich instinktiv zurück. Entmutigt ließ sie den Kopf hängen.

Der Mann stellte sich ihr zur Seite und drückte ihre Schulter leicht. Dann streckte er mir die Hand entgegen. »Miss McAdams – oder darf ich Autumn sagen?«

»Autumn ist in Ordnung. Das ist Dr. Perez, meine Psychologin.«

Er nickte und schüttelte erst mir und dann seiner Kollegin die Hand.

»Mein Name ist Dawson Leicester«, übernahm der Mann wieder. »Ich bin der Psychologe Ihrer Mutter. Als man mir sagte, dass Sie da seien, dachte ich, es wäre ratsam, wenn ich das Gespräch zwischen Ihnen und Ihrer Mutter begleiten würde. Wie ich sehe, haben Sie selbst Unterstützung dabei.«

Ich nickte und wir nahmen alle auf der Couch Platz, während ich darauf wartete, dass meine Mutter endlich ihr Schweigen brach. Stattdessen senkte sie den Blick. Sie war genauso ratlos wie ich selbst.

»Georgina, sagen Sie Autumn, was sie mir gesagt haben«, sprach Dawson Leicester beruhigend auf Mom ein.

Sie suchte meinen Blick. »Autumn, ich … ich schäme mich für das, was ich dir in all den Jahren angetan habe. Es tut mir so unendlich leid.«

Ich schwieg, starrte sie einfach nur an.

»Dir die Schuld für den Tod deines Vaters zu geben, war völlig falsch. Ich wollte nicht wahrhaben, dass er zu viel getrunken hatte, dass er ein Problem hatte. Ich habe ihn trotz allem immer noch geliebt.« Moms Augen wurden feucht und sie wischte hastig in ihnen herum. »Wenn ich daran denke, was bei dem Unfall alles hätte passieren können. Er hat nicht nur sein eigenes Leben riskiert, sondern auch deins. Ich …« Ihre Stimme brach. Mom wirkte entsetzlich schwach und durcheinander, doch ich ließ mich davon nicht beeinflussen.

»Autumn, ich weiß, dass ich dein Vertrauen oft missbraucht habe und dass du mir viel zu viele Chancen gegeben hast … bitte gib mir nur noch diese eine. Ich werde dir beweisen, wie ernst es mir ist, mein Leben wieder in den Griff zu bekommen. Ich liebe dich, Autumn.«

Abwehrend verschränkte ich die Arme vor der Brust und schüttelte den Kopf. Tränen sammelten sich in meinen Augen und ich holte tief Luft. »Du wolltest mich umbringen«, brachte ich leise hervor. »Wenn Bryan nicht gewesen wäre, hättest du es geschafft!« Meine Stimme wurde lauter und Mom zuckte zusammen. »Du hast mich geschlagen, beleidigt, mich gezwungen, Alkohol zu trinken. Du hast mich erpresst und verfolgt, weil du es nicht akzeptieren konntest, dass ich frei war. Frei von dir! Ich glaube dir kein Wort deiner beschissenen Entschuldigung. Du hast schon einmal einen Entzug gemacht, du hast dich schon einmal so herzzerreißend bei mir entschuldigt. Nur um mich zwei Monate später wieder bewusstlos zu schlagen. Hast du in deiner tollen Therapie ergründet, warum du das getan hast? Warum ausgerechnet ich, deine Tochter, der Prellbock für alles sein musste?«

Ich sprang auf und wollte den Raum verlassen. Es war eine schlechte Idee gewesen, herzukommen. Ich hätte den Anruf ignorieren und nie wieder daran denken sollen. Warum hatte ich mich von Dr. Perez überreden lassen? Es war wie damals, Mom benutzte exakt die gleichen Worte. Es war die gleiche Show, nur an einem anderen Ort.

»Autumn!« Dr. Perez folgte mir auf den Gang und hielt mich auf. Schluchzend verschränkte ich die Arme vor der Brust und drängte die Bilder zurück, die sich in meinem Kopf ausbreiteten.

»Sie lügt«, weinte ich. »Alles, was sie sagt, sind Lügen, sie hat sie mir schon einmal erzählt. Es sind die gleichen Worte … als hätte sie diese auswendig gelernt. Sie wird sich niemals ändern.«

»Autumn, beruhige dich.«

Ich bemerkte nicht, wie die Tür sich wieder öffnete und Dawson Leicester auf den Gang trat.

»Autumn, ich weiß, wie schwer diese Situation für Sie ist. Ich bin bestens über alles informiert, was zwischen Ihrer Mutter und Ihnen vorgefallen ist. Ihre Mutter macht jeden Tag Fortschritte. Bei unserer ersten Sitzung fragte ich sie, ob sie weiß, warum sie diese Therapie machen muss. Sie sagte mir, dass sie versucht hatte, ihre eigene Tochter umzubringen. Sie ist sich der Dinge, die sie falsch gemacht hat, sehr bewusst und sie will etwas daran ändern. Ich habe mir die Unterlagen ihres letzten Klinikaufenthaltes zusammen mit den Ärzten angesehen. Sie war nicht austherapiert, verstehen Sie, Autumn? Das war der Grund für den Rückfall, sie hat ihre ambulanten Sitzungen und Treffen nicht wahrgenommen.«

Ausdruckslos sah ich den Psychologen an. »Warum glauben Sie, soll sie sich plötzlich ändern?«, fragte ich kühl.

»Das hat sie Ihnen selbst gesagt.«

Ich lachte verächtlich auf. »Dass sie mich liebt, meinen Sie?« Ich schüttelte den Kopf und kniff die Lippen fest zusammen.

»Dr. Leicester, Ihr Engagement in allen Ehren«, setzte meine Psychologin an, bevor er weiter auf mich einreden konnte. »Ich begleite Autumn jetzt seit ein paar Monaten, ich habe fälschlicherweise angenommen, sie sei zu diesem Schritt bereit. Ich verstehe, dass es für Ihre Mutter wichtig ist, die Sache mit ihrer Tochter zu klären, trotzdem müssen Sie mir zustimmen, dass es zu früh ist.«

Dr. Leicester wirkte alles anderes als glücklich.

»Ich würde mich gern weiter über die Fortschritte von Mrs McAdams mit Ihnen austauschen, damit wir die Therapien zum richtigen Zeitpunkt zusammenlegen können. Momentan ist es jedoch meine Aufgabe, Autumn zu schützen.«

Dr. Leicester stimmte mit einem Nicken zu. »Bevor sie gehen, verabschieden Sie sich bitte von Ihrer Mutter. Sie würde einen emotionalen Rückfall erleiden, wenn sie jetzt einfach gehen. Das wäre ein Rückschlag.«

Ich nickte und fasste mich noch einmal. Dann steuerte ich auf die Tür zu. Mom hatte den Kopf auf den Tisch gelegt und weinte. Mein Herz tat weh, diese Situation hatte ich schon einmal erlebt. Wie erstarrt blieb ich im Türrahmen stehen.

»Mom, ich werde jetzt gehen.« Sie hob den Blick. »Es ist zu viel und du weißt das. Ich … wir tun einander nicht gut, zumindest im Moment noch nicht.«

Ich wartete einige Sekunden, ob sie etwas erwidern würde. Doch als nichts passierte, wandte ich mich um und ging. Es war besser so. Ich musste erst mein Leben in den Griff bekommen, bevor meine Mutter wieder ein Teil davon sein konnte.

Kapitel 30

Der Januar verging und ich konzentrierte mich ausschließlich auf den Wettkampf an der Southern Connecticut State University in New Haven. Das Gespräch mit meiner Mutter hatte ich hinter mir gelassen und ich versuchte, positiv in die Zukunft zu sehen.

Der Teambus startete gegen neun Uhr vor dem *Wheeler Recreation Center*. Das Team hatte ausgesprochen gute Laune. Seit dem Auswahlschwimmen und der Übung war Jazmin überraschend kleinlaut geworden und niemand verlor ein schlechtes Wort über Bryan und mich.

Auch das Verhältnis zwischen Ava und mir entspannte sich wieder. Manchmal trafen wir uns sogar außerhalb des Trainings in der Schwimmhalle, um für den Wettkampf zu trainieren.

»Darf ich?«, fragte Bryan und deutete auf den leeren Platz neben mir. Ich nickte und er setzte sich. Seit er den Co-Trainer-Posten aufgegeben hatte, wirkte er viel entspannter und ausgeglichener.

»Was macht dein Bein?«, fragte ich und Bryan sah mich irritiert an. »Deine Muskelzerrung?«, erinnerte ich ihn.

»Ach so, ja, alles wieder gut. Ich kann antreten.« Er lächelte, trotzdem sagte mein Gefühl mir, dass er nicht ganz ehrlich zu mir war. Er wechselte schnell das Thema. »Ich werde heute nicht im Hotel schlafen, sondern bei Mom. Möchtest du vielleicht mitkommen, dann … dann könnten wir endlich reden?«

Ich musterte Bryan von der Seite, versuchte herauszubekommen, ob er nur über uns sprechen wollte, oder ob er mir auch offenbaren würde, wer Rose war.

»Ich komme gern mit«, antwortete ich leise. Die Möglichkeit, allein mit Bryan zu sein, klang viel zu verlockend, als dass ich sie hätte ausschlagen können. Ich wollte es mir nicht eingestehen, doch mein Körper reagierte immer noch zu heftig in seiner Gegenwart.

Bryans Mundwinkel verzogen sich zu einem Schmunzeln. »Danke.«

»Wofür?«, fragte ich und er zuckte mit den Schultern.

»Dafür, dass du einfach hier bist.« Er streckte die Hand nach meiner aus und ich blickte überrascht in seine Richtung. Ganz sanft schlossen sich seine Finger um meine. Ich hätte die Hand wegziehen und auf Abstand gehen können, aber Bryans Berührung hatte meine Vernunft außer Kraft gesetzt.

Als wir in New Haven ankamen, schaffte das Team seine Sachen ins Hotel. Bryan und ich zogen uns in dieser Zeit ins Hotelrestaurant zurück und bestellten etwas zu trinken.

»Bist du nervös?«, fragte er und legte seine Hand erneut auf meine. Ich hatte nicht bemerkt, dass ich wieder begonnen hatte, meine Finger zu kneten. Sofort wurde ich ruhiger.

»Nein, ich … ja«, stammelte ich und ignorierte den Stromstoß, den seine Berührung ausgelöst hatte.

Zum Glück brachte der Kellner genau in diesem Moment unseren Eistee. Wir tranken einen Schluck, sahen einander an. Niemand sagte etwas.

»War deine Mom sauer, weil ich einfach abgehauen bin?« Ich hatte mir während der gesamten letzten Wochen den Kopf darüber zerbrochen, ob ich Cathie verletzt hatte.

»Nein, ganz im Gegenteil. Sie hat mich ohne Unterlass angebrüllt, nachdem du verschwunden warst. Ich bin noch am gleichen Tag zurück nach Bridgeport gefahren, weil ich so wütend auf mich selbst war. Und auf Mom, weil sie mich nicht verstehen wollte. Sie hat dich gleich ins Herz geschlossen.«

»Ich will ja nicht sagen, dass du die Standpauke verdient hast, aber …«, scherzte ich und er verdrehte die Augen.

»Ich weiß schon.«

Wir betraten die Schwimmhalle, in der der Wettkampf stattfinden würde, ein mulmiges Gefühl breitete sich in meinem Inneren aus. Ich wusste genau, wie es sich angefühlt hatte, als ich mein Team enttäuschte. Das sollte sich unter keinen Umständen wiederholen.

»Alles wird gut«, flüsterte Ava mir zu und ich nickte geistesabwesend. Wir setzten uns auf eine Bank und ich senkte den Blick. In der Halle redeten die Studenten, die zum Zuschauen gekommen war, wild durcheinander. Einige jubelten bereits und feuerten ihr Collegeteam an.

»Autumn, du bist die Erste«, gab mir Jane Bescheid. Stumm knetete ich meine Finger, atmete tief durch.

Ich schaffe das.

Ich stand auf, zog Shirt und Hose aus und bereitete mich vor. Meine Knie zitterten, als ich auf den Startblock trat, mein Blick schweifte über das Wasser.

Ich schaffe das!

Ich begab mich in Position.

Ich sprang ab und schwamm, ohne nachzudenken. Meine Arme und Beine schlugen kräftig, ich hörte die Anfeuerungsrufe des Publikums und stellte mir vor, dass sie nur für mich schrien.

Ich wendete, schnell und nicht zu tief, dann beschleunigte ich das Tempo. Mein Gefühl war gut und als ich am Rand anschlug, bestätigte es sich.

Instinktiv ging mein Blick zur Anzeigetafel, im Hintergrund kreischte Jane vor Freude und das Team jubelte. Ich war Bestzeit geschwommen. Sie lag zwar unter der Zeit, die ich an der Rowan University erreicht hatte, aber sie war immer noch überdurchschnittlich gut.

Bryan streckte mir die Hand entgegen und half mir aus dem Wasser. Ohne darüber nachzudenken, fiel ich ihm in die Arme.

»Ich wusste, dass du es schaffst.« Er hauchte mir einen Kuss auf die Wange und ich blinzelte verwundert. Mir wurde heiß und kalt zugleich und ich schluckte schwer. Unsicher löste ich mich von ihm. Ich konnte nicht in Worte fassen, was Bryan mit meinem Verstand machte.

»Wann bist du dran?«

»Jetzt«, lächelte er, zog sich das Shirt über den Kopf und schlüpfte aus der Trainingshose. »Kann ich dir die geben?« Ich nickte und nahm ihm die Kleidung ab, anschließend ging ich zum Rest des Teams, legte Bryans Sachen auf einer Bank ab und ließ mich von den anderen zu meinem Sieg und der Zeit beglückwünschen. Endlich spürte ich den Zusammenhalt, den ich mir gewünscht hatte.

»O mein Gott«, entfuhr es Ava plötzlich und ich sah sie verwundert an.

»Was ist denn los?«, fragte ich und drehte mich langsam um. Ich folgte ihrem Blick und erstarrte.

»Von wegen Muskelzerrung«, murmelte sie und auch der Rest des Teams starrte in seine Richtung. Ein neues Tattoo zierte Bryans Rücken, es begann an den Rosenranken. Ein Trieb war weitergeführt worden und wandelte sich in eine Blätterranke, die in einem warmem Weinrot leuchtete. Eine Herbstfarbe. Ich schluckte schwer, als ich die fein gearbeiteten, azurblauen Wassertropfen erkannte, die einem Muster zu folgen schienen. Doch bevor ich es herausfinden konnte, ertönte das erste Signal und Bryan beugte sich nach unten.

»Du weißt schon, dass das seine Art ist, dir zu sagen, dass er dich liebt, oder?« Ava wandte ihren Blick zu mir und lächelte sanft.

Ich war nicht fähig, mich zu rühren. Hatte Ava Recht? War das eine versteckte Liebeserklärung oder schloss Bryan mit dem Tattoo nur ein Kapitel seines Lebens ab? Aber warum war es dann so groß? Wenn ich nur ein einfaches Kapitel wäre, hätte ein einzelnes Blatt genügt. Aber die Herbstblätter bedeckten seinen halben Rücken und stachen viel mehr ins Auge als die zarten Rosen. Und die Wassertropfen, standen sie für unser gemeinsames Training? Und welches Muster ergaben sie?

Ich realisierte kaum, wie Bryan auf den ersten Platz schwamm. Als er aus dem Wasser kam, lief ich auf ihn zu und fiel ihm in die Arme. Ich klammerte mich an ihn.

»Du bist unmöglich, weißt du das?«, sagte ich leise, umfasste sein Gesicht und legte meine Stirn gegen seine. Am liebsten hätte ich ihn geküsst, hätte ihn an mich gezogen und alles vergessen, was zwischen uns geschehen war.

»Gefällt es dir?«

»Es ist viel zu groß.« Meine Stimme zitterte plötzlich. »Was ergeben die Wassertropfen? Sie sind in einem Muster angeordnet.«

»Später«, hauchte er. »Wir haben Zuschauer.« Langsam wandte ich den Blick in Richtung Team. Fast jeder beobachtete uns verschwörerisch grinsend. Nur Jazmin zog ein Gesicht, als wäre die Welt untergegangen. Aber das kümmerte mich nicht mehr.

Das Team jubelte, als sie nach dem Wettkampf in den Bus stiegen. Wir hatten mit Abstand die meisten Medaillen an diesem Tag gewonnen.

Bryan und ich verabschiedeten uns von den anderen und fuhren mit den öffentlichen Verkehrsmitteln zu Cathie. Ich war aufgeregt, sie wiederzusehen, aber auch, weil Bryan mit mir sprechen wollte.

»Mom?«, rief er durch das Haus, nachdem er die Tür aufgeschlossen hatte.

Cathie trat aus der Küche in den Flur und lächelte ihren Jungen an. Als ihr Blick auf mich fiel, erstarrte sie und Verwunderung spiegelte sich in ihren Augen wider.

»Autumn«, sagte sie leise, machte einen Schritt in meine Richtung und schloss mich fest in die Arme. »Ich kann es nicht glauben.« Sie strich mir liebevoll über die Wange und wandte sich Bryan zu. »Guter Junge«, grinste sie und klopfte ihm auf die Schulter. »Wie sieht es aus, habt ihr Hunger mitgebracht? Es gibt zwar nur Pasta, aber davon reichlich.«

»Das klingt perfekt«, erwiderte ich lächelnd. Ich hatte den ganzen Tag vor Aufregung keinen Bissen herunterbekommen.

Ich war pappsatt, als wir uns in das Gästezimmer zurückzogen und unsere Sachen ablegten. Es war Bryan deutlich anzumerken, dass er in Gedanken versunken war. Sein Blick wirkte leer, seine Lippen waren zu einem Strich verzogen.

»Darf ich dich in den Arm nehmen?«, fragte er überraschend und ich nickte perplex. Mein Herz schlug heftig in meiner Brust, als er einen Schritt auf mich zumachte, mein Magen flatterte. Sanft schlossen sich seine Arme um meinen Körper. Er zitterte.

»Hey, es ist gut«, flüsterte ich und legte die Hände auf seinem Rücken ab. Bryan atmete tief durch, einmal, zweimal, dann löste er sich und zog mich an der Hand zum Bett. In diesem Moment wusste ich, dass er mir von Rose erzählen würde.

»Du musst es mir nicht erzählen, wenn du nicht willst«, sagte ich leise, er schüttelte nur den Kopf.

»Es steht zwischen uns und ich möchte, dass das nie wieder passiert. Du musst die Wahrheit kennen, Autumn, das bin ich dir schuldig.«

Um ihm Sicherheit zu geben, griff ich nach seiner Hand und drückte sie leicht. Er entspannte sich.

»Du bist mir nichts schuldig, Bryan.«

»Autumn, hör auf, so verständnisvoll zu sein. Ich habe furchtbare Dinge zu dir gesagt und alles nur, weil ich mir nicht eingestehen wollte, dass du mir direkt unter die Haut gegangen bist. Ich habe dich am Flughafen gesehen und wusste, dass ich nicht in der Lage wäre, dir aus dem Weg zu gehen. Verstehst du das? Ich dachte, wenn ich dich so abscheulich behandle, dann fällt es mir leichter. Ich habe zu spät gemerkt, was ich damit angerichtet habe.«

Er schluckte schwer und senkte den Kopf.

»Rose war meine Highschoolfreundin«, begann er zu erzählen. »Wir sind zwei Jahre vor dem Abschluss zusammengekommen.«

Mein Herz zog sich schmerzhaft zusammen, als ich Bryans gequälten Gesichtsausdruck sah.

»Es war ausgerechnet der Abend des Abschlussballs, an dem wir einen fürchterlichen Streit hatten. Rose und ich hatten von Anfang an geplant, zusammen nach Bridgeport zu gehen. An dem Abend sagte sie mir, dass sie auch eine Zusage von der NYU bekommen hat und sich für diese entscheidet. Es war immer ihr Traum gewesen, in New York zu leben und zu studieren. Ich wusste das und trotzdem war ich unsagbar wütend. Alles war perfekt gewesen und sie hatte es in meinen Augen kaputtgemacht, nur weil sie an eine andere Uni gehen wollte. Heute weiß ich, wie dumm meine Reaktion war. Es wären zwei lächerliche Stunden mit dem Auto gewesen, die uns getrennt hätten.«

Bryan löste seine Hand von meiner und schlug sie vor sein Gesicht. Ich rutschte näher zu ihm, legte einen Arm um ihn und zeigte ihm, dass ich für ihn da war.

»Zwei lächerliche Stunden«, wiederholte er. »Rose war so enttäuscht über meine Reaktion, dass sie allein nach Hause gelaufen ist. Sie musste durch eine Parkanlage. Dort …« Bryans Stimme brach und er wischte sich über die Augen. »Dort hat ihr ein Drogenabhängiger aufgelauert. Er … er wollte Geld, aber sie hatte nichts bei sich. Er vergewaltigte sie, man hat Würgemale an ihrem Hals gefunden, ihr Kleid war zerfetzt und überall Spuren eines Kampfes …«

Fassungslos starrte ich Bryan an und konnte selbst die Tränen nicht zurückhalten. Mein Herz schlug heftig in meiner Brust.

»Sie war zur falschen Zeit am falschen Ort«, schluchzte Bryan. »Ich hätte sie begleiten oder nach Hause fahren müssen. Stattdessen habe ich mich mit Billigschnaps vollaufen lassen, den Mason hereingeschmuggelt hat, und habe weitergefeiert, als gäbe es kein Morgen.«

»Bryan«, flüsterte ich und zog ihn fester zu mir. Verzweifelt klammerte er sich an mich, während ich ihn einfach nur festhielt.

Ich konnte mir nicht vorstellen, was er durchmachen musste … wie er empfunden hatte, als er die Nachricht erhielt, was mit seiner Freundin geschehen war.

»Es tut mir so leid.« Während ich Bryan hielt, kullerten auch mir Tränen über die Wangen.

»Nach ihrem Tod habe ich nie wieder einen Menschen auf diese Weise an mich herangelassen. Allein die Vorstellung, erneut jemanden zu verlieren, den ich liebe …«

Er löste sich leicht von mir und sah mich aus tränennassen Augen an.

»Und dann hast du vor mir gestanden. Du hattest kein Problem, mir die Meinung zu sagen, und warst dabei trotzdem so verletzlich. Nach Rose habe ich mich komplett verschlossen, und viele Menschen vor den Kopf gestoßen. Du hast mich langsam aus dieser Starre befreit, Autumn. Wegen dir war ich gezwungen, die letzten Jahre zu hinterfragen. Du hast mir vor Augen geführt, was ich angerichtet und mir selbst angetan habe.«

»Ich habe doch gar nichts gemacht«, brachte ich leise hervor.

»Du warst für mich da, als es niemand sonst war. Mason und Ava haben längst aufgegeben. Du hast es nicht getan, Autumn.«

»Was hatte Ava mit Rose zu tun?«, fragte ich.

»Die beiden waren Stiefschwestern. Avas Mom, Helen, und Roses Dad sind zusammengekommen, als die beiden gerade fünf Jahre alt waren. Sie sind aufgewachsen wie Zwillinge, ihre Bindung war beängstigend eng. Als Rose starb, war Ava am Boden zerstört, sie … sie hat sich lange zurückgezogen.«

»Das tut mir so leid«, flüsterte ich und kniff die Lippen aufeinander. »Jetzt verstehe ich Helens Bemerkung an Thanksgiving.«

»Mason, Ava, Rose und ich waren ein eingeschworenes Team. Nach Roses Tod haben Mason und Ava sich ebenfalls für Bridgeport entscheiden. Sie sagen immer, sie könnten mich unmöglich allein lassen. Deswegen wohnen wir zusammen.« Er lächelte traurig. »Jetzt kennst du die Wahrheit. Ich … ich würde verstehen, wenn du …«

»Bryan«, schnitt ich ihm das Wort ab. »Das ändert für mich nichts. Meine Schuldgefühle quälen mich ebenfalls seit dem Tod meines Vaters. Trotzdem war es nicht unsere Schuld, hörst du. So viele andere Faktoren waren mitverantwortlich.«

»Ich wünschte, ich könnte das glauben.«

Ich schüttelte den Kopf. »Die Hoffnung kann ich dir nehmen, du wirst dir immer Vorwürfe machen. Du kannst lediglich versuchen, damit zu leben. Und ich kann dir auch helfen … also nur, wenn du möchtest.«

Hoffnungsvoll sah ich Bryan an und er nickte.

»Ich habe dich überhaupt nicht verdient«, flüsterte er und schlang seine Arme um mich. Ich hielt ihn fest, schmiegte mich an ihn und genoss es, wie mein gesamter Körper kribbelte. Wir gehörten zueinander, gaben uns Halt, Geborgenheit, Verständnis und hatten die Fähigkeit, einander zu reparieren.

Stille breitete sich zwischen uns aus und ich schloss die Augen. Wieder in Bryans Armen zu liegen, seinen einzigartigen Duft einzuatmen, seine Berührungen zu spüren fühlte sich an, wie nach Hause zu kommen.

»Warum hast du den Trainerposten aufgegeben?«, durchbrach ich nach unzähligen Minuten die Stille. Behutsam schob Bryan mich von sich.

»Muss ich dir das wirklich erklären?« Ein sanfter Ausdruck huschte über seine Gesichtszüge.

»Ja.«

»Als ich in New York mitansehen musste, wie die anderen mit dir umgegangen sind, habe ich realisiert, dass ich schuld daran bin. Wären wir von Anfang an ehrlich gewesen und wäre dieser Posten mir nicht so wichtig gewesen, hättest du dir all diese Sachen nicht anhören müssen. Jazmin hätte nie die Chance gehabt, uns zu erpressen. Es war übrigens nicht Joleens Schuld, sie hat ...«

»Ich weiß, Ava hat mir davon erzählt.«

»Gut«, sagte Bryan und nickte. »Ich wollte nie, dass du denkst, dass mir meine Position wichtiger ist als du. Ich hätte eher mit Jane sprechen sollen, sie war verständnisvoller, als ich angenommen hatte.«

»Wahrscheinlich wusste sie schon vor uns, dass uns etwas verbindet«, scherzte ich.

»Das Gefühl habe ich leider auch.« Bryan lachte und ich konnte nicht anders, als mitzumachen. Es fühlte sich so gut an, so befreiend.

Aber eine letzte Frage brannte mir noch auf der Seele.

»Bryan?«

»Hm?«

»Die Wassertropfen in deinem Tattoo. Was bedeuten sie?«

Er stand auf, zog sein Shirt aus und präsentierte mir seinen Rücken. Ich erhob mich ebenfalls, stellte mich dicht hinter ihn und ließ die Finger über die weinroten Herbstblätter und Regentropfen gleiten.

»Fahr die Tropfen mit deinem Finger nach, dann ergibt sich der Schriftzug.«

Behutsam legte ich meinen Finger auf den ersten Wassertropfen und dirigierte ihn zum nächsten.

A U T U M N

Mein Name. Ich hielt die Luft an. Es ging noch weiter.

L E A V E S

»Autumn leaves«, hauchte ich und Bryan drehte sich zu mir um.

»Es soll mich daran erinnern, wie furchtbar es sich angefühlt hat, als du gegangen bist. Das soll nie wieder passieren.« Behutsam legte er eine Hand auf meine Wange und strich mit dem Daumen darüber. »Ich liebe dich, Autumn. Aber ich würde es verstehen, wenn du mir keine zweite Chance gibst. Zwischen uns ist so viel passiert und …«

Ich legte meine Hand auf seine und schüttelte den Kopf. »Ich würde mich nur selbst verletzen, wenn ich dieses Risiko nicht eingehe. Denn ja, das bist du, Bryan King. Aber woher soll ich wissen, dass du nicht das schönste Risiko bist, das mir mein Leben zu bieten hat?«

Ein weiches Lächeln huschte über seine Lippen, bevor er mich stürmisch zu sich zog und leidenschaftlich küsste. Er machte kein Geheimnis daraus, wie sehr er das vermisst hatte. Seine Hände erkundeten meinen Körper, während ich seinen Hals umschlang und mich in den Moment fallen ließ.

Es war falsch, komplett dumm und risikoreich, aber, Gott, ich liebte Bryan King!

Kapitel 31

Dreieinhalb Monate später

Das Frühlingssemester war vorbei und meine Prüfungen waren gut verlaufen.

Ich freute mich auf die bevorstehenden Semesterferien und die gemeinsame Zeit, die ich mit Bryan verbringen konnte. In den letzten Monaten waren wir unzertrennlich geworden, so sehr, dass unsere Freunde sich schon lustig machten. Aber es fühlte sich für uns beide perfekt an, was sollten wir daran ändern?

Bryan gab mir Halt. Seit ich in den letzten Wochen einen Wettkampf nach dem anderen gewann, wurde der Trubel um mich wilder. Zeitschriften und Fernsehsender verkauften mich nach wie vor als Olympiahoffnung und Wunderschwimmerin, seit ich vor einigen Wochen erneut schneller geschwommen war als Bryan. Auch Jane unterstützte mich und bot an, für mich als Managerin zu agieren. Sie koordinierte Termine und stimmte Interviews zu und zog auch die Notbremse, wenn es mir zu viel wurde.

Ich verstand nach wie vor nicht, warum die Presse sich so für mich interessierte, das war nie mein Ziel gewesen. Doch solange es nicht überhandnahm und ich mich weiterhin auf das Studium und das Training konzentrieren konnte, war es okay.

Bryan lenkte seinen BMW M3 sicher durch die Straßen von Bridgeport. Er parkte in einer Lücke am Straßenrand. »Da wären wir«, lächelte er und ich blickte ehrfürchtig aus dem Fenster auf das Tattoo Studio. Ich atmete tief durch und stieg aus. Bryan und ich betraten das Studio und er begrüßte die Tätowiererin mit den leuchtend blauen Haaren.

»Hey Kitty.« Sie umarmten sich flüchtig, dann wandte sie sich mir zu.

»Hey Autumn, schön, dich wiederzusehen«, begrüßte sie mich. Vor ein paar Tagen waren wir bei Kitty gewesen, um das Motiv durchzusprechen, was ich mir stechen lassen wollte. Das Tattoo sollte eine Art Neuanfang sein, ein Zeichen dafür, dass meine Vergangenheit ein Teil von mir geworden war, den ich akzeptierte. Zu meiner Mutter hatte ich weiterhin keinen Kontakt. Ihr Klinikaufenthalt war verlängert worden. Das wusste ich von Dr. Perez, die in regelmäßigem Austausch mit dem Arzt meiner Mutter stand. Ich wollte so wenig wie möglich davon wissen, war viel zu glücklich über alles, was in meinem Leben passierte. Meine Mutter gehörte momentan nicht dazu.

»Na, bist du bereit?«, riss Kitty mich aus meinen Gedanken und ich zuckte mit den Schultern.

»Ehrlich gesagt, habe ich keine Ahnung.«

Wir folgten ihr in eines der hinteren Zimmer. Aus dem Nachbarraum drang das gleichmäßige Surren der Tätowiermaschine und ich schluckte schwer. Hatte ich mir das gut überlegt?

Sie reichte mir das Motiv, das sie für mich gezeichnet und das ich bereits vor Tagen abgesegnet hatte. Ich betrachtete die Meerjungfrauenflosse, die von Schnörkeln, Punkten und den Worten *be free* umgeben war.

Als die Nadel zum ersten Mal mein rechtes Schulterblatt berührte, stöhnte ich vor Schmerzen auf. »Verdammt«, jammerte ich und Bryan drückte grinsend meine Hand.

»Ich habe dir gesagt, das wird kein Spaziergang«, stichelte er.

»Sei still«, knurrte ich und presste seine Hand fest zusammen. Glücklicherweise war das Tattoo nur etwa so groß wie mein Smartphone, außerdem sollte es schwarz-weiß bleiben. Trotzdem fühlte es sich furchtbar an. Ich verstand nicht, wie Bryan sich das so oft hatte antun können.

»Autumn, du musst atmen«, erinnerte mich Bryan und sah mir tief in die Augen. Ich verlor mich in ihnen und plötzlich vergaß ich den Schmerz und hörte nur auf das laute Klopfen meines Herzens.

Ich hatte in den letzten Jahren so viel durchgestanden, das hier war ein Kinderspiel. Und trotzdem tat dieses Kinderspiel furchtbar weh.

Als Kitty nach gefühlt zehntausend Stunden endlich fertig war, kannte ich meinen Namen nicht mehr und wusste auch sonst nichts über mein Leben. Ich spürte nur das Brennen auf meiner Haut und die bedingungslose Liebe zu Bryan.

»Sieh es dir an, Autumn«, forderte Kitty mich auf und ich erhob mich, um anschließend vor den Spiegel zu treten. Ich stellte mich mit dem Rücken davor, Kitty reichte mir einen Handspiegel und ich betrachtete das Motiv auf meiner geröteten Haut. Es sah unglaublich aus, nicht zu groß und nicht zu klein.

»Es ist wunderschön«, sagte ich glücklich. »Vielen Dank.«

Kitty schenkte mir ein Lächeln und sah zu Bryan. Er kam auf mich zu und hauchte mir einen Kuss auf die Lippen.

»Es ist perfekt, so wie du.«

Bryan und ich fuhren nach dem Termin im Tattoo-Studio in die WG. Es dämmerte bereits und die Sonne war hinter dem Horizont verschwunden.

Langsam ließ das Brennen auf meiner Haut nach, aber ich fühlte mich noch immer seltsam benommen. Bryan erklärte mir, dass es ganz normal sei und er sich bei seinem ersten Tattoo genauso gefühlt hatte.

Mit einem Lächeln schloss er die Wohnungstür auf und ließ mich eintreten. Die Wohnung lag dunkel vor uns, von Mason und Ava gab es keine Spur.

»Warum schaltest du das Licht nicht ein?«, fragte ich und wandte mich zu ihm um. Ich erkannte nur seine Konturen und tastete nach ihm.

»Weil ich eine Überraschung habe. Komm«, sagte er lächelnd, packte meine Hand und zog mich mit sich in Richtung seines Zimmers.

Er öffnete die Tür und ich blieb erstaunt stehen. Ich schluckte schwer. An der Wand hinter Bryans Bett hing eine Lichterkette, die den Raum in sanftes, blaues Licht tauchte. Die kleinen Lichter funkelten wie Sterne. Sein Bett war ordentlich gemacht, neue Zierkissen lagen darauf und die weiße Bettwäsche mit dem grafischen Mustern hatte ich zuvor auch noch nie gesehen.

Überall flackerten LED-Kerzen.

Mein Blick fiel auf die kleine Couchecke. Zwei weitere LED-Kerzen leuchteten in dunkelblauen Gläsern, zwischen ihnen stand ein Strauß frischer Blumen. Neben Nussschokolade, Erdbeeren und Weintrauben, gab es herzhafte Häppchen und natürlich eine Flasche meines Lieblingseistees.

Grinsend drehte ich mich zu Bryan um. Er beobachtete jeden meiner Schritte genau. »Was haben wir zu feiern?«, fragte ich.

»Nichts«, flüsterte er, trat an mich heran und zog mich an den Hüften zu sich. Er beugte sich zu mir nach unten und ich sog seinen Duft tief ein. Ich würde niemals genug davon bekommen. Sanft trafen seine Lippen auf meine und in meinem Innern brannte ein Feuer, das seit Monaten nicht erloschen war.

»Eigentlich«, flüsterte er und löste den Kuss ganz sanft, »habe ich das vorbereitet, weil ich dich etwas fragen will.«

Ich riss die Augen erschrocken auf. »Auf keinen Fall heirate ich dich, hörst du, Bryan King. Ich denke nicht daran, es ist viel zu früh für so eine Fr…«

»Ich will dich auch nicht heiraten, Autumn McAdams«, schnitt er mir das Wort ab.

»Was?«, blinzelte ich verwirrt und er lachte. »Willst du nicht?«

»Nein?«

Ich schlug die Hände vors Gesicht und konnte mir ein Lachen ebenfalls nicht verdrücken. »Verdammt, du hast mir Angst gemacht.« Ich gab ihm einen Klaps auf den Arm.

»Sorry.« Er zuckte mit den Schultern.

»Was möchtest du mich dann fragen?«

Er holte tief Luft. »Ich weiß, dass es für die Frage eigentlich auch noch zu früh ist, aber … möchtest du in die WG ziehen?«

Nun sah ich ihn genauso überrascht an, wie zuvor. »In die

WG? Aber … meinst du nicht, dass das auf Dauer zu eng werden könnte? Ich meine, haben Ava und Mason nichts dagegen?«

»Ehrlich gesagt, geht es um Avas Zimmer. Sie zieht aus und … ich dachte, bevor sie sich lange mit der Nachmietersuche herumquält, könntest du einziehen. Wir hätten trotzdem jeder unseren Freiraum und könnten so viel Zeit miteinander verbringen, wie wir wollen. Was sagst du?«

Im ersten Moment wusste ich nicht, was ich antworten sollte. Ich war mir nicht einmal sicher, ob ich mir das Zimmer überhaupt leisten konnte. Außerdem fragte ich mich krampfhaft, warum Ava ausziehen wollte.

»Ich … ich bin mir nicht sicher«, stammelte ich. »Warum zieht Ava aus?«

»Sie braucht mehr Freiraum und hat eine kleine, bezahlbare Wohnung in der Nähe gefunden. Es gab Streit zwischen ihr und Mason, zumindest hat er mir das erzählt. Aber keiner der beiden sagt mir, worum es ging.«

Ich nickte. »O Gott, wahrscheinlich ist das die dümmste Entscheidung, die ich je getroffen habe. Ja, ich ziehe ein.«

»Du machst mich zum glücklichsten Mann der Welt«, grinste Bryan übertrieben, packte mich und hob mich hoch. Er trug mich zum Bett und warf mich darauf. Mir entwichen ein spitzer Schrei und anschließend ein schmerzvoller Laut. »Das Tattoo, verdammt!«

Bryan glitt zwischen meine Beine und beugte sich über mich. »Entschuldige«, hauchte er, legte eine Hand auf meine Wange und küsste mich leidenschaftlich. Ich verlor mich in dem Kuss, verlor mich in seiner Nähe und wusste, dass ich nicht mehr dieselbe war.

»Bryan«, brachte ich atemlos hervor und löste den Kuss.

»Ja?« Er sah mich durchdringend an, eine dunkelblonde Haarsträhne fiel ihm ins Gesicht.

»Versprich mir, mich niemals aus diesem Traum zu wecken.«

Er lächelte und mein Herz flatterte.

»Niemals«, versprach er. »Nicht heute, nicht morgen und auch in tausend Jahren nicht.«

Danksagung

Ich werde niemals diesen verregneten und stürmischen Januartag 2019 vergessen, an dem ich mich entschied mit Autumns und Bryans Geschichte am Wettbewerb von Buchszene teilzunehmen – zwei Wochen vor Einsendeschluss!

Vielen Dank an Buchszene und das gesamte Piper-Verlagsteam für den »Write. Sport. Love« Wettbewerb. Die Geschichte der beiden begleitet mich schon seit zehn Jahren, umso glücklicher bin ich, dass sie ein schönes Zuhause im Piper Verlag gefunden haben.

Speziell danke ich Eliane Wurzer, Barbara Pointner und Elke Hittinger, dass ihr mir bei jeder Frage und jeder Station dieses besonderen Weges zur Seite gestanden habt.

Liebe Christiane, liebe Cornelia, euch beiden danke ich dafür, dass ihr der Geschichte von Autumn und Bryan mit euren Anmerkungen und Korrekturen den richtigen Schliff verpasst habt. Ihr habt sie auf ein neues Level gehoben.

Liebe Ayla, ohne deine ermutigenden Worte nach dem Wettbewerb, hätte ich diese Geschichte vielleicht für einige Zeit aufgegeben. Du hast mir den Mut gegeben, sie zu beenden und weiterzumachen. Das werde ich dir niemals vergessen.

Ich danke auch dir, liebe Anika, du bist ein Teil dieser Geschichte, auch wenn es unser kleines Geheimnis bleibt, warum. Danke, dass du für mich testgelesen hast und immer an meiner Seite stehst. Danke auch an euch, Susi und Silke, dass ihr mir in allen Lebenslagen zur Seite steht und mir mit eurer Meinung zum Roman Mut gemacht habt.

Meinem Mann und meiner Familie möchte ich einen besonderen Dank aussprechen. Danke, dass ihr mich schreiben und in meinen Welten versinken lasst und danke, dass ihr mich auch daran erinnert, wenn es mal wieder Zeit für eine Pause ist. Ihr seid die Besten.

Und zum Schluss möchte ich dir danken – ja, genau, dir!

Danke, dass du zu meinem Buch gegriffen und die Geschichte von Autumn und Bryan gelesen hast. Danke, dass du mich unterstützt und an meiner Seite stehst. Du machst es möglich, dass ich meinen Traum leben darf.